Catherine Bardon

Catherine Bardon est une amoureuse de la République dominicaine. Elle est l'auteur de guides de voyage et d'un livre de photographies sur ce pays, où elle a passé de nombreuses années.
Auteur de la saga *Les Déracinés* publiée aux Éditions Les Escales, elle a déjà conquis plus de 300 000 lecteurs. Son dernier ouvrage *Et la vie reprit son cours*, troisième volume de la saga, paraît en 2020 chez le même éditeur.

L'AMÉRICAINE

1961-1967

DU MÊME AUTEUR
CHEZ POCKET

LES DÉRACINÉS

L'AMÉRICAINE

CATHERINE BARDON

L'AMÉRICAINE

1961-1967

LES ESCALES

DOMAINE FRANÇAIS

« Ceci est une œuvre de fiction. À l'exception des événements historiques et de personnages publics dont les noms ont été gardés, les personnages sont le fruit de l'imagination de l'auteur. »

MIXTE
Papier issu de sources responsables
FSC® C003309

Pocket, une marque d'Univers Poche, est un éditeur qui s'engage pour la préservation de l'environnement et qui utilise du papier fabriqué à partir de bois provenant de forêts gérées de manière responsable.

ISBN : 978-2-266-30045-2
Dépôt légal : mai 2020

« *Ce que tu as hérité de tes pères, acquiers-le afin de le posséder.* »

Goethe

« *Si nous avons besoin d'une règle de vie, que ce soit celle-ci : "Préserve l'esprit de jeunesse !" Car il est le sens de la vie.* »

Moritz Schlick, *Du sens de la vie*

Liste des personnages

Wilhelm Rosenheck est né à Vienne en 1906. Ses parents, Jacob et Esther Rosenheck, sont décédés pendant la Shoah. En 1935 il a épousé Almah Kahn, née en 1911, dont les parents Julius et Hannah sont décédés à Vienne. Almah et Wilhelm ont eu un fils, Frederick, en octobre 1936. Ils ont quitté l'Autriche en décembre 1938 et sont arrivés à Sosúa en mars 1940. Leur fille Ruth est née le 8 octobre 1940. Leur fille Sofie, née en décembre 1945, n'a vécu que cinq jours.

Myriam est la sœur de Wilhelm. Née en 1913, elle a épousé Aaron Ginsberg, un architecte, en mai 1937. Juste après son mariage, le couple a quitté l'Autriche pour émigrer aux États-Unis. Ils vivent à Brooklyn et ont un fils, Nathan, né en septembre 1955.

Svenja Reisman est autrichienne d'origine polonaise. Psychologue, elle est arrivée à Sosúa en mai 1940 avec son frère Mirawek, juriste. Ils ont quitté Sosúa en juillet 1949 pour s'établir en Israël. Svenja a épousé

Eival Reisman, médecin, rencontré dans un kibboutz. Ils vivent à Jérusalem.

Markus Ulman est né en 1909. Il est autrichien. Juriste et comptable, il est arrivé à Sosúa en mars 1941. Il est devenu l'ami de Wilhelm. Il a épousé Marisol, une Dominicaine originaire de Puerto Plata, en mars 1943.

Liselotte Kestenbaum est l'amie d'enfance de Ruth. Elle est née en mai 1939 et est arrivée à Sosúa en décembre 1944 avec ses parents, Max et Anneliese. Ses parents se sont séparés et elle a émigré aux États-Unis avec sa mère en 1959.

Jacobo est le régisseur de la *finca* des Rosenheck. Sa femme Rosita s'occupe de la maison. Il est le fils de Carmela, une vieille Dominicaine dont Almah a fait la connaissance à Sosúa en mai 1940.

1re Partie

Le voyage à l'envers

« *On est de son enfance comme on est d'un pays.* »

Antoine de Saint-Exupéry

1

Vous pleurez, mademoiselle

Septembre 1961

Je partais. C'était ce que je voulais et c'était un déchirement. J'étais là, seule, sur le pont d'un paquebot en partance. Sonnée par la mort idiote de mon père, j'avais pris la décision d'abandonner mes études, de quitter ma famille et de me lancer dans l'inconnu.

La sirène retentit. Deux remorqueurs éloignèrent imperceptiblement le bateau du quai. Nous avancions lentement dans l'embouchure du río Ozama. J'agrippai du regard la silhouette d'Almah, petit point évanescent dans la foule massée sur le môle hérissé de hangars et de grues. Je me rendais compte que je lui en avais voulu d'avoir dû prendre son parti contre mon père au moment de leur séparation. Elle n'était pas loin d'être une mère parfaite, et je lui en voulais pour ça aussi. Une partie de ma révolte venait de là.

Une partie seulement.

La trahison de mon père avait fait voler en éclats ma quiétude et remis en cause mes certitudes.

Je cherchai en vain des mots à mettre sur mes émotions. Ils étaient tous sans nuances et bien loin de pouvoir exprimer ce mélange perturbant d'exaltation et d'arrachement poignant que je ressentais au moment de quitter l'île de mon enfance.

« On ne peut donner que deux choses à ses enfants : des racines et des ailes[1]. Ça y est, tu prends ton envol, ma chérie. » Les dernières paroles de ma mère résonnaient dans ma tête, tandis qu'appuyée au bastingage, à la poupe du steamer de la Santo Domingo Line, je regardais le rivage de mon pays s'estomper lentement dans le rougeoiement du soleil couchant. Sous les tropiques, le soleil se couche ainsi, dans une débauche de couleurs flamboyantes qui me fascine à chaque fois. Mais ce soir-là, j'avais bien d'autres émotions à digérer. Il s'était passé tant de choses ces derniers mois. Ma vie s'emballait comme un cheval fou que rien ne semblait pouvoir arrêter.

Mon père, mon héros, nous avait abandonnés. Il était mort dans un accident si stupide que c'en était risible. Je me demandais s'il n'y avait pas un dieu quelque part qui se moquait de nous et j'en voulais à la terre entière. La shiv'ah, que j'avais tant redoutée, avait eu cela de salutaire qu'elle avait effacé les fausses notes entre nous. En une semaine de deuil, nous avions fait table rase des désaccords du passé.

---

1. Dicton juif.

J'avais laissé tomber mes études d'infirmière et à vingt et un ans je n'avais aucune certitude quant à mon avenir. Mon frère était tombé amoureux. Il en pinçait sérieusement pour Ana Maria. La preuve, je n'avais eu droit à aucune de ces confidences dont il était coutumier quand il entamait un nouveau flirt. Sa discrétion était alarmante, pire qu'un aveu. C'était évident, il était mordu. Je m'étais préparée au jour où une femme me volerait Frizzie, je m'étais promis de ne pas être jalouse et c'était raté. Quant à ma mère, elle contenait son chagrin et faisait bonne figure. Mais je ne lui donnais pas six mois pour déserter. Ce serait trop dur pour elle de rester à Sosúa où tout lui rappelait mon père. Almah allait repartir en Israël rejoindre Svenja, ma marraine et sa complice de toujours, j'en aurais mis ma main au feu.

Autant dire que mon univers explosait. Mon magnifique équilibre s'écroulait. À cause d'une vache ! Un stupide bovin qui batifolait sur une piste poussiéreuse par une nuit sans lune.

Je regardais disparaître le pays de mon enfance, cette île tropicale où les morsures de l'histoire m'avaient fait naître. Mon pays malade, gangrené, chahuté par les luttes intestines pour la succession du tyran assassiné. La répression avait frappé jusque dans notre Éden bucolique, où nous nous croyions à l'abri des métastases de la dictature. Sosúa avait été bombardée deux ans plus tôt. Et en août dernier, un de nos docteurs et un ingénieur avaient été assassinés par l'arrière-garde de Trujillo dans une rue du Batey. Tirés à bout portant, en plein jour, comme des lapins. Un double règlement de comptes politique qui avait glacé d'horreur toute notre communauté. Nous ignorions qu'ils appartenaient à un réseau de résistance. Une chape de plomb s'était abattue sur le village, un couvre-feu avait été imposé, plus personne n'osait sortir la nuit. Markus prédisait que le pire était à venir et que nous allions devoir affronter des heures bien sombres. Maman avait précipité mon départ. Elle préférait me savoir à l'abri à New York, le temps que les choses se tassent.

La côte dominicaine s'estompait peu à peu dans la nuit tombante. Le sillage d'écume, comme un fil ténu tendu vers la terre, s'évaporait à mesure que nous gagnions la haute mer. Bercée par le lancinant ronronnement des moteurs et les oscillations du navire, je pensais avec angoisse à l'inconnu qui m'attendait. Tout ce qui était moi, tout ce qui m'avait faite s'effaçait, pour laisser la place à une nouvelle vie. Qui restait à inventer.

— Vous pleurez mademoiselle ?

Perdue dans mes pensées, je n'avais pas senti que des larmes ruisselaient sur mes joues. Ni que quelqu'un se tenait à mes côtés. J'étais prise en flagrant délit de sensiblerie. Je foudroyai du regard l'importun avant de me raviser. Il avait vingt ans tout au plus, un grand corps dégingandé poussé trop vite. Un air gentil et sincèrement préoccupé se lisait sur son visage poupin encadré de boucles brunes. S'il pensait que son costume et ses grosses lunettes en écaille lui donnaient un air viril et mature, il se trompait. Je pouvais être rassurée sur un point, je n'étais pas la victime d'un coureur de jupons. Ou alors très maladroit et vraiment pas sûr de lui. Je secouai la tête en essuyant mes joues d'un revers de la main et lui lançai un sourire crâne.

— Ce n'est rien ! Juste l'émotion du départ !

Il approuva en hochant la tête avec conviction.

— Moi aussi, je suis bouleversé de quitter mon pays. C'est un endroit magnifique, vous savez !

Comme si je ne le savais pas ! Son pays était aussi le mien. Même si je n'avais pas l'air d'être ce que j'étais : une Dominicaine. À cause de mes cheveux blonds et de mes yeux clairs qui trahissaient mes origines européennes. Je décidai de lui clouer le bec et lui lançai avec mon meilleur accent du Cibao, histoire de mettre les choses au point :

— *Claro, nuestro país es mágico !*

Il répondit, la voix étonnée et l'air désarçonné :

— Vous êtes dominicaine ? Ça alors, à vous voir on ne dirait pas !

Je me retins de répliquer vertement qu'il devait apprendre à se défier des apparences et à tourner sept fois sa langue dans sa bouche avant de s'exprimer. Je lui répondis par un haussement d'épaules désabusé comme s'il s'agissait d'une évidence, puis je tournai le dos à mon jeune compatriote, pour couper court à toute tentative de conversation.

— Je vous ai dérangée, je suis désolé, veuillez m'excuser, bredouilla-t-il, confus.

Au moins, il était bien élevé. « Vous pleurez mademoiselle » m'abandonna à ma mélancolie et partit offrir sa sollicitude à un autre passager. Je me replongeai dans ma rêverie tandis que la nuit enveloppait le paquebot d'une tiède caresse. Le ciel scintillait de milliers de points lumineux. Levant le nez, je cherchai mes amies les étoiles, les trois points brillants de la ceinture d'Orion, l'étoile de Ruthie et les étoiles jumelles de mes parents.

*

Je n'avais pas choisi le chemin le plus court pour rejoindre New York ; cinq jours de bateau, avec une escale de surcroît, quand quelques heures d'avion auraient suffi à me mener à bon port. Mais je ne voulais pas d'une déchirure brutale. À l'aube d'écrire une nouvelle page de ma vie, j'avais besoin de ce lent arrachement à ma terre natale. Et surtout, je m'étais mis en tête de refaire à l'envers le voyage qui avait amené Wilhelm et Almah Rosenheck, mes parents, sur cette île, plus de vingt ans auparavant. Ils comptaient au nombre de cette poignée d'« immigrants involontaires », comme on avait cyniquement baptisé à l'époque ces laissés-pour-compte, qui avaient échoué là à cause des cahots de l'Histoire, faute d'Amérique ou d'une meilleure terre d'asile.

Un frisson me tira de ma rêverie. La nuit était tout à fait tombée. Dans la pâle lueur des étoiles et de la lune, le bateau avançait lentement dans une gangue de goudron noir, chaude et humide.

2

La vie continue

Septembre 1961

Les épaules basses et le cœur lourd, Almah quitta le port à pas lents pour rejoindre sa voiture qu'elle avait garée non loin du quai, dans l'ombre déclinante d'un cocotier. Elle avait tenu à ce dernier tête-à-tête avec Ruth. Le départ du bateau lui avait donné envie de pleurer. Elle s'était retenue. Il ne lui restait plus qu'à regagner la pension des Kriegerman.

Elle n'avait pas envie de rentrer directement. Irene allait encore lui rebattre les oreilles de cancans à n'en plus finir. Almah décida de s'octroyer un entracte. Elle gara la Buick non loin de la pension et se dirigea vers la place de la cathédrale.

Il était toujours là, le banc sur lequel ils s'étaient assis avec Wilhelm, plus de vingt ans auparavant. Ils venaient à peine de débarquer. Almah s'arrêta et des images l'envahirent. Traîtreuses. Wil était assis à côté d'elle. Elle se rafraîchissait le visage avec un éventail de toile. Les bras écartés, la mine réjouie, Frederick trottinait derrière les pigeons. Elle se souvint du vieil homme élégant qui leur avait si gentiment parlé, un vrai gentleman. Du petit *limpiabotas* qui avait astiqué les chaussures de Wil. Ou étaient-ce les siennes ? À l'époque elle avait trouvé tout cela terriblement exotique. Le temps avait passé tellement vite. Maintenant ce décor lui était familier. Elle était chez elle. Mais elle était seule. L'espace d'un instant, elle se dit qu'ils étaient là, les esprits de ses chers disparus. Ses parents, Sofie, Wil, des anges bienveillants. Elle aurait aimé croire que Wil était quelque part, pas très loin. Qu'il la protégeait, l'encourageait. Fadaises. Ça la réconfortait, mais Wil était simplement couché en terre, sous une pierre surmontée d'un tas de cailloux, à l'ombre de la ramure d'un flamboyant. La vie continuait, ici et maintenant.

Demain, Almah affronterait seule l'épreuve des dix heures de route pour rentrer à Sosúa. Elle se serait bien attardée en ville, mais, même en cherchant bien, elle n'avait rien à y faire. Et puis elle devait rentrer. La saison des cyclones était déjà bien entamée. Il fallait veiller au grain et ils ne seraient pas trop nombreux pour faire front et s'occuper des bêtes en cas de colère du ciel.

Almah s'ébroua, épousseta sa robe et reprit le chemin de la pension. Elle sourit à la perspective de la citronnade glacée avec laquelle l'accueillerait Irene.

3

Un chaperon

Septembre 1961

Je rejoignis la salle à manger des premières classes. « Vous pleurez mademoiselle » était attablé, solitaire, à une table nappée de blanc. Il faisait tourner pensivement un verre de vin entre ses doigts, sans doute pour se donner l'air d'un homme. Encore raté, on ne voyait qu'un enfant qui jouait les grandes personnes. Je cherchai du regard une table libre. Pas de chance, la salle était déjà pleine. Le maître d'hôtel me désigna le siège en face du jeune homme qui me décocha un sourire de connivence. Il n'aurait pu mieux manigancer son coup. Je le gratifiai d'un petit geste négligent de la main et je fis mine de m'absorber dans la lecture du menu. Un serveur fondit sur moi. Je commandai un dry martini car je sentais que j'avais besoin d'un petit coup de fouet pour me sortir de ma morosité contrariée. Je déchiquetai l'olive verte tout en étudiant la foule qui avait envahi la salle à manger. Une assistance entre deux âges, des femmes élégantes, des hommes en costume ou en *guayabera* de lin blanc impeccablement repassée, quelques enfants turbulents que des *niñeras* tentaient vainement de maîtriser. Les seuls passagers qui ne passaient pas la barre des vingt-cinq ans étaient un jeune couple dont j'étais prête à parier qu'ils étaient en lune de miel, « Vous pleurez mademoiselle » et moi. Cela nous faisait, qu'on le veuille ou non, un point commun. Je dînai d'un filet de daurade que j'accompagnai de vin blanc et d'une omelette norvégienne en échangeant quelques propos polis avec mon vis-à-vis. Le serveur me servit d'office un petit verre de cognac en digestif. Au moment de quitter la salle, je dus me rendre à l'évidence : je titubais. Ça commençait bien.

— Les émotions et l'alcool ne font pas bon ménage !

« Vous pleurez mademoiselle » m'avait emboîté le pas et saisie par le coude pour m'aider à sortir dignement. Je voyais bien qu'il essayait de faire ami-ami avec moi.

— Je ne savais pas que j'avais embarqué un chaperon !

— Ça n'est pas… je voulais juste vous éviter… ça n'est pas très gentil !

— Vous avez raison, ça n'était pas très gentil, mais je ne vous ai rien demandé non plus !

« Vous pleurez mademoiselle » ne moufta pas. Au contraire, il proposa aimablement :

— Vous voulez aller faire un tour au bar ou au fumoir ?

— Rien que l'idée de l'odeur des cigares me retourne l'estomac. Montons plutôt prendre l'air sur le pont !

Il se faufila devant moi pour m'ouvrir galamment la lourde porte qui donnait sur le pont-terrasse. En m'affalant sur un fauteuil en rotin, je me fis la réflexion que ce jeune homme possédait les manières huilées d'un fils de bonne famille. Je renversai ma tête sur le dossier. La lune se découpait dans le ciel avec la netteté d'une lame d'acier et les étoiles scintillaient par milliers. Profitant de la complicité du clair-obscur, j'observais mon compagnon. Affublé de lunettes à verres épais, il avait un visage rond, un air d'enfant effarouché, un peu lunaire, et le teint terreux et blafard de ceux qui ne voient pas beaucoup le soleil, une gageure improbable dans notre pays. On pressentait une pointe de métissage dans l'ondulation à la limite de la frisure à la naissance des cheveux aux tempes, dans le noir profond des iris, dans le délié des mains élégantes et la courbure des doigts fins. Ses cheveux bouclés étaient épais, un peu trop longs. Ce n'était pas un don juan, loin de là, mais une expression d'une infinie douceur et son regard pénétrant et intelligent le rendaient immédiatement sympathique. D'un geste qu'il voulait sans doute viril, il sortit un étui en argent de sa poche.

— Une cigarette ?

— Non merci, je ne fume pas.

Mon dégoût viscéral du tabac remontait aux cigarettes volées à mon père et fumées en cachette dans notre cabane avec Lizzie. J'avais sept ans et j'avais vomi quand ma complice avait surmonté l'épreuve avec panache.

— Ça ne vous gêne pas ?

— Mais non voyons, nous sommes dehors. Arrêtez donc de vous excuser en permanence.

Il choisit d'ignorer ma désagréable remarque.

— Je ne me suis même pas présenté…

— Eh bien, faites-le donc !

Pourquoi me montrais-je agressive avec lui ? Il se leva et s'inclina devant moi.

— Arturo Soteras, pour vous servir, dit-il en balayant l'air d'un gracieux tourniquet de la main.

Un geste familier qui me ramena des années en arrière, au temps des mousquetaires. C'était le salut de d'Artagnan à Milady. Ne manquait que le chapeau à plumes. J'éclatai de rire.

— Ruth Rosenheck ! Mais mes amis m'appellent Ruthie.

Cela m'avait échappé. Le salut des mousquetaires avait balayé mes réserves et ma morosité. J'étais comme ça, directe et sans chichis, comme disait ma mère. J'avais poussé comme une herbe folle, élevée sans contrainte et en toute liberté dans un univers profondément aimant et rassurant dont j'étais la princesse. Ma mère avait pris soin de me mettre en garde avant mon départ : « Il faudra t'endurcir, Ruthie. Le monde n'est pas à l'image de notre paradis de Sosúa. Il est féroce, le monde, et la vie est loin d'être un long fleuve tranquille. » Pour l'instant, je restais dans une bulle, déjà partie et pas encore arrivée, une confortable transition. J'aurais bien le temps d'en découdre avec le vaste monde.

— J'espère bien avoir la chance de vous appeler un jour Ruthie, mademoiselle Rosenheck.

Arturo Soteras en faisait un peu trop mais son sourire franc était exempt de tout sous-entendu. Je baissai la garde et entrai dans son jeu, désinhibée par l'alcool dont j'avais abusé. Je pris un ton sucré :

— D'où nous venez-vous, monsieur Soteras, et que nous vaut l'heur de votre présence sur ce bateau ?

— Ma famille est de Santiago, deux frères, trois sœurs. Comme je suis le cadet, arrivé par mégarde ou négligence – il me fit un clin d'œil qu'il voulait égrillard –, bien après les autres, on n'a pas trop d'exigence pour moi. Mon frère aîné reprendra l'affaire familiale, tabac en tous genres, expliqua-t-il en agitant sa cigarette avec ostentation. L'autre est presque médecin. Quant à mes sœurs, elles ont fait de beaux mariages. Moi je pars étudier la musique à New York.

Je hochai la tête avec un sourire encourageant.

— J'ai été admis à la Juilliard School, se rengorgea-t-il avec une pointe de fierté dans la voix. Piano, précisa-t-il en faisant voleter ses doigts sur un clavier imaginaire.

Un artiste en herbe. Ça lui allait bien.

— Donc, vous quittez votre famille pour affronter l'Amérique ?

— Je vais m'installer chez un cousin diplomate. Nous les Dominicains, nous avons tous de la famille aux États-Unis, pas vrai ?

— Vous m'agacez à la fin, Arturo. Je suis aussi dominicaine que vous. Faut-il que je vous montre mon passeport pour que vous me croyiez ?

Si nous voulions avoir une conversation d'adultes, nous pouvions repasser. Je retrouvais sans peine les accents d'autrefois quand je me chamaillais avec Frizzie ou quand Lizzie me défiait.

— Et vous Ruthie, oh pardon Ruth, d'où venez-vous donc ?

— Ça suffit Arturo, arrêtez de me provoquer !

Arturo me lança un sourire triomphant. Ses yeux lançaient des éclairs de plaisir derrière ses verres épais. Il avait marqué un point. J'avais mordu à son hameçon et répondu à sa provocation. Mais il avait le triomphe modeste et se contenta de me relancer.

— Alors, Ruth ?

— Pff, c'est une longue histoire…

— J'adore les longues histoires ! Racontez-moi !

Ses yeux brillaient. Sa voix avait repris un accent d'enfance.

— Êtes-vous bien sûr de vouloir l'entendre ?

— Absolument !

— Alors disons, pour faire court, que je suis née à Sosúa, dans une espèce de kibboutz juif. Mes parents sont autrichiens. De Vienne, la plus belle ville du monde selon eux. Ils sont arrivés en 1940, avec d'autres réfugiés, pour échapper aux nazis. Nous possédons une *finca*, avec des vaches, des porcs, des chevaux, des mules et plein d'autres animaux, une véritable ménagerie. C'est mon frère Frederick qui s'en occupe. Mon père était journaliste, il a créé le journal local. Il est mort il y a trois mois. Dans un accident, à cause d'une vache. C'est le comble pour un fermier, non ! Ça ferait sans doute une bonne blague juive sur la fatalité qui nous accable, ajoutai-je avec amertume, tout en me demandant quel démon me poussait à me confier ainsi sans pudeur à un parfait étranger.

L'alcool sans doute. Ma voix avait tremblé. Je la raffermis.

— Vous voyez, je suis une fille du *campo*.

Arturo se pencha vers moi et effleura mon bras de sa main.

— Je suis désolé, Ruth.

Un ange passa. Je le chassai d'un haussement d'épaules maussade. Quelle mouche m'avait piquée ?

— Même si nous n'avons pas des racines très profondes dans ce pays, je ne me sens pas différente des autres Dominicains.

— Je connais votre histoire, reprit Arturo d'un ton grave. Mon oncle Daniel m'a raconté comment Trujillo a proposé d'accueillir des Juifs pour tenter de faire oublier la tuerie du fleuve Massacre. Daniel a rencontré un jour une femme de là-bas, la plus belle femme qu'il ait vue de sa vie. Mais rassurez-vous Ruth, vous n'avez pas l'air d'une fille de la campagne, pas du tout !

Sur ce point j'étais rassurée, mais je me demandais de qui Arturo parlait. Car la plus belle femme de Sosúa c'était, sans discussion possible, Almah Rosenheck, ma mère.

— Et cette femme, il vous en a dit quoi votre oncle ? Car figurez-vous que chez nous tout le monde se connaît.

J'avais dit « chez nous », spontanément. Car Sosúa c'était chez nous, notre monde à l'écart du monde, notre paradis. Il n'y avait même pas de route pour y arriver, juste des pistes de terre.

— Oh je n'en sais rien ! Une blonde aux yeux bleus, comme vous sans doute, avec des taches de son sur le nez, une fossette quand elle riait. Comme la fée d'un conte. Je ne sais pas si c'est vrai. Mais Tío Daniel en parlait avec des étoiles dans les yeux. Il était amoureux d'un fantôme.

Les taches de son sur le nez, les yeux bleus, la fossette… Aucun doute possible, Almah !

— Arturo, vous parlez de ma mère !

— Mais non voyons !

— Mais si, je vous assure. Vous venez de faire son portrait.

Arturo chassa mes divagations d'un mouvement des épaules. Pourtant la coïncidence était trop forte. Je me promis d'interroger ma mère sur ce Daniel Soteras dès que l'occasion s'en présenterait.

— Ruth, j'ai interrompu votre histoire. Continuez, je vous en prie.

— Elle est terminée. J'ai arrêté mes études d'infirmière, ça ne m'intéressait pas. Je veux devenir journaliste, comme mon père. J'ai couvert le procès d'Eichmann, vous en avez entendu parler, j'imagine ?

— Évidemment !

— C'est moi qui ai rédigé tous les articles pour *La Voix de Sosúa*, le journal qu'a créé mon père. Seule, à partir des informations que m'envoyait ma mère depuis Jérusalem !

C'était le fait d'armes qui m'avait valu l'admiration de mon père. Je lus une pointe de respect dans les yeux d'Arturo. Je l'impressionnais.

— Je vais étudier à Columbia et sans doute faire un stage dans un quotidien new-yorkais. Je vivrai à Brooklyn chez ma tante et mon oncle. Lui est architecte et elle a une école de danse. J'ai un petit cousin de six ans, Nathan, un gamin adorable. Voilà, vous savez tout. Satisfait ?

— C'est formidable Ruth, nous allons être voisins. Je vais habiter à Manhattan, sur Park Avenue. Nous pourrons nous voir.

Je tempérai son enthousiasme. Qu'est-ce qui m'avait pris de lui raconter ma vie ?

— Oh vous savez, je vais être très occupée. Et puis je rejoins ma meilleure amie, Lizzie, qui vit aux États-Unis maintenant.

— Moi, pour tout dire, ça m'effraie un peu la vie à New York, murmura Arturo à mi-voix.

Il était touchant, mais j'avais sommeil.

— Ne vous inquiétez pas, je suis sûre que vous vous y ferez très vite !

— J'espère bien !

— Sur ce, je me retire dans mes appartements. Je vous souhaite une bonne nuit, Arturo.

Je me levai et le gratifiai du salut des mousquetaires avant de rejoindre ma cabine. L'alcool et le roulis eurent raison de mon excitation et je m'endormis rapidement. Je rêvai des frasques de notre inséparable quatuor.

*

« Un pour tous et tous pour un ! »

Nous étions les trois mousquetaires. Ruthie, Frizzie et Samy, devenus quatre avec l'arrivée de Liselotte, promptement rebaptisée Lizzie, son surnom en I, comme tous les enfants de Sosúa. Inconditionnel d'Alexandre Dumas, Frizzie nous avait imposé ce cri de ralliement. Nous avions prêté serment comme les mousquetaires de papier. Nous étions « *Los cuatro* ». Notre clan était très courtisé et beaucoup rêvaient de l'intégrer, comme Bekkie, Dany ou même Benjie, pourtant à la tête de sa propre bande. Mais nous ne tolérions de nouveaux membres que de façon provisoire, le temps d'un jeu ou d'une fête. Pour nos expéditions secrètes, nos aventures, nos parties de chasse, c'était nous quatre et personne d'autre. J'étais la plus jeune, mais j'étais coriace. Pas question de rester à la traîne, de me plaindre. Il suffisait que Frizzie lève les yeux au ciel et laisse échapper un « quel bébé ! » méprisant ou un « ma parole, une vraie poule mouillée ! » navré, pour me fouetter le sang.

Avant de partir, j'avais fait un pèlerinage d'adieux aux lieux chéris de mon enfance. Sur la plage, j'avais pataugé jusqu'aux *pilotillos* et je m'étais hissée sur le haut d'une pile ; le menton sur les genoux remontés contre ma poitrine, j'avais contemplé le coucher du soleil, savourant cet éternel spectacle chaque jour renouvelé, en sachant d'avance à quel point cela allait me manquer. Derrière la poste, j'avais tourné autour du grand tamarinier qu'enfants nous escaladions comme des singes. Dans le parc, avec la complicité de la nuit, j'avais caressé le tronc du vieux flamboyant aux fleurs rouges où le cœur avec nos quatre initiales, FLSR, gravé avec la pointe d'un canif, résistait aux assauts des années. Il était grand temps de tourner la page.

4

Un pacte

Septembre 1961

C'était le matin du deuxième jour. Le bateau avait été malmené toute la nuit par les eaux grincheuses du canal de la Mona et je m'étais réveillée barbouillée après une nuit nauséeuse. Comme pour ma mère, la traversée entre l'île espagnole et Porto Rico resterait un mauvais souvenir. En ouvrant un œil, j'avais mis quelques secondes à me souvenir où j'étais. En pleine mer. En regardant par le hublot j'avais découvert l'immensité bleue d'une mer enfin calmée. J'affichais cependant une mine de papier mâché en sortant de ma cabine.

Porto Rico était en vue. Au fond de sa rade, gardé par les ruines de son fort espagnol, San Juan somnolait. Le steamer fut conduit à quai par un pilote. Du pont, accoudés au garde-corps, nous assistions, Arturo et moi, à la manœuvre. En abordant un autre pays, j'avais pleinement conscience de ce que je laissais derrière moi et l'angoisse revint me tordre le ventre.

J'avais lu dans les carnets de mon père le chapitre correspondant à leur escale d'une longue journée en rade de San Juan. Quand ils avaient été las d'observer la ville à la jumelle, mes parents et leurs compagnons avaient paressé sur le pont, joué aux cartes, chanté. Depuis, on avait construit un quai, les paquebots ne restaient plus au mouillage. San Juan paraissait minuscule et ressemblait un peu à Saint-Domingue, en plus assoupie. Notre escale ne dura que trois heures.

*

Nous étions affalés dans nos chaises longues sur le pont-promenade, face à la mer. Arturo prit soudain un air docte.

— Connaissez-vous l'ancien nom de cette île ? me demanda-t-il avec un regard malicieux.

— Je connais celui de la nôtre, Quisqueya.

— Vous bottez en touche, Ruth ! s'amusa-t-il. Serait-ce que vous ignorez celui de Porto Rico ? insista Arturo qui visiblement savourait l'instant.

Je séchais et je pestais car manifestement lui le connaissait. Je lui concédai cette petite victoire.

— Je donne ma langue au chat, soupirai-je en levant la main en signe de capitulation, comme on cède à un enfant capricieux.

— Ha, ha, ha…

— Dites-le moi ou taisez-vous à jamais ! grommelai-je en lui décochant un coup de coude.

— Borinquen ! triompha Arturo tout sourire, fort content de lui.

— Bravo, je m'incline devant votre érudition.

— Vous moquez-vous de moi, Ruth ?

— Pas du tout, je suis sincère. Je viens d'apprendre quelque chose. Merci Arturo.

Il me répondit par un sourire d'enfant comblé dans lequel je crus discerner une grande tendresse. J'en fus émue et changeai de conversation pour dissimuler mon trouble.

— Je suis curieuse, Arturo, pourquoi avez-vous choisi le bateau plutôt que l'avion ?

— À ce stade, je ne suis sans doute pas encore autorisé à vous appeler Ruthie, mais nous pourrions peut-être nous tutoyer ?

C'était sans doute ridicule de nous vouvoyer à notre âge, mais je trouvais agréable de n'être plus la petite Ruthie chérie de notre colonie et d'être traitée comme une dame pour une fois.

— Bien sûr, Arturo, tu as raison. Alors, pourquoi le bateau ?

Le regard de mon compagnon glissa, se perdit à l'horizon, puis revint se poser sur moi, hésitant.

— Je pourrais inventer des tas de bonnes raisons. La vérité, je le crains, n'est pas très glorieuse : j'ai peur en avion. J'espère que ce ne sera pas retenu contre moi, ajouta-t-il, retrouvant un sourire espiègle de petit garçon pris en faute.

Il était désarmant de candeur et de naïveté et je me laissai désarmer. Je hochai la tête avec indulgence.

— Et toi, Ruth ?

— Oh moi…

J'avais pris le ton blasé de qui a déjà vécu.

— Je suis déjà allée tant de fois à New York en avion. Depuis quinze ans, nous passons tous les Noëls ou presque chez ma tante. Alors, le bateau, ça me change. Et puis j'aime la mer.

— C'est tout ? Je m'attendais à quelque chose de plus... romantique de ta part, me répondit Arturo en plissant les yeux.

Je le dévisageai attentivement. Ce garçon avait une sensibilité exacerbée et il était bien plus fin qu'il n'y paraissait de prime abord. J'hésitai à me confier, mais après tout, nous étions quelque part au milieu de l'océan, dans une bulle suspendue, et nous ne nous reverrions probablement pas après notre traversée. Je décidai de lui ouvrir mon cœur.

— Je ne voulais pas partir trop vite. Je ne sais pas quand je reviendrai alors je voulais apprivoiser l'idée de la rupture. Et c'est aussi une sorte de... d'hommage à mes parents. Je refais à l'envers le chemin qu'ils ont fait il y a vingt-deux ans. Je mets, pour ainsi dire, mes pas dans les leurs.

Arturo approuva en silence. Cette explication lui convenait.

— Bêtement nostalgique, n'est-ce pas ?

— Pas du tout, je te comprends parfaitement. Tu veux vivre un peu de ce qu'ils ont vécu. « La vie est, en quelque sorte, un pèlerinage. » Ce n'est pas moi qui le dis, c'est Platon, ajouta-t-il comme s'il s'excusait.

Décidément Arturo avait de la ressource. Ce garçon me plaisait de plus en plus.

— Avant mon départ, ma mère m'a confié le journal que mon père a tenu sur le bateau qui les a menés d'Ellis Island à notre île en 1940. Chaque jour je lis un chapitre.

— Mon Dieu, Ruth, ça doit être très émouvant ! Tu préfères peut-être rester seule ?

— Tu ne gênes pas du tout. Si c'était le cas, je te le dirais.

— Faisons un pacte : je ne t'aborderai plus au débotté, je ne m'imposerai pas. Quand tu auras envie de ma compagnie, viens me voir. Je serai toujours disponible pour toi. *Just whistle*, d'accord Ruth ? ajouta-t-il avec un clin d'œil, reprenant à son compte la réplique culte de *To Have and Have Not*.

— D'accord Arturo. C'est vraiment très délicat de ta part. Merci. Et si tu te sens seul, n'hésite pas toi non plus.

Il inclina la tête, se leva et s'éloigna vers la poupe du bateau avec un petit signe amical de la main. Je me dis que j'avais de la chance d'avoir rencontré un compagnon de voyage aussi prévenant. Une soirée et une matinée avaient suffi pour révéler, sous les dehors de l'adolescent timide, un garçon sensible et plein de tact qui avait des tonnes de tendresse à revendre. C'était entendu, je ferais signe à Arturo quand j'aurais envie de compagnie.

5

Aller de l'avant

Septembre 1961

« *Voguons vers l'Amérique. Traversée tranquille. Escale à Porto Rico. Temps magnifique. Vous me manquez déjà. Tendres baisers. Ruth* »

Almah considéra le télex qu'elle venait de recevoir avec émotion. Elle n'aurait jamais cru que cette séparation serait aussi douloureuse. Car cette fois c'était Ruthie qui était partie. Son poussin avait pris son envol et ce départ en préfigurait sans doute bien d'autres. En rejoignant Israël, bien déterminée à échapper aux miasmes de la crise conjugale qu'elle traversait et égoïstement chevillée à sa farouche volonté d'indépendance, Almah n'avait pas mesuré à quel point l'absence qu'elle imposait à ses enfants était cruelle. Aujourd'hui elle en prenait pleinement conscience. Elle se consola en se disant que la vie allait ainsi, une succession de petites déchirures qui ne rendaient que plus étincelantes les retrouvailles.

Levant les yeux de ses papiers, Markus remarqua sa morosité et il l'invita à déjeuner : « Un tête-à-tête à l'Oasis ? » Elle accepta avec plaisir. Après le départ de Svenja et le décès de Wilhelm, Almah s'était retrouvée doublement orpheline. L'ami de Wilhelm était devenu le sien et restait l'une des rares personnes à qui elle pouvait ouvrir son cœur sans arrière-pensée.

— Ruthie va horriblement me manquer !

— Un genre de malheur que nous ne connaîtrons pas…

Almah se mordit la lèvre. La stérilité de leur couple était une blessure qui n'avait pas réussi à rendre Markus et Marisol amers. Elle les admirait pour ça. Ils étaient devenus Tío Markus et Tía Marisol, oncle et tante bienveillants qui faisaient désormais partie de sa famille au même titre que Myriam et Aaron. Ils étaient la preuve que les liens du cœur étaient largement aussi puissants que ceux du sang.

— Il est grand temps que je me trouve une occupation au-delà des quatre murs de ce bureau, ajouta Almah. Tu n'as plus guère besoin de moi et les cavalcades avec Polka ne peuvent pas remplir ma vie.

Après avoir connu son heure de gloire dans les années 1945-1955, au plus fort de la colonie, *La Voix de Sosúa*, le journal fondé par Wilhelm et Markus, battait de l'aile avec le déclin de leur communauté. Petit à petit les Dominicains avaient remplacé les Allemands, les Autrichiens et les Tchèques, et, Markus le déplorait, ils ne lisaient guère, ou alors la presse nationale. Quant au studio de photographie, c'était encore pire. Pourtant Markus s'entêtait : *La Voix de Sosúa* ne se tairait pas. Mais cela n'était plus qu'une activité périphérique. Ce qui les faisait vivre, et fort bien d'ailleurs, c'étaient leurs prospères *fincas* et les coopératives laitière et alimentaire qu'ils avaient créées. Frederick, qui venait d'en intégrer le comité de direction, était en train d'opérer des changements de taille. Il voulait inonder le pays des produits laitiers Sosúa et était en passe de réussir son pari.

— Et ton projet de fondation pour les baleines ?

Almah éclata d'un rire qui se cassa comme du verre. Ses yeux se voilèrent une seconde. Elle chassa la tristesse d'un geste du poignet.

— Oh ça ! C'était juste un truc lancé en l'air pour prouver à Wil à quel point il ne me manquait pas. À l'époque j'aurais inventé n'importe quoi pour ne pas m'enfoncer dans le marécage de la jalousie et du désespoir. Sans succès d'ailleurs ! J'ai été horriblement malheureuse. Mais c'est une idée intéressante et je vais me repencher dessus. Qu'en dis-tu ?

Markus approuva de la tête. Almah s'était mis en tête de protéger les centaines de baleines qui chaque année prenaient leurs quartiers d'hiver dans les eaux chaudes de la côte nord pour mettre bas et s'accoupler.

— Oui, c'est une bonne idée, mais je serais bien en peine de savoir par où la prendre. J'ai pensé à autre chose. Tu sais que je descends d'une lignée de trois générations de chirurgiens. C'est pour ça que j'ai fait des études de dentisterie. Pour perpétuer la tradition médicale des Kahn tout en me distinguant. Enfin pour ce que ça m'a servi…

Almah faisait allusion à l'interdiction d'exercer que lui avait opposé le gouvernement dominicain au prétexte que son diplôme autrichien n'était pas reconnu dans le pays. Elle avait refusé de recommencer ses études pour obtenir ses équivalences et s'était résignée à de simples visites de contrôle.

— J'ai envie de créer une structure médicale itinérante pour soigner les oubliés, ceux qui vivent loin de toute civilisation. Il y a de réels problèmes sanitaires dans ce pays et une mortalité infantile intolérable. Je déteste l'idée que des femmes puissent mourir en accouchant faute de soins. Je voudrais recruter des médecins volontaires et organiser des campagnes de vaccination et des tournées de contrôle médical. Qu'en penses-tu Markus ?

Cette fois Almah était sérieuse. Markus le lisait dans ses yeux qui s'étaient assombris et le fixaient intensément, et dans la ride qui se dessinait sur son front.

— J'en pense que c'est une excellente idée et je suis prêt à te soutenir. Inconditionnellement. Il faut faire avancer ce pays qui est désormais le nôtre, et pas qu'avec des idées. Il faut agir concrètement pour nous inscrire dans la modernité. Nous ne pouvons pas rester un pays du tiers monde. Comment comptes-tu t'y prendre ?

— J'ai besoin de rencontrer des médecins, d'envisager des appuis et des financements étrangers, peut-être américains, peut-être juifs. J'ai peur toutefois de rencontrer des obstacles au niveau de l'administration, il y a tant de corruption…

— Je ne crois pas que les obstacles t'aient jamais fait peur, pour ce que j'en sais, s'exclama Markus, un franc sourire aux lèvres.

— Tu as raison, il faut aller de l'avant. C'est décidé, je m'y mets. Et je compte sur Marisol et toi pour m'épauler.

6

Le goût ensoleillé des mangues

Septembre 1961

— *Cours Ruthie, cours !*

La porte à l'arrière de la maison s'ouvre sur le visage rouge de colère de la grosse Hilda qui se met à beugler. Sa perche de bambou à la main, Lizzie détale sans demander son reste, suivie de Frizzie et de Samy. Je tricote aussi vite que je peux de mes petites jambes pour les rattraper en serrant mon cartable contre ma poitrine. Derrière moi ça aboie furieusement. Je vais mourir dévorée par le chien des Pinsker, un vilain bâtard marron, qui galope à mes basques, crocs en avant et babines retroussées. Le chien des Pinsker qui n'est pas du tout attaché, contrairement à ce qu'a prétendu Lizzie.

— Oi, a shkandal ! Gai avek ! Yingatsh Raus shnell[1] !

---

1. « Oh, quel scandale ! Va-t'en ! Jeune coquine ! Ouste ! Vite ! »

Les hurlements de Hilda qui trottine sur mes talons en s'époumonant en yiddish me terrorisent.

— Oi, vai ! Gott im Himmel ! A metsieh fin a ganef ! Ganefs[1] !

Je cavale comme une folle. Mon cartable ballotte et entrave ma course. Des mangues s'en échappent et roulent par terre. Tant pis pour mon goûter. Je resserre l'étreinte autour de mon cartable. Loin devant, les autres ont déjà atteint le chemin de traverse qui oblique vers la plage. À bout de souffle, rouge comme une fleur d'hibiscus, la Pinsker s'arrête, renonçant à nous poursuivre. Les traits convulsés par la colère, elle s'époumone :

— Je vous ai reconnus tous les quatre, vous ne perdez rien pour attendre !

Le souffle court, je dérape dans la terre humide en prenant le sentier qui descend vers la mer. Mon cartable m'échappe et je m'étale de tout mon long, le nez dans la boue au milieu des mangues. Je ferme les yeux : ma fin est proche, le chien va me dévorer. Rien. Le corniaud a déclaré forfait. Je me relève haletante au milieu des mangues écrasées et de mes cahiers maculés. Mes mains et mes genoux sont tout égratignés. Samy remonte la pente pour m'aider à ramasser mes affaires éparpillées sur le chemin. Assis dans le sable à l'ombre d'un amandier, Frizzie et Lizzie me regardent avec une sorte de commisération accablée.

— Tu t'es fait mal ? demande gentiment Samy.

Je ravale stoïquement mes larmes et esquisse un petit haussement d'épaules.

---

1. « Ô, Dieu du ciel ! C'est un vol ! Voleurs ! »

— Non, ça va !

Ma voix tremble. Je suis Samy clopin-clopant vers l'amandier en évaluant le désastre. En plus des éraflures qui me cuisent horriblement, mes vêtements sont tachés de terre et de jus de mangue. Mes cahiers que je m'applique à tenir impeccablement aussi. Mon cartable est plein de pulpe. C'est une catastrophe. Je vais me faire passer un sacré savon en rentrant. Sans compter que Hilda Pinsker va nous dénoncer. Frizzie et Lizzie sucent une mangue en rigolant.

— Elles sont belles les mangues de la Pinsker, glousse Lizzie. T'en veux une, Ruthie ?

— Nan !

— Allez Ruthie, tu les adores !

Lizzie a raison. Chaque année j'attends la saison des mangues avec impatience. À partir du mois de mai, il y en a tellement, des vertes, des rouges, des jaunes, des rondes, des allongées, des grosses, des petites, des dodues, qu'on ne sait plus quoi en faire. Mes préférées sont les petites mangues créoles d'un beau jaune orangé dont j'adore la chair fibreuse et sucrée. Pour quelques centavos, on peut en acheter à n'importe quel coin de rue. Alors à quoi bon les voler ? Mais, avec son énorme ramure vert tendre piquetée des taches jaunes des mangues mûres, le manguier des Pinsker est une tentation à laquelle on ne peut pas résister.

Je décoche à Lizzie un regard noir et stoïque.

— Non, je te dis !

Samy entoure mes épaules de son bras :

— Allez Ruthie, prends une mangue !

— Tu vas pas bouder ! insiste Frizzie.

— Tu l'as bien méritée, pouffe Lizzie.

Je cède car j'en meurs d'envie, mais je foudroie Lizzie du regard. C'était son idée ! Si on m'avait écoutée, rien ne serait arrivé, car j'avais voté pour le manguier des Herschel qui n'ont que des chats. Mais Lizzie avait une revanche à prendre sur la Pinsker qui l'a vertement réprimandée devant tout le monde parce qu'elle a reçu un ballon en pleine figure à la plage. Alors nous nous sommes faufilés dans le jardin des Pinsker par un trou dans la haie d'hibiscus qui cerne leur maison. Ma mangue a le goût amer d'une vengeance. En fait, elle est délicieuse.

Frizzie porte nos cartables. Mes cahiers sous le bras, je boitille bas pour lui faire regretter notre expédition. Il me regarde sournoisement.

— On dira que c'est la mère de Samy qui nous a donné des mangues et que tu es tombée en courant sur le chemin.

— Et quand Hilda Pinsker nous dénoncera à maman, qu'est-ce qu'on dira ? En plus d'être des voleurs, on sera des menteurs.

— Elle dira rien la vieille bique ! Fais-moi confiance, me dit Frizzie d'un ton assuré. On doit dire la même chose. D'accord ?

— T'es vraiment sûr qu'elle dira rien la... vieille bique ?

Je pouffe. Frizzie hausse les épaules. Je capitule.

— Bon d'accord. Mais en échange je ferai voler ton cerf-volant toute seule !

Frizzie accepte et nous rentrons la tête haute.

Pendant tout le dîner j'ai une boule au ventre. Je pose à maman la question qui me turlupine :

— *Qu'est-ce que ça veut dire «* Groisser Gornisht *» ?*

Frizzie me lance un regard noir et se concentre sur le contenu de son assiette.

— C'est du yiddish, ma chérie. Ça signifie « grande bonne à rien ». Où as-tu entendu ça ?

Le nœud dans mon ventre se resserre d'un cran. Je vais encore mentir. À cause de Lizzie. Je hausse les épaules jusqu'aux oreilles avec un air innocent.

— À l'école, je crois... Mais c'était pas pour moi...

*

Ruth se redressa, le goût ensoleillé de la mangue sur sa langue. Filtrant du hublot, un rai de lumière matinale éclairait sa couchette. Elle n'était pas à Sosúa, mais dans la cabine d'un steamer quelque part sur l'océan en route pour New York.

7

Cantinflas et *sancocho*

Septembre 1961

— Cette cuisine internationale me navre.

Arturo avait pris un air affligé en agitant sous son nez sa fourchette sur laquelle était harponnée une bouchée de viande.

— Je ne voudrais pas te décevoir, mais j'ai bien peur qu'à New York ce soit pire !

Il lâcha un soupir en levant les yeux au ciel. Puis, soudain enjoué :

— Quel est ton plat préféré ?

— Le *sancocho* !

J'avais répondu sans la moindre hésitation. Mon enfance avait la saveur de ce robuste ragoût de viande aux légumes que Rosita nous mitonnait avec amour.

— Et toi ?

Arturo prit un air sucré :

— Le *dulce de habichuelas* !

— Espèce de gourmand !

— Ton film préféré ?

— *El bombero atómico* !

— Non ! s'exclama Arturo d'un ton navré. Je compatis.

— Moi, c'est *La Sauvage blanche*, reprit Arturo en roulant des yeux. Ton acteur préféré ?

— Cantinflas !

Je me pâmais devant l'acteur mexicain. Armés de nos cornets de cacahuètes grillées à cinq centavos, nous ne rations aucun de ses films à la projection du dimanche après-midi réservée aux enfants, dans un baraquement transformé en salle de spectacle. Frizzie préférait Tarzan et Lizzie aussi, pour faire comme lui. Nous nous asseyions dans un ordre sacro-saint, Frizzie à côté de Lizzie, puis moi, et Samy fermait le rang. Deux couples miniatures.

— Ton actrice ?

— María Montez ! *The Queen of Technicolor*, *The Caribbean Cyclone* !

— Shéhérazade ? La reine des aventures mélo ?

Je n'étais guère fan de l'actrice dominicaine qui avait fait un tabac à Hollywood dans les années quarante dans des navets exotiques, princesse indigène à moitié nue, en costume emperlé et voiles de gaze, ou sauvageonne, peau cuivrée, yeux de biche et bracelets d'esclave.

— Je te l'accorde, ce n'est pas Lubitsch ou Lang !

— Chauvin et nostalgique !

— Hum, *Les Mille et Une Nuits*, *Le Signe du cobra*, *Ali Baba*… Elle était sublime, tu ne peux pas dire le contraire.

— Pas autant que Rubirosa, notre play-boy international !

— On ne parle pas de lui, s'il te plaît, *persona non grata*, c'est un suppôt de Trujillo ! Ta pire humiliation ?

Pas besoin de réfléchir beaucoup pour repenser à ma prestation inoubliable un jour de fête des mères. Je la racontai à Arturo, qui arrivait, Dieu sait comment, à gommer en moi toute pudeur.

En costume de danseuse orientale, un bout de tissu semé de sequins dorés noué sur les hanches, un voile sur les épaules, les yeux lourdement fardés de noir, un tambourin à clochettes dans une main, une crécelle de Pourim dans l'autre, je me déhanche devant mes parents consternés en interprétant A Yiddishe Mame, *une chanson du folklore ashkénase apprise à l'école qui glorifie la mère juive. Mon père s'efforce de ne pas rire. « Quelle horreur ! » soupire maman à mi-voix. Ça lui a échappé mais pas à moi. « Une parfaite mousmé de harem », se rattrape-t-elle en riant. J'avais remisé mon costume aux oubliettes et ma chanson avec.*

— Et toi ? Ton pire camouflet ?

— Oh moi, soupira Arturo, c'est la gêne permanente d'avoir toujours été le bébé de sa maman, comme disait mes frères et sœurs. Ma mère m'a longtemps baptisé de petits noms ridicules, mon ange bleu, mon nuage rose, tu vois le genre… Je crois que c'est une des raisons qui m'ont poussé à quitter la maison.

— Je compatis ! J'ai connu ça aussi.

Arturo haussa les épaules et d'un ton rieur :

— Qu'est-ce qui te fait le plus peur ?

— Le *cien pie*[1] !

— Oh là là ! On voit bien que tu es une fille du *campo* !

Il me fit un double pied de nez. Décidément, ce garçon était très puéril. Je le fusillai du regard.

— Tu sais ce qu'on dit en Allemagne ? « Mieux vaut un paysan en bonne santé qu'un empereur malade. »

Arturo se renfrogna et prit la mouche :

— Je ne suis pas un empereur et sûrement pas malade et tu n'es pas une paysanne.

Je ne pus m'empêcher de sourire.

— Pourtant je te trouve un peu pâlot le Santiaguero ! Alors toi, qu'est-ce qui te fait le plus peur ?

— Le *cuco* ! répondit Arturo, affectant un frisson de tous ses membres.

J'éclatai de rire. Petite, je tremblais aussi à la menace du croque-mitaine haïtien qui emmenait les enfants désobéissants de l'autre côté de la frontière pour les dévorer. Il rivalisait dans mes terreurs d'enfant avec la *ciguapa*, cette femme aux longs cheveux et aux pieds à l'envers, qui se promenait nue dans la forêt et enlevait les honnêtes pères de famille. J'avais peur pour mon père. Pourtant celle qui l'avait séduit était bien réelle. Je chassai le souvenir de la Cubaine d'un haussement d'épaules en relançant les enchères. J'avais l'impression qu'au fil de nos échanges, nous nous dépouillions méthodiquement, Arturo et moi, des derniers lambeaux de notre enfance.

— Ton auteur préféré ?

— Alexandre Dumas, *Les Trois Mousquetaires* !

---

1. Scolopendre.

J'aurais dû m'en douter !

— Le tien ?

— Alors là on aborde une question délicate… Je dirais Zweig, juste au cas où mon père m'écouterait de là où il est !

— Je ne l'ai pas lu.

— Tu devrais, je t'assure.

— Je suivrai ton conseil. Ton merengue préféré ?

Et ça continuait ainsi…

Nous nous comparions. Nous avions bien peu en commun. Malgré leur passeport, mes parents étaient autrichiens depuis plusieurs générations, Arturo prétendait que ses racines dominicaines remontaient à la conquête espagnole ou peu s'en fallait. Lui était catholique alors que j'avais été élevée dans le respect de la religion juive. Les héros des contes de mon enfance étaient Hansel et Gretel et le joueur de flûte de Hamelin, les siens, el Pato Pascual, Serapio et Periquita[1]. Sa famille appartenait à la grande bourgeoisie santiaguera bien-pensante, les miens fleuraient bon le *campo* et flirtaient avec l'anarchisme… Bref, dans le genre qui se ressemble s'assemble, nous avions tout faux.

Les heures passaient vite avec Arturo. Je ne m'ennuyais pas avec lui, il inventait toujours un jeu, n'était jamais en retard d'une inspiration. Nous paressions sur les ponts ; nous refaisions le monde le nez au vent ; nous nous angoissions de concert sur notre futur new-yorkais

1. Serapio est le lapin Bugs Bunny, el Pato Pascual Donald et Periquita une petite fille.

appuyés au bastingage ; nous galopions dans les coursives. Il alla même jusqu'à me faire danser sur le pont arrière du bateau en chantant à tue-tête, sous le regard indulgent des autres passagers qui s'imaginaient sans doute assister à la naissance d'une idylle. Nous nous apprivoisions lentement au fil des journées à bord.

8

Une célébrité

Septembre 1961

— On dirait un vieux couple, ricana Arturo en me voyant demander un Martini au serveur. Au bout de trois jours, nous avons déjà nos petites habitudes. Qu'est-ce que ce sera quand nous aurons quinze ans de mariage derrière nous !

— Voilà bien une chose qui ne risque pas d'arriver ! m'esclaffai-je en cachant ma bouche d'une main, une habitude prise par coquetterie pour m'excuser d'une incisive qui en chevauchait une autre.

Pourtant Arturo avait raison. En un rien de temps, nous avions adopté une confortable routine, dont notre dîner en tête à tête que j'entamais par un Martini.

— Ce soir nous allons sortir du train-train, annonça Arturo en demandant la carte des vins. Un vin de Bourgogne, ça te dirait, Ruth ?

— Hum… Pour ta gouverne, Arturo, on ne commande pas le vin avant d'avoir choisi les plats, car, vois-tu, un vin rouge ne saurait accompagner du poisson par exemple.

Arturo rougit. Avec un petit sourire dépité, il adopta une voix plaintive.

— Il me reste bien des choses à apprendre…

— … avant de devenir un parfait gentleman ! Mais je suis d'accord, offrons-nous une bonne bouteille de vin français.

*

Affalée dans un fauteuil du bar, je minaudais. Durant les repas, le bal des serveurs et la proximité des autres voyageurs nous contraignaient à une certaine retenue que nous perdions une fois hors de la salle à manger. Pour quelque obscure raison, non contente d'avoir asticoté Arturo à propos du vin, j'avais décidé de lui en mettre plein la vue. Il m'agaçait avec ses prétentions bourgeoises en me traitant de fille du *campo* plus souvent qu'à mon tour. Prétextant la fraîcheur nocturne, j'étais descendue dans ma cabine chercher un gilet et j'étais remontée avec de quoi clouer le bec à mon compagnon. Je pris un air important.

— Figure-toi que tu n'as pas affaire à n'importe qui !

— Oh mais je n'en doute pas une seconde.

— En fait, tu es face à une célébrité. J'ai fait la une des journaux à plusieurs reprises. Je ne crois pas que tu puisses en dire autant !

— Alors là tu m'épates !

Je sentais bien qu'il était perplexe. Je me lançai.

— À plusieurs reprises j'ai été la petite fille la plus importante de Sosúa. Je suis le premier bébé né dans notre utopique kibboutz des tropiques.

Arturo opina.

— Sacré pedigree ! Dès ta naissance, les fées se sont penchées sur ton berceau ! Une star, y a pas à dire !

— Un symbole plutôt ! Et tu n'imagines pas ce que ça m'a valu !

— Ta photo en barboteuse à la une des journaux ?

— Exactement, et bien plus que ça. Une sorte d'aura presque palpable durant toute mon enfance. Tu comprends, j'étais le bébé de l'espoir, un enfant que rien ne rattachait aux drames vécus par les adultes, et le premier d'une belle série de bébés qui sont nés après moi dans le petit hôpital de Sosúa. Sans compter une quasi-impunité pour toutes mes bêtises.

— Que j'imagine nombreuses !

— Moi j'étais plutôt sage, c'étaient les autres. Frizzie et Lizzie surtout. Mon frère et mon amie m'utilisaient comme un paratonnerre anti-engueulades.

— Je t'envie, moi j'ai eu une enfance un peu solitaire et je ne suis pas mécontent d'en être sorti.

Je n'avais pas envie de m'apitoyer sur l'enfance esseulée d'Arturo.

— Et puis il y a eu le jour où Trujillo nous a rendu visite. C'est moi qui lui ai offert la gerbe de fleurs et il m'a embrassée.

— Pouah !

— Mon père avait refusé d'assister à la parade. Je me souviens que ma mère m'avait récuré la joue sans ménagement comme s'il m'avait souillée. Mais pour moi ce fut un jour de triomphe.

— Tu l'as échappé belle. Tu aurais eu quinze ans, tu serais passée à la casserole. Tu sais qu'on le surnommait le bouc à cause de son appétit sexuel délirant et de son goût pour les jeunes vierges sur lesquelles il s'était attribué un droit de cuissage ?

— Tu ne l'aimes vraiment pas.

Arturo rejeta la fumée de sa cigarette Hollywood, une marque de la fabrique familiale, avec une lenteur étudiée.

— Dans notre famille, c'est un sujet tabou. On l'a soutenu longtemps, jusqu'à ce qu'il fasse main basse sur les grandes exploitations de la région. Mais le frère de mon père, Daniel, a toujours été un opposant actif. Il aurait même participé au complot, pour ce que j'en sais.

— Non ! Celui qui a rencontré ma mère ?

— On ne sait pas si c'est ta mère, Ruth. Bref, il est toujours dans la clandestinité, peut-être à Cuba…

Il n'était pas question de laisser l'oncle d'Arturo me voler la vedette. J'exhibai de mon sac une enveloppe timbrée portant un imposant cachet et la tendis à Arturo.

— « Année internationale des réfugiés, premier jour d'émission, 7 avril 1960 », déchiffra-t-il.

— Regarde bien les timbres.

— C'est toi Ruth, la *rubia* au milieu ? J'en crois pas mes yeux !

— Oui, et à côté, là, c'est Lizzie ! Ma mère s'est débrouillée pour qu'on choisisse des photographies de mon père. Tu vois cet autre timbre, c'est Sosúa peu de temps après leur arrivée.

Arturo se rencogna dans son fauteuil.

— Alors là tu m'épates ! Quel honneur de rencontrer une compatriote de ta qualité ! ajouta-t-il ironiquement.

Puis il se leva et me salua à la manière des mousquetaires.

— Je m'incline, je suis bel et bien en présence d'une star.

— On a tous un moment de gloire ! Ne t'inquiète pas, le tien viendra, j'en suis sûre.

— Hum, si tu le dis, je vais me montrer patient. Quant à toi, mon petit doigt me dit que tu feras encore la une des journaux. Une coupe de champagne pour fêter ça ?

Ma petite voix intérieure me souffla qu'il était préférable de décliner.

9

Die Sehnsucht

Septembre 1961

Les journées s'étiraient lentement dans un ennui confortable, des journées interminables de ciel et d'eau. Je n'avais rien à faire que méditer sur ma vie et mon avenir. Pour ne pas m'angoisser, je trouvais plus confortable de me replonger dans mon passé. Je passais des heures, alanguie dans une chaise longue, à regarder la mer en faisant défiler les séquences les plus réussies du film de mes jeunes années. C'était une manière de faire mes adieux à mon enfance à laquelle je tournais définitivement le dos. En fermant les yeux, je voyais une longue plage blonde où le bonheur n'en finissait pas de couler. Si j'avais peu de certitudes, une seule était totalement inébranlable : peu d'enfants avaient vécu une enfance aussi libre et heureuse que la nôtre, un long fleuve d'insouciance. Je gardais des années bénies de mon enfance le souvenir de la plus absolue félicité.

Nous vivions hors du temps avec le sentiment que cela durerait toujours. Nous avions tout : le soleil, des champs à parcourir, des cabanes dans les branches, des lianes pour nous balancer, des coins sauvages pour nous perdre, des arbres à escalader, des étangs pleins de grenouilles, des fruits à cueillir, des bosquets où nous cacher, et surtout la mer, une source inépuisable de plaisirs et d'exploits. Les portes de toutes les maisons nous étaient ouvertes en permanence et chacun veillait sur nous. Nous étions les petits princes de la colonie. Une ribambelle d'images se mêlaient dans ma tête. Il n'y avait pas une ombre au tableau. Un souvenir en balayait un autre et j'étais submergée par un torrent tumultueux et joyeux qui avait l'intensité d'un extraordinaire feuilleton d'aventures.

Le lever du drapeau chaque matin avant la classe, *Quisqueyanos valientes*[1] entonné au garde-à-vous, Lizzie s'égosillant avec des faussetés volontaires en me pinçant les fesses, moi m'embrouillant dans les paroles.

Notre radeau fabriqué par Markus en perdition au milieu de la baie.

Manfred, le plus beau garçon du village, qui m'avait offert un pot de glace râpée au jus de citron et dont j'étais amoureuse à douze ans.

« Ça me laisse comme deux ronds de flanc, ça te coupe la chique, tu es dans le caca, il est zinzin, je te pardonne… », les expressions favorites de Lizzie.

Frizzie en roi de la jungle, perché sur une branche, se frappant la poitrine de ses poings fermés en poussant

1. Hymne national dominicain.

des cris gutturaux, Lizzie en Jane et moi avec le mauvais rôle d'un chasseur anglais trottant sur leurs traces derrière Samy…

Nos expéditions nocturnes sur la plage, la danse de nos lampes torches dans le noir, les vêtements promptement abandonnés sur le sable frais, la caresse de l'eau tiède sur nos corps nus, les reflets d'argent dc la lune sur l'eau sombre, nos fous rires étouffés, et le délicieux sentiment de braver un interdit.

Les nuits au camp de vacances de Jarabacoa, la petite tente, mes cris d'effroi devant le visage de Lizzie défigurée par la lampe électrique cachée sous son menton.

Nos rendez-vous secrets sous le grand tamarinier derrière le bureau de poste.

Les bougies de Hanoukka, le pique-nique de Shavouot, les friandises et nos couronnes de papier pour Pourim ; Lizzie agitant frénétiquement sa crécelle chaque fois que je prononçais le nom de Aman au cours de ma lecture d'un passage de la « Méguila d'Esther ».

Frizzie imitant maman en pinçant les lèvres : « Je suis raplapla ! Ce que tu peux être soupe au lait, Wil ! »

Nos talkies-walkies expédiés de New York qui faisaient l'envie des autres enfants.

Le juke-box de l'Oasis autour duquel nous nous dandinions en écoutant Ricky Nelson, les Everly Brothers, les Platters, les Shirelles ou les Marvelettes.

Le couteau suisse de Frizzie, un cadeau de Markus, qu'il me prêtait exceptionnellement pour couper en quatre une barre de chocolat Embajador mais qu'il rempochait vite fait.

La panoplie d'infirmière qui m'avait donné la mauvaise idée d'entamer des études médicales.

Nom de code Herminia, les piètres vers que j'écrivais en empruntant le pseudonyme de Salomé Ureña.

Les cigarettes Hollywood que Frizzie et Lizzie fumaient en cachette crânement et dont la fumée me donnait la nausée.

Et cela me ramenait à Arturo…

*

Parfois une espèce de spleen éthéré me trouait l'âme, un manque douloureux mêlé à un fervent espoir, une mélancolie ambiguë qui associait passé et avenir. Mon père appelait ça « *Sehnsucht* », un paradoxe très autrichien, selon lui. J'étais moi-même un paradoxe vivant, pétrie d'un mélange de cultures et d'influences antinomiques que j'avais un mal fou à me définir. Je me rendais compte que je n'étais pas aussi forte que j'avais voulu m'en persuader.

Bon sang, je devais me ressaisir, arrêter ces variations sur le même thème et maîtriser *Die Sehnsucht* qui menaçait de m'engloutir. Forte de notre pacte, je partais à la recherche d'Arturo, parfait antidote à ma nostalgie.

*

Et, quand je m'y attendais le moins, le visage de mon père ou sa voix s'imposaient à moi. Il était encore là, tellement présent, et pourtant jamais plus je ne pourrais le toucher, l'embrasser, regarder les étoiles dans ses bras. J'avais alors des crises de sanglots irrépressibles, ne pouvant admettre la réalité de sa mort. Je ne retenais pas mes pleurs comme je l'avais fait à

Sosúa, par crainte d'être surprise par Frizzie ou par ma mère et de décupler leur propre chagrin. Sur ce bateau où personne ne me connaissait, où je pouvais m'isoler à loisir, je n'avais plus besoin de faire la forte. Je m'enfermais dans ma cabine et je pleurais tout mon soûl. Parfois je griffonnais mes émotions dans un petit journal improvisé. Puis la crise passait. Alors j'essuyais mes joues et sortais sur le pont retrouver Arturo.

*

À mesure que nous remontions vers le nord, les couleurs perdaient de leur substance et la chaleur diminuait. Après l'archipel des Bahamas, la mer était devenue d'un bleu profond, sérieux et grave comme l'infini.

— Nous allons arriver en automne, souligna Arturo, une saison douce avant le grand saut dans l'hiver et le froid.

À cette idée, je frissonnais.

J'avais eu l'impression de m'étioler dans la cage dorée de notre île, et maintenant, au moment de tourner une page de ma vie, je n'étais plus aussi sûre de mon choix.

10

Adieux

Septembre 1961

Au petit matin, le paquebot entra dans la baie de l'Hudson. Ce fut une arrivée lente et majestueuse. Un bateau-pilote escortait le steamer dont la progression était saluée par les piaillements aigus des mouettes. Comme les autres passagers, Ruth se tenait à la proue. Après avoir plaisanté sur le plancher des vaches qu'ils allaient bientôt fouler de nouveau, Arturo était devenu étrangement silencieux à son côté. En observant au loin la dentelure grise des buildings, Ruth était partagée entre une immense excitation et un abattement sournois. Elle connaissait bien New York, pourtant, ce matin-là, tout prenait une saveur particulière. Un soleil froid jouait sur l'eau gris anthracite irisée des reflets moirés de traînées de fioul. Ses narines frémissaient en découvrant un parfum auquel elle allait devoir s'habituer, celui d'une ville de béton et d'asphalte. Elle frissonna. Elle était soudain très loin, cette exhalaison grasse et entêtante de terre mouillée mêlée au parfum capiteux des fruits mûrs et aux senteurs de la mer qui avait bercé sa vie jusque-là. Une bouffée de nostalgie mêlée d'une pointe d'angoisse l'envahit, vite balayée par l'excitation de la découverte. Ils laissèrent à bâbord la statue de la Liberté, impressionnante apparition vert-de-gris qui avait cristallisé les espoirs de centaines de milliers d'émigrants. Alors qu'ils dépassaient la dame de fer, Arturo la gratifia d'une petite inclinaison de la tête, masquant son émotion sous la dérision.

Ruth avait à peine fermé l'œil de la nuit. Depuis son départ, elle s'était imposé de lire le journal de son père en remontant le temps, au rythme de leur progression. Un véritable voyage à l'envers. Le steamer dépassa lentement Ellis Island. Le purgatoire où ses parents avaient perdu leurs dernières illusions, l'impasse d'où ils s'étaient embarqués pour ce qui devait être leur nouvelle existence avait triste mine. Après avoir admis quelque quinze millions d'émigrants sur le territoire américain depuis son inauguration en 1892, le centre new-yorkais du contrôle de l'immigration avait fermé ses portes en novembre 1954, dans l'attente d'une seconde vie. Ruth n'avait découvert les chapitres concernant le séjour de ses parents à Ellis Island qu'au cours de cette dernière nuit à bord. C'était vertigineux car toute leur vie s'y concentrait. Dans ces pages, il n'y avait rien de la légèreté de la traversée qui les avait menés de New York à Ciudad Trujillo. Au contraire, c'était dramatique et poignant. Elle comprenait maintenant la réserve de sa mère quand elle lui avait confié ce carnet : « Tu es une femme, maintenant, Ruthie. Tu as le droit de savoir et tu peux comprendre ce que nous avons traversé avec le recul d'une adulte. Il y a bien des passages un peu intimes, mais tu n'en seras pas choquée. » Dans un éclair de lucidité, Ruth avait aussi compris pourquoi sa mère avait choisi de la baptiser d'un second prénom. Elisa. Elle avait été conçue quelque part entre ces tristes murs, sous la bannière américaine. Jamais auparavant elle n'avait touché du doigt cette réalité. Elle scruta d'un œil attentif les bâtiments de brique rouge de l'île artificielle. La caserne avait des airs de prison et une boule grossit dans son estomac. Le cœur lourd, elle voyait l'immense hall d'accueil, les officiers d'immigration suspicieux et malveillants, les dortoirs humides, les réfectoires bruyants, les salles d'auscultation glaciales… Frederick avait dormi, mangé, joué dans ce lugubre édifice. Elle imaginait ses parents, orphelins de leur pays, patientant dans cet îlot sinistre, dans l'impossibilité de rejoindre ce qu'ils considéraient alors comme une terre promise, qui les narguait depuis la rive du fleuve, puis se désespérant devant le spectacle des gratte-ciel de New York qui leur étaient interdits. Ils avaient livré ici une bataille décisive, avaient attendu un verdict qui avait décidé de la suite de leur vie. Elle essaya de se figurer ce qu'avait dû être l'ampleur de leur déception mais elle n'y parvint pas. Les temps avaient changé. Elle ne subirait ni une humiliante inspection médicale à son arrivée, ni l'épluchage méticuleux et soupçonneux de ses papiers. Le bateau émit une longue plainte rauque en dépassant l'îlot artificiel. Le quai approchait lentement. Les passagers refluèrent vers les entrailles du navire pour récupérer leurs bagages et gagner les passerelles.

Les membres d'équipage lancèrent les amarres sur le quai. Ils étaient arrivés.

Ruth et Arturo avaient échangé leurs coordonnées respectives. Excités par l'arrivée, ils étaient presque redevenus des étrangers l'un pour l'autre. Portés par le flot houleux des passagers, ils descendirent ensemble la passerelle. De loin, Ruth avait repéré Myriam qui était venue avec Nathan. Arturo était attendu lui aussi. Un homme en livrée vint se saisir de ses bagages. Il gratifia Ruth d'une petite révérence à sa façon avant de s'engouffrer dans une limousine noire aux vitres fumées, immatriculée corps diplomatique, dont le chauffeur referma la porte sur lui. Elle agita la main au-dessus de sa tête en guise d'adieu. Dans la précipitation de l'arrivée, ils n'avaient même pas eu le temps de s'embrasser. Ruth en ressentit un petit pincement au cœur, vite dissipé par l'accueil chaleureux de sa tante et de son jeune cousin.

En lui faisant ses adieux sur le quai ce matin-là, Ruth pensait ne jamais revoir Arturo. Elle n'avait pas pris conscience de la force du lien qui s'était noué entre eux et était bien loin d'imaginer toute la place que « Vous pleurez mademoiselle » allait prendre dans sa vie.

11

Des considérations linguistiques

Septembre 1961

— Ruthie, Ruthie ! Ruthie !

Sur le quai Nathan piaffait d'impatience, sautillant frénétiquement comme s'il était monté sur ressort. Sa voix haut perchée dominait le tumulte de la foule. Mon cousin se rua sur moi à peine avais-je posé le pied à terre. C'était un petit garçon brun, d'une joliesse troublante, vif et virevoltant, un enfant tardif et gâté que sa mère avait du mal à canaliser. Je n'avais pas revu Myriam depuis l'enterrement de mon père trois mois auparavant. Mon séjour aux États-Unis s'était décidé après coup et organisé par téléphone. Ma tante était resplendissante et assumait allègrement sa cinquantaine, avec sa silhouette de jeune fille à la taille fine et aux hanches étroites et son maintien parfait de danseuse. Son visage émacié respirait paradoxalement la fraîcheur. De son corps sec et musclé émanaient une force et une énergie peu communes, étrangement contrebalancées par la bonté de son regard vert et doré et par la chaleur de son sourire. Des fils argent striaient la masse de son abondante chevelure brune impeccablement coupée au carré aux épaules. Ma tante m'accueillit avec une émotion presque palpable. Son étrange regard bicolore, hérité de Jacob, mon grand-père paternel que je n'avais connu que sur papier glacé, pétillait de joie.

— Bienvenue à New York, Ruthie chérie, s'écria-t-elle en me serrant dans ses bras à m'étouffer. Il était temps que tu arrives, Nathan n'en pouvait plus de t'attendre.

Nous nous entassâmes dans un taxi jaune. Mon cousin babillait d'une petite voix suraiguë d'excitation, Myriam me questionnait gentiment. Elle se faisait du souci pour ma mère. Je répondais distraitement en regardant défiler New York, le cadre de ma nouvelle vie désormais. Je ne connaissais la ville qu'avec son visage d'hiver, ciel gris, brouillard et neige. C'était la fin de l'été, les arbres avaient roussi, le ciel était couleur d'acier, le soleil pâle. Dans les rues animées du Lower East Side, les piétons, visages fermés, étaient affairés, les voitures s'agglutinaient pare-chocs contre pare-chocs. La rumeur du trafic, les Klaxon, les odeurs d'asphalte et de gaz d'échappement, tout m'était étranger. Ils étaient soudain très loin les parfums suaves, les couleurs franches et les sourires éclatants de mon île.

Je pensais à ma mère, à Frizzie et, curieusement, à Arturo. Ils me manquaient déjà. J'allais devoir apprendre à vivre sans eux. Une bouffée d'angoisse m'envahit, vite chassée par l'excitation de la nouveauté. Quand nous traversâmes le pont de Brooklyn, mon cœur se dilata. Je retrouvai les *brownstones* avec plaisir.

La maison des Ginsberg était une demeure trapue et cossue, que mon oncle avait entièrement réaménagée. Aaron était architecte et fondateur et principal actionnaire du cabinet Ginsberg et Associates qui construisait des centres commerciaux dans tout le pays. Une manne pour l'ancien élève des maîtres viennois, inconditionnel du style dépouillé de Loos. Myriam venait de redécorer la maison, et elle me fit la visite commentée des lieux, une heureuse combinaison de touches féminines qui réchauffaient la stricte modernité qu'affectionnait son mari. Le résultat, très réussi, était accueillant et chaleureux.

Dans le salon, une console appuyée contre le mur supportait une collection de photographies de toutes tailles. Je m'approchai. Il y avait de vieux clichés des parents de Myriam, mes grands-parents paternels, des inconnus en habits d'une autre époque que j'imaginais être les parents d'Aaron, des photographies de réunion de famille et de mariages, celui de mes parents, celui de Myriam et Aaron, insolents de jeunesse. Au centre, dans un grand cadre, trônait un pêle-mêle d'instantanés. Du garçonnet à l'homme mûr, je reconnus mon père sur toutes les images. Je le regardai longuement. Ma gorge se noua. Myriam s'approcha de moi par-derrière et entoura mes épaules de son bras.

— Il est magnifique, n'est-ce pas ?

Sa voix tremblait. Je hochai la tête. Oui, mon père était beau. Il paraissait invincible sur ces photographies. Et pourtant…

— Il était si doué pour la vie, reprit Myriam. Il a fait de mon enfance une féerie et de mon adolescence un enchantement. C'est lui qui m'a permis de quitter l'Autriche alors qu'il restait pour protéger nos parents. Il s'est sacrifié pour moi. C'est grâce à lui si j'en suis là aujourd'hui. Je suis sûre que de là où il est, il continue à veiller sur nous. Il ne me quittera jamais mais il me manquera toujours.

En tournant la tête, je vis une larme rouler sur sa joue qu'elle essuya de son pouce. Son émotion était contagieuse et je me sentis prête à fondre en pleurs. À cet instant, un bruit de cavalcade retentit dans l'escalier et Nathan surgit dans notre dos.

— Ruthie, viens voir ta chambre, on a mis un nouveau papier peint, avec des fleurs !

Myriam se retourna en souriant vers son fils.

— Tu as raison, Nathan, allons-y ! Tu vas aider Ruthie à s'installer.

Ma tante me conduisit au deuxième étage jusqu'à la grande chambre d'amis avec salle de bains attenante. C'était celle qu'elle réservait à mes parents lors de nos Noëls familiaux d'antan. La chambre de Nathan s'ouvrait en face. J'entrepris de défaire mes bagages tandis qu'il jacassait à côté de moi, juché sur la chaise de bureau. Je remarquai avec attendrissement ses jambes qui se balançaient dans le vide, trop petites pour atteindre le sol.

En gamine superstitieuse, j'avais rempli ma valise de fétiches et de porte-bonheur, une graine en forme de cœur venue des montagnes, cadeau des rivières en crue, une compilation de merengues, la recette du *sancocho* dictée par Rosita, une branche de corail blanchâtre, un tesson taïno volé à la collection paternelle… En plus du journal de bord de mon père, j'avais emporté un album de photos. Je m'étais souvenue comment les quelques photographies jaunies apportées par Myriam lors de la shiva avaient adouci mon chagrin. Je n'aurais qu'à ouvrir mon album et Frizzie, Lizzie, mes parents, Svenja ou Markus seraient à mes côtés. Je disposais un à un tous mes trésors sur une petite étagère. Fatigué de me regarder, Nathan voulut m'aider. Je le mis à contribution : il sortait mes vêtements des valises et je les suspendais aux cintres. Au moment où il me tendit une blouse d'été à fleurs, je m'effondrai sur le lit et éclatai en sanglots. Je venais de comprendre que rien de ce que j'avais apporté ne convenait. Je ne possédais que des sandales, des shorts, des pantalons de toile et des robes légères. Nathan resta un instant interdit, puis, consterné, il se rua vers la porte. J'entendis ses pas galoper dans l'escalier.

— Maman, maman, Ruthie pleure.

Il revint triomphant avec Myriam, la solution à tous ses chagrins d'enfant. Ma tante s'assit à côté de moi et entoura mes épaules de son bras.

— Que se passe-t-il ma Ruthie ?

Elle m'avait naturellement parlé en anglais. Mes pleurs redoublèrent.

— Je n'ai rien à me mettre !

Je balbutiais en allemand sachant que Myriam ne parlait pas un mot d'espagnol. Et mon anglais n'était pas fameux. Mes parents avaient connu ça, atterrir dans un pays dont ils ne parlaient pas la langue, avoir à se débattre entre l'allemand, l'anglais et l'espagnol.

Je me sentis coupable d'un seul coup d'avoir eu souvent honte de l'accent râpeux de mon père, des mots trop choisis ou trop pompeux de ma mère, toujours en léger décalage, ces infimes erreurs de tonalité ou de registre qui disaient qu'elle venait d'ailleurs, de ces mots de yiddish glissés dans leurs conversations.

Et moi, quelle était ma langue ? Celle des contes d'enfants murmurés par ma mère le soir au coin du lit, celle chantante de mon île chérie, de mon premier amour d'adolescente, de mes années d'études, ou celle que j'allais devoir apprivoiser dès maintenant ? Qui étais-je, moi Ruth Rosenheck, née en République dominicaine de parents juifs autrichiens, parachutée à New York ? Juive, autrichienne, dominicaine, américaine ? Avais-je fait le bon choix ? Je me sentais perdue. Mes pleurs redoublèrent.

— *Oh mein Kätzchen !* Ce n'est pas grave, nous irons faire les magasins dès demain et nous dépenserons une fortune pour faire de toi une des jeunes femmes les plus élégantes de New York !

Son allemand avait une pointe d'accent américain. Myriam réussit à m'arracher un sourire.

— Ne sois pas triste, je t'en prie, ma Ruthie. Je sais que ta maman, ton frère, ton papa et ton pays te manquent. Je te comprends. Moi aussi, j'ai dû quitter ma famille pour m'installer ici avec une valise et deux malles.

— Mais toi, tu avais Aaron !

— Et toi tu nous as, *meine Liebling*. Tu es ici chez toi et nous t'aimons comme notre fille. Tu verras, tout va très bien aller. Tu vas adorer New York. Il y a ici une énergie que tu ne trouveras nulle part ailleurs. Si tu veux être journaliste, c'est ici que tu apprendras ton métier. Et puis tu vas très vite te faire des amis, tu iras au cinéma, dans les bars, les discothèques, les clubs de jazz. Allez, zou, sèche tes larmes ! Finis de t'installer, téléphone à ta mère, et je vous emmène déjeuner dans un merveilleux *coffee shop* du quartier. Tu m'en diras des nouvelles !

*

— Allô, maman ?

— Ma chérie ! J'attendais ton appel. Tu es bien arrivée, tu as fait bon voyage ?

— Oui, c'était une belle traversée. Merci de m'avoir offert ce voyage.

— Comment as-tu trouvé Myriam et Nathan ? Et Aaron ?

— Tout le monde va bien, ils t'embrassent. Et vous ?

— Rien de neuf ! Es-tu bien installée ?

— Myriam m'a donné votre chambre avec ma propre salle de bains.

— Bien, alors il ne te reste plus qu'à te mettre au travail.

— Aaron m'a arrangé un rendez-vous au *Times* après-demain avec un de ses amis qui dirige la rubrique culturelle.

— Ma parole Ruthie, on dirait bien que tu marches dans les traces de ton père !

D'un coup me revint en tête une conversation avec Arturo.

— À propos, maman, tu connais un certain Daniel Soteras ?

— Non, je ne crois pas.

— Eh bien lui, il te connaît !

Un silence sur la ligne. Almah réfléchissait.

— Oui ça me revient, c'est quelqu'un que j'ai croisé au cours d'un séjour à Ciudad Trujillo.

— Maman, on dit Saint-Domingue maintenant !

— Tu as raison, ma chérie, mais à l'époque c'était Ciudad Trujillo.

— Tu lui as fait forte impression apparemment à ce Soteras. Il est amoureux de toi !

— Enfin Ruthie, je l'ai croisé quelques heures et c'était il y a plus de dix ans ! Mais d'où tiens-tu ça d'abord ?

— Figure-toi que j'ai voyagé avec son neveu, Arturo, un jeune homme tout à fait charmant !

— Serais-tu tombée sous son charme, Ruthie ?

— Maman, c'est un enfant, il a dix-sept ans !

— C'est vrai que tu es une si vieille dame ! Raconte-moi donc ta traversée.

*

Au dîner, Aaron décréta :

— Nous ne parlerons désormais qu'anglais entre nous. Ruth doit absolument être *fluent* pour l'université et son stage au journal. Et c'est valable pour toi aussi, Nathan, tu ne parles à ta cousine qu'en anglais.

Myriam me fit un clin d'œil, nous avions conversé en allemand tout l'après-midi. La sonnerie aigrelette du téléphone nous tira de nos considérations linguistiques.

Myriam fila de son pas gracieux de danseuse jusqu'au salon et annonça :

— C'est pour toi, Ruthie, un monsieur !

Je me levai, interloquée. J'avais eu Frizzie et maman à mon arrivée. Qui pouvait bien me téléphoner chez les Ginsberg ?

— Êtes-vous bien installée, mademoiselle ?

— Arturo ! Quelle bonne surprise ! Comme je suis contente de t'entendre !

Nous bavardâmes longuement, échangeant nos premières impressions sur New York, avant de nous promettre de nous revoir très vite.

En espagnol.

12

Atravesada

Septembre 1961

Jérusalem, le 5 septembre 1961

Ma chérie,

J'espère que cette lettre te trouvera sereine dans la rude épreuve que tu traverses. Il est difficile de trouver les mots justes, mais sache que mes pensées les plus affectueuses t'accompagnent chaque jour. Seul le temps pourra adoucir ton chagrin, et du temps, il t'en faudra. Mais je te sais assez forte pour survivre à ce deuil immense et écrire une autre page de ta vie.

Ici, les choses ne changent guère depuis ton départ il y a quatre mois. Eival est de plus en plus pris par ses responsabilités à la Commission nationale de la santé. Il est même pressenti pour le ministère. Imagine-moi en femme de ministre, ça fera des étincelles ! En ce moment, il est toujours par monts et par vaux. Autant te dire que notre vie de couple s'en ressent. De mon côté, j'ai décidé de lever le pied sur mes consultations privées : le mal-être des riches m'insupporte de plus en plus. Je vais intégrer une association de bénévoles qui travaillent dans des orphelinats et des écoles à la frontière libanaise où les escarmouches sont monnaie courante. C'est une véritable guerre larvée qui n'augure rien de bon.

Mirawek t'envoie son meilleur souvenir, mais je doute que ses responsabilités au sein du gouvernement lui laissent le temps de t'écrire. Qui aurait prédit au temps des soirées de l'Oasis, quand nous nous moquions de son fanatisme, que mon petit frère deviendrait quelqu'un de si important ! Ainsi va la vie, pleine de surprises et de changements qu'il nous faut savoir accueillir.

Almah chérie, tu me manques terriblement. Ces derniers mois passés ensemble sont déjà loin. Ils m'apparaissent comme une parenthèse enchantée que je souhaiterais tant renouveler. Personne ici, jamais, ne t'a remplacée dans mon cœur depuis notre rencontre il y a maintenant... vingt et un ans si je compte bien. Comme le temps passe ! Tu es mon âme sœur. Tu sais que ma porte t'est ouverte et que tu peux venir ici soigner les blessures de ton âme. Quand tu voudras et aussi longtemps que tu le souhaiteras. Prends soin de toi.

Je te serre très fort, comme je t'aime, S

P.-S. : Envoie-moi l'adresse new-yorkaise et le téléphone de ma filleule pour que je puisse lui écrire. Je veux prendre de ses nouvelles et la tenir informée des suites du procès d'Eichmann pour qu'elle continue le travail entrepris.

Je t'embrasse encore une fois, très tendrement, S

Almah se balançait doucement dans la *mecedora*, la lettre de Svenja à la main. Le courrier avait mis vingt-cinq jours à lui parvenir. Un record !

Depuis l'assassinat de Trujillo, en mai dernier, au terme de trente et un ans d'un règne sans partage qui n'était qu'une dictature sanguinaire, marquée par une mégalomanie sans limites, la censure, les enlèvements et la violence, le pays, K.-O. debout, s'installait dans l'anarchie. Plus rien ne fonctionnait. Les relents nauséabonds de la dictature étaient omniprésents dans les luttes intestines pour la succession. Sosúa n'était plus à l'abri des dérives du nouveau pouvoir, le duo formé par le président Balaguer et Ramfis, fils du tyran assassiné et chef d'état-major des forces armées, qui avaient repris le flambeau. Pour preuve, le double assassinat du 25 août en plein Batey. Sous prétexte d'une urgence médicale, on avait tué à bout portant à la porte de sa maison Alejo Martinez, un des médecins du village, tandis que son ami l'ingénieur Pedro Clisante avait été abattu devant le poste militaire. Depuis, Sosúa s'imposait une sorte de couvre-feu, personne n'osait plus sortir ni se promener après la tombée du jour, le sentiment de sécurité et la douceur de vivre, déjà bien entamés par le bombardement du village par l'armée trujilliste en juin 1959, s'étaient totalement évaporés. L'annonce par Balaguer d'élections libres et l'assurance de garanties pour les quelque trente mille exilés politiques qui piaffaient aux portes du pays ne suffisaient pas à rassurer la population, car l'arrière-garde de Trujillo n'avait pas dit son dernier mot et menait une chasse aux sorcières sans merci. Non, on n'était en sécurité nulle part, malgré ce dont Almah voulait se persuader.

Almah contemplait la mer qui scintillait au loin de reflets métalliques. Le ciel pur, le soleil implacable, la nature exubérante, le pépiement des oiseaux, les vaches dans les pâturages, jusqu'au vieux Chiquito sur son perchoir, tout semblait à sa place, semblable à hier. Rien ne disait que son univers avait basculé, rien ne portait la trace de son immense chagrin. Wilhelm était parti, la laissant seule. Veuve. Un mot dénué de sens qui ne disait rien de son désarroi, du vide incommensurable, du manque chevillé à son esprit, tatoué à la moindre parcelle de sa peau. Wilhelm disparu, un trou dans son âme s'était creusé, qu'elle ne pourrait jamais combler.

Elle n'avait jamais aimé que lui depuis leur première rencontre dans une galerie de Vienne au printemps

1932 jusqu'à cette nuit de retrouvailles, quatre mois auparavant, où il lui avait offert une seconde bague de fiançailles avec la promesse de vieillir ensemble. Ils avaient toujours été indissociables, un seul être hybride, malgré les épreuves, malgré leurs griefs. L'absence allait-elle réussir ce que les années et même la liaison de Wilhelm avec la Cubaine n'avaient pas accompli : les séparer ? Almah avait décidé que non. Wilhelm faisait à jamais partie de son être intime et rien ni personne au monde n'y pourrait rien changer. Mais il n'était plus là et elle devait avancer sans lui. Elle l'imaginait, comme un esprit protecteur, quelque part dans l'au-delà, qui veillait sur elle. Parfois elle s'asseyait dans l'herbe du jardin. Elle attendait. Un colibri égaré butinait la corolle d'une fleur d'hibiscus, deux papillons distraits frôlaient son épaule, un nuage solitaire dessinait un cœur cotonneux dans le ciel… Et Wilhelm venait à elle. Dans son sillage, il y avait Sofie, leur bébé enterré à son côté. Elle leur parlait en silence, racontait à Wilhelm tout ce qu'il n'avait pas vu, lui confiait sa solitude, ses espoirs et esquissait timidement de vagues projets.

Almah pensa aux siens.

Elle vivait désormais seule avec Frederick qui avait repris la ferme, efficacement secondé par Jacobo, leur régisseur. Fort de son titre d'ingénieur agronome, son fils bouillonnait d'idées nouvelles pour réformer l'élevage afin d'en faire une exploitation moderne. Il était ambitieux et plein d'énergie. Parfois, il tentait de la sortir de son chagrin avec une maladresse touchante, mais il était pris dans l'engrenage de sa propre vie où la tristesse n'était pas de mise. D'ailleurs le ciel avait été clément avec lui : Frizzie venait de tomber amoureux et Almah pressentait qu'il ne s'agissait pas d'un de ces flirts sans lendemain qu'il avait collectionnés jusque-là. Il lui avait promis de lui présenter Ana Maria très bientôt. Si Almah se réjouissait pour son fils, elle n'était pas si pressée que ça de rencontrer celle qui deviendrait probablement sa bru. Car une fois Frizzie marié, elle n'aurait plus aucune raison de vivre à la ferme. Peut-être même serait-elle une gêne pour le jeune couple. Elle devrait réintégrer la maison du Batey où elle s'était réfugiée durant sa séparation d'avec Wilhelm. Enfin, on n'en était pas encore là.

Quant à Ruth, ses premières lettres étaient enthousiastes. De ce côté-là Almah pouvait être tranquille, sa fille était entre de bonnes mains, la sœur de Wilhelm avait toujours adoré leurs enfants. Sa Ruthie semblait s'acclimater sans problème à sa nouvelle vie. Sous ses dehors sensibles, Almah savait sa fille inoxydable et douée d'une volonté d'acier, bien plus encore que son frère. Elle avait une force intérieure qui pouvait soulever des montagnes. Mais Ruthie se cherchait encore. La preuve, ses études abandonnées. C'était bien qu'elle se soit éloignée de l'emprise de la famille et du cocon de Sosúa pour voler de ses propres ailes et affronter une autre réalité.

Restait Markus, l'ami fidèle des premiers temps de la colonie. Il avait repris le journal en main. Il était hors de question que *La Voix de Sosúa* s'éteigne avec son fondateur, ils devaient tous ensemble poursuivre le rêve de Wilhelm. Et puis il était entendu que ce journal était l'héritage de Ruth, alors que la ferme était celui de Frederick. Pour l'instant, Markus était seul maître à bord. Almah continuait à lui prêter main-forte pour le studio de photographie qui tournait au ralenti. Marisol, sa femme, tenait le secrétariat. L'affaire ronronnait. Almah espérait qu'un jour Ruth dirigerait le journal. À moins qu'elle n'entame une carrière de journaliste à New York, endossant le rêve avorté de son père. Almah savait que le costume n'était pas trop grand pour les épaules encore frêles de sa fille.

Et puis, il y avait Svenja qu'elle ne voyait que lors d'intermèdes depuis son départ pour Israël en 1949. Après un séjour de plusieurs mois, Almah était rentrée d'Israël au lendemain de l'assassinat de Trujillo, craignant que la situation ne dégénère. Elle ne voulait pas être loin de ses enfants dans ce moment critique. Et Wilhelm était mort dans cet accident ridicule après leur dîner de retrouvailles. Almah s'ébroua. La vie était ainsi faite, d'événements incontrôlables, et cela ne servait à rien de chercher des coupables là où tout n'était qu'affaire de hasards. Elle pensa que, comme le suggérait Svenja, puisque ses enfants n'avaient plus besoin d'elle, puisque personne ici n'avait plus besoin d'elle, elle pourrait repartir à Jérusalem et poser sa tête sur l'épaule de son amie. Ici, elle ne manquerait à personne.

Le soleil déclinait lentement, nimbant les collines d'une lumière dorée. La chaleur était moins forte. Almah décida d'aller déposer un bouquet de fleurs sur les tombes de ses deux amours disparus, Wilhelm et Sofie, sa petite fille qui n'avait vécu que cinq jours. Elle replia la lettre de Svenja, la rangea soigneusement et ressortit de sa chambre en culotte de cheval et bottée. Elle se dirigea vers l'écurie. Polka, un cadeau de Wilhelm, l'accueillit avec un doux hennissement, ses grands yeux humides pleins d'affection. Almah caressa son museau grisonnant. Elle aussi vieillissait. Elle sella sa jument et prit le chemin du cimetière du Camino Llibre.

13

Une formidable opportunité

Septembre 1961

— Ouh là là Ruthie, ce que t'es belle ! On dirait une starlette !

Assis sur un pouf de cuir, Nathan s'extasiait sur mes tenues en moulinant frénétiquement des poignets pour marquer son admiration, tandis que je piétinais devant le miroir en pied de ma chambre pour apprivoiser mes nouveaux escarpins qui me meurtrissaient les orteils. Je fis un faux pas. Je m'effondrai sur le lit en grimaçant et me déchaussai d'un coup de pied rageur.

— Pas grave, m'encouragea Nathan en hochant la tête. Regarde !

Il se tortilla, enleva ses pantoufles Mickey et engouffra ses petits pieds nus dans les escarpins bien trop grands pour lui. Puis il se mit à se pavaner devant le miroir, prenant des poses, les mains sur les hanches.

— Toi, tu as l'air d'un petit canard. Je ne vais certainement pas prendre modèle sur toi. Enlève-moi ça tout de suite, tu vas te tordre une cheville et tu ne pourras plus danser.

Sans m'écouter, il continua à parader gracieusement devant la glace. En l'observant, je me fis la réflexion que ce petit garçon se regardait beaucoup dans les miroirs et qu'il avait appris à domestiquer son reflet bien mieux que moi le mien. Je ne m'habituais pas à ma nouvelle image.

J'avais décroché le stage au *Times*. Sans grand mérite car c'était à Aaron que je le devais et nullement à mes capacités personnelles. On avait poussé la bienveillance jusqu'à m'accorder des horaires flexibles pour les harmoniser avec mes heures de cours à l'université. Autant dire que je ferais de la figuration. Je n'étais pas du genre à consacrer beaucoup d'argent à mes vêtements, mais je m'étais piquée au jeu et j'avais étoffé ma garde-robe de quelques pièces de bon goût, des jupes et de sages twin-sets, pièces indispensables, selon ma tante, du dressing de toute New-Yorkaise qui se respecte. J'étais parée pour affronter la vie turbulente de la rédaction du quotidien. Ne restait plus qu'à me convaincre que mes tenues me donneraient l'assurance dont je manquais cruellement.

Lassé de ses minauderies, Nathan s'affala sur le lit à côté de moi.

— Tu me montres ton album, dis, Ruthie ?

Je n'attendais que ça. Roulant sur le côté, je saisis mon vieil album de photographies mille fois feuilleté qui traînait sur la table de nuit. Nathan adorait raconter les clichés. Blotti contre moi, il pointait son petit doigt sur les visages et, d'un ton assuré, commentait l'image. La voix de Myriam monta du rez-de-chaussée.

— Nathan, je vais faire couler ton bain, prépare-toi.

Il me lança un regard navré et quitta ma chambre à regret. Il ne désobéissait jamais à l'appel du bain.

Je refermai mon album, remisant dans l'armoire aux souvenirs chaque moment radieux, chaque souvenir parfait de cette époque lumineuse, de ce conte de fées magique, mon enfance triomphante. Puis j'ouvris mon passeport et caressai doucement mon visa de la pulpe de l'index. Il occupait une page entière du carnet bleu. Mon visa de séjour aux États-Unis, ce sésame si convoité par mon père, un Graal pour lequel il s'était tant battu sans parvenir à l'obtenir. Un tampon si dérisoire qu'il ne m'avait coûté que quelques heures de démarches quand mon père avait mené une longue et vaine lutte. J'étais émue à l'évocation de cette bataille stérile et de son échec. Je pris une grande inspiration et me fis un serment. J'allais me montrer à la hauteur, digne de la chance que j'avais, et tirer profit de ce que je devais considérer comme une formidable opportunité.

Mes souvenirs faisaient partie d'une époque, tout comme ceux de mes parents. Une époque révolue. Hier était hier. Je devais résolument me tourner vers demain et vivre au présent. Il ne s'agissait pas de marcher dans les pas de mon père, ni d'endosser un destin qui lui avait échappé. Désormais, je faisais partie de cette ville dont l'énergie brouillonne me happait dès le matin. Je voulais vivre ma vie comme je l'entendais sans m'encombrer des bagages pesants de l'histoire familiale. J'allais écrire une page de la vie des Rosenheck en Amérique.

Ma propre page.

2e Partie

Just kids

« *La jeunesse est une religion dont il faut toujours finir par se convertir.* »

André Malraux, *La Voie royale*

« *Tout ce qui est exquis mûrit lentement.* »

Schopenhauer

1

Mon histoire du soir

Septembre 1961

Il avait suffi de quelques jours de cohabitation pour que notre tendre affection des étés dominicains se transforme en un amour inconditionnel et passionné. Nathan était le petit frère que je n'avais pas eu et j'imagine que j'étais la grande sœur qu'il aurait aimé avoir. Je me glissai dans ce rôle avec une aisance stupéfiante. Paradoxalement, la dévotion à toute épreuve dont il me gratifiait me rendait plus cruel le décès de Sofie qui, à ma grande honte, ne m'avait jusque-là pas réellement affectée. Mais une enfant de cinq ans peut-elle souffrir de la mort d'un bébé de cinq jours, fût-il sa petite sœur ? Jusque-là je n'éprouvais qu'un vague regret. Sofie n'avait jamais été pour moi qu'une abstraction, mais voilà que Nathan me la rendait.

J'avais vite compris que ma présence apportait à Nathan une note de liberté, un zeste d'insouciance, une bouffée d'exotisme, bref une soupape salutaire dans sa vie d'enfant unique. Il étouffait, coincé entre un père tout-puissant et une maman omniprésente et trop protectrice, qui, sans avoir l'air d'y toucher, avait pris des allures de mère juive au sens le plus caricatural du terme. Si on l'avait fait remarquer à Myriam, elle se serait récriée en toute bonne foi. Pourtant c'était une réalité. Vigilante à l'excès, attentive, prudente et possessive, elle était non seulement la mère de Nathan mais aussi son professeur de danse. En dehors des heures d'école, ils passaient ensemble l'essentiel de leurs journées. Du lever au coucher, Myriam ne laissait pas une minute de répit à son fils. Nathan ne s'en plaignait pas, il était trop jeune pour ça, mais la façon dont il m'avait accueillie et sa dévotion qui frisait l'adulation ne laissaient aucun doute. Il était heureux de ma présence et y voyait une échappatoire au carcan de sa vie quotidienne.

Nathan avait proposé que je l'aide pour son travail scolaire. J'étais d'accord. Cela me familiariserait avec ma nouvelle langue et allégerait Myriam. Si ma tante accepta de bonne grâce, je suis sûre qu'elle ressentit une légère tristesse devant ce premier acte d'émancipation de son fils.

Puis Nathan décida qu'il était désormais trop grand pour la berceuse aux accents nostalgiques que sa mère lui fredonnait chaque soir en allemand après le conte. Il préférait regarder mon album de photographies ou que je lui raconte une histoire de mon cru. Myriam s'était une nouvelle fois inclinée devant les exigences de son petit prince. Elle ne voulait pas jouer les intruses dans l'intimité de son fils qui grandissait. Il ne lui livrait déjà plus de confidences, il avait besoin d'une autre oreille. Ainsi, chaque soir, je passais un moment dans la chambre de Nathan. Il remontait sa couverture sous son menton, se blottissait contre moi avec un sourire enjôleur et nous nous racontions des secrets.

Ce soir-là Nathan m'attendait, une lueur espiègle dans le regard. D'habitude, il me racontait des anecdotes de sa vie d'écolier. Il riait de son institutrice qui devait « danser comme un éléphant avec ses gros mollets ». Fier de ses moqueries, il gloussait en agitant ses boucles brunes, puis, quand je fronçais les sourcils, il enfouissait son visage d'ange sous la couverture qui tressautait de ses éclats de rire. Ensuite, je prenais un livre sur son étagère où s'étalait l'œuvre complète de Felix Salten[1]. Les aventures du lièvre Hops qui affronte vaillamment la faim, le froid, les renards et les chasseurs, celles de Perri l'écureuil, la vie de Renni, un héroïque chien sauveteur, et le dressage de Florian, le cheval de l'empereur, n'avaient plus de mystères pour moi. Mais de toutes ces histoires, la préférée de Nathan était Bambi. Selon Myriam, lire l'histoire du petit faon était un acte militant. J'avais été sidérée d'apprendre que ce livre, considéré comme une allégorie politique sur le traitement des Juifs en Europe, avait été interdit en Allemagne en 1936. Pour cette unique raison, ma tante avait tenu à ce que son fils possède tous les livres de Salten. Je sentais à quel point les blessures de

1. Felix Salten, de son vrai nom Siegmund Salzmann, journaliste, dramaturge, scénariste et romancier autrichien, est le père littéraire de Bambi. En 1938, il s'exila à Zurich où il est enterré.

Myriam restaient profondes, alors que je vivais dans l'insouciance de mes vingt et un ans.

Ce soir-là, donc, sagement couché dans son lit, la tête appuyée contre son oreiller, Nathan me regardait avec adoration.

— Je veux une autre histoire, une de chez toi, précisa-t-il.

— On ne dit pas « je veux », mais « je voudrais » ou « j'aimerais » !

Nathan haussa les épaules en souriant jusqu'aux oreilles.

— Celles de maman, je les connais toutes. J'en ai marre de Bambi. Et même que des fois elle se trompe.

Je n'eus pas besoin de me creuser la tête, je sentis remonter en moi un souvenir très précis. La création artistique majeure des quatre mousquetaires, notre succès théâtral incontestable, s'imposa à mon esprit. Anacaona.

Nathan m'écouta sans piper mot, captivé par les aventures de la *cacica* qui s'était rebellée, avec courage mais sans succès, contre les conquistadors espagnols pour libérer son peuple.

— C'est trop triste qu'elle meure à la fin, déclara Nathan avec sérieux quand je conclus mon récit. C'est pas juste !

— Tu as raison, mais elle est morte pour ses idées et tout le monde se souvient d'elle. Elle a même sa statue sur une place de Saint-Domingue, juste en face de la cathédrale.

— Avec sa plume ?

— Avec sa plume !

— Tu m'emmèneras la voir, dis, Ruthie ?

Son doux regard brun implorait.

— Promets.

— C'est promis, nous irons la voir la prochaine fois que tu viendras en vacances.

Nathan exigea que je tende la main en l'air pour sceller mon engagement avant de se rencogner contre son oreiller, content de m'avoir extorqué ce serment. J'embrassai sa joue de velours.

— Et maintenant, c'est l'heure de dormir !

Depuis, chaque soir, après le dîner, s'ouvrait une parenthèse dans ma vie américaine, un bref retour au temps de mon enfance. Je m'asseyais contre Nathan. Blotti sous sa couverture, sa tête contre mon épaule, il écoutait Anacaona en se tortillant de plaisir. Quand j'essayais d'embellir l'histoire avec des détails épiques, Nathan me corrigeait. Je ne devais pas changer un seul mot à mon histoire initiale, et si par malheur je m'égarais, il me rappelait à l'ordre. Il se redressait, secouant la tête, les sourcils froncés :

— Tu t'es trompée, Ruthie. C'est à la jambe qu'elle est blessée, pas au bras, me corrigeait-il en agitant ses boucles brunes avec une note de dépit, sinon comment elle pourrait continuer à tirer des flèches avec son arc ?

Il faisait des grimaces expressives pour donner plus de poids à ses paroles. Je me pinçais les lèvres pour ne pas rire.

— Et demain Anacaona retrouvera Cabonao, n'est-ce pas ?

Je le corrigeais en souriant dans ma barbe :

— Caonabo ! Oui, demain je te raconterai comment elle le retrouve. Mais maintenant, tu dors.

2

La fosse aux lions

Septembre 1961

Ce fut comme se jeter dans le grand bassin sans savoir nager. Après tout, il suffit de battre des pieds très fort pour ne pas se noyer. Mon premier jour à l'université se résuma à une plongée dans un univers dont tous les codes m'échappaient.

J'étais déjà venue en repérage à Columbia, pourtant, une fois arrivée sur le campus, j'errai à travers les bâtiments et dus demander plusieurs fois mon chemin à des étudiants rieurs et désinvoltes avant de repérer le bon amphithéâtre de l'école de journalisme. Quand je poussai timidement la lourde porte battante, ce fut pour découvrir que la salle était déjà pleine à craquer et que le professeur, une lointaine abstraction installée à son pupitre, était prêt à démarrer son cours.

La fosse aux lions.

En me dévissant le cou, je repérai une des rares places vides et me faufilai malaisément entre les travées sous les commentaires réprobateurs et peu amènes des autres étudiants. Pour couronner le tout, je m'étais habillée bien trop chaudement pour la journée, j'avais couru et j'étais en nage. Coincée entre mon siège et l'étroite tablette en bois, mon sac à mes pieds, j'eus du mal à fixer mon attention ce premier matin.

À la fin des cours, je regardai les grappes de filles qui s'égaillaient en gloussant dans les couloirs et sur les pelouses sans me prêter la moindre attention. Une moue hautaine, un regard évaluateur leur avaient suffi à me cataloguer. Des professeurs armés de sacoches de cuir slalomaient entre les groupes. Des garçons bavardaient en riant. Tout le monde semblait à sa place, heureux. Soudain, je me sentis triste. J'avais l'impression d'être un élément incongru du décor, de ne pas faire partie du paysage.

Je n'étais pas du genre à me laisser décourager mais ce premier jour n'était pas tel que je l'avais imaginé. Je me fis le serment que j'y arriverais. J'allais m'intégrer, je n'allais pas décevoir ma famille et tous ceux qui croyaient en moi.

*

Face à l'université, j'aperçus un bar, manifestement un repaire d'étudiants. Je m'installai à une table, juste derrière la baie vitrée, et commandai un café en me laissant griser par cette sensation troublante d'être enfin indépendante pour la première fois de ma vie. J'étais en terre étrangère, loin de chez moi, et n'avais de comptes à rendre à personne. Désormais, j'allais devoir me débrouiller seule. Ou presque. Car Myriam avait une fâcheuse tendance à vouloir tout régenter. Mais je me promettais de la refréner et de la rassurer. Pensive, j'observais l'incessant ballet des étudiants et des passants dans la rue. Je n'avais qu'un souhait, me fondre dans la masse, être comme eux. Je m'abandonnai à la rêverie enivrante de ce qu'allait être ma vie à New York. Attablée devant ma tasse, je me fis la réflexion que mon enfance et mon adolescence vécues dans la torpeur langoureuse d'une île tropicale m'avaient mal préparée au choc de la civilisation et à la vie dans une mégalopole comme New York. Emportée par ces pensées, j'étais ailleurs quand :

— Hi ! Je peux m'asseoir ?

Une voix rocailleuse à l'accent prononcé. Je levai les yeux. La fille qui s'invitait sans ambages à ma table était une petite boulotte à la tignasse rousse bouclée et au nez en trompette parsemé de taches de son. Pour ne rien arranger, des lunettes à monture épaisse, pas franchement flatteuses, lui mangeaient le visage. Mais derrière les verres, le regard de ses yeux bleus était vif, pénétrant et rayonnant d'assurance. De surcroît elle arborait un sourire effronté de toutes ses petites dents pointues qui ressemblaient à celles d'un petit carnassier. Une tête de clown expressive. Elle n'avait pas le teint blafard des New-Yorkaises. Elle n'était pas laide, loin de là, mais simplement atrocement fagotée, attifée d'une robe chasuble d'une vilaine couleur rouille sur un pull à manches courtes marron. J'acquiesçai d'un hochement de tête. Sans plus de manières, la rouquine suspendit son sac au dossier de la chaise qui me faisait face et s'installa. Par-dessus la table, elle me tendit une main aux ongles rongés. Pas vraiment la *preppy wasp* dont je rêvais de me faire une amie.

— Deborah, mais mes amis m'appellent Debbie.

Je ne pus retenir un sourire.

— Ruth, répliquai-je en serrant la main tendue, mais mes amis m'appellent Ruthie !

Nous éclatâmes de rire.

— J'étais juste derrière toi pendant le cours du professeur Collins. Tu avais l'air un peu perdue à regarder de droite et de gauche, remarqua Deborah en pouffant.

Je me mordis les lèvres, atterrée d'être aussi déchiffrable. J'allais devoir me forger une carapace et l'ajuster solidement. Mon regard balaya la salle et revint se poser sur Deborah.

— Tu es nouvelle, n'est-ce pas ? Comme moi, déclara-t-elle sans me laisser le temps de répondre. Et pas d'ici si j'en crois…

Qu'est-ce qui m'avait trahie ? mon look ? mon accent bien sûr !

— Je suis dominicaine, la coupai-je un peu rudement. Je viens d'un petit village de la côte nord du pays.

Voilà, c'était dit. Deborah tordit les lèvres en une petite moue. Fatalisme ? Dédain ? Compassion ?

— Ça peut pas être pire que le trou de bouseux qui m'a vu naître dans l'Iowa, crois-moi, lança-t-elle en levant comiquement les yeux au ciel avec un petit ricanement de connivence. Enfin, on ne choisit pas l'endroit où l'on naît, et si je suis américaine, ici je suis aussi étrangère que toi, tu peux me croire. Voilà qui nous fait un deuxième point commun, et je suis sûre qu'on va en trouver d'autres. Ça ne va pas être facile de s'intégrer au milieu de cette bande de snobinards. Tu as vu ces filles ? Des pimbêches bourgeoises, pédantes, et coincées avec ça ! Mais nous allons faire notre trou, moi j'y compte bien en tout cas, fanfaronna Deborah.

Sur le coup, j'enviai son assurance crâne.

— Tu as le temps de grignoter un morceau ? J'ai faim et on m'a dit qu'ils font ici les meilleurs burgers de New York, ajouta Deborah d'une voix enjouée.

Je jetai un coup d'œil à ma montre. Juste un effet de style pour me donner une contenance, car je savais pertinemment que j'avais tout mon temps. J'avais seulement prévu de faire la surprise à Nathan d'aller l'attendre à la sortie de son école.

— D'accord ! Va pour un hamburger, approuvai-je en portant ma tasse à mes lèvres.

C'était le plus mauvais café que j'aie jamais bu. Il avait un goût de lavasse, pas ce goût fort, sucré et ensoleillé du café dominicain. En revanche, le hamburger avait l'air savoureux. Deborah attaqua le sien avec appétit après l'avoir ouvert et arrosé d'un généreux jet de ketchup. Je l'imitai et le trouvai tout à fait délicieux. Je ne le savais pas encore, mais j'allais bientôt développer une passion addictive pour cette nouveauté culinaire absolue.

En discutant de notre programme, nous découvrîmes que nous étions inscrites à un bon nombre de cours identiques.

— As-tu l'intention d'adhérer à un club ?

La question me prit au dépourvu. Je haussai les épaules. Le sujet était épineux. Il y avait de nombreuses activités extra-universitaires et le choix était délicat et stratégique, car de lui dépendait l'affiliation à une coterie ou à une autre.

— Je me donne un peu de temps pour réfléchir. Et toi ?

— Moi je peux déjà éliminer les activités sportives. Je ne suis pas taillée pour. Et pourtant j'ai été élevée dans une ferme. Mais il faut croire que ce sont mes frères qui ont hérité de toutes les aptitudes physiques. Et si c'est pour rester sur le banc de touche à faire la pom-pom, merci bien ! Je vais plutôt loucher du côté de la photographie.

— Hum, la photographie, pourquoi pas…

Une onde de nostalgie déferla en moi au souvenir de mon père qui ne se séparait jamais de son Leica. Oui, la photographie, ça pouvait être une bonne idée… Le nez dans son assiette, Deborah n'avait pas remarqué mon trouble et continuait à pérorer. Elle n'arrêtait pas de remonter du bout de son index ses lourdes lunettes qui lui encombraient le visage et s'entêtaient à glisser sur son petit nez. Elle semblait intelligente et terriblement déterminée à croquer le monde. Il émanait d'elle une énergie si positive que je pouvais presque m'en saisir à deux mains. C'était contagieux et très réconfortant.

Une heure plus tard, nous payâmes au comptoir – c'était ridiculement cher selon Deborah – et sortîmes. Deborah louait une chambre chez une vieille dame qui possédait un immense appartement poussiéreux dans le quartier. « On dirait un dédale de chapelles, pleines de bondieuseries ! » Nous nous quittâmes sur un « Salut, à demain ! ». Quelque chose venait de se nouer entre nous sans que nous nous en soyons rendu compte. Un rayon de soleil illuminait la rue. Le bruit me saisit et je fronçai le nez sous le picotement de l'air saturé de gaz d'échappement. Je repartis en direction du métro qui, à cette heure, serait bondé. « Ça va aller, me dis-je, ça va aller. Je m'y ferai et je suis sûre qu'avec le temps j'apprendrai à aimer tout ça. »

3

Le clan parfait

Octobre 1961

J'avais vécu mes premières semaines à New York dans un état de confusion. J'étais là physiquement mais mon esprit était encore dans l'île. Tout était nouveau pour moi. Tout me paraissait démesuré, vibrant de vie et d'énergie. Tout était si… Les buildings si hauts qu'ils cachaient le ciel, le trafic si intense que les voitures roulaient pare-chocs contre pare-chocs, la foule si dense que chaque individu paraissait interchangeable, réduit à l'état de fourmi.

Elles étaient bien loin nos fermes qui ne dépassaient pas un étage ; même notre capitale, Saint-Domingue, était une ville plate, où l'azur était omniprésent. À Sosúa, on vivait constamment sous le regard des autres, on ne pouvait pas faire un pas sans buter sur une connaissance. Les quelques touristes qui commençaient à envahir notre petit paradis n'y changeaient rien.

J'avais d'abord eu du mal avec les clés. À Sosúa, on laissait toujours les portes ouvertes, ici il fallait fermer derrière soi et prendre garde à ne pas claquer la porte en laissant les clés à l'intérieur, ce qui m'arriva plusieurs fois.

Et comment s'habiller le matin ? Je devais regarder par la fenêtre et superposer plusieurs couches de vêtements d'une épaisseur variable en fonction de la couleur du ciel.

J'étouffais dans le métro dont les rames étaient bondées à toute heure du jour. Les *commuters* au nez plongé dans un journal me balayaient d'un regard indifférent sans jamais s'arrêter sur moi. Et dans le cas contraire, c'était en général mauvais signe. Pas de clins d'œil, pas de sourires. Comme ils me manquaient les regards joyeux et pénétrants, les sourires francs et sans arrière-pensée, les apostrophes et les *piropos*[1]...

Et puis, il y avait le mouvement incessant dans les rues encombrées d'une multitude d'individus, les remous d'une fourmilière affairée, d'une ruche industrieuse. J'avais du mal à me faire au rythme de cette multitude de gens qui s'agitaient en tous sens. Je me sentais molle et indolente au milieu d'eux, si peu préparée à leur mode de vie.

Les couleurs étaient si ternes qu'elles attristaient mes yeux, quant aux odeurs, elles me soulevaient l'estomac.

Et le pire, le bruit était omniprésent, une rumeur permanente. Je n'avais pas entendu un chant d'oiseau

---

1. Compliments.

depuis mon arrivée, à part les sinistres criaillements des mouettes.

Plus tard, dans certaines rues du Lower East Side, je retrouverais un peu de cette ambiance colorée et gouailleuse qui me manquait tant, mais pour l'heure, j'étais en phase d'apprivoisement du décor de ma nouvelle vie. Je devais faire l'apprentissage de l'anonymat et de la transparence.

— Tu t'y feras vite, ma Ruthie, me consolait Myriam. Tu verras, bientôt tu apprécieras l'énergie prodigieuse que dégage cette ville, et ce sera un moteur qui te poussera à aller de l'avant.

Je m'y ferais, bien sûr. Ma mélancolie existentielle serait vite balayée par la réalité trépidante de New York. J'allais même apprendre à aimer tout ça et bien plus vite que je ne l'imaginais. Mais à certaines heures, dans les moments les moins prévisibles, j'étais orpheline de mon île, de mon frère, de ma mère, de nos animaux. Même nos pannes d'électricité et nos soirées à la faible lueur des lampes à huile, que je maudissais autrefois, me manquaient cruellement. Le pire, c'était le soir avant de m'endormir. Parfois une envie de mer turquoise et de soleil, d'air embaumant les fruits mûrs et la terre grasse me submergeait, un désir irrésistible de sentir la caresse du sable chaud sous mes pieds, celle des vagues qui mouraient sur la plage en léchant mes orteils, la délicieuse étreinte de la mer sur mon corps. Alors, douillettement pelotonnée sous mon épaisse couverture de plume, je m'autorisais un moment de délicieuse régression et j'ouvrais mon album de photographies, me replongeant avec ravissement dans les images familières. Vivre ce manque de la terre de mon enfance me rapprochait de mes parents et me faisait toucher du doigt ce qu'avait dû être leur propre déchirure. À cette différence essentielle que j'avais choisi mon exil et qu'il n'avait rien de dramatique ou d'irréversible.

Et au matin, après quelques secondes pour reprendre pied dans ma nouvelle réalité, j'étais enivrée par un sentiment puissant de liberté. Une exaltation s'emparait de moi à l'idée que la vraie vie commençait.

*

Peu à peu, je commençais à me fondre dans une routine domestique agréable, et bientôt je n'eus plus une minute à moi. Ma vie à New York s'était très vite organisée en trois chapitres qui s'écrivaient indépendamment les uns des autres, chacun avec leur héroïne.

Ruth l'étudiante bûchait l'économie, une matière d'un ennui mortel, la politique, la littérature et les techniques d'interview, suivait un atelier d'écriture et perfectionnait assidûment son anglais dans un cours destiné aux étrangers. Elle commençait à se faire des relations.

Ruth l'apprentie journaliste passait le plus clair de ses après-midi et tout son samedi matin au quatrième étage des bureaux du *Times*. Elle assistait, moucheron invisible, aux réunions de rédaction où on parlait faits divers comme politique internationale et égalité des droits. En petit vampire accompli, elle y grappillait tout ce que ses aînés pouvaient lui apprendre avec un zèle jamais pris en défaut, accomplissant en souriant les tâches ingrates qu'ils ne manquaient pas de lui confier. Un frisson mêlé de fierté la traversait parfois quand elle pensait : *Papa, peux-tu me voir de là où tu es ?*

Enfin, Ruth la nièce attentionnée et la cousine affectueuse s'installait dans la vie de la famille Ginsberg qui coulait comme une rivière tranquille. Jamais le moindre heurt. Aaron s'accablait de travail et s'absentait beaucoup, assurant à sa famille un train de vie plus que confortable. Avec sa joie de vivre jamais prise en défaut et son entrain, Myriam était l'âme de cette famille. Nathan, arrivé comme un cadeau que l'on n'attendait plus, était gâté au-delà de toute raison. C'était un petit garçon sensible, dont les impatiences se muaient parfois en de violentes colères qu'un froncement de sourcils de sa mère suffisait à apaiser. Il était accommodant et docile la plupart du temps et je ne découvrirais que beaucoup plus tard toute la révolte qui couvait dans son cœur d'enfant.

Dans cette existence bien remplie, le dimanche était jour de relâche. C'était l'occasion d'une promenade en famille à Prospect Park ou à Rhode Island pour une balade sur la plage.

*

Et puis il y avait Arturo.

Il était affectueux, drôle et prévenant, et jamais je ne m'ennuyais avec lui. Sans que j'y prenne garde, il avait commencé à occuper une place importante dans ma vie. Il était mon lien le plus direct avec l'île. Nous avions les mêmes manques et, peu s'en fallait, les mêmes références. Nous comprenions chez l'autre ce que les autres ne pouvaient saisir. Des affinités liées à nos enfances, si différentes et pourtant si semblables. Nous étions des enfants des tropiques. Quand nous nous retrouvions nous jetions le masque, laissions libre cours à notre nostalgie commune, et redevenions des Dominicains en manque de notre terre natale. Arturo me téléphonait souvent le week-end :

— On passe un Cantinflas, ça te dit ? Avec un cornet de pop-corn. Rendez-vous à Times Square !

Ou alors :

— Une chasse aux écureuils à Central Park ?

Ou encore :

— J'ai envie de regarder les ferries. Retrouvons-nous à l'embarcadère de Battery Park.

Arturo et les Ginsberg s'étaient mutuellement adoptés. Mon ami était devenu un membre presque à part entière de notre famille qu'il surnommait « le clan parfait ». À l'entendre, la famille de son diplomate de cousin était encalminée dans des mondanités enquiquinantes, et il n'y avait pas pire engeance que les Dominicains appliqués à se fondre dans la bonne société américaine. Cela sonnait faux, ils en faisaient trop, étaient ridicules et ne restaient que des Latinos mal dégrossis aux yeux des New-Yorkais qui les méprisaient. Et Arturo ne voulait surtout pas faire partie du lot.

Il était l'invité permanent des dîners du mercredi. Il arrivait toujours avec un énorme bouquet pour Myriam et une bonne bouteille de vin italien ou un assortiment de fromages de chez Zabar's. La conversation était animée, Nathan faisait l'intéressant. Il buvait les paroles d'Arturo qui lui apprenait les répliques cultes dont il émaillait nos conversations. Je me refrénais pour ne pas m'adresser à lui en espagnol, mais l'anglais n'était pas naturel entre nous et je laissais parfois échapper spontanément une remarque qu'il était le seul à comprendre. Myriam faisait alors les gros yeux, Nathan piaillait « *English, english please !* » et Arturo traduisait en riant.

— *See you later, Alligator !* lançait Nathan en se tortillant de bonheur, quand Arturo le chatouillait avant de dire au revoir pour regagner ses pénates.

4

Un sésame

8 octobre 1961

J'entendis la poignée tourner et je me redressai. La porte de ma chambre s'ouvrit doucement. La courte silhouette de Nathan se découpa dans la lumière du couloir. Il se faufila à pas de loup jusqu'à mon lit, se glissa sous mon drap et jeta ses deux bras autour de mon cou.

— *Happy birthday, Ruthie ! Happy birthday to you...* chantonna-t-il à mon oreille de sa voix haut perchée.

Oh mon Dieu ! J'y avais pensé à plusieurs reprises la veille, mais ce matin en me réveillant, je l'avais oublié. Nous étions dimanche, c'était le 8 octobre et j'avais vingt et un ans.

— Merci Nathan, tu es le premier à me souhaiter mon anniversaire, c'est trop gentil.

— C'est ta journée aujourd'hui ! On a prévu... commença-t-il avant de s'interrompre, une main devant sa bouche.

Il en avait trop dit.

— … c'est une surprise ! Tu vas voir, ça va être… ça va être…

Il ne trouvait pas le mot tant ça allait être…

— … formidable ! conclut-il un peu déconfit de ne pas trouver de terme plus flamboyant.

Il me prit par la main et m'entraîna hors de ma chambre. Ils avaient dû se lever tôt car la salle à manger était décorée et Myriam et Aaron m'attendaient devant une table de petit déjeuner de fête croulant sous les gourmandises. Posé sur une tasse de faïence blanche à mon nom, un dessin très coloré, comme seuls les jeunes enfants en commettent, représentait une guirlande de joyeux personnages qui se tenaient par la main. Nathan s'était appliqué à écrire en lettres bâton *happy birthday*, *feliz cumpleaños*, *Alles Gute zum Geburtstag* dans un semis de points d'exclamation.

— Bon anniversaire Ruthie ! clamèrent à l'unisson mon oncle et ma tante.

J'étais si émue que j'en avais les larmes aux yeux. La sonnerie du téléphone retentit. Myriam me fit un signe de tête en direction de la console :

— Réponds, Ruthie, je suis sûre que c'est ta mère.

Bien sûr elle avait raison. Je reçus les vœux de ma mère et de Frizzie avec un léger trouble car c'était mon premier anniversaire loin d'eux. Ma mère m'informa qu'elle avait fait un virement sur mon tout nouveau compte en banque ; « comme ça, tu t'offriras ce que tu veux ». Au moment où nous passions à table, Myriam crut bon d'expliquer :

— Il n'est pas coutume de fêter l'anniversaire au petit déjeuner, mais comme nous allons passer la journée dehors, nous avons pensé…

— Dehors ? Mais où allons-nous ?

— C'est ça, justement, la surprise formidable, intervint Nathan, excité comme une puce et gonflé d'importance d'être dans le secret.

Je souris car il était manifeste qu'il luttait farouchement contre lui-même pour ne pas vendre la mèche.

En travers de mon assiette trônait un paquet oblong. Nathan, debout à mon côté, trépignait. Ma tante ne me quitta pas des yeux tandis qu'avec un sourire de timidité émue je dénouais le ruban doré et dépliais le papier cadeau pour découvrir un étui rectangulaire en cuir noir, de ceux qui contiennent un bijou. Je retins mon souffle en l'ouvrant lentement. Sur un lit de soie reposait un collier manifestement ancien dont chaque perle était séparée de la suivante par une demi-lune en brillants ; au centre une grosse perle en forme de goutte était reliée au tour de cou par trois diamants. J'en restai bouche bée. Je regardai ma tante dont les yeux brillaient.

— Il était à ta grand-mère, c'est notre unique bijou de famille, un… rescapé. Mon père l'avait offert à ma mère pour leur vingtième anniversaire de mariage.

Myriam secoua la tête avec une sorte de tristesse résignée.

— Elle n'a pas eu l'occasion de beaucoup le porter. Mais si tu regardes les photographies du mariage de tes parents, tu verras Almah avec ce collier. Elle en était si fière… Ta grand-mère me l'a offert lors de mon départ de Vienne, je l'ai porté, et maintenant c'est ton tour.

Je ne pus me contenir et bredouillai des remerciements mêlés de larmes.

— Oh non Ruthie, il ne faut pas pleurer, au contraire, décréta Myriam en se levant.

Elle fit le tour de la table, prit délicatement le collier dans son écrin et l'accrocha autour de mon cou, puis, me prenant par la main, elle me conduisit face au grand miroir en trumeau de la cheminée :

— Viens te voir ! Regarde comme tu es belle.

En face de moi, je ne voyais qu'une jeune fille encore bouffie de sommeil, la tresse ébouriffée, avec, autour du cou, un collier somptueux qui jurait avec son pyjama à fleurs. J'avais l'impression d'être en infraction avec ce bijou qui ne m'échoyait que parce que ma grand-mère avait disparu.

— Bien sûr avec cette tenue, c'est un peu… dissonant, intervint Aaron en riant. Et donc voilà la suite, ajouta-t-il en me désignant un grand carton plat élégamment enrubanné de satin noir posé sur le sofa.

Dedans il y avait cette ravissante robe de cocktail bleu nuit que j'avais essayée avec Myriam quelques jours plus tôt chez Saks.

— Mets-la, Ruthie, mets-la, me supplia Nathan.

D'un hochement du menton, Aaron m'indiqua le couloir. À l'abri des regards, mon collier au cou, je me glissai toute nue dans la robe puis revins me poster devant la glace. J'avais toujours les cheveux en bataille, mais l'effet était saisissant. J'étais presque devenue une autre, à croire qu'un bijou et une robe suffisaient pour faire de moi une personne différente.

— Très Grace Kelly ! approuva Myriam en riant.

— On dirait une mannequin des catalogues, commenta Nathan manifestement impressionné.

Et Aaron de mettre son grain de sel :

— Ma chère, tu es prête à sortir dans le monde ! À condition de te coiffer, ajouta-t-il en riant.

Je n'avais pas de mots pour les remercier, alors je me contentai de les embrasser très fort. Au risque d'une catastrophe, car je n'étais pas spécialement adroite, je décidai de faire honneur à mes cadeaux et de prendre mon petit déjeuner en tenue de soirée.

*

— C'est ce qu'on appelle l'été indien, m'expliquait Aaron, tandis que nous déambulions sur le *boardwalk* de Coney Island, nos cornets de glace à la main.

Comme l'avait prédit Nathan, la journée avait été formidable. Nous avions commencé par visiter le nouvel aquarium et Nathan s'était extasié devant les dauphins. Je lui avais promis de l'emmener voir les baleines aux prochaines vacances d'hiver à Sosúa. Nous avions fait un plantureux déjeuner en terrasse d'un restaurant chic, à la fin duquel j'avais soufflé mes vingt et une bougies sous les applaudissements de tous les clients. Puis nous avions écumé les manèges du vieux Luna Park et je crois que pas un seul de ceux qui restaient ne nous avait échappé. Car c'était le chant du cygne du parc d'attractions dont Aaron nous expliqua les projets de redéploiement avec son enthousiasme d'architecte.

*

Le soir, repue de bons mets et de sensations fortes, je jetai quelques impressions dans mon journal. Puis, épuisée par ma journée, je m'affalai dans mon lit.

J'ouvris l'écrin, j'attachai mon collier autour de mon cou et, de la pulpe de mon index, je me mis à caresser les perles lisses, si douces au toucher. C'était mon premier bijou de famille et, comme l'avait dit Myriam, il était unique. C'était un sésame. Il me reliait à mon histoire familiale, à ma grand-mère Esther que je n'avais pas connue. Avait-elle seulement eu vent de mon existence ? Plus tôt, j'avais demandé à ma tante de me montrer les photographies du mariage de mes parents. Elle m'avait confié un épais album relié de cuir marron. J'interrogeai les images anciennes, de celles qui ne connaissaient pas encore la couleur et où les acteurs paraissaient figés dans des postures artificielles. Esther, en robe de soie, posait avec Jacob. C'était un couple à l'élégance un peu empruntée. Lui n'avait pas l'air commode ; elle, elle semblait effacée, soumise, comme si elle quêtait son approbation, mais on sentait son immense fierté de poser au bras de son mari, le jour du mariage de son fils. Il y avait aussi ceux dont, pour quelque obscure raison, on taisait les noms. Mes grands-parents maternels. Julius, majestueux, et Hannah, impériale, d'une beauté diaphane à couper le souffle, une beauté dont avait hérité ma mère. Je scrutai avidement ces visages en cherchant mes propres traits dans les leurs.

Grâce à ce collier, je poussai la porte d'un passé que je ne pouvais qu'imaginer. C'était un univers de rêve, fastueux, fait de fantasmes, d'êtres bienveillants idéalisés. Et c'était une mutilation affective. Les larmes ruisselaient sur mes joues quand on frappa à ma porte. Myriam s'encadra dans l'embrasure et son sourire se figea.

— Oh, c'est bien ce que je craignais ! Je m'en doutais, soupira-t-elle en s'approchant de mon lit.

Elle me prit dans ses bras. Je posai la tête sur son épaule, elle caressa ma joue et je retrouvai la sensation apaisante des étreintes maternelles.

— Il ne faut pas pleurer, ma chérie, pas le jour de tes vingt et un ans. Ce cadeau, c'est un symbole, il te revient, il faut que tu l'acceptes avec joie. Tu ne peux rien changer à notre histoire, ma Ruthie. Tu vas devoir apprendre à vivre avec, comme moi, comme ta mère, comme nous tous. Dis-toi que tes grands-parents t'auraient adorée, ils auraient été fiers de toi. Dis-toi que ce que tu vis, ce bonheur que nous partageons, c'est en partie grâce à eux.

Je hochai la tête.

— Je t'aime comme ma propre fille et tu peux me demander ce que tu veux.

— Pas comme Nathan quand même ?

Myriam me regarda au fond des yeux et me sourit tendrement.

— À peine moins que Nathan. Tu comprendras ça un jour, quand tu seras toi-même maman. Mais je donnerais ma vie pour toi, sache-le. Alors il n'est pas question de te voir pleurer dans cette maison. Et maintenant range ce collier et dors.

Elle claqua un baiser sur ma joue et sortit de ma chambre, me laissant déboussolée par la collision entre le présent et un passé qui ne m'appartenait pas.

5

La boîte de Pandore

8 octobre 1961

Myriam s'adossa à la porte de la chambre de Ruth. Elle poussa un long soupir. Cet épisode faisait affluer les souvenirs. Elle qui était si heureuse la plupart du temps, elle qui refoulait le passé devant les exigences du présent, qui avait réussi à l'enfouir profondément, elle qui n'avait pas souffert, ou si peu.

Dans un éclair, elle se rappela l'ignoble incident qui avait précipité leur départ de Vienne, le soir où Aaron et elle s'étaient fait tabasser par des nazillons qui l'avaient traitée de truie juive. Ils s'étaient réfugiés chez Wil et Almah où ils avaient passé la nuit pour ne pas alarmer leurs parents. Ce qui avait été sur le coup un véritable traumatisme n'était plus aujourd'hui qu'une vague meurtrissure. C'était si loin…

Ils avaient eu tout ce qu'ils avaient désiré, Aaron son cabinet d'architecture, elle son école de danse, sa belle maison, et le ciel leur avait donné Nathan. Alors que son frère avait dû renoncer à toutes ses ambitions, Almah aussi, qu'ils avaient tant souffert, travaillé si dur avant d'accéder à la paix. Et encore, ce n'était rien en regard des autres… Myriam secoua la tête et se réfugia derrière la barricade mentale avec laquelle elle se protégeait. Elle se refusa à y penser. Sinon la culpabilité des soirs de spleen reviendrait lui ronger l'âme. Au contraire, il fallait regarder l'avenir droit devant.

Elle se reprocha d'avoir inutilement assombri le vingt et unième anniversaire de Ruth. Son cadeau était-il une erreur ? N'était-ce pas trop tôt ? Avait-elle ouvert une pernicieuse boîte de Pandore ? Après tout, si son frère et Almah ne l'avaient pas fait, ou si peu, ou si mal, était-ce son rôle de mettre Ruth face aux réalités de l'histoire familiale ?

Elle se promit que sa nièce pourrait toujours compter sur son soutien quoi qu'il arrive. Pour Ruth, pour Nathan, Myriam se jura de continuer à tenir fermement à distance les spectres du passé.

6

Un dimanche ordinaire

Octobre 1961

Tout était calme, il n'y avait pas un bruit. Almah était seule sur la varangue. Frederick était parti retrouver son amoureuse. Markus et Marisol déjeunaient à Puerto Plata chez les parents de celle-ci. Du bout du pied, Almah donna une impulsion à la chaise berceuse qui se mit à osciller doucement. Elle pensait avec nostalgie aux dimanches d'autrefois. Comme c'était joyeux alors. Comme ils étaient bien tous ensemble. Elle ferma les yeux et n'eut pas à faire d'effort pour se retrouver avec la petite bande.

*

Les adultes terminent leur café. Sur la table dressée sur la terrasse, les reliefs du repas dominical. Wilhelm, Emil, Markus, Felix, Max et Mirawek parlent politique, comme toujours quand Mirawek est de la partie. C'est lui qui lance le sujet et de l'huile sur le feu avec ses provocations. Wilhelm rentre tête baissée dans son jeu, Emil tète son éternel cigare avec l'air de ne pas y toucher, Markus temporise. Marisol et Selma discutent chiffons, Nelly et Anneliese débarrassent la table et rangent la cuisine. Perdue dans ses pensées, la bouche en cul de poule, Svenja se balance dans une mecedora *en s'appliquant à faire des ronds de fumée avec sa cigarette.*

Ruth jaillit sur la terrasse, les cheveux en bataille et les joues rouges. Un bâton coincé à sa taille dans une ceinture bat ses cuisses potelées. Elle se met au garde-à-vous et récite avec application :

— Dans trois minutes le pestacle commence. La pièce s'intutule Anacaona. Les rôles sont : Frizzie est Caonabo, Lizzie est Anacaona, Samy est un lieutenant espagnol très cruel et moi, je suis un soldat sous ses ordres, et aussi un chien lévrier. En fait, j'ai deux rôles.

Elle réfléchit un instant puis ajoute d'un air inspiré :

— Les chiens lévriers, c'était très important dans la chasse aux Taïnos, c'est pour ça que les Dominicains ont peur des chiens, c'est inscrit dans leurs germes. C'est José qui nous l'a dit. C'est pour ça que mon rôle est très important.

Satisfaite, Ruth s'éloigne à cloche-pied et dévale les marches à toute vitesse pour rejoindre les autres acteurs. Empêtrée dans son épée de bois et son armure, deux morceaux de carton reliés par des bouts de ficelle aux épaules, elle trébuche, manque de s'étaler et se rattrape de justesse. Le visage crispé, Svenja se pince les lèvres pour ne pas rire. Ça commence bien. Wilhelm lance un regard accablé à Almah. Les enfants vont encore leur infliger une de leurs fameuses créations théâtrales. Résignés, les adultes se postent en rang d'oignons contre la rambarde de bois, tandis que les quatre mousquetaires se mettent en place sur la pelouse face à eux.

Des fibres de coco coincées dans leurs maillots de bain en guise de pagne et la tête emplumée, Caonabo et Anacaona enlacés échangent des baisers à n'en plus finir, sous l'œil réprobateur d'Anneliese, la mère de Liselotte. À l'approche des Espagnols en armure, les deux Indiens s'enfuient chacun de leur côté pour dérouter l'ennemi. Mais le cruel lieutenant secondé par son soldat zélé capture Anacaona qui gesticule comme un asticot en les insultant dans un sabir incompréhensible ; « c'est du taïno », précise de loin le soldat. Ligotée, Lizzie est traînée jusqu'à un arbre. Samy la somme de se rendre. Anacaona crie que jamais elle n'abandonnera sa lutte pour l'indépendance de son peuple, que la terre de ses ancêtres est sacrée, que les Espagnols peuvent tous aller se faire foutre. Excédé, le soldat se met à scander « À mort, à mort la cacica *! », pendant que le cacique Caonabo exécute une danse guerrière non loin de sa femme prisonnière. Les Espagnols attachent Anacaona à l'arbre et allument le feu sous ses pieds. Ruth est revenue sur la terrasse emprunter le cigare d'Emil qu'elle a agité autour de Lizzie pour simuler la fumée, avant de le lui rendre. L'effet laisse à désirer. Le point d'orgue est l'agonie d'Anacaona qui se tord dans les flammes du bûcher. Très investie de son rôle, Lizzie roule des yeux* *en se tortillant et hurle des imprécations contre les Espagnols. Tout son chapelet d'injures y passe. «* Oh mein Gott ! *» murmure Anneliese, rouge de confusion, tandis qu'Almah et Svenja se mordent les joues, gagnées par le fou rire.*

Pendant que la cacica *se carbonise, le soldat se débarrasse de son armure et se transforme en chien. Svenja ne peut se retenir plus longtemps, elle éclate de rire, imitée par Almah. Ruth, à quatre pattes, jappe à la mort en agitant son croupion avec beaucoup de conviction. Puis Caonabo revient massacrer les Espagnols avec son bâton. Blessé à mort, il agonise à côté du cadavre encore fumant de sa bien-aimée qu'il a le temps de détacher et d'embrasser une dernière fois avant de rendre son ultime soupir. La pièce se termine avec quatre cadavres gisant dans l'herbe qui attendent les applaudissements des spectateurs pour se relever et saluer. Ruth remonte sur la terrasse en faisant la moue. Ils rient et ce n'est pas du tout l'effet recherché.*

— C'est une tragédie, lance-t-elle vexée à Svenja, pas une rigolade.

Svenja tente de reprendre son sérieux. Sans y parvenir.

— J'ai bien compris, ma chérie, mais je ris parce que vous jouez si bien vos rôles.

Ruth tourne les talons, vexée et peu convaincue par l'explication de sa marraine.

— Où avez-vous été pêcher cette fable ? demande Mirawek avec intérêt.

— C'est l'histoire vraie d'Anacaona. On nous l'a racontée à l'école, explique Frizzie. C'est Lizzie qui a fait la mise en scène.

— Et moi les costumes, ajoute Ruth.

— Avec beaucoup de talent, approuve Almah. Je vous félicite. C'était très véridique !

— Je peux vous réciter le poème si vous voulez, ajoute Ruth, très en verve. De Salomé Ureña.

— Ça ira pour aujourd'hui ma chérie, intervient Wilhelm, rassasié des performances artistiques de sa fille. Si nous allions à la plage maintenant que le pestacle est terminé ?

Svenja est encore secouée d'éclats de rire tandis qu'Anneliese secoue la tête de droite à gauche, effondrée.

— Mais d'où sort-elle toutes ces insanités ? Elle jure comme un charretier ! se lamente-t-elle en parlant de sa fille.

— Embarquement immédiat, embarquement immédiat, scande Markus les mains en porte-voix.

Les enfants s'entassent sur le plateau du pick-up avec les parasols, les masques, les palmes, les ballons, les chambres à air-bouées et les glacières, et le convoi des véhicules quitte Atravesada pour rejoindre la mer. Ils retrouvent leur radeau de bois confectionné par Markus qui attise les convoitises, s'amusent à se pendre comme des chimpanzés à une liane, s'ébrouent comme de jeunes chiots dans l'eau tiède, mastiquent des tiges de canne à sucre assis sur les pilotillos. *Frizzie et Samy veulent à tout prix apprendre à décapiter une noix de coco d'un seul coup de machette. Ils s'exercent avec Moreno, le vendeur de fruits, sous l'œil désapprobateur d'Almah qui, pour le remercier, lui achète des grappes de* limoncillos. *Les adultes retrouvent des amis, échangent les derniers potins au* bañadero, *un groupe de bancs en ciment aménagés à l'ombre au centre de la baie, nagent, lézardent au soleil. Et puis chacun rentre chez soi au soleil couchant.*

Ils viennent de vivre un dimanche ordinaire à Sosúa.

*

La sonnerie insistante du téléphone tira Almah de sa rêverie. Elle n'était pas en 1947. Ruth lui demanda de ses nouvelles et lui raconta avec excitation son après-midi au Musée d'art moderne avec son nouvel ami Arturo. Almah se dit qu'elle aimerait bien faire sa connaissance car sa fille en avait décidément plein la bouche de cet Arturo.

7

Un envol incertain

Octobre 1961

Cela faisait plus de quatre ans que Lizzie avait quitté l'île. Après son divorce et le départ de son mari aux États-Unis, Anneliese, sa mère, s'était attardée quelques mois à Sosúa dans une situation précaire, se contentant de petits travaux d'aiguille à domicile. Elles attendirent la fin de l'année scolaire pour partir à l'été 1957 sur les traces du père de Lizzie, à New York où Anneliese espérait exploiter ses talents de couturière. C'était plus sage pour la poursuite des études de Lizzie et pour son avenir. Leur départ me broya le cœur.

Les premiers mois, Lizzie m'avait atrocement manqué. J'étais malade de son absence. Mes autres amitiés n'étaient que des ersatz, rien de comparable à notre lumineuse complicité. Lizzie était irremplaçable. Nos lettres et les quelques semaines de vacances qu'elle passa deux étés de suite à Atravesada ne suffirent pas à compenser la douleur de la séparation. Peu à peu cependant je m'étais résignée, m'accommodant d'amitiés au rabais, puis mes premiers flirts avaient rempli le trou béant laissé dans ma vie par son départ.

*

Lizzie avait un an et demi de plus que moi. Elle était la fille unique d'un couple de commerçants berlinois qui l'avaient eue sur le tard et n'avaient strictement aucune autorité sur elle. Les Kestenbaum étaient arrivés à Sosúa à l'automne 1945, après plusieurs mois passés à Port-au-Prince. Une arrivée sans tambour ni trompette qui allait bouleverser ma vie. Il n'avait fallu que quelques jours à Liselotte, extravagante, insolente, effrontée et la langue bien pendue, pour forger sa réputation. Elle devint ma meilleure amie, le quatrième mousquetaire, l'amoureuse de Frizzie, le pitre et le cancre de l'école, et la bête noire de tout Sosúa.

Du haut de ses six ans et demi, elle ne tarissait pas d'éloges sur les uns et les autres : untel avait une cervelle de la taille d'une crotte de lapin, telle autre n'était qu'une rapporteuse à paquets, celle-ci (elle vrillait son index sur sa tempe) avait une *cucaracha* dans la tirelire, un autre (elle se bouchait le nez d'un air dégoûté) puait comme une mangue pourrie, un autre encore avait une face de bouse de vache, quant à celui-là, c'était rien qu'un têtard trouillard… Elle les affublait de surnoms qui m'enchantaient : Radio Cocotier, Roploplo, Patapouf, La Carotte, Gros-nez, La Sorcière, Carabosse… Rares étaient ceux qui trouvaient grâce à ses yeux. À leur arrivée du ghetto de Shanghai en 1947, elle avait fait enrager les nouveaux venus en baragouinant un sabir incompréhensible, les yeux étirés vers ses tempes de ses deux index tendus. Nous avions mélangé nos sangs en frottant l'une contre l'autre la pointe de nos index entaillés avec une pointe d'aloès pour devenir « sœurs de sang, amies à la vie à la mort ». La coupure de mon doigt s'était infectée. « Encore une connerie estampillée Lizzie », avait grommelé mon père en emmaillotant mon doigt dans une poupée.

Lizzie n'était jamais en retard d'une idée, mauvaise en général. Dès que la maîtresse avait le dos tourné, elle levait les yeux au ciel, fronçait le nez et l'imitait sans bruit en gesticulant. Elle était la locataire privilégiée du coin de la classe où elle se dandinait au piquet, les mains sur la tête, se retournant pour me gratifier d'immondes grimaces en chantonnant : « Haut les mains, la maîtresse en maillot de bain ! » On lui devait des craies enduites de colle, un lâcher de crapauds dans la classe, de la bouse de vache tartinée sur le siège de la maîtresse, du sel dans le yaourt au réfectoire, la rapporteuse à paquets enfermée à double tour dans les cabinets, et bien fait pour elle !

Lizzie avait un autre talent : elle était la scénariste de nos aventures épiques, inspirées de nos cours d'histoire, qu'elle mettait en scène avec un art consommé. D'un geste impérial, elle attribuait les rôles puis réglait le moindre détail de l'intrigue, dictant nos jeux de scène et corrigeant nos expressions. Notre répertoire s'enrichissait de semaine en semaine. Lutte d'Enriquillo, mort d'Anacaona, attaques des pirates de l'île de la Tortue, débarquement de Christophe Colomb, Jeux olympiques des Taïnos, sirènes arraisonnant le radeau en fuite de Hatuey… Le jour où elle s'était attaquée à la vie amoureuse de Trujillo, les parents avaient mis le holà. Quel que soit le scénario, elle s'arrangeait pour se concocter un rôle sur mesure qui lui assurait l'amour de Frizzie. Si par mégarde je dérogeais aux règles qu'elle avait fixées, si j'oubliais mon texte, si j'osais une remarque, elle me regardait avec un air d'infinie compassion. « Je te pardonne », soupirait-elle solennellement, la main sur le cœur, et quand Lizzie me pardonnait, je me sentais pousser des ailes.

Je conservais précieusement, collée dans un cahier, l'intégrale de nos messages à l'encre invisible, rendez-vous secrets, ordres de ralliement, semonces, menaces, un sottisier écrit avec du lait puis plus tard une décoction de bois de campêche dont la recette nous fut donnée par Rosita, que je ne pouvais déchiffrer qu'après les avoir chauffés à la lueur de la lampe à huile.

On regardait la pauvre Anneliese avec commisération, une mère incompétente, dépassée, qu'on plaignait d'avoir engendré un tel diable. Elle soupirait, haussait les épaules sous l'opprobre, mais je la soupçonnais d'être secrètement fière des prouesses de sa fille qui la signalaient comme un être d'exception.

*

Au fil des années, les lettres de Lizzie s'étaient faites de plus en plus rares et ne parlaient que de jazz, d'underground, de beatniks, de sexe et de rêves d'émancipation. Elle m'avait confié sous le sceau du secret qu'elle projetait de s'installer en Californie. À mon arrivée à New York, je n'avais plus aucune nouvelle depuis de longs mois. Je savais que Lizzie avait plié bagage pour prendre un envol incertain. Vers où, ça, je ne le savais pas.

8

Strrruggle forrr life

Octobre 1961

Une fois mes marques prises à Brooklyn, un de mes premiers coups de téléphone fut pour Anneliese. La mère de Lizzie m'invita à prendre un thé chez elle et j'eus beau solliciter mon imagination, je ne trouvai pas de bon prétexte pour échapper à cette corvée. Je n'avais d'ailleurs pas le choix si je voulais des nouvelles de mon amie. Quand elle m'ouvrit la porte d'un petit appartement sombre et vieillot d'un immeuble de brique de Bensonhurst, un choix curieux car le quartier était principalement peuplé d'Italiens, je restai médusée. J'eus du mal à reconnaître cette bonne vieille Anneliese, comme l'appelait maman, dans la femme grise, flasque et triste, qui s'encadra dans l'embrasure. Elle avait pris un siècle. Elle portait un gilet de laine d'un vert fané sur une robe terne dans laquelle elle flottait, et avait manifestement perdu sa joie de vivre avec son embonpoint. J'espérais que mon visage ne trahissait pas ma consternation. Pourtant, en me reconnaissant, un franc sourire éclaira son visage fatigué et je vis une lueur de joie s'allumer dans son regard éteint. Elle m'ouvrit grand ses bras.

— Ruthie, ça me fait tellement plaisir de te voir. Comment vas-tu ? Entre donc et raconte-moi tout.

Avec une mine de circonstance, Anneliese m'accabla de formules toutes faites pour me dire à quel point elle avait été attristée par le décès de mon père. Ce n'était pas ce que j'avais envie d'entendre mais je lui pardonnai car je la savais sincère.

Puis la mère de Lizzie retrouva un peu de son entrain d'autrefois tandis que je lui livrais les derniers potins du village, qui était parti et où, qui avait fait quoi et comment, qui s'était marié, qui avait eu des enfants… Elle m'interrompait sans cesse et me mitraillait de questions auxquelles je répondais avec une résignation teintée d'étonnement. Car il devint évident au fil de notre échange qu'Anneliese était nostalgique de Sosúa. Mais moi, ce qui m'intéressait, c'était Lizzie. Dès que je lui posai la question qui me brûlait les lèvres, Anneliese s'assombrit. Elle répondit à côté, s'enferrant dans ses regrets et ses récriminations :

— Tu sais, les choses ne sont pas si roses ici. Nous avions cru que ce serait le paradis, mais le paradis, il faut croire que nous l'avons laissé derrière nous, ajouta-t-elle avec amertume. Tout est difficile, surtout pour une femme seule, et les gens ne sont pas aussi gentils que là-bas. C'est *strrruggle forrr life* comme dit Lizzie, rugit-elle avec son terrible accent. Je me sens très seule ici, et puis il fait si froid. Le ciel est toujours gris.

Comme ton âme, pensai-je avec tristesse. Je plaignis Liselotte de tout mon cœur.

— Et Lizzie, comment va-t-elle ? Où est-elle ? insistai-je.

Anneliese leva les yeux au ciel. De la détresse, du découragement, du chagrin, plus que de l'exaspération.

— Oh Lizzie ! soupira-t-elle. Elle n'en fait qu'à sa tête, elle a lâché ses études. Je n'ai pas trop de nouvelles. Elle mène une vie de bohémienne – de bohème, corrigeai-je dans ma tête –, parce qu'elle a toujours été excentrique. Elle voyage à droite et à gauche, d'un bout à l'autre du pays. Elle vit de petits boulots, rien d'intéressant. Elle a même ramassé des pommes dans le New Hampshire. Elle s'est installée quelque part en Californie. Elle est devenue une sorte de… (Anneliese s'étouffa, pinça les lèvres et lâcha à mi-voix, comme un aveu honteux.) Saltimbanque. Elle chante dans la rue avec des types qui jouent de la musique, je ne sais pas trop qui. Je ne suis pas du tout d'accord avec sa vie mais elle ne me demande pas mon avis. Tu la connais…

Oui, je connaissais ma Lizzie. Un sacré numéro. Une véritable tête brûlée qui n'avait peur de rien ni de personne, qui s'affranchissait de toutes les règles pour ne suivre que les siennes.

— Et vous savez comment je peux la joindre ?

— J'ai bien une adresse, dit Anneliese en se levant lourdement pour farfouiller dans un petit secrétaire de bois sombre. Le courrier lui arrive, c'est sûr, et elle me téléphone de temps à autre. Tiens, voilà, dit-elle en me tendant un bout de papier. Oh, Ruthie, si tu pouvais aller la chercher et la convaincre de revenir…

La voix d'Anneliese suppliait. Gênée, je me contentai de hocher la tête et je recopiai l'adresse avec soin.

Quand je quittai la mère de Liselotte, j'avais perdu tout mon entrain. Si c'était ça l'effet des États-Unis sur les gens, je bénissais mes parents. Pas de doute, ils avaient fait le bon choix en faisant de nous des Dominicains.

*

J'écrivis à Lizzie. Après de longues semaines d'attente, la lettre me revint. Entre-temps Anneliese m'avait communiqué une autre adresse. J'envoyai une nouvelle lettre. Et puis un jour Lizzie téléphona chez les Ginsberg. Elle paraissait contente de m'entendre. Quant à moi, j'étais si émue que j'avais du mal à parler. Elle vivait à Santa Fe et promettait de revenir bientôt à New York. Nous allions nous revoir très vite.

Après avoir raccroché, je me précipitai dans la bibliothèque des Ginsberg pour consulter un atlas et me mis à envisager les moyens de me rendre au Nouveau-Mexique. C'était la meilleure façon de dépenser l'argent de mon cadeau d'anniversaire.

9

Le diapason des amitiés

Octobre 1961

Ce soir-là, Myriam était venue rappeler l'extinction des feux et mettre fin au joyeux chambard qui régnait dans la chambre de Nathan où l'histoire du soir avait dégénéré en bataille d'oreillers.

Plus tard, au calme de mon lit, je fis le bilan de mes premières semaines d'université. J'en étais toujours à la phase d'apprivoisement du campus. Pourtant j'avais déjà compris un certain nombre de vérités essentielles et inaltérables.

Il y avait deux camps, celui des étudiants légitimes, issus des collèges new-yorkais huppés, et celui des pièces rapportées, les étudiants venus d'autres États ou pire de pays étrangers, comme Deborah et moi. Un esprit d'élitisme et une hiérarchie tacites régnaient, qui distinguaient ces deux castes et régissaient les activités et les clubs. Impossible d'échapper à cette immuable étiquette qui réglait également le diapason des amitiés, des inimitiés et des rivalités. On appartenait à l'un ou à l'autre camp, mais il était inenvisageable d'en changer, et il devenait clair que ce ne seraient ni mes efforts de sociabilité ni mes résultats académiques qui me permettraient d'intégrer la caste des Wasp. J'étais sans doute condamnée à rester à la lisière de l'élite de la faculté.

Pour être populaire, il fallait également se soumettre aux diktats vestimentaires. Vestes anglaises, chemises Brooks Brothers, cravates rayées aux couleurs de l'université, polos Fred Perry, gros pulls siglés Columbia, pardessus Barbour, mocassins de cuir *penny loafer* pour les garçons. Quant aux filles aux mains parfaitement manucurées et aux mises en plis faussement décontractées, elles portaient des chemisiers pudiquement boutonnés ou des twin-sets de cachemire à encolure ronde rehaussée d'une chaîne en or ou d'un discret rang de perles autour du cou, des jupes écossaises au genou et des chaussures de cuir plates, et elles trimballaient leurs cahiers et leurs livres dans d'élégants sacs de cuir qu'elles balançaient négligemment à bout de bras.

Ce n'était pas tant le budget que la contrainte moutonnière et finalement l'inutilité de la manœuvre qui me rebutaient. Dans un premier élan, je m'étais ruée avec enthousiasme chez Barneys et chez Saks, avant de me résigner à assumer mon manque de style. Je me disais qu'au risque de m'aliéner définitivement le reste des étudiants, je n'avais d'autre choix que de m'acoquiner avec les bohèmes, cette frange de marginaux au look dépenaillé, résolument différents, qui jouaient les artistes et les avant-gardistes en affichant des convictions politiques à gauche. Eux m'accepteraient, aucun doute là-dessus.

Je repensai à Deborah. Ce n'était vraiment pas le genre de fille que j'avais ambitionné de rencontrer. Il n'y avait pas entre nous cette évidence lumineuse et immédiate, cette tendresse indicible qui m'avait instantanément reliée à Arturo, mais je l'aimais bien. C'était une dure à cuire, élevée à la campagne dans une fratrie de quatre garçons. Elle avait un culot monstre, de l'énergie, de la volonté à revendre et pas mal de talents. Elle avait des idées féministes bien ancrées et, en d'autres temps, elle aurait sans doute milité avec les suffragettes. Elle ne s'encombrait pas de faux-semblants, assumait d'être habillée comme un sac et prétendait « avoir renoncé aux futilités féminines », se disant « à l'arrière-garde de la meute en matière de mode et à l'avant-garde en matière d'opinion », et c'était séduisant. Sous son physique assez quelconque, se cachait une détermination d'acier. Deborah voulait réussir et peu lui importait le prix à payer. Ce serait sans doute plus difficile pour elle que pour d'autres, mais elle y arriverait coûte que coûte. Elle appartenait indiscutablement à la catégorie des ambitieux et, je n'en doutais pas, elle irait loin. Je décidai de m'en faire une alliée.

Ce n'est que quelques mois plus tard, en revenant sur notre première rencontre au café, que je me dis que c'était étonnant la façon dont une amitié pouvait prendre racine, il suffisait parfois de si peu de chose.

10

Rôle de figuration

Novembre 1961

Malgré l'affection et le soutien de ma famille, malgré mes amitiés naissantes, au bout de quelques semaines j'étais découragée. Pour tout dire je doutais de moi et de la justesse de mon choix. À l'épreuve de New York, ma confiance en moi, liée à l'éducation libre que j'avais reçue, s'était fissurée. Car les choses ne se passaient pas si bien.

Au journal, j'étais toujours à la traîne. Nous, les Dominicains, avions la réputation de parler vite et d'avaler les mots, mais que dire des Américains ? Personne ne ralentissait le rythme ni ne prenait le temps de faire un effort pour moi. Résultat, je ne comprenais qu'un mot sur deux. Non seulement mon anglais était défaillant, mais avec les termes techniques et les abréviations journalistiques j'étais perdue. Je ramenais à la maison des listes de mots mal orthographiés, dont je n'avais pas osé demander la signification de peur de me ridiculiser, que même Aaron ne parvenait pas toujours à décoder. Il haussait les épaules, impuissant. « Ça doit faire partie du jargon des journalistes. Désolé, Ruth, je ne peux pas t'aider. » En réalité, au *Times*, personne n'avait besoin de moi et on me confinait à des tâches ingrates et dans un rôle de figuration. On finit cependant par me confier quelques traductions de communiqués venus d'agences de presse latino-américaines. Mais même dans cet exercice je me révélais désarmée, j'avais perpétuellement peur de faire une erreur.

À l'université, c'était peu ou prou la même chose, on ne faisait guère cas des étudiants étrangers. Moi qui croyais maîtriser la langue de Shakespeare, j'étais bien loin du compte. Pour tenter de combler mes lacunes, je m'étais inscrite à des cours de perfectionnement d'anglais pour étudiants étrangers. Je m'astreignais à lire les quotidiens et les magazines d'Aaron, à ne voir que des films en version originale sans sous-titres, je m'enjoignais même de rêver en anglais. Cette langue, cette culture étaient pour moi un carcan car j'y étais contrainte et les résultats n'étaient pour l'instant pas du tout au niveau de mes ambitions qui, confrontées à la réalité, me paraissaient hors d'atteinte. Alors, quand la musique de l'espagnol me manquait trop, j'appelais Arturo et succombais au pur plaisir de pouvoir parler avec lui sans entraves.

Dans ce combat quotidien, j'avais cependant une alliée inespérée en la personne de Deborah qui s'employait à me redonner le moral quand elle me sentait prête à jeter l'éponge.

11

Thème libre

Novembre 1961

— La condition et le rôle des femmes dans les exploitations agricoles du Midwest ! lança Deborah en se reculant, satisfaite, contre le dossier de sa chaise. Qu'en dis-tu ?

Je hochai la tête en signe d'approbation. Nous devions réaliser en binôme un reportage sociologique. Thème libre. J'avais envisagé d'enquêter sur l'assimilation des émigrés dans la société new-yorkaise, mais mon projet aux contours flous était trop personnel. Celui de Deborah avait le mérite de me sortir de mes sempiternelles préoccupations.

— C'est une bonne idée. Ça me plaît.

Deborah me décocha un sourire victorieux en guise de remerciement.

— La seule ombre au tableau, c'est que tu vas nous transformer en rats de bibliothèque.

— Hors de question…

Deborah secoua vigoureusement ses boucles rousses et se pencha vers moi en rajustant de son index ses grosses lunettes sur son petit nez qui peinait à les retenir. Elle asséna un coup de poing si sec sur la table du café qu'il fit trembler nos tasses.

— … on va enquêter sur le terrain !

Je fronçai les sourcils.

— Sur le terrain ? Ici, à New York ?

— Nan, sur le terrain chez moi. Dans l'Iowa, au cœur de l'Amérique rurale ! J'ai tout prévu. On part quelques jours pour Thanksgiving, on interviewe les copines de ma mère, on prend des photos, on rédige notre dossier et on casse la baraque !

— Mais…

— J'ai tout prévu, je te dis. Et comme c'est pour le bien de mes études, mon père nous offre le voyage.

J'étais soufflée par son culot. Deborah avait choisi notre sujet et ourdi son plan sans me consulter, avec la certitude que je serais d'accord. Même son père était au courant. Elle me rappelait cet épisode pas si lointain où ma mère avait décidé que mon visage ferait le tour du monde en figurant sur des timbres dominicains. Sans me demander mon avis.

Je cédai devant la détermination de mon amie, d'autant plus que le sujet n'était pas mauvais, loin de là, et que la perspective d'une escapade au cœur de l'Amérique des Grandes Plaines n'était pas pour me déplaire.

*

À l'aéroport de Des Moines, un des frères de Deborah nous attendait. Nous nous entassâmes dans la cabine avant d'un pick-up poussiéreux pour rejoindre Marshalltown. J'avais commencé à soupçonner que la famille Miller était aisée quand Deborah avait brandi triomphalement nos billets d'avion offerts par son père, alors que je m'attendais à devoir affronter un interminable voyage de nuit en Greyhound. J'étais loin du compte. La ferme des Miller était une exploitation très prospère, des hectares de maïs à perte de vue, des écuries, une étable, des hangars pleins de machines agricoles, des silos, une arche de Noé d'animaux domestiques, et la maison d'habitation une vaste demeure de deux étages aux allures patriciennes. Pas tout à fait *Autant en emporte le vent*, mais pas loin. Par certains côtés, elle me rappela notre *finca*, et j'étais moins dépaysée que je ne l'avais craint.

Je fus accueillie à bras ouverts par cette famille au grand cœur. Ils n'étaient pas très modernes pour des Américains, pas très cultivés non plus, croyants – on demandait à Dieu sa bénédiction avant chaque repas – et terriblement conservateurs. Je découvrais stupéfaite qu'à Sosúa nous étions plus éclairés. Je comprenais aisément ce qu'une fille libre et intelligente comme Deborah avait voulu fuir en étudiant à New York. Elle jouait le même rôle que moi au sein de sa famille, celui de la benjamine gâtée : manifestement son père l'adorait, ses frères l'admiraient et sa mère enviait son toupet.

Notre semaine d'étude, ou devrais-je dire de vacances, passa très vite. Nous sillonnâmes la région au volant de la vieille Dodge décapotable de sa mère, la radio poussée à plein volume, en chantant à tue-tête. C'était un continent à part, fait de grandes plaines et de prairies, un pays de tracteurs et d'hommes à cheval où l'on ne lisait que le journal local. J'éprouvais une sensation de liberté incroyable et une excitation sans pareille en découvrant les grands espaces du grenier à blé de l'Amérique, comme l'appelait Debbie.

Nous nous piquâmes au jeu de l'interview auprès de ménagères qui rougissaient sous le feu roulant de nos questions et, les doigts en éventail, regonflaient leur mise en plis pour les photos. Il y eut des balades à cheval – Debbie se révéla bien meilleure cavalière que ce qu'elle m'avait laissé supposer –, un Jerry Lewis au drive-in, des soirées au pub où s'époumonait un orchestre de country, un dîner de Thanksgiving pantagruélique avec dinde rôtie à la canneberge, gratin de potiron et patates douces, et tarte à la citrouille… Il y eut des rigolades et des confidences, pas mal de travail aussi. Nous nous entendions à merveille.

Nous réussîmes à brosser quatre portraits de femmes, dont celui, improbable, d'une veuve seule à la tête d'un élevage de porcs. C'était un défi intéressant et je me félicitai d'avoir une partenaire aussi débrouillarde et efficace que Debbie. Les conclusions de notre reportage étaient édifiantes. La condition féminine dans le Middle West n'avait guère à envier à celle de femmes du XIXe siècle. Comme leurs aïeules, elles n'avaient pas voix au chapitre, se mariaient jeunes, restaient soumises, au service de leur mari et de leur famille.

Comme Deborah l'avait prédit, notre dossier cassa la baraque. Ce court séjour nous valut une des meilleures notes de la promotion et il fit bien plus pour notre amitié que toutes les heures passées à traîner dans les cafés new-yorkais. Nous savions désormais que nous étions semblables, deux filles de la campagne, dont on ne recherchait pas l'amitié car elles n'étaient pas de la bonne caste, que personne n'attendait, et qui devraient jouer des coudes pour faire leurs preuves.

12

Premiers galons

Novembre 1961

Jérusalem, le 10 novembre 1961

Ruthie chérie,

J'espère que ton installation à New York se passe bien. C'est un sacré changement de mode de vie et je t'admire d'avoir choisi de sortir du cocon douillet de Sosúa où tu as toujours été très protégée et de te confronter à cela. J'imagine qu'après le choc causé par le départ de ton père, il est salutaire pour toi de changer d'air.

Le départ de mon père… Voilà comment ma marraine appelait pudiquement son décès. Je me rendis compte que personne autour de moi n'osait parler de mort. Or mon père était mort. Il n'était pas parti, ou alors c'était pour un voyage sans retour. Je me demandai si on se console jamais de la mort de ses parents. Je pensai à ma mère et à combien je tenais à elle, combien elle m'était indispensable. Une bouffée de tendresse m'envahit. Je repris ma lecture.

Je suis très fière de toi. Je pense sincèrement que tu as fait le bon choix. Je suis absolument convaincue que cette ville va t'offrir de magnifiques opportunités. À toi de savoir les reconnaître, et de les saisir. C'est une grande chance de pouvoir compter sur tes oncle et tante pour te soutenir. Je suis sûre que tu ne vas faire qu'une bouchée de la grosse pomme.
Je voudrais te parler de la suite du procès d'Eichmann. Grâce à Almah, j'ai suivi tes publications dans le journal de Sosúa. Je pense que tu devrais poursuivre ce dossier. Je peux remplacer ta mère comme correspondante sur place. Grâce à Mirawek, je vais continuer à assister aux audiences et à suivre les débats, je peux donc t'envoyer des informations de première main. Qu'en dis-tu ? Tu pourrais faire mouche auprès de la rédaction de ton journal, ce serait formidable, n'est-ce pas ? Je t'en sais capable.
Je te propose cela, ma Ruthie, car il ne faut jamais rester au milieu du gué. Il faut toujours aller au bout de ce qu'on entreprend. C'est à cette seule condition que l'on se sent fier de soi-même. Bien sûr, si tes occupations à New York ne t'en laissent pas le temps, je comprendrais. Dis-moi simplement ce que tu en penses.

Mes vœux de réussite (et ceux d'Eival et de Mirawek) t'accompagnent. Je te rappelle que tu es la bienvenue chez nous quand tu le souhaites. Tant d'années ont passé que je ne sais pas si je saurais te reconnaître.
Je t'embrasse très fort en te souhaitant le meilleur. Salue ta famille américaine pour moi.

Ta marraine qui t'aime très fort, Svenja

La couverture remontée jusqu'au menton, je venais de relire la lettre de Svenja reçue le matin même. J'éteignis la lumière. Le visage expressif de ma marraine dansait devant moi. Je me souvenais combien son enthousiasme et son énergie étaient contagieux. Je réfléchissais les yeux grands ouverts dans l'obscurité de ma chambre.

Sa lettre était loin d'être anodine. Mine de rien et sous prétexte de m'encourager dans ma nouvelle vie, elle me mettait face à une question essentielle : étais-je du bois dont on fait les bons journalistes ? Opiniâtre, obstinée et persévérante ? Ce que nous avions baptisé entre nous « le projet Eichmann » n'avait-il été qu'un dérivatif pour pallier la fuite de ma mère en Israël et un prétexte pour rendre mon père jaloux, ou cela correspondait-il à quelque chose de plus intime et de plus ambitieux ?

Le souvenir de cet épisode qui m'avait aidée à tourner définitivement le dos à mes études d'infirmière et avait marqué mon entrée dans le journalisme par la petite porte revint me hanter. Quand, depuis Jérusalem, ma mère m'avait proposé de suivre le procès d'Eichmann et d'en rendre compte, j'avais su que je tenais l'arme pour crucifier mon père. J'ignorais que sa liaison avec la Cubaine était déjà terminée. Je voyais bien qu'il était mortifié à la flamme dévorante de son regard, à la façon fébrile dont il guettait les Télex et dont il attendait que je daigne lui lire les lettres d'Almah qui ne lui en adressa aucune. Je m'employais à lui distiller avec parcimonie de maigres nouvelles qu'il accueillait avec une avidité non dissimulée. D'un point de vue journalistique, nous avions fait, aux dires de tous, du bon travail. D'un point de vue intime, j'avais rappelé à mon père à quel point ma mère était irremplaçable.

Et maintenant ? Allais-je continuer avec ma mère et Markus ? Étais-je capable de relever le défi ? Je n'avais besoin que d'un Télex, d'un téléphone, de détermination et d'énergie. J'entendis nettement la voix de ma mère murmurer à mon oreille « la nuit porte conseil, Ruthie ». J'allais remettre ma décision au lendemain. Mais, au fond, je savais bien qu'elle était déjà prise. Svenja avait raison, on ne reste pas au milieu du gué. Non seulement je me sentais investie d'une sorte de devoir vis-à-vis de ma communauté, mais cela me permettrait de renouer les liens effilochés avec ma marraine et de mieux comprendre l'histoire de mes parents.

*

Je devais suivre le procès d'Eichmann jusqu'à son épilogue l'année suivante. Je rendis compte de tout, la condamnation à mort en décembre 1961, l'appel et son rejet six mois plus tard, la demande de recours en grâce, la confirmation du jugement en mai 1962, la grâce refusée, la pendaison dans la nuit du 31 mai 1962 dans la cour de la prison de Ramla, l'incinération du corps dans un four construit spécialement et la dispersion des cendres en Méditerranée, hors des eaux territoriales israéliennes.

Ainsi s'achevait le « Nuremberg du peuple juif » voulu par Ben Gourion. Il incombait désormais aux historiens d'étudier les milliers de pages de Mémoires, d'entretiens, de notes que le nazi, le seul à s'être autant exprimé, avait écrites avant le procès et durant sa captivité.

J'envoyais mes articles à Markus qui les publiait dans *La Voix de Sosúa* et, grâce à ses accords habilement négociés, également au *Porvenir*, le journal de Puerto Plata. Je m'étais ouvert de ma mission auprès de journalistes du *Times* avec lesquels j'avais échangé des informations. Je jubilais de les avoir impressionnés. Désormais je n'étais plus seulement la petite stagiaire parachutée à la rédaction grâce à ses relations. Dans les yeux d'Arturo aussi, il y avait de l'admiration ; il m'encensait, j'étais devenue son idole, un prix Pulitzer en puissance. Myriam m'encourageait gentiment et Aaron se félicitait de m'avoir pistonnée au *Times*. Pour ma mère, c'était sûr, bon sang ne pouvait mentir, j'étais de la graine de journaliste.

Ainsi, grâce au procès d'un nazi, je gagnai mes premiers galons de journaliste.

13

Le Rubirosa

Février 1962

Arturo m'avait invitée à dîner.

En grande pompe.

Pas dans un de ces *diners* ou de ces *delicatessens* de quartier dans lesquels nous avions pris l'habitude de nous retrouver.

Non.

Au Waldorf Astoria.

Rien que ça.

— Je viendrai te chercher avec la limousine de mon cousin. Et le chauffeur qui va avec, avait-il précisé en rigolant.

Il n'avait rien voulu me dire de plus. Je n'avais pas posé de questions mais je sentais bien qu'il y avait anguille sous roche.

— Dis donc, Ruthie, la limousine du corps diplomatique avec chauffeur, le Waldorf, ça sent le rendez-vous galant, me taquina Myriam, un petit sourire complice flottant sur ses lèvres, tandis que je vérifiais ma tenue dans le grand miroir de l'entrée en piaffant d'impatience.

Je haussai les épaules, faussement désinvolte. En vérité, j'étais ravie de cette invitation qui me changeait agréablement de nos sorties habituelles. Avec mes talons hauts, ma robe de soie bleu nuit et le collier de ma grand-mère, je ne ressemblais ni à la sauvageonne de Sosúa, ni à la stagiaire du *Times*, ni à l'étudiante de Columbia. Nathan tournicotait autour de moi, au moins aussi excité que je l'étais.

— On dirait une vraie princesse, Ruthie, comme dans *Cendrillon*, commenta-t-il en battant des mains devant son visage tandis que je faisais un tour sur moi-même.

— Il a raison, on dirait… Holly Golightly, lâcha Myriam, une allusion à *Breakfast at Tiffany's* dont elle raffolait et que nous avions revu ensemble quelques semaines auparavant. Il ne te manque que le fume-cigarette !

J'étais ravie, je préférais nettement Audrey Hepburn à l'héroïne des frères Grimm.

Quand le carillon de la porte retentit, j'ouvris à un Arturo que je reconnus à peine. Avec son costume sombre, sa cravate rayée, ses souliers impeccablement lustrés et ses cheveux gominés, ses nouvelles lunettes à monture d'écaille, il avait pris quelques années et avait tout du Wasp, n'était sa peau cannelle. Il me détailla et leva les sourcils en hochant la tête d'un air approbateur. Dehors il faisait un froid mordant, et je resserrai en frissonnant les pans de mon manteau sur ma robe légère. Quand je m'assis à l'arrière de la limousine dont le chauffeur referma cérémonieusement la portière derrière moi, je me sentis comme une princesse. Nathan avait raison. Sur le pas de la porte, Myriam nous regarda partir avec le sourire heureux d'une mère comblée tandis que Nathan sautillait en agitant sa petite main en signe d'au revoir.

*

— On fête quelque chose, Arturo ?

Mon ami me décocha un de ses petits sourires timides qui le rendaient si charmant.

— Mon anniversaire, souffla-t-il d'une petite voix. J'ai dix-huit ans aujourd'hui.

— Mon Dieu, Arturo, pourquoi tu ne m'en as rien dit ? Je n'ai pas de cadeau…

— C'est ça mon cadeau, Ruth. Cette soirée offerte par mon cousin. Quant à ton cadeau, ta présence à elle seule me suffit amplement comme présent.

— Ça, c'est la chose la plus gentille que tu m'aies jamais dite.

Je me penchai vers lui et embrassai sa joue. Je remarquai qu'il sentait l'Old Spice. C'était nouveau.

— *Feliz cumpleaños*, Arturo !

De l'index, j'essuyai la marque de rouge à lèvres que j'avais laissée sur sa pommette. Il me regarda d'un petit air gêné mais satisfait.

— En fait, il y a bien quelque chose qui me ferait plaisir…

Il me regardait malicieusement. Je l'encourageai, pas très sûre de ce qu'il allait me sortir. Avec Arturo, je pouvais m'attendre à à peu près n'importe quoi.

— Dis toujours.

Il porta la main à son cou et tripota son nœud de cravate.

— Ça me serre, je n'ai pas l'habitude !

— Tu vas devoir t'y faire. Un vrai concertiste porte toujours un nœud papillon.

Un sourire illumina les yeux d'Arturo.

— Alors cette chose qui te ferait plaisir ?

— Je voudrais avoir l'insigne honneur de t'appeler Ruthie, répondit-il pompeusement. Voilà ce qui me ferait vraiment plaisir.

J'éclatai de rire.

— C'est d'accord Arturo. À partir d'aujourd'hui, tu as le droit de m'appeler Ruthie. N'empêche, je te ferai un autre cadeau. Dès demain je vais me mettre en quête de quelque chose qui soit digne d'un homme de dix-huit ans.

— Tu te moques toujours, Ruthie !

Arturo avait roulé mon prénom dans sa bouche comme une gourmandise. Je ne pus me défendre d'un petit frémissement de plaisir.

— Pas du tout mon cher ami, je suis très sérieuse. Je vais écumer tout Macy's pour toi !

En entrant dans le restaurant, je compris que ça allait être la soirée la plus fastueuse de ma vie. Même les sorties à l'opéra avec Myriam étaient largement battues. Un maître d'hôtel en habit nous conduisit à une petite table ronde nappée de blanc dans un coin de la salle. Sous le plafond à caissons, les lustres en cristal scintillaient de tous leurs feux. Je sentis les regards sur nous et je redressai les épaules. Sûr qu'on nous prenait pour un jeune couple de la haute société. Puis ce fut un véritable ballet. J'avais peur de commettre des impairs, mais je m'en sortis très bien. J'imaginais ma mère dans un restaurant viennois chic et je m'efforçais de me comporter comme je pensais qu'elle l'aurait fait.

Arturo commanda avec autorité deux coupes de champagne. Il rosit comme une fille quand nous levâmes nos verres à ses dix-huit ans.

— Qu'est-ce qui te fait envie ?

J'étais gênée, j'avais sous les yeux une carte sans aucune indication de prix. Je ne voulais pas entraîner Arturo dans des dépenses inconsidérées. Il lut mon embarras.

— Ce qui te plaît, Ruthie, tu peux prendre ce qui te plaît. Ce soir, c'est mon cousin qui régale.

J'hésitais entre un aspic de foie gras et des huîtres, mais j'avais peur d'être maladroite avec les coquillages et finalement je me décidai pour un vol-au-vent de homard. Sans risque.

— Et ensuite ?

— La paupiette de sole me tente, mais j'ai mangé du poisson pour toute une vie à Sosúa. Donc, les noix de saint-jacques poêlées au cidre. Pour moi c'est exotique !

Je me faisais l'impression d'être très grande dame.

— Et toi ?

— Croustillant de crevettes et saumon de rivière aux champignons sauvages, décréta Arturo en refermant son menu. Avec cela j'imagine que du vin blanc s'impose. Tu vois, j'ai retenu la leçon !

*

— S'il te plaît, passe-moi le Rubirosa !

L'œil d'Arturo frisait tandis qu'il me désignait du menton le moulin à poivre. Je le regardais interloquée.

— Le poivrier s'il te plaît ! Le Rubirosa, insista-t-il avec un sourire parfumé de grivoiserie.

Je m'exécutai sans comprendre. Un serveur surgit et m'ôta des mains le moulin pour épicer délicatement le plat d'Arturo qui riait sous cape. La bouche entrouverte, prêt à faire une remarque, il se ravisa et préféra attendre que le garçon s'éloigne.

— Figure-toi qu'à Paris c'est comme ça qu'on appelle le moulin à poivre grand modèle dans les restaurants chics qu'a fréquentés notre *latin lover*. C'est mon cousin, qui a été en poste là-bas, qui me l'a dit.

Je le dévisageai en fronçant les sourcils.

— C'est *una broma*, *a joke*, une référence à la taille de son… enfin tu vois…

Les yeux d'Arturo papillonnaient et son sourire s'élargit. Je peinais à comprendre puis une lumière se fit en moi. Je baissai la voix :

— Une allusion à la taille de son…

Je grimaçai :

— … de son… sexe, c'est ça ? lâchai-je entre mes dents.

— Exactement ! triompha Arturo.

J'étais effondrée. Si notre réputation tenait à ça, nous étions mal partis.

— Eh bien, voilà qui va rehausser notre prestige au niveau international ! Passe-moi donc le Rubirosa !

Le repas fut délicieux et joyeux. Très en verve, Arturo me raconta avec humour des anecdotes de la

Juilliard School, ses camarades dont certains le prenaient de haut à cause de son origine, les petites rivalités, les mesquineries et les blagues de potaches. Pour me faire rire, il s'amusait à prendre l'accent du *campo*, étirant les voyelles, éludant les S, avalant les R, réduisant certains mots à des onomatopées. Quand vint le dessert j'étais légèrement grise, ce qui était prévisible compte tenu de la générosité avec laquelle nous avions arrosé l'anniversaire d'Arturo. Nous étions passés à un registre plus intime quand il me prit de court.

— Tu as déjà…

Il frotta ses deux index l'un contre l'autre. J'ouvris de grands yeux, craignant de comprendre.

— Couché avec un garçon ? C'est ça que tu me demandes ? Je le crois pas !

Les brumes de l'alcool qui me désinhibaient ne m'empêchaient pas de voir qu'il avait rougi. Il me décocha une grimace gênée qui l'enlaidit une fraction de seconde et hocha la tête en signe d'assentiment.

— Euh… oui c'est ça, souffla-t-il à mi-voix.

— Je n'imaginais pas que tu avais une telle fascination pour ma vie intime. Eh bien oui, ajoutai-je en me penchant par-dessus la table, si tu veux le savoir. Avec mon petit ami Francisco. À Sosúa.

— Ah. Et… c'était… comment ta première fois ?

— Alors là Arturo, tu passes les bornes !

— Oh allez, Ruthie ! Tu peux bien me le dire !

Il joignit les deux mains sous son nez. Derrière ses lunettes, ses yeux brillaient de curiosité, une curiosité d'enfant qui n'avait rien de malsain. Devant son air suppliant, je m'inclinai.

— J'avais dix-huit ans. J'ai cru que ce serait très romantique mais ça ne l'était pas. Nous étions sur la plage et je me suis fait piquer par des *jejenes*[1]. Un vrai carnage. Et au bout de quatre mois, Francisco m'a laissée tomber. Comme une vieille chaussette. Il avait rencontré une autre fille à Ciudad Trujillo où il faisait ses études. J'ai cru que mon cœur allait se briser. Et puis non, finalement j'ai très bien cicatrisé. Maintenant j'attends le prince charmant. Voilà, tu es content ?

Arturo opina du chef avec l'air sérieux d'un vieux sage.

— Et toi Arturo, tu as déjà…

Je frottai à mon tour mes deux index l'un contre l'autre en clignant de l'œil. Arturo rougit jusqu'à la racine des cheveux. Il toussota.

— Pas encore. Heu… justement…

— Justement quoi ?

Soudain, il avait l'air très mal à l'aise.

— Je me demandais… si tu ne voudrais pas…

— Quoi ?

Il se racla la gorge, pinça les lèvres et lâcha à voix basse :

— M'initier…

Il avait lancé ça comme on se jette à l'eau sans savoir nager, avec un air totalement désespéré. Les bras m'en tombèrent. Je ne savais pas si je devais rire ou me fâcher. Je me sentis flouée. Je me contentai de lui lancer d'un ton blessé :

— Alors c'est ça ! Toute ta mise en scène, c'était pour ça ! La limousine, le champagne, les chandelles ! Ça, on peut dire que tu ne manques pas d'air.

1. Puces de sable.

D'un coup, Arturo se ratatina sur sa chaise tel un enfant qui venait de commettre une très grosse bêtise. Ses joues se marbrèrent de rouge.

— Mais non… pas du tout, bredouilla-t-il. Le dîner, c'est parce que tu es ma meilleure amie. Je voulais fêter mon anniversaire avec toi. Excuse-moi, Ruthie, je n'aurais pas dû.

— Je ne sais pas si tu as encore le droit de m'appeler Ruthie.

— Je… je te demande pardon. C'est juste que… je… je…

— Tu quoi ?

— Les autres se moquent de moi à l'école. Ils m'appellent PP, le pianiste-puceau. Je suis tellement timide. Jamais je n'oserai aborder une fille. Je me disais que peut-être, c'était un service que tu pourrais me rendre, à titre… amical. Tu sais, comme on passe une épreuve, après c'est fait, c'est fini. On est de l'autre côté, celui des initiés.

— Pour ta gouverne Arturo, il y a des filles pour ça. On les appelle des prostituées.

— Ruthie, tu n'y songes pas ! me répondit Arturo d'un air atterré.

Soudain je vis en lui un petit garçon malheureux. Le monde à New York n'était pas tendre ; Arturo était si jeune et sans doute bien mal armé pour affronter cette ville. Je me radoucis.

— Écoute, Arturo, on va mettre ça sur le compte de ce bon vin et oublier. Il ne faut pas que tu te sentes mortifié par les moqueries de tes camarades. Elles sont aussi stupides qu'eux, et question maturité tu n'as sans doute rien à leur envier. Ne t'inquiète pas, tu tomberas amoureux un jour, bientôt je te le souhaite, et ça se fera tout naturellement. Crois-moi, ça n'a rien à voir non plus avec le fait d'être adulte ou pas. On parle d'amour, là !

Arturo me lança un regard plein de reconnaissance dans lequel je lisais qu'il avait désespérément envie de me croire.

— Tu as raison Ruth, pardon de t'avoir demandé ça. N'en parlons plus. Parfois je me sens tellement désemparé, tellement démuni, et je n'ai personne à qui me confier.

— Tu m'as, moi !

Arturo prit ma main et embrassa le bout de mes doigts.

— Merci Ruthie ! Tu es une vraie amie !

Je le considérai avec tendresse tandis qu'il réglait l'addition.

— Si on allait prendre un verre au Pierre ? proposa-t-il. Pour me faire pardonner définitivement ?

J'hésitai. Il insista.

— J'ai carte blanche ce soir ! Profitons de la limousine et des largesses de mon cousin !

Je regardai ma montre, il n'était pas si tard.

— D'accord, en route pour le Pierre !

*

Cet épisode sur lequel nous ne devions jamais revenir nous rapprocha considérablement sans que nous en ayons conscience. Il devint sans doute, malgré nous, une des pierres angulaires de notre amitié.

14

Des jours meilleurs

Mars 1962

Sosúa, le 10 février 1962

Ma chérie,

Je veux tout d'abord te rassurer. Nous allons tous très bien et les troubles politiques de la capitale n'atteignent pas notre coin de campagne. C'est une véritable bénédiction que de vivre ici. Un étranger qui débarquerait jurerait qu'il est arrivé dans un paradis, s'il n'y avait les conversations inquiètes échangées dans les cafés.
La situation n'est pas stabilisée, loin de là et nous dansons au bord de l'abîme sans savoir de quoi demain sera fait. J'en viendrais presque à regretter le bouc et sa main de fer. Au moins Trujillo garantissait la paix dans le pays. Si ton père m'entendait, il reviendrait me tirer les oreilles !

Nous prions chaque jour pour que les cabales des militaires boursouflés d'ambition politique prennent fin. Il faut aller de l'avant, mais que la marche vers la démocratie est rude.

Pour le reste tout va bien. Ton frère gère la finca *avec une grande sagesse et notre troupeau prospère. Ses projets de développement restent en souffrance compte tenu de la situation, mais dès que les choses reviendront à la normale, il pourra concrétiser les investissements prévus. Il a à cœur d'élargir les activités de la CILCA*[1]*, mais pour ça aussi il faut attendre des jours meilleurs. Par ailleurs, il est très occupé par ses amours, ou plutôt son amour. Les projets de mariage avancent. D'après ce que j'en sais, les parents d'Ana Maria veulent célébrer les choses en grande pompe. Mais Frizzie tient à ce que toute la famille soit présente et nous devons attendre que tout le monde puisse voyager dans de bonnes conditions. Je l'exhorte à la patience.*

Meine Kätzchen, *tu me manques. Tes lettres sont bien rares et je t'imagine très occupée. C'est toujours un tel plaisir de te lire. Écris-moi et raconte-moi ta vie à New York.*

Je t'embrasse tendrement,
Ta maman qui t'aime

---

1. Compañía Industrial Lechera C. por A. Il s'agit de la coopérative de production laitière que dirige Frederick.

La lettre de ma mère me parvenait avec du retard. Avec le *Times* j'avais une source d'informations privilégiée et je n'ignorais rien des graves troubles politiques qui ébranlaient mon pays depuis quelques mois. Nous avions eu de courtes conversations téléphoniques au fil des événements qui ne visaient qu'à me rassurer. Je savais pertinemment que, pour ne pas nous inquiéter, ma mère et Frizzie minimisaient la gravité d'une situation à laquelle personne ne comprenait plus rien.

Arturo était lui aussi abreuvé de nouvelles par son cousin qui représentait le gouvernement et ne savait plus sur quel pied danser. Il m'avait fait un compte rendu assez précis des derniers bouleversements. Tout début janvier, un conseil d'État modéré avait été créé sous la pression des Américains. Mais quinze jours plus tard, Balaguer, le président de la République, dépité d'avoir à partager le pouvoir, d'être confiné à l'exécutif et pensant raffermir sa position avec l'appui des haut gradés, avait organisé un nouveau coup d'État militaire pour mettre en place une junte qu'il voulait présider. Coup raté. Le lendemain, un mouvement populaire avait riposté par un contre coup d'État et le Conseil d'État avait été remis en place. Le 18 janvier, évinçant Balaguer, Bonnelly était devenu président, dans l'attente de prochaines élections, tandis que Balaguer rejoignait les rangs des exilés politiques dominicains. Le comble, il avait demandé l'asile politique aux États-Unis et il vivait désormais à New York. « Je suis sûr qu'il complote avec les Yankees pour reprendre le pouvoir », diagnostiquait Arturo dont le cousin avait des rendez-vous très louches avec l'ex-président.

C'était à y perdre son latin. Une espèce de comédie politique grossière, un jeu de chaises musicales sans fin qui laissait le peuple éreinté et aurait pu faire sourire s'il ne s'était agi d'une triste réalité. Rarement pays fut aussi malmené que le nôtre durant les années post-Trujillo. Nous renouions avec la tradition des présidences successives aussi grotesques qu'éphémères du début du siècle.

15

Chiddoukh

Mars 1962

— *What's up*, doc ?

— Ils m'ont tendu un piège !

Ruth jeta sa besace à franges sur la banquette en Skaï de l'Empire Diner, un de leurs repaires *downtown*, avant de se laisser tomber face à Arturo. Elle était très en retard et avait pressé le pas. Ses joues étaient rougies par le froid et la neige qui tombait en flocons serrés. Elle enleva son bonnet qu'elle secoua pour l'égoutter et dénoua son écharpe de laine sous le regard ébahi d'Arturo qui la dévisageait avec des yeux ronds comme des billes.

— Un… piège ? Mais qui ça ? De quoi parles-tu ?

Ruth commanda un grand café et un *apple pie* à la serveuse, une blonde à la trentaine un peu fanée, trop pâle, trop maigre, Shelley, à en croire le badge de plastique épinglé sur sa poitrine. Elle haussa les épaules.

— Mon oncle, ma tante, ses amies bien-pensantes, ses voisines, les bons bourgeois juifs de Brooklyn, qu'est-ce que j'en sais… En tout cas, je me suis fait avoir en beauté.

Arturo prit les mains de Ruth dans les siennes et souffla dessus pour les réchauffer. Ses yeux brillaient d'un éclat intense. Il était dévoré de curiosité.

— Raconte !

— Pff !

Ruth leva les yeux au ciel, dépitée.

— Ce serait drôle si ce n'était pas pathétique. Qu'est-ce que je leur en veux !

— Ne me fais pas languir, Ruthie, supplia Arturo tandis que Shelley déposait un mug de café fumant et une assiette avec une généreuse part de gâteau surmontée de chantilly sur la table. Ruth se jeta sur la tarte.

— En résumé, ils veulent me caser, annonça-t-elle la bouche pleine. Se débarrasser de moi, on dirait. Ils ont tout manigancé entre eux, dans mon dos. Ils ont organisé une rencontre avec une famille qui a un fils à marier.

— Non !

— Si. Ma tante s'est prêtée à ce jeu sordide des entremetteuses avec la mère, les tantes et les sœurs du garçon. J'ai été invitée à prendre le thé avec Myriam et je ne me doutais de rien.

Arturo se pinçait les lèvres pour ne pas rire.

— Le *chiddoukh*, on appelle ça, jeta Ruth avec mépris. C'est une vieille tradition juive, semble-t-il. Des familles se rencontrent, elles présentent l'un à l'autre des jeunes gens « compatibles » – Ruth dessina des crochets avec ses index –, on les marie et vogue la galère !

Arturo ne put retenir un gloussement.

— Non mais tu te rends compte ? Franchement, je ne croyais pas que ma famille était aussi vieux jeu. Mes parents ne se sont pas rencontrés comme ça que je sache, pas plus que Myriam et Aaron, pour ce que j'en sais. Alors pourquoi moi ?

— Ça existe aussi chez nous, les mariages arrangés entre bonnes familles. Il faut reconnaître un certain pragmatisme à la démarche.

— Enfin Arturo, on est en 1962 ! Pas au XIXe siècle. Et aux États-Unis en plus, pas dans un quartier bourgeois de Santiago. Je n'en reviens toujours pas.

— Ils te trouvent sans doute un peu solitaire et ils te croient timide.

— Ouais, ben ils se trompent. Et si ça me plaît à moi d'être solitaire ?

— Ça partait d'un bon sentiment !

— Oh toi, tu es trop bonne pâte, toujours prêt à tout pardonner, et tu ne vois que de la gentillesse là où il y a manipulation ou mesquinerie.

— Tu n'as qu'à leur faire croire…

Ruth regarda Arturo au fond des yeux et soupira bruyamment en secouant la tête.

— Stop Arturo, je t'arrête tout de suite. On n'est pas crédibles toi et moi. Pas après ton dîner d'anniversaire !

Arturo écarquilla les yeux, stupéfait, et ouvrit la bouche comme un poisson échoué sur la rive qui cherche l'air.

— Tu ne leur as pas raconté… bégaya-t-il en rougissant jusqu'à la racine des cheveux.

— Bien sûr que non ! Mais j'ai dû leur mettre les points sur les i car ils n'arrêtaient pas de me charrier. Toi et moi, on est amis, de très bons amis, un point c'est tout. Mais c'est ta faute aussi, tout le tralala, la limousine, le chauffeur, le Waldorf, ils ont cru dur comme fer que c'était une déclaration. Je pense que c'est depuis cette soirée que ma tante a conçu ses projets biscornus. Tu aurais vu ces vieilles biques mielleuses dans leur appartement poussiéreux. Elles me bombardaient de questions, genre grand oral d'entrée à l'université, sans même chercher à tourner autour du pot : « Et qu'est-ce que tu attends de la vie ? Et quelle famille t'imagines-tu avoir ? Et tu veux combien d'enfants ? Et gnagnagna... »

— Et tu veux combien d'enfants, Ruthie ? ricana Arturo.

— Oh c'est malin ! Je te jure que ces harpies me jaugeaient comme un bout de viande sur l'étal d'un boucher kascher !

— Ou comme un gâteau dans la vitrine d'un pâtissier, c'est plus appétissant !

Ce disant, Arturo piqua un morceau de gâteau dans l'assiette de Ruth et lui arracha enfin un sourire.

— Le pire, c'est quand le fils est arrivé. Ce n'est pas qu'il était moche, non, ni beau ni moche, mais il avait un air coincé et résigné, le pauvre ! Avec sa cravate trop fine qui l'étranglait et son costume de velours marron de vendeur de polices d'assurance... Comment ma tante a-t-elle pu croire que ce garçon pourrait me plaire ? En plus, il avait les mains moites. Je déteste les mains moites. Bref, il était aussi mal à l'aise que moi, c'en était ridicule. Non mais franchement, où est le romantisme ? J'étais furieuse, ça a dû se voir. Je me suis retenue pour ne pas déguerpir en claquant la porte. Mais une fois dans le taxi, j'ai explosé. J'ai copieusement assaisonné Myriam, et depuis je lui fais la tête.

— Elle ne le mérite sans doute pas. Elle croyait bien faire. Elle a peur que tu finisses vieille fille.

— Toi, tu trouverais des excuses à un tueur en série pris le couteau à la main à côté de sa victime. Tu es trop gentil, vraiment. Il faut que tu t'endurcisses sinon tu te feras toujours marcher sur les pieds, surtout dans cette ville.

Arturo ne répliqua pas. Dans une certaine mesure, Ruth avait raison. Mais il était comme ça, amène, doux et accommodant, et il ne luttait pas contre sa nature. Jusqu'à ce jour, sa bienveillance ne l'avait que peu pénalisé. Shelley s'approcha et leur demanda s'ils désiraient autre chose. Ruth n'hésita qu'une seconde avant de commander une autre part de gâteau aux pommes. Arturo leva un sourcil réprobateur.

— Tu as mangé la moitié de ma part ! s'exclama Ruth en riant. Au lieu de piquer dans l'assiette des autres, tu ferais mieux d'assumer ta gourmandise.

— Et maintenant, qu'est-ce que tu comptes faire ?

— Je crois que tu as raison sur un point. Ma tante aimerait me voir fréquenter un garçon. À mon âge, elle et maman avaient déjà rencontré leur prince charmant, ajouta-t-elle, rêveuse. Mais les temps ont bien changé…

Shelley déposa une nouvelle assiette devant Ruth qui enfourna une énorme bouchée de tarte et se perdit un instant dans ses réflexions. Puis elle planta son regard dans les yeux d'Arturo et déclara :

— Je vais me trouver un copain, n'importe qui, juste pour qu'on me fiche la paix. En attendant, je vais continuer à lui faire la gueule.

— Ça n'est pas la meilleure des idées.

— Quoi, le copain ou la gueule ?

— Les deux, à vrai dire. Mais le copain m'inquiète plus que la gueule. J'ai pas envie de te voir tomber dans les griffes de n'importe quel prédateur sous prétexte d'être casée. Et qu'est-ce que je ferai moi, si tu me laisses tomber pour un amoureux ?

Arturo avait pris son air enfantin qui à chaque fois faisait chavirer le cœur de Ruth. Elle posa doucement une main sur son bras.

— Toi, je ne te laisserai jamais tomber, tu le sais. Entre toi et moi c'est…

— … à la vie à la mort, compléta Arturo.

Il jubilait. Il avait obtenu une fois de plus de Ruth une promesse d'éternité pour leur amitié. Et c'était tout ce qui comptait. Il jeta un coup d'œil sur sa montre.

— On a juste le temps de filer à Chelsea. Ils passent un Cantinflas au Elgin[1], ça te dit ?

Ruth sourit. Arturo connaissait ses faiblesses.

---

1. Le cinéma Elgin, situé à Chelsea au coin de la 19e Rue et de la 8e Avenue, était spécialisé dans les films en langue espagnole.

16

Des allures de western

Août 1962

Plus tard, Markus se dirait que la scène avait eu des allures de western, un genre qu'il adorait. Il sortait du local du journal quand il le croisa. La rue était déserte, l'atmosphère étouffante. Le soleil au zénith, implacable, anéantissait les ombres. L'air tremblait de chaleur et de poussière. La lumière brûlait les yeux. Ne manquaient que les tireurs embusqués, prêts à dégainer leur colt pour dégommer l'étranger. La silhouette de l'homme se découpait nettement, vibrante comme une hallucination. Il avançait, de face, d'un pas mesuré, tournant la tête de droite à gauche pour étudier avec attention le décor paisible. C'était inhabituel, une telle présence dans le village.

C'était un homme brun, grand et solidement bâti, un visage énergique au profil aigu, qui semblait ne rien perdre de ce qui se passait autour de lui. C'est-à-dire rien, pour le moment. Markus lui donna une cinquantaine d'années, peut-être un peu moins. Il était hirsute et une barbe de plusieurs jours mangeait ses joues. Il portait des chaussures de ville et un costume dont on devinait la coupe élégante bien qu'il fût tout chiffonné. Il paraissait fatigué et découragé, comme harassé par une longue errance. Un maigre sac de toile beige se balançait à son épaule. Markus croisa son regard. Vif, intelligent, aiguisé, avec quelque chose comme de la méfiance ou peut-être bien de la peur au fond des yeux. En une fraction de seconde se réveillèrent d'anciens souvenirs. Markus connaissait ce genre de regard, angoissé, traqué, inquiet. Le regard aux aguets d'un homme en fuite. Il en avait croisé tant dans une autre vie, en Autriche, quand tous cherchaient à éviter les nazis, leurs humiliations et leurs brutalités. Au moment où l'homme allait le dépasser, Markus l'apostropha.

— Bonjour, vous cherchez quelque chose ?

L'homme s'arrêta et regarda autour de lui comme s'il ne savait pas très bien ce qu'il faisait là. Il se reprit et esquissa un demi-sourire.

— Quelqu'un, plutôt. Mais je ne sais pas si cette personne vit encore ici.

— Dites toujours. Ici tout le monde se connaît.

L'homme hésita. Il dévisagea Markus, semblant le jauger, puis il se décida comme on se jetterait à l'eau.

— Almah Rosenheck. Je cherche Almah Rosenheck.

Markus déglutit, pris de court. Il s'attendait à entendre n'importe quel nom, celui d'un fermier, d'un médecin, du rabbin même, mais pas celui-là.

— Almah vit bien ici. Mais en dehors du village. Je peux vous donner son numéro de téléphone si vous le souhaitez.

— Je vous remercie. Et puis-je vous demander un verre d'eau, j'ai très soif.

Il s'excusait presque. Markus fit entrer l'étranger dans le bureau où le ventilateur brassait l'air chaud sans parvenir à le rafraîchir. Il actionna la pompe de la fontaine à eau en réfléchissant. En observant l'étranger descendre son verre d'un long trait avide sans reprendre son souffle, Markus sentit une vague de solidarité l'envahir. Cet homme avait besoin d'aide. Fuyait-il quelque chose ? Était-il dangereux ? Qui était-il ?

— Appelez Almah, je vous en prie, se décida-t-il en désignant le téléphone.

L'homme hocha la tête. Markus composa le numéro de la ferme. Ce fut Almah elle-même qui décrocha.

— Bonjour Almah. Je te passe quelqu'un qui te demande.

Markus tendit le combiné à l'étranger et, par discrétion, sortit dans la rue, s'abritant du soleil sous le porche. Quelques minutes plus tard, l'homme s'encadrait sur le pas de la porte.

— Elle veut vous parler.

Markus prit le combiné qui reposait sur le bureau. Au bout du fil, la voix d'Almah vibrait de tension.

— Markus s'il te plaît, conduis cet homme à la ferme le plus vite et le plus discrètement possible. Je t'expliquerai.

Elle raccrocha sans un mot de plus.

Quinze minutes plus tard, les deux hommes débarquaient à Atravesada. Ils n'avaient croisé personne. Une fois dans la voiture, l'inconnu avait semblé se détendre. Pendant tout le trajet, cependant, il était resté silencieux tandis que Markus échafaudait mentalement des hypothèses. Était-il un amant secret d'Almah, un fantôme du passé, un ancien ami autrichien qui avait retrouvé sa trace ? Il ne savait même pas son nom et n'osait le lui demander.

Almah les attendait en faisant les cent pas sur la véranda. Il y eut une seconde de flottement, elle sembla hésiter à reconnaître l'homme, puis le salua d'une poignée de main. D'une certaine façon, cela rassura Markus.

— Vous avez bien fait, Daniel. Ici vous serez à l'abri. Markus, si ce n'est déjà fait, je te présente Daniel Soteras. Nous nous sommes rencontrés il y a bien longtemps. Daniel a les sbires de la police secrète à ses trousses et il a besoin d'une cachette. Ici, il sera à l'abri jusqu'à ce que nous trouvions une meilleure solution. Dieu merci, je suis seule à la ferme. Frederick est absent pour une semaine, il participe à une foire agricole à Higüey, ça facilitera les choses. Asseyez-vous, je reviens.

Almah s'éclipsa, laissant les deux hommes face à face. Elle réapparut sur la terrasse avec un plateau chargé de sandwichs au poulet, de bières et de café. Et tandis qu'il dévorait à belles dents, entre deux bouchées, Daniel Soteras raconta son histoire.

17

Destierro o entierro
Août 1962

Fiché au SIM[1] et constamment sous surveillance, Daniel Soteras était depuis toujours un farouche opposant au régime de Trujillo. Depuis les tout premiers pas de la dictature, les premières années de l'« Ère » comme le dictateur avait lui-même baptisé son règne, Soteras faisait imprimer des tracts, les distribuait, tenait des réunions secrètes, faisait la liaison entre des groupuscules d'opposants, bref il complotait.

— En mars de l'année dernière, mon nom est apparu dans une lettre de dénonciation du « Forum public[2] ».

1. Service d'intelligence militaire.

2. Trujillo avait créé la rubrique « Forum public » dans *El Caribe*, un de ses quotidiens. Voir son nom apparaître dans les lettres du « Forum public » signées de pseudonymes et dictées par le dictateur ou ses courtisans les plus influents était signe de disgrâce mais pouvait aussi annoncer un mystérieux « accident de la circulation ».

À partir de là, je n'ai pas eu d'autre choix que d'entrer dans la clandestinité, autrement c'était l'accident de la circulation assuré.

Il avait des contacts avec ceux qu'on ne nommait pas ; d'un geste du pouce et de l'index sans équivoque il caressa son menton, *los barbudos*, les rebelles communistes, les chantres de la révolution cubaine devenus maîtres de l'île voisine. Après l'échec de l'opération de Cayo Confites[1] et l'arraisonnement du *Quetzal* en 1947, puis le fiasco du double débarquement d'Estero Hondo et Maimón en 1959, ses compagnons et lui attendaient patiemment l'occasion d'abattre le dictateur. Ils avaient étudié ses moindres habitudes, analysé les défaillances de sa garde rapprochée, minuté ses déplacements, essayant en vain de trouver le défaut de la cuirasse. Jusqu'à ce soir de mai 1961 où le dictateur, victime de son addiction maladive au sexe, était parti rejoindre une maîtresse dans son château de San Cristóbal, sans autre escorte que son chauffeur.

Le coup de pouce des Américains était providentiel. Ils avaient le même objectif : neutraliser le bouc. Mais pas pour les mêmes raisons. Les Dominicains voulaient en finir avec la dictature et retrouver leurs libertés. Pour les Yankees, le spectre du communisme était la pire des menaces. Ils craignaient que les dérives incontrôlables du Jefe n'engendrent un soulèvement populaire qui mettrait les socialistes au pouvoir. Avec

1. Planifiée à Cuba en 1947 avec le soutien des gouvernements vénézuélien et haïtien, l'expédition de Cayo Confites visait à renverser Trujillo par une invasion militaire par la côte nord depuis Cuba.

Cuba, il y avait bien assez de communistes aux portes de la Floride. Il ne fallait pas renouveler les erreurs du passé, ils devaient garder le contrôle et continuer à tirer les ficelles dans l'ombre pour rester les maîtres du jeu. Pour cela, les Américains devaient mettre un homme de confiance à la tête du pays, un homme à leur main. C'était une ironie de l'histoire que des objectifs aussi antinomiques passent par la même cible.

Trujillo avait proclamé haut et fort qu'il « ne quitterait son poste que pour aller au cimetière ». C'était désormais chose faite. Soteras faisait partie du deuxième cercle des conjurés qui avaient fomenté l'assassinat du dictateur. Il avait caché et acheminé des armes livrées par la CIA, son activité commerciale au sein de la manufacture de tabac familiale de Santiago lui offrant la couverture idéale pour circuler dans le pays jusqu'à cette accusation publique.

Mais l'arrière-garde du dictateur, menée par son propre fils, Ramfis, le chef des armées, n'avait pas dit son dernier mot. Non seulement les assaillants directs avaient depuis belle lurette été arrêtés, torturés et exécutés – en novembre 1961, précisa Soteras –, mais une répression sanglante s'était organisée pour éliminer toute opposition politique. Balaguer n'avait pas tenu parole. On ne comptait plus les rafles, les enlèvements, les disparitions et les « accidents ». La traque sur ce qui restait des conjurés se poursuivait sans relâche. Ramfis et Balaguer avaient juré d'avoir leur peau à tous. Lui était miraculeusement passé entre les mailles du filet, mais un de ses anciens compagnons d'armes emprisonné à la Cuarenta et torturé à mort avait fini par cracher des noms. Et depuis, ils étaient à ses trousses jour et nuit. Soteras était désormais un homme aux abois qui ne pouvait se fier à personne. La nasse se resserrait inexorablement sur lui, sa vie ne tenait plus qu'à un fil. En désespoir de cause, il s'était souvenu d'Almah qui vivait dans une espèce de kibboutz, loin de l'agitation politique. Ne lui avait-elle pas dit que sa porte serait toujours ouverte aux amis et aux nécessiteux ?

Almah approuva de la tête et sourit.

— Il est bien fini le temps du kibboutz. Mais vous avez raison, Daniel, ici nous vivons en marge des événements.

— Dans un calme tout relatif, temporisa Markus. Nous avons quand même été bombardés en juin 1959, et il y a eu ce double assassinat. Deux opposants abattus à bout portant en plein jour. Clisante et Martinez, paix à leur âme.

— J'en ai entendu parler, répondit gravement Soteras. C'est malheureusement monnaie courante dans tout le pays. Ils n'ont même pas peur d'agir hors de nos frontières, souvenez-vous de Galíndez[1].

— Ce bombardement a été un véritable cataclysme et nous y avons perdu ce qui nous restait d'innocence. Depuis, ici, chacun se méfie de tous les autres, ajouta Markus avec amertume.

---

1. Jesús de Galíndez, représentant aux États-Unis du Parti basque socialiste en exil et collaborateur du FBI, était l'ancien précepteur des enfants de Trujillo. Il termina à l'université de Columbia sa thèse « *The Life and Times of a Caribbean Dictator* ». En mars 1956, il fut enlevé dans le métro new-yorkais par les sbires du dictateur, transporté, torturé et exécuté en République dominicaine.

Soteras déglutit et regarda Markus au fond des yeux avant de se tourner vers Almah.

— *Destierro o entierro*[1]*!* Je n'ai pas d'autre choix que de remettre mon sort entre vos mains, déclara-t-il. Ils ne peuvent pas soupçonner que je suis ici, ils ne peuvent pas savoir que nous nous sommes croisés autrefois. Je ne savais vraiment pas où aller. Il était question que les Cubains envoient un bateau pour nous récupérer, mais j'ai perdu le contact avec les autres.

— Ne vous excusez pas Daniel. Nous allons réfléchir et trouver une solution, répondit Almah calmement. Il y a toujours une solution, même dans les cas les plus désespérés, pour peu qu'on se donne la peine de la chercher. Nous sommes bien placés pour en témoigner, n'est-ce pas Markus ?

Markus se contenta de hocher la tête. Almah avait raison, comme toujours.

— En attendant, venez, Daniel, reprit-elle en se levant. Je vais vous installer dans le bungalow des amis. Vous pourrez prendre un peu de repos, ce qui ne sera pas superflu si j'en juge par votre mine.

Soteras la suivit sans se faire prier. Il était épuisé. Tout ce dont il avait besoin, c'était d'une douche et de draps frais.

*

En regardant Almah et Soteras s'éloigner, Markus se demanda pourquoi elle se laissait embringuer dans une

---

1. « L'exil ou la mort. »

telle histoire. Elle avait accueilli Soteras sans réserve, comme s'ils étaient intimes. Quelle était la nature exacte du lien qui les unissait ?

— Aucun, lui assura-t-elle quand elle revint s'asseoir en face de lui. En tout cas, pas ce que tu sembles croire !

Markus haussa les épaules, faussement désinvolte.

— Je ne crois rien et d'ailleurs, ça ne me regarde pas. C'est juste que cet homme débarque de nulle part et que tu lui ouvres ta porte comme si de rien n'était.

— La roue tourne, Markus. Il fut un temps pas si lointain où nous étions nous aussi des parias. Te souviens-tu du soulagement et de la joie que nous éprouvions quand un inconnu nous tendait la main et nous ouvrait sa porte ? Moi je ne l'oublierai jamais.

Elle leur resservit une tasse de café.

— Nous n'avons jamais participé à rien dans ce pays, nous y avons fait notre vie en marge de la société. Nous ne nous sommes jamais compromis, nous avons enterré nos idéaux sous la prétendue reconnaissance que nous devions au régime. Tous sauf Wil, nuança-t-elle à mi-voix. Il a été le seul à s'élever publiquement contre la dictature. Et maintenant, sous couvert de démocratie, notre pays est en train de virer au fascisme. Aujourd'hui nous avons l'occasion d'agir. Alors nous allons le faire. Je fais ce que j'aurais aimé qu'on fasse pour moi en Autriche, ce que j'aurais aimé qu'on fasse pour les parents de Wil. Je vais cacher cet homme et le sauver quoi qu'il m'en coûte. Wil aurait fait de même. En souvenir des humiliations du passé, au nom de la liberté, du soutien du faible face à la tyrannie. Tu n'as qu'à le voir comme une *mitzvah*. Il ne nous reste plus qu'à trouver le moyen d'entrer en contact avec les compagnons de Soteras et à l'exfiltrer du pays.

Markus sourit à Almah avec une infinie tendresse. On venait de passer du western au film d'espionnage.

18

De bonnes raisons

Août 1962

Nathan s'était endormi sur la banquette arrière de la Thunderbird que Myriam conduisait d'une main sûre. Une espèce de langueur avait envahi l'habitacle. Cela faisait presque trois heures qu'ils roulaient. Deux rideaux de sapinières touffues bordaient la route ondulante qui montait, dévoilant des montagnes au loin, puis redescendait, révélant l'éclat argenté d'un lac au détour d'un virage.

Ruth regardait défiler le paysage en silence. Elle faisait le bilan de cette dernière année.

Positif.

Malgré des moments de découragement, elle avait apprivoisé New York et commençait sérieusement à aimer cette ville. Elle avait réussi ses examens à l'université, *magna cum laude*, l'honneur était sauf. Elle avait rendu compte de la fin du procès Eichmann pour *La Voix de Sosúa* et avait su tirer son épingle du jeu au

Times où on ne la confinait plus simplement aux tâches subalternes. Elle avait une bonne bande de copines, Deborah en tête, sans compter son lien de plus en plus étroit avec Arturo, qui en à peine un an était devenu son meilleur ami. Il n'y avait que ce secret dont elle avait honte. Elle était bien décidée à effacer jusqu'à son souvenir pendant ces vacances, une parenthèse salutaire. Elle avait besoin d'un grand bol d'air frais. Elle baissa la vitre et respira goulûment l'air piquant qui fouettait son visage et chatouillait agréablement ses narines. Ils étaient loin les effluves de macadam et de gaz d'échappement qui l'agressaient à New York. Ici elle arriverait à oublier.

*

— Plus que trente kilomètres et nous arrivons, annonça Myriam alors qu'ils dépassaient un carrefour hérissé de panneaux indicateurs.

Ruth soupira en étirant ses jambes. Elle n'avait pas l'habitude de rester immobile aussi longtemps. Elle adressa un sourire à sa tante et reprit le fil de ses pensées. C'était son premier été loin de Sosúa. Leurs dernières vacances en famille à Atravesada remontaient à deux années auparavant, l'été d'avant l'accident. La mort de son père avait tout changé. Était-ce pour garder intact le souvenir de leurs formidables vacances tous ensemble ? Parce qu'ils avaient grandi et que Frizzie et elle étaient désormais des adultes ? Parce que sans Wilhelm, rien ne serait plus jamais pareil ? Tacitement, ils étaient tous d'accord, c'en était fini de leurs étés dominicains.

Les Ginsberg avaient loué une maison sur les bords du lac George pour le mois d'août. Almah, contente d'échapper aux grosses chaleurs de la saison cyclonique, devait les rejoindre. Frederick serait ainsi tranquille pour préparer son mariage avec Ana Maria, prévu pour le mois d'octobre. Ruth le soupçonnait d'être heureux de pouvoir profiter de la maison vide avec sa fiancée. De son côté, Arturo ne rentrait pas à Santiago. Il avait été invité à passer quinze jours chez un camarade d'école au cap Cod et il les rejoindrait pour les trois dernières semaines du mois d'août.

*

— Ruthie, téléphone !

Ruth ouvrit un œil et s'étira sous ses draps qui sentaient bon le pin. Un rayon de soleil filtrait à travers les volets. Elle jeta un coup d'œil à sa montre posée sur la table de chevet. 10 heures. C'était sa première nuit dans les montagnes et elle avait dormi comme une souche. La voix de Myriam lui parvint, plus pressante, depuis le rez-de-chaussée du chalet.

— Ruthie, dépêche-toi, c'est ta mère au téléphone.

Ruth bondit hors de son lit et dévala l'escalier de bois dont les marches craquèrent sous sa cavalcade, jusqu'au salon où l'attendait sa tante. En peignoir, une tasse de café à la main, les cheveux noués à la va-vite sur la nuque, Myriam lui désigna le combiné posé à l'envers sur la console.

— Allô maman ?

— Bonjour Ruthie. Je te réveille à ce que j'entends !

— On ne peut rien te cacher, répondit Ruth en étouffant un bâillement.

— Alors, tu es bien installée ?

— Formidable. J'ai une grande chambre avec un cabinet de toilette et ma fenêtre donne sur le lac. C'est un cadre enchanteur, très romantique, tu vas adorer.

— Hum, justement… Eh bien, je ne vais pas venir finalement.

— Quoi ? Mais maman, tu avais promis…

Ruth était consternée. Elle se faisait une telle joie de passer ces quelques semaines avec sa mère qu'elle n'avait pas vue depuis près d'un an.

— J'ai décidé de rester à Sosúa…

— Mais pourquoi ?

— Oh, pour tout un tas de raisons… répondit évasivement Almah. D'abord Frizzie doit s'absenter pour une semaine et je ne veux pas laisser la ferme seule, tenta-t-elle, sentant bien que Ruth ne se satisferait pas de sa réponse.

— Mais il y a Jacobo !

— Et puis Marisol est un peu fatiguée, je dois donner un coup de main au journal et au studio de photo.

Ça sonnait faux. Ruth avait senti une petite hésitation dans la voix de sa mère, et aussi une légère inflexion, comme une pointe d'excitation. Elle prit cruellement conscience que sa mère restait pour elle un mystère.

— Enfin maman, tu avais promis, répéta-t-elle. On ne se dédit pas comme ça trois jours avant d'arriver. Et puis, j'ai envie de te voir, tu me manques, figure-toi.

— Je suis désolée Ruthie. Toi aussi tu me manques ma chérie. Mais vraiment ça tombe mal. Je ferai un saut à New York en septembre, je te le promets.

— Pour ce qu'elles valent tes promesses, jeta Ruth dépitée tout en regrettant immédiatement ses paroles.

Après tout, sa mère devait avoir de bonnes raisons pour changer d'avis au dernier moment. Des raisons qui n'appartenaient qu'à elle et qu'elle n'avait manifestement pas envie de partager. Inutile d'insister. Ruth laissa échapper un soupir résigné.

— D'accord maman, on se verra en septembre.

— Ruthie, je te vois ! Ne boude pas ! Tu n'as pas besoin de ta vieille maman pour profiter de tes vacances. Je suis sûre que tu vas beaucoup t'amuser. Profites-en ma chérie, que je te retrouve en peine forme en septembre.

Toute à la joie de découvrir les Adirondacks et le lac George, Ruth ravala vite sa déception. Elle espérait juste qu'Arturo ne lui ferait pas lui aussi faux bond.

19

Des airs d'Olive Thomas

Août 1962

« *Mierda !* »

Ruth ravala le juron en regardant sa balle s'envoler sur le court mitoyen. Elle suivit la trajectoire de son projectile qui atterrit entre les jambes du joueur d'à côté. Il se pencha pour ramasser la balle et, avec un sourire compatissant, la lui renvoya d'un élégant coup de raquette. Ruth le remercia tout en admirant le service parfait qu'il exécuta dans la foulée. Une certitude : jamais elle n'atteindrait ce niveau.

Depuis deux jours, Ruth prenait des cours de tennis au Lake George Club. Deux heures pendant lesquelles elle courait dans tous les sens et balayait l'air de grands moulinets inefficaces, sous les encouragements de son professeur, une caricature au bronzage parfait, dents aussi blanches que son short et musculature athlétique. Ruth essuya une goutte de sueur qui se faufilait le long de sa tempe et s'écroula sur le banc accoté à la chaise d'arbitre. Andrew, son moniteur, rangeait sa raquette dans son cadre de bois et rassemblait les balles dans un panier métallique monté sur roulcttcs.

— Les premières heures sont les plus ingrates. Ne t'inquiète pas, avec de la persévérance, tu vas vite progresser.

Ruth lui adressa un sourire dépité.

— Désolée, je ne suis pas de la bonne graine de joueuse, je le crains.

— Ça viendra, répéta Andrew d'un ton désabusé. À demain Ruth !

Il lui adressa un sourire qui pouvait passer pour un encouragement en se dirigeant vers le portail de fer. Ruth le suivit jusqu'au club-house où elle commanda un jus de pomme.

— Ah, mais c'est mon envahissante voisine !

Un petit rire désamorça ce que la remarque pouvait avoir de grinçant. Ruth dévisagea celui qui venait de s'accouder à côté d'elle. Il était grand, jeune et assez beau garçon. Belle tignasse châtain clair, yeux bleus, large sourire et dentition parfaite, il n'aurait pas juré au générique d'un film de Billy Wilder.

— Je suis désolée, je débute. J'espère que je n'ai pas trop perturbé votre match.

— Je plaisantais. Vous êtes tout excusée. D'ailleurs, ce n'était pas un match, j'entraîne ma cousine qui doit disputer le tournoi d'été qui démarre dans quelques jours. C'est pour moi, ajouta-t-il à l'adresse du barman en désignant le verre de Ruth.

— Merci, mais je…

— Allons, ne faites pas de manières. Venez donc vous asseoir avec moi sur la terrasse, ajouta-t-il en prenant d'autorité leurs deux verres.

Ruth lui emboîta le pas non sans une pointe de plaisir. En s'asseyant en face de lui, elle se fit la réflexion qu'elle aurait pu tomber plus mal.

— Oliver Mac Kinney.

Le jeune homme lui tendit une main ferme au-dessus de la table.

— Ruth Rosenheck, dit Ruth, sa propre main engloutie dans une poigne chaude et vigoureuse.

— Vous avez un léger accent, très joli d'ailleurs. Vous êtes…

— Oh, vous ne trouverez pas !

— On parie ?

« Essaie toujours ! » répondit Ruth par un sourire en hochant la tête.

— Votre nom, vieille Europe, je dirais. Quant à votre accent, des sonorités hispaniques. Je dirais Argentine, d'origine allemande !

Pas mal, pensa Ruth en déclarant :

— Tiède ! Vous ne brûlez pas encore mais vous n'êtes pas loin. Quant à vous, je dirais une origine irlandaise ?

— Depuis cinq générations. Mais c'était facile avec mon patronyme. Allez, soyez chic, aidez-moi.

— Pourquoi doit-on toujours se définir par son origine, sa nationalité ou sa profession ? soupira Ruth, soudain sérieuse, en plissant les yeux.

— Parce que c'est un réflexe j'imagine, ce sont les repères les plus simples en société. Je dirais à ma décharge que j'étudie l'anthropologie, donc mettez ça sur le compte d'une déformation professionnelle. Et ne m'en dites pas plus. Vous avez raison, c'était archinul comme entrée en matière.

— Je n'ai pas dit ça !

— Mais vous l'avez pensé très fort. Allez, on recommence tout à zéro. Vous savez que vous avez des airs d'Olive Thomas ?

— Qui est Olive Thomas ? demanda Ruth, ne sachant comment prendre sa remarque.

— Une actrice qu'on disait la plus belle fille de New York !

Ruth lui lança un regard consterné.

— Vous n'y allez pas par quatre chemins !

— OK, ça aussi c'est nul. Mais c'est vrai, vous lui ressemblez. Vous êtes en vacances ici ?

Ruth plongea ses yeux dans le regard franc et chaleureux d'Oliver Mac Kinney et décida qu'il était sympathique. Elle but son jus de pomme à petites gorgées en lui expliquant qu'elle était arrivée trois jours auparavant pour un mois de vacances et que sa famille louait une maison au bord du lac, juste à la sortie du village.

— Donc, vous ne connaissez pas encore la région ! Elle est merveilleuse, encore sauvage. Je passe toutes mes vacances ici depuis ma plus tendre enfance et je découvre encore de magnifiques coins secrets. Ça vous dirait que je vous emmène en balade ?

Ruth allait décliner en prétendant qu'elle avait déjà un programme très chargé quand Myriam se matérialisa devant leur table.

— Excuse-moi Ruthie, je suis en retard. Il y avait du monde à l'épicerie. Mais je vois que tu ne t'ennuyais pas à m'attendre. Myriam Ginsberg, dit-elle en tendant la main à Oliver qui se présenta en retour. Je peux passer te reprendre plus tard si tu préfères, mais je dois y aller car Nathan m'attend à la maison.

— Je rentre avec toi, décida Ruth en se levant. Au revoir, dit-elle en agitant la main d'une manière enfantine vers Oliver Mac Kinney. Nous nous recroiserons sans doute, je prends un cours tous les matins.

Elle crut lire une note de regret dans le regard du jeune homme. Elle fit quelques pas puis se retourna :

— Encore merci pour le jus de pomme. À propos, dominicaine, je suis dominicaine, lança-t-elle en riant. Et autrichienne, pour l'origine. Vous n'auriez pas trouvé, n'est-ce pas ?

Elle redressa les épaules et s'éloigna avec autant de dignité que le lui permettait sa ridicule jupette blanche, en espérant qu'elle ne lui faisait pas de trop « gros poteaux », comme disait Lizzie quand elle se moquait des cuisses de leur institutrice.

Myriam lui décocha un sourire complice.

— Beau garçon, se contenta-t-elle de dire en tournant la clé de contact de la Thunderbird.

20

Un reproche vivant

Août 1962

Allongée dans son lit ce soir-là, Ruth se surprit à penser au tennisman irlandais. Son sourire, sa main chaude, sa proposition. Elle se disait que le destin ne mettait jamais par hasard des gens sur votre chemin et que chaque rencontre avait son rôle à jouer. Oliver Mac Kinney était peut-être la personne qui lui ferait oublier les remugles de son honteux secret.

Comme elle l'espérait, Ruth revit Oliver le lendemain. Fidèle au poste, il jouait sur le court voisin de celui consacré aux leçons. Il lui adressa un signe du bout de sa raquette en guise de salut avant de se désintéresser d'elle pour se concentrer sur ses échanges. Ce qui la vexa, sans qu'elle veuille se l'avouer. Elle se demanda si elle oserait faire voler exprès une balle sur son court, puis décida que non. Il quitta le terrain avec son adversaire avant que Ruth ait terminé sa leçon et cela la déçut.

— Tu es distraite, Ruth. Concentre-toi sur la balle ! la morigéna Andrew alors qu'elle ratait pour la troisième fois de suite une balle qu'il avait placée dans sa raquette.

Sa leçon terminée, Ruth quitta le court avec empressement. Dans les toilettes, elle se passa de l'eau fraîche sur le visage et le cou, et, l'air de rien, se dirigea vers le club-house. Elle ne vit pas Oliver au bar. Elle avait demandé à Myriam de venir la chercher quarante minutes après la fin de sa leçon et se dit que c'était peine perdue. Mais, du coin de l'œil, elle balaya les alentours et le repéra. Il était assis à une table de la terrasse en compagnie de son adversaire, une très jolie jeune fille. Elle commanda un jus de pomme et, son verre en main, se dirigea l'air dégagé vers la terrasse.

— Hello, Ruth ! J'espérais bien que vous feriez un arrêt au bar comme hier.

Oliver lui fit signe de venir s'asseoir à sa table. Ruth se sentit bêtement soulagée.

— Veronica, ma cousine. Ruth, dont j'ai fait la connaissance hier.

Ruth eut un petit signe de tête en direction de la jeune fille, posa son verre et lui tendit la main.

— Bonjour. C'est vous qui vous entraînez pour le tournoi ?

— Que je n'ai malheureusement pas grande chance de gagner ! Oui, c'est bien moi !

Veronica la détailla de haut en bas en haussant un sourcil très Vivien Leigh. Elle avait l'air d'une gamine gâtée, un peu snob. Quand Oliver lui proposa une promenade à vélo pour l'après-midi, Veronica fronça les sourcils, comme si cette invitation lui déplaisait. Ruth accepta en espérant que la cousine ne serait pas de la partie. Myriam apparut au moment où ils se donnaient rendez-vous « à 14 heures devant le restaurant Davidson Brother's ». En montant dans la voiture, Ruth éclata de rire.

— J'ai accepté une promenade à vélo et je n'ai pas de vélo, gloussa-t-elle tandis que Myriam la ramenait à la maison.

*

Bien qu'elle s'en défendît, cela ressemblait fort à un flirt. Ruth était sous le charme.

Des Adirondacks d'abord.

D'un joueur de tennis d'autre part.

Après son cours quotidien au club et le déjeuner avec Myriam et Nathan, Ruth passait désormais le plus clair de ses après-midi avec Oliver. Elle était rapidement parvenue à la conclusion qu'il était l'antidote parfait à la déception chagrine causée par sa rupture avec Chandler.

C'était un épisode de sa vie qu'elle avait préféré tenir secret. Elle n'en avait même pas parlé à Arturo qui était pourtant devenu son confident. Car elle n'en était pas fière. À sa grande honte, après le fiasco du *chiddoukh* organisé par sa tante et malgré les mises en garde d'Arturo, elle avait cédé aux avances pressantes de Chandler Benanti, chroniqueur sportif au *Times*. Ça avait commencé par un rentre-dedans pas très subtil dans les couloirs du journal, suivi d'un match de base-ball au Yankee Stadium – les Bombardiers du Bronx contre les White Sox de Chicago – (Chandler avait des invitations), pour finir dans une chambre d'hôtel de l'East Side. Cédant au charme très latin de cet Italo-Américain de quinze ans son aîné, précédé d'une sulfureuse réputation, marié, père de famille de surcroît, elle avait entretenu avec lui une courte liaison. Courte certes, mais désastreuse pour sa propre estime. Car si Ruth était sûre d'une chose, c'est qu'elle n'aimait pas Chandler. Elle savait pertinemment que cette relation ne la mènerait nulle part ailleurs que dans son lit, que leur errance vespérale de chambre d'hôtel en chambre d'hôtel tournerait vite au sordide, et elle avait parfaitement conscience qu'il en tirait bien plus d'avantages qu'elle. Mais c'était si rassurant d'exister dans les yeux d'un homme et d'enflammer son désir. Il y avait si peu d'amour dans cette relation désastreuse et sans émotion que Ruth avait voulu y mettre un terme à plusieurs reprises sans en trouver la force. Les vacances au lac George étaient tombées à point nommé. N'ayant pas le courage d'affronter directement Chandler, elle lui avait envoyé une courte lettre de rupture avant son départ, une fin de non-recevoir, ne lui laissant pas le loisir de lui répondre. Il n'avait pas même essayé, d'ailleurs, et l'avait sans doute déjà remplacée par une autre stagiaire.

Dès le premier jour à Lake George, elle s'était sentie allégée d'un poids et apaisée. Puis Oliver avait fait son apparition. Quand il avait croisé son chemin, il avait fait à Ruth l'effet d'un baume lénifiant, bienvenu pour soulager cette blessure intime. Et, si elle était tout à fait honnête avec elle-même, Ruth devait reconnaître qu'il était même un peu plus que cela. Car elle prenait plaisir à sa compagnie. Mieux, elle attendait leurs rendez-vous avec impatience. En quelques jours, à pied, à vélo, en voiture, en canoë, en voilier, Oliver lui avait fait découvrir les beautés sans pareilles du lac et de ses environs, et elle découvrait un garçon intelligent, fin et cultivé, un esprit plus libre que ne le laissait imaginer, de prime abord, sa parfaite panoplie de Wasp.

Oliver appartenait à une famille de la bonne société bostonienne. Père banquier, mère se partageant entre le Country Club et les bonnes œuvres. Quand il l'avait invitée à déjeuner chez ses parents, Ruth s'était dit que ce n'était pas une très bonne idée. Elle savait à quel point les Dominicains avaient mauvaise presse dans les grandes familles bien-pensantes de Nouvelle-Angleterre. Hormis quelques milliardaires ou des intellectuels blancs qui avaient fui la dictature, ses compatriotes étaient venus en trop grand nombre étoffer les rangs des Portoricains regroupés autour de la 3e Avenue, un quartier baptisé Spanish Harlem, ce qui était tout dire. Bien rares étaient ceux qui n'occupaient pas des emplois subalternes, domestiques, commis, ouvriers, dockers, femmes de ménage, sans parler des malfrats. Ruth se demandait ce qui serait pire aux yeux des parents d'Oliver : une Dominicaine plébéienne dont la famille élevait des vaches, ou une Juive, fille d'exilés autrichiens, un reproche vivant des horreurs de l'Holocauste encore très présent dans la mémoire de cette génération. Une fois de plus son identité trouble revint lui sauter au visage. Comment devait-elle se définir ? Un instant déstabilisée par ces pensées moroses, elle les balaya car, au fond, elle brûlait d'envie de faire une incursion dans ce milieu qu'elle ne connaissait pas.

— Mes parents sont un peu vieux jeu, il ne faut pas leur en vouloir, ils se complaisent dans un carcan étriqué, puritain et conformiste, l'avait prévenue Oliver. Ils ont une conception de l'éducation aussi surannée que leurs goûts en matière de décoration, avait-il ajouté d'un air espiègle.

Et en effet, dès son arrivée dans la demeure dont la taille et le luxe l'avaient soufflée, Ruth avait senti une certaine réticence mêlée de curiosité non dissimulée à son endroit. Pas que les parents d'Oliver fussent désagréables ou condescendants, non, mais ils espéraient sans doute d'autres fréquentations pour leur fils. On était de leur monde ou non, et manifestement Ruth n'en était pas. Elle pensait leur avoir cloué le bec en faisant étalage de son érudition. Elle avait évoqué Zweig, si cher au cœur de son père, et Schubert, et pour faire bonne mesure, elle avait casé dans la conversation quelques vers de Salomé Ureña, toutes choses qui leur étaient parfaitement étrangères. Ils étaient si imbus de leur supériorité sociale et pourtant si peu cultivés. Au passage, elle avait lu une espèce d'admiration trouble dans les yeux d'Oliver. Elle découvrait un autre visage du jeune homme, curieusement soumis aux diktats imposés par son milieu. Il y avait en lui l'insouciance et l'assurance que lui conféraient l'aisance et le statut de sa famille, mêlées à l'inquiétude et à la gaucherie propre à un jeune homme qui n'avait encore fait ni ses choix ni ses preuves. Bref, il était loin, malgré ses vingt-trois ans, d'être un homme. Mais, après tout, elle-même ne se sentait pas encore complètement adulte, malgré cette année new-yorkaise qui l'avait fait grandir.

21

Un frisson rustique

Août 1962

— Avez-vous entendu parler des grands camps ? lança Aaron, sa fourchette suspendue à hauteur de sa bouche.

Ruth avait invité Oliver. Ils déjeunaient sur la terrasse de leur maison face aux eaux étincelantes du lac. Aaron était arrivé l'avant-veille pour passer les trois dernières semaines du mois d'août en famille. En réponse à sa question, Mac Kinney secoua la tête. Non, il ne connaissait pas. Myriam et Ruth attendaient, intriguées. Quand Aaron commençait comme ça, c'est qu'il avait quelque chose d'intéressant à raconter. Toujours mesuré et juste, il ne prenait jamais la parole sans une bonne raison.

— À la fin du siècle dernier, reprit-il avec ce ton professoral qu'il adoptait volontiers depuis qu'il donnait des cours à l'école d'architecture et qui amusait tant Myriam, les milliardaires de New York et de Chicago, et notamment les richissimes Juifs, les Rockefeller, Vanderbilt, Lehman et compagnie qui n'étaient pas les bienvenus dans les clubs Wasp collet monté des environs, ont construit dans les Adirondacks des maisons d'été, souvent au bord des lacs, qu'ils baptisèrent « grands camps ».

Myriam fronça les sourcils. Des camps, cela sonnait mal. Ruth ouvrit de grands yeux.

— Ils… campaient ?

— Moi aussi j'aimerais bien camper ! claironna Nathan qui essayait de suivre la conversation. Dis papa, on ira camper, comme des trappeurs ?

— Pourquoi pas, c'est une bonne idée, acquiesça Aaron qui entendait bien profiter de son fils pendant ces vacances. Pour en revenir à nos milliardaires, eux ne dormaient pas sous une tente, loin de là. De camps, ces maisons n'avaient que le nom. Elles étaient immenses et très luxueuses. On s'y installait avec une tripotée de domestiques et on ne faisait aucune concession au confort moderne. À Sagamore Great Camp, par exemple, Vanderbilt avait fait venir des artisans japonais pour construire des bungalows de style nippon et, en guise d'uniforme, ses domestiques portaient des kimonos. C'était sans doute le comble du chic exotique !

— Rien que ça !! siffla Myriam.

— Mais alors pourquoi les appelaient-ils des camps ? insista Ruth.

— Sans doute parce qu'ils venaient s'y ressourcer loin de la ville, pêcher, chasser et randonner. C'était pour eux l'occasion de s'offrir une plongée élégante dans une nature sauvage et presque vierge, un frisson rustique. Peut-être aussi parce que l'architecture de ces demeures respectait les paysages et n'utilisait que des matériaux locaux, des pierres et du bois. La plupart d'entre elles ressemblent à des chalets suisses ou autrichiens.

— Franchement, pour des Juifs, les appeler des camps… bougonna Myriam, manifestement contrariée.

— Ma chérie, c'était bien avant la guerre, la rabroua gentiment Aaron. Il y a une trentaine de ces « grands camps » éparpillés dans la région.

Oliver ne perdait rien de l'échange, son regard allant de l'un à l'autre.

— Je ne savais pas tout ça, intervint-il avec un sourire naïf.

— Vous qui venez souvent dans la région, vous avez dû entendre parler de Prospect Point Camp, de Pine Tree Point ou de Camp Katia sur le lac Saint-Regis, reprit Aaron. Ce sont des réalisations architecturales vraiment remarquables.

— Oui, bien sûr, mais je ne m'étais jamais interessé à leur histoire.

Mauvais point pour un anthropologue, pensa Ruth avec une légère pointe de déception.

— D'ailleurs, je crois bien que notre maison de famille s'inspire de cette tendance, style chalet de montagne, poursuivit Oliver. J'imagine qu'un jour prochain, certains de ces camps deviendront des musées.

— C'est à espérer, approuva Aaron, car ce sont réellement de très belles demeures, un patrimoine architectural à préserver.

Myriam sourit. Elle adorait quand l'architecte mordu d'Adolf Loos et d'Otto Wagner refaisait surface et qu'Aaron retrouvait les accents enthousiastes et enflammés de sa jeunesse. Ruth jeta un coup d'œil à son poignet.

— Je ne voudrais pas vous presser, mais nous avons tout juste le temps de prendre le café, avant d'aller récupérer Arturo à la gare de Fort Edwards.

Elle piaffait d'impatience : avec Arturo, sa petite tribu serait au complet.

22

Play it again, Sam

Août 1962

— De toute façon, je ne suis pas d'humeur joyeuse, me lança Arturo tout à trac.

Il était arrivé quelques heures auparavant. Je lui avais à peine laissé le temps de poser sa valise avant de l'entraîner pour une balade sur les rives du lac. Nous étions en train de flâner. Je le regardai, interloquée.

— Dans ce cas, tu aurais dû annuler, il ne fallait pas venir gâcher mes vacances !

— Parce que je suis en deuil, insista-t-il lourdement en roulant des yeux de façon mi-comique, mi-tragique.

Évidemment. Il y avait anguille sous roche. Je m'arrêtai pour le dévisager avec plus d'attention. Il avait pris une tête d'enterrement, son air faussement marri, celui qu'il adoptait quand il voulait me faire marcher. Je jouai le jeu.

— Dans ce cas, je vais te confectionner un brassard noir.

— C'est à cause de Marilyn…

Arturo avait adoré Marilyn dans *The Misfits* à son arrivée à New York. En un seul film, elle avait détrôné María Montez dans son cœur et ses fantasmes d'adolescent. Il ne tarissait pas d'éloges sur sa beauté et prétendait qu'elle pouvait l'inspirer. La star était morte quelques jours auparavant dans des circonstances troubles, après s'être pavanée au Madison devant le gratin du Parti démocrate en fourreau moulant lamé or, susurrant du bout de ses jolies lèvres un joyeux anniversaire très sexy au président, laissant le pays et ses admirateurs en état de choc.

— Mon Dieu, je ne le crois pas ! soupirai-je, soulagée.

— C'est un assassinat !

— Arturo, tu ne vas quand même pas souscrire à ces thèses imbéciles.

— C'est tout à fait plausible. D'ailleurs…

Je lui coupai la parole. Il était hors de question de laisser une actrice hollywoodienne dépressive me pourrir mes vacances.

— Franchement Arturo, ce que tu peux être puéril parfois. Si on parlait plutôt de notre programme. Il y a tellement de choses à faire par ici.

— Je disais ça juste…

— Je sais pourquoi tu disais ça. Mais tu vas te trouver une autre muse, ce ne sont pas les belles actrices qui manquent.

— Justement je pensais à Jane Fonda…

Je m'en souvenais. C'était un dimanche après-midi terne et pluvieux. Une averse avait éclaté et nous nous étions engouffrés dans une salle obscure pour échapper à la pluie. Nous avions découvert la jeune actrice qui démarrait tout juste sa carrière dans *Tall Story*, une comédie insipide où elle donnait la réplique à Anthony Perkins. Arturo avait craqué pour la blonde et moi pour le ténébreux Anthony. J'aimais ça, que notre amitié si jeune encore soit déjà tissée d'une foule de petits souvenirs communs.

— Elle est parfaite ! Dans le genre poupée Barbie, nuançai-je. Et si on parlait plutôt de nos vacances ?

Arturo se rangea à mon avis et nous élaborâmes un programme d'activités si consistant que, si nous le suivions, nous n'aurions plus une minute à nous pendant les trois semaines suivantes.

— Et puis j'ai rencontré un garçon, minaudai-je. Au club de tennis. Très chic, très… bostonien.

Cela coupa la chique à Arturo.

— Très bourgeoisie blanche conservatrice, insistai-je.

— Je vois le genre. Tu n'as pas eu besoin du chidouche alors ?

— *Chiddoukh* ! Nous n'en sommes pas là, mais, pour ne rien te cacher, il me plaît bien.

— Quel est le nom de l'heureux élu ?

— Oliver. Oliver Mac Kinney. Mais pour l'intant, il ne s'est encore rien passé.

— Et tu me le présentes quand ?

— Pas plus tard que ce soir. Nous avons rendez-vous avec des amis à lui à l'Adirondack. C'est le pub à la mode. Ils ont monté une scène dans la rue et il y a un groupe de musique irlandaise qui jouera. Ça te dit ?

— Et comment ! s'enthousiasma Arturo qui avait déjà oublié Marilyn. Mac Kinney, hein, d'où la musique irlandaise, ajouta-t-il avec un clin d'œil.

Ce soir-là, Arturo fit la connaissance d'Oliver et ils parurent bien s'entendre. Plus tard, alors que nous rentrions au chalet bras dessus bras dessous, je décidai :

— Il faut qu'on apprenne à danser le rock. Je ne compte pas faire tapisserie tout l'été. Un entraînement intensif, voilà ce qu'il nous faut.

*

Le lendemain Arturo rentra du village avec trois disques. Ce soir-là, nous les passâmes en boucle pour nous entraîner. Cela devint un rituel. Myriam se joignait à nous sous l'œil amusé d'Aaron qu'elle finit par convaincre d'esquisser quelques pas maladroits. Quand la chanson se terminait, Nathan hurlait « *Play it again, Sam* », une réplique piquée à Arturo. De ses petits doigts délicats, il soulevait le bras du vieil électrophone, reposait l'aiguille au bord de la galette noire et c'était reparti pour un tour. On transpirait sur *Do You Love Me* des Contours et *Green Onions* qui venait tout juste de sortir pendant que Nathan, juché sur un tabouret, jouait les maîtres de ballet en battant la mesure :

— Ruthie, arrête de remuer ton popotin, grondait-il de sa voix haut perchée. Tu te trémousses comme une… comme une… Dominicaine !

Pour les faire rire, je secouais mes fesses de plus belle, faisant trembloter mon derrière et rouler mes épaules sans faire bouger le reste de mon corps, dans la meilleure tradition du *campo*.

— Il a raison, Ruthie, ce n'est pas un merengue, ce sont les jambes qui bougent, pas les hanches, approuvait Arturo en me gratifiant d'une petite tape sur le derrière.

Lui dansait bien, synchronisant parfaitement ses mouvements de jambes et de bras, enchaînant les figures avec aisance. Puis Nathan sautait de son tabouret et réclamait son tour. Il se mettait à danser avec Arturo. « Désolé, je peux pas être ton cavalier, Ruthie, je suis trop petit pour te faire tourner. » Mais je savais que ces deux-là partageaient un sens inné de la musique et du rythme que j'étais loin de posséder. Alors Myriam m'empoignait et me faisait rocker. Nous finissions épuisés et ravis, avachis dans le sofa autour d'un jus de fruits.

— Encore quelques jours et nous serons fin prêts pour aller nous produire à l'Adirondack, triomphait Arturo.

— *You know what ? I'm happy ! droopisait* Nathan d'un air canaille, les joues rougies d'excitation.

23

La substance d'un rêve ancien

Août 1962

Almah se balançait doucement dans sa *mecedora*. C'était un épisode lointain, quasiment dépourvu de réalité, qui avait la substance d'un rêve ancien. Ça avait été juste une rencontre d'un soir avec un homme séduisant qui lui avait paru digne d'estime. Une rencontre sans conséquence qui avait eu lieu plus de quinze ans auparavant. Une éternité, une vie entière. Elle accompagnait Svenja et les enfants au cirque. Deux jours à Ciudad Trujillo, deux jours loin de Sosúa. Le soir, elles étaient sorties toutes les deux au casino du Jaragua et avaient arrosé leurs gains, car elles avaient eu de la chance à la roulette, à la discothèque de l'hôtel. Et là, elle était tombée dans les bras de Daniel Soteras.

Almah n'avait pas confié à Markus que cet homme l'avait touchée au point d'être à deux doigts de la faire chavirer dans une infidélité. Malgré l'attirance et le désir qu'il lui inspirait, elle avait résisté car elle aimait Wilhelm. Pas au nom d'absurdes serments prononcés des décennies plus tôt. Simplement parce qu'elle l'aimait. Elle avait cependant gardé dans sa mémoire le souvenir d'un possible. Et voilà que le destin la remettait en présence de cet homme. Avec pour mission de le sauver des griffes des prédateurs. Cette mission, elle allait l'assumer. Et, comme chaque fois qu'elle avait besoin de prendre du recul et de réfléchir pour savoir comment agir, Almah se changea et alla seller Polka.

*

Assis dans la véranda, Daniel Soteras tentait en vain de se concentrer sur un recueil de poésie de Gabriela Mistral, choisi dans une bibliothèque dont il s'était fait la réflexion qu'elle était l'une des plus garnies qu'il eût connues, quand il la vit arriver de loin au petit trot. Il se leva et se mit à arpenter la véranda tout en l'observant dans la lumière déclinante. Son corps se soulevait avec élégance au rythme des pas de sa monture. Bien droite sur son cheval, les épaules rejetées en arrière, Almah avait belle allure. Son image l'obsédait de nouveau. Comment était-ce possible ? Il n'avait jamais oublié cette femme, croisée un soir, enlacée le temps de quelques danses, embrassée deux fois, deux baisers dont il conservait le goût sur ses lèvres malgré les années. Aimait-il cette femme dont il n'avait pu chasser le souvenir ? Lui avait-elle jeté un sort ? Il rêvait souvent d'elle, une espèce de déesse inaccessible à laquelle il avait voué un culte secret depuis leur rencontre. C'était totalement absurde et pourtant il sentit son cœur battre douloureusement dans sa poitrine en la voyant approcher.

Almah sauta à terre avec la légèreté d'une amazone aguerrie et le salua d'un geste du bras. Il la suivit des yeux tandis qu'elle menait son cheval à l'abreuvoir. Durant une poignée de secondes, il voulut croire que c'était ça sa vie, des jours tranquilles, une *finca*, une femme magnifique qu'il aimait, qui rentrait d'une chevauchée en lui adressant un joyeux salut. Ce fut fugace mais totalement enivrant. Il s'ébroua. Des rêves à peine dignes d'une midinette alors qu'il était un homme en fuite, un gibier traqué et menacé de mort.

Puis elle fut devant lui, souriante, une grosse tresse ramenée au creux de son épaule, un halo de cheveux blonds bouffant autour de son visage, ses yeux bleus pétillant, son nez fin semé de taches de son. Des mèches rebelles attrapaient les rayons du soleil déclinant, sa chemise en lin, dont l'échancrure laissait deviner la naissance de ses seins, collait à sa peau. De nouveau il fut profondément bouleversé.

Almah se laissa tomber en soupirant dans un fauteuil et posa négligemment ses bottes grises de poussière au coin de la table basse. Finies les conventions, de nouveau ce sentiment d'intimité.

— Polka m'a tuée ! Je n'ai même plus la force de préparer une citronnade. Vous voulez bien vous en occuper, Daniel, s'il vous plaît ?

Tandis qu'il s'affairait dans la cuisine, Almah s'empara de son livre.

— Je vois que vous avez trouvé de la lecture. Ce n'est pas ma préférée. Je reste une indécrottable chauvine, fidèle aux Autrichiens, Rilke, Werfel, von Hofmannsthal…

— Oh, à vrai dire je n'arrive pas à me concentrer. Je suis en proie à des idées noires, répondit Daniel en déposant sur la table deux verres de jus de citron.

Mettre son trouble sur le dos de son statut d'homme traqué, cela valait mieux que de la laisser deviner l'effet qu'elle lui faisait. Almah le regarda au fond des yeux. Était-elle dupe ?

— C'est bien que vous preniez quelques jours de repos ici. C'est un endroit parfait pour se ressourcer. Markus viendra déjeuner demain et nous tiendrons un conseil de guerre. D'ici là, profitez du calme de notre campagne. Si vous voulez, nous pourrons faire une promenade à cheval demain matin. Je ne vous propose pas la plage car nous risquerions d'y croiser des curieux. Les racontars voyagent vite ici, il se passe tellement peu de chose. Tandis qu'à cheval…

— Je ne saurais vous dire à quel point j'apprécie cet endroit. C'est magnifique et si calme. On a l'impression d'être au paradis.

— Ça n'est pas qu'une impression. J'aime notre isolement. Nous vivons loin de tout et cette nature exubérante est ma meilleure amie. Nous avons les plus belles plages du monde, des paysages merveilleux, une cohabitation sans histoire avec les paysans et les pêcheurs. Je ne redoute qu'une chose : que quelqu'un se mette en tête de construire une vraie route qui nous relierait au reste du pays. C'en serait fini de notre quiétude. C'est pourquoi nous restons discrets. Ne dit-on pas que pour vivre heureux, il faut vivre caché ?

Que n'aurait-il pas donné pour vivre ici avec elle. Au lieu de lui dire ça, Soteras se contenta de répondre, avec un détachement feint.

— Je ne saurai jamais assez vous remercier de ce que vous faites pour moi, Almah. Je n'en reviens toujours pas…

Almah le coupa d'un geste de la main et se leva.

— Vous me remercierez plus tard. Attendez donc d'être définitivement à l'abri. Je vais me reposer dans ma chambre, faites comme chez vous. On se retrouve pour le dîner.

Daniel reprit son livre sans grande conviction. Quelques minutes plus tard, il entendit le bruit d'une cascade d'eau. Il ferma les yeux et la vit. Elle était nue sous le jet de la douche, les perles d'eau roulaient entre ses épaules, s'attardaient dans le creux à la base de son cou avant de ruisseler sur ses seins, dévalaient ses reins, coulaient le long de ses cuisses. Daniel soupira avec résignation. C'était une malédiction.

*

Pour l'occasion, Almah avait débouché une bouteille de vin. C'était étrange de dîner en tête à tête avec cet homme surgi du passé, qui s'imposait pourtant comme une évidence. Très vite, le vin et la douceur de la nuit aidant, la tension entre eux se dissipa.

— C'est une histoire vraiment singulière que celle de ce greffon allemand en terre dominicaine.

— Autrichien en ce qui me concerne, le corrigea Almah, car je suis viennoise. Et vous êtes ici à Atravesada, qu'on avait coutume d'appeler le quartier des Autrichiens. Les Allemands étaient principalement établis à La Laguna et à Bombita. L'ancienne plantation de la United Fruit a été découpée en quartiers, Bombita, El Choco, La Laguna, Bella Vista, Atravesada, La Goleta, tous dans un rayon de huit kilomètres autour du Batey.

Soteras l'écoutait comme un enfant captivé à qui on raconte un conte merveilleux. Almah enchaîna avec des anecdotes amusantes de Sosúa. La vie brouillonne et joyeuse des premiers mois, la pétaudière des baraquements des célibataires, leurs calamiteux débuts d'agriculteurs, le pensum des séances plénières, le tournage du film de la Paramount, le succès inespéré de leur élevage après l'échec de leurs cultures, leur invincible équipe de football qu'aucun adversaire ne voulait affronter, les premiers pas de leur journal, les mariages, les *Bar Mitzvah*, les frasques des enfants, celles, plus scabreuses, de Svenja… Il aimait sa façon enjouée de parler des choses graves et ses moqueries assassines.

Almah avait convoqué tous les absents et cela lui faisait du bien d'évoquer l'histoire de leur enracinement dans ce pays qui n'était officiellement le leur que depuis quelques années. Elle se sentait en totale confiance avec Daniel bien qu'elle ne le connût guère, libre de lui raconter ce qu'elle voulait et de lui taire ce qu'elle préférait garder pour elle.

— La plupart d'entre nous sont repartis à la fin de la guerre. Pour beaucoup, Israël était comme une fascination irrésistible, mais, paradoxe amusant, la dernière famille arrivée ici en 1952 venait de Jérusalem. Nous ne sommes qu'une centaine à avoir accepté la nationalité dominicaine en 1953. Comme dit ma fille Ruth, nous sommes les derniers témoins d'une époque. Tout cela a la saveur d'une page d'histoire ancienne.

— Une très belle histoire. Finalement l'ignoble Trujillo a atteint son but : apaiser les Américains, développer la région avec des capitaux étrangers et blanchir sa population. Et de belle façon, ajouta-t-il à mi-voix en fixant les iris bleus d'Almah.

— Comment dois-je interpréter cela ?

— Comme un compliment, j'imagine. Enfin, c'était le but.

Une lueur s'alluma dans le regard de Soteras. Il sourit franchement et ce sourire était irrésistible. Troublée, Almah choisit prudemment de revenir au sujet rassurant de la politique. Ils parlèrent de la répression, de l'écran de fumée Balaguer, le digne héritier de Trujillo, de son exil aux États-Unis au début de l'année, des présidents de paille des Américains et des perspectives incertaines de leur pays malade. Si les choses ne se tassaient pas, Soteras prédisait une nouvelle invasion américaine.

— Les gringos se croient ici chez eux et ça depuis des siècles. J'espère que nous arriverons un jour à nous affranchir de leur encombrante tutelle.

Soteras ne lui avait posé aucune question d'ordre personnel. Ce fut Almah qui aborda le sujet. Elle lui raconta l'accident de Wilhelm, elle lui dit sa vie comme entre parenthèses entre hier et un futur dont elle ne discernait pas encore les contours, Ruth étudiant à New York et les premiers succès de Frederick, son prochain mariage.

— Mon fils est plus dominicain que s'il était né ici. C'est un garçon du *campo*. Il est passionné par l'élevage et l'agriculture. Il a dû faire ses études d'agronomie à Mayagüez, à Porto Rico, car figurez-vous qu'il n'y a qu'un petit lycée agricole à San Cristóbal, un comble quand on pense que c'est l'agriculture qui nous fait vivre. Frizzie compte bien développer nos deux coopératives, la CILCA pour les produits laitiers et la Ganadera pour la viande et ses dérivés. Il fourmille d'idées. Il faut juste espérer que les vieilles badernes lui laisseront les coudées franches.

Soteras se laissa aussi aller aux confidences. Lui n'avait pas d'enfants, juste un mariage désastreux qui s'était soldé par un divorce après seulement quelques mois d'une difficile cohabitation. Sa véritable compagne, c'était la lutte politique ; il était socialiste, au grand dam de sa famille qui appartenait à la grande bourgeoisie des *latifundistas* du Cibao. À mesure qu'il parlait, le vernis se craquelait pour laisser apparaître un esprit frondeur et déterminé.

Le repas terminé, ils firent la vaisselle côte à côte. Frederick absent, Almah avait donné quelques jours de congé à Rosita. « Un vrai couple, pensa Daniel. Voilà à quoi ma vie aurait pu ressembler auprès de cette femme. » Une boule enfla dans sa gorge. Il chassa l'émotion en se forçant à raconter des anecdotes qui firent rire Almah. Puis ils sirotèrent un cognac en paressant dans les *mecedoras*, face au trou noir de la nuit. Daniel fumait pensivement.

— Ça me fait un bien fou d'oublier un moment mes ennuis. J'apprécie votre compagnie plus que je ne saurais dire. Mais je ne peux pas m'imposer chez vous, ni m'attarder, au risque de vous impliquer. Je dois trouver une issue, et rapidement.

— Nous en discuterons demain avec Markus. C'est un homme plein de ressources et il a de nombreuses relations. Je ne doute pas que nous trouverons une solution à vos problèmes. Ne vous inquiétez pas, cela va s'arranger. Je vous souhaite une bonne nuit, ajouta-t-elle en se levant.

Almah se tenait debout devant lui, indécise, ne sachant comment prendre congé. Elle se décida finalement à lui tendre une main qu'il prit dans la sienne et serra longuement avant de l'attirer dans ses bras. Le poids de son corps contre le sien l'enivra. Il respira avidement le parfum de vanille de ses cheveux. Almah le repoussa avec douceur.

— Bonne nuit, Daniel. Vous avez besoin de repos.

Soteras descendit l'escalier de bois et disparut dans la nuit en direction du bungalow.

*

Un souffle d'air frais entrait par les jalousies de la fenêtre. Les bras repliés derrière la nuque, les yeux grands ouverts dans le noir, Daniel Soteras ne trouvait pas le sommeil malgré sa fatigue. Il se sentait bien, là, à l'abri du monde. Depuis combien de temps n'avait-il pas reposé ainsi, sans crainte d'être débusqué par les *calies*[1] ou ce qu'il en restait.

Des images d'Almah trottaient dans sa tête et le hantaient comme une fatalité. Almah galopant devant

1. Agents du SIM.

lui, étrillant sa jument, lavant leurs assiettes à ses côtés, trinquant avec lui… Par quelle ironie du sort avait-il atterri chez elle ? Pourquoi était-il là ? Était-il maître de son destin ? Il était aux abois et sa situation ne lui avait guère laissé le choix. Dans sa fuite en avant, il n'y avait pas eu de place pour la réflexion, rien que de la peur et des réflexes de survie. Almah avait répondu à son appel au secours comme à une évidence.

Daniel se leva et sortit sur la véranda du bungalow. Il contempla le paysage immobile. De loin, il la vit. Elle était debout sur la pelouse devant la maison. Elle tournait lentement sur elle-même, les pieds nus dans l'herbe, les bras écartés à l'horizontale. Ses cheveux défaits dansaient sur ses épaules nues. Sa chemise de nuit légère retenue par de fines bretelles flottait autour d'elle. La soie translucide laissait deviner les contours de son corps, le dessin de ses jambes. Il la regarda avec fascination, sans faire le moindre geste qui aurait pu le trahir. Cela dura une minute, deux tout au plus. Puis elle rentra à pas légers dans la maison. L'image fantomatique resta imprimée dans les rétines éblouies de Soteras. C'était un bien étrange rituel. Il ne lui dirait pas qu'il l'avait vue, il garderait le souvenir de cette vision.

Il rentra se coucher, prêt à se laisser submerger par un océan de sentiments contradictoires.

*

Daniel Soteras surgit juste avant l'aube. Deux agents du SIM étaient derrière lui. Ils avaient débusqué leur gibier. Daniel avançait vers elle sans avoir senti leur présence. Il lui ouvrit ses bras. Almah voyait le danger mais ne pouvait l'en avertir. Un des policiers fit un pas en avant, brandissant son arme de poing. Almah cria et fut chassée de son cauchemar.

Cette nuit-là n'avait pas été bonne. Almah avait mis très longtemps à s'endormir, puis avait été enveloppée par la gangue oppressante d'un sommeil agité de rêves. Elle dut se rendre à l'évidence, c'étaient des rêves érotiques. Où, à son grand désarroi, Daniel Soteras tenait le premier rôle. Elle s'assit en sueur sur son lit, bouffie de mauvais sommeil, mortifiée, en proie à la confusion. Sur sa table de chevet, les aiguilles du réveil indiquaient 5 h 30. Une lumière blafarde filtrait par les jalousies.

Elle sortit en chemise de nuit. L'herbe mouillée de rosée chatouillait ses pieds nus. La nature se réveillait en frémissant. La journée promettait d'être magnifique. Bientôt la chaleur monterait jusqu'à devenir accablante. Elle prit un café solitaire avant de revenir dans sa chambre pour endosser sa tenue de cavalière. Une chevauchée lui viderait l'esprit et lui ferait le plus grand bien.

Au moment de s'habiller, elle étudia sans indulgence son reflet dans le miroir en pied de sa chambre. Il lui renvoyait l'image d'une femme que le temps avait généreusement épargnée. Sa silhouette restait élancée, la taille fine malgré ses trois grossesses, les seins encore hauts et fermes. D'un regard par-dessus son épaule, elle jugea son dos droit et la cambrure de ses reins, ses épaules bien dessinées, ses fesses rondes, un peu rebondies. Puis, se rapprochant du miroir, elle scruta son visage, son nez taché d'une pluie de son, ses pommettes hautes et bien dessinées, l'éventail de petites rides au coin de ses yeux, les fines parenthèses qui commençaient à se dessiner autour de sa bouche. Au milieu de son front, la ride que Wilhelm n'aimait pas s'était installée. Face à elle, il y avait une femme mûre qui n'avait plus les attraits d'autrefois. Elle avait cinquante et un ans. Elle se demanda si un homme la trouverait encore belle, si elle était encore désirable. Non, ce qui lui importait, c'était de savoir si Daniel Soteras la trouvait encore belle, s'il pouvait la désirer. Car elle le désirait. Avec la même intensité qu'autrefois lors de leur première rencontre. Il avait suffi qu'il ressurgisse pour que renaisse cette attirance, intacte.

Elle chassa cette idée en enfilant ses jodhpurs et ses bottes. L'absence de Wilhelm et sa solitude la perturbaient plus qu'elle ne voulait le reconnaître. Elle allait galoper à en épuiser son corps et cela passerait.

24

Cerise sur le gâteau

Août 1962

Ce fut un été merveilleux. Aaron avait résolument décidé d'oublier tous les tracas de son travail pour ne se consacrer qu'à sa famille. Car nous formions une vraie famille.

La maison se trouvait juste en lisière du village de Lake George. Toute de bois, elle tenait plus du chalet de montagne que de la résidence aristocratique. J'avais une chambre avec un lit à la carcasse de fer forgé qui grinçait quand je me couchais. Nathan dormait dans une chambre à deux lits qu'il partageait avec Arturo. Certains soirs, je les entendais ricaner. Je les rejoignais et je les retrouvais blottis dans le même lit en train de blaguer. J'en étais presque jalouse. Puis je me gourmandais, après tout, moi j'avais rencontré Oliver.

La région était magnifique. J'aimais les baies du lac ourlées de petites plages, les eaux bleues limpides bien différentes des eaux noirâtres de l'Hudson, la lumière étincelante du ciel azur, les forêts touffues, les épaisses frondaisons des arbres. Armés de bâtons de marche, nous montions au sommet de Prospect Mountain d'où la vue sur le lac et les paysages vallonnés des Adirondacks était éblouissante. Nous pédalions autour du lac George jusqu'aux petites plages. Je restais sur la berge, de l'eau gelée clapotant autour de mes chevilles, en regardant les autres se baigner. Nathan pateaugeait et s'ébrouait comme un chien fou, battant des pieds et des bras pour faire jaillir le plus d'éclaboussures possible. Arturo, puisant dans ses réserves de courage, bravait l'eau glaciale en hurlant « *Dios mío, que frío !* » Nous ramions en canoë sur Raquette river et laissions Nathan gagner au minigolf. Nous visitions les musées. Je découvris mes premiers Renoir dans la splendide demeure Hyde. Aaron nous imposa une leçon d'histoire documentée au fort William Henry. J'appris à distinguer la fauvette du merle et le dôme de verdure suspendu d'un érable de celui d'un hêtre. L'apothéose fut l'éblouissant baptême en montgolfière que nous offrit Aaron. Chaque année à Glens Falls, il y avait un des plus vieux rassemblements de montgolfières du pays et c'était devenu une attraction très prisée. Le survol du lac et de ses petites îles fut un spectacle à couper le souffle, une expérience dont je me souviendrais longtemps. Même Nathan, sa tête dépassant à peine de la nacelle, en resta coi. Il y eut des feux d'artifice, des pique-niques, des croisières sur le lac, des jeux de piste, des courses-poursuites dans les fougères…

Parfois un pincement au cœur me rappelait que j'aurais aimé partager tout cela avec Frizzie et ma mère. Mais Frizzie avait bien d'autres chats à fouetter, il était occupé par sa romance avec Ana Maria, et maman était étrangement lointaine. Puis cela passait et je me laissais de nouveau absorber dans la joyeuse frénésie de nos vacances.

Cerise sur le gâteau, j'avais un petit ami. Ou presque. Oliver était très souvent avec nous, préférant notre compagnie à celle de sa bande de vieux copains. Il n'était pas en reste pour proposer des promenades, des visites ou des sorties le soir. Le seul problème c'est qu'il tardait à se déclarer.

Un soir où nous rentrions d'une balade en voilier sur les eaux tranquilles du lac – les Mac Kinney possédaient un Sharpie, un dériveur de bois à fond plat –, je m'en ouvris à Arturo. Oliver nous avait appris à abaisser et relever la dérive et à border les voiles. Ce jour-là, il avait voulu que je tienne la barre. Sa main sur la mienne, son bras contre le mien, il m'initiait au maniement du stick, guidant mes gestes avec fermeté, m'apprenant à changer de cap. Je vis dans ce contact un encouragement et, enhardie, je me laissai aller contre lui, posant ma tête contre son épaule. Il avait brusquement reculé et retiré sa main, comme si mon contact le brûlait, comme si j'avais commis un impair. Arturo, qui nous surveillait du coin de l'œil, fit mine de rien. Un silence gêné plana quelques secondes sur l'embarcation, vite dissipé par l'urgence d'une nouvelle manœuvre.

— Je n'y comprends rien, avouai-je à Arturo alors que nous rentrions à la maison, épuisés de notre journée. Je croyais lui plaire. C'est lui qui a provoqué notre rencontre. Nous faisons plein de choses ensemble, nous sortons, nous dansons, mais chaque fois que je l'encourage, il recule comme s'il avait peur de moi.

— Hum, c'est peut-être de lui qu'il a peur.

— Qu'est-ce que tu veux dire ?

— Il hésite, il n'ose pas. Il est timide…

Arturo cheminait en regardant le bout de ses Docksides. Il s'amusait à pousser un caillou de la pointe du pied.

— Quand je repense à la façon dont nous avons fait connaissance, je peux t'assurer qu'il n'est pas timide du tout. Tu crois qu'il faut que je prenne le taureau par les cornes ? Que je lui saute dessus, que je l'embrasse de force ?

Arturo me dévisagea, horrifié.

— Oh non Ruth, surtout ne fais pas ça. Laisse-le venir.

— Et s'il ne vient pas ?

— Dans ce cas-là, c'est qu'il n'est pas fait pour toi. Ou alors…

Arturo baissa les yeux, troublé.

— Ou alors quoi ?

— Je ne sais pas moi, il a peut-être quelqu'un d'autre, une fille qui l'attend à Boston.

Évidemment. Comment n'y avais-je pas pensé ? Il fallait que je tire les choses au clair au lieu de me morfondre. De toute façon, les choses me paraissaient compromises. Le soir même, nous avions rendez-vous chez Baskin-Robbins après le dîner. Je pris mon courage à deux mains et m'isolai avec Oliver pour en avoir le cœur net. Je m'enhardis, me serrai contre lui et l'embrassai sur les lèvres. Non seulement il ne répondit pas à mon baiser, mais il me repoussa avec douceur. Une humiliation sans pareille. Confronté à mes questions, il botta en touche. Il bredouilla, se défendit, gribouilla l'air de ses mains en signe de dénégation, bref il fut lamentable. Je me résignai. Dès lors, de toute façon, il ne me plaisait plus. La fin des vacances approchait à grands pas. Je comptais bien profiter à fond du temps qui me restait. Bientôt ce serait le retour à ma vie bien remplie de New-Yorkaise.

Durant ces dernières journées de vacances pleines de soleil, une espèce d'allégresse s'empara d'Arturo. Je ne l'avais jamais vu aussi débordant de vitalité, aussi joyeux, aussi épanoui. Je l'observais, perplexe et contente à la fois. C'était comme si, sous le soleil et dans l'air vivifiant des Adirondacks, quelque chose avait éclos en lui.

Oui, ce fut un été merveilleux. Je n'en connaîtrais plus d'autre aussi innocent, aussi exubérant. C'était le dernier été insouciant de ma jeunesse.

25

Une simple déception

Fin août 1962

Oliver sortit de ma vie aussi vite qu'il y était entré. Et cela fut beaucoup moins douloureux que je ne l'avais craint, une simple déception aux allures de blessure d'amour-propre. Car à bien y regarder, je n'étais pas amoureuse de lui. J'avais seulement voulu m'illusionner, m'étourdir dans une histoire romantique, pour enterrer le souvenir honteux de Chandler. Ou peut-être avais-je simplement cherché un trophée pour prendre une revanche sur les filles et les fils à papa qui m'avaient snobée à l'université.

Arturo avait vu juste. Oliver avait attendu la fin des vacances pour finir par m'avouer, gêné, que j'étais une amie formidable et que s'il n'y avait pas eu quelqu'un d'autre – il avait rougi, baissé les yeux, dessiné des vaguelettes dans l'air avec ses mains et était resté flou sur la question –, il serait tombé amoureux de moi à coup sûr. Mais les choses étaient ainsi faites. « Ne regrette rien, m'avait dit Arturo, le regard en biais. Tu rencontreras quelqu'un fait pour toi, car chaque pot a son couvercle. » J'avais trouvé la formule vulgaire. « On dirait ma vieille Carmela avec ses formules toutes faites venues du fin fond du *campo* ! » avais-je répliqué, amère. Arturo n'avait pas relevé. Je le sentais distant, moins communicatif ces derniers temps et cela m'agaçait.

Dans la voiture qui nous ramenait à New York, je faisais le bilan de ma vie amoureuse. Des premiers émois adolescents et quelques flirts platoniques à Sosúa. Un amour de jeunesse qui m'avait brisé le cœur l'espace de quelques mois. Une liaison désastreuse avec un homme marié de quinze ans mon aîné. Et pour finir un béguin oiseux qui avait donné à mon été dans les Adirondacks une saveur trouble et vexante.

Il n'y avait vraiment pas de quoi pavoiser. C'était un inventaire pitoyable. Je décidai que ce n'était pas important. Tout le monde titube sur le chemin de l'amour, surtout quand une liberté nouvelle plane sur les rapports entre filles et garçons. J'allais tourner la page et ravaler mes états d'âme.

Il me restait quatre semestres d'études avant d'obtenir ma licence, deux années à passer à New York. J'allais les mettre à profit pour terminer ce que j'avais à faire. Rendre visite à Lizzie qui ne donnait plus signe de vie par exemple. Choisir avec soin mes cours et bûcher avec Deborah. Profiter de la formidable opportunité qui m'était offerte au journal pour y grappiller un maximum d'enseignements et parfaire ma formation.

Apprendre l'espagnol à Nathan. Soutenir et encourager Arturo jusqu'à ce qu'il mette la dernière note à sa symphonie. J'avais des projets plein la tête.

J'allais reprendre le cours de ma vie. Le quotidien à Brooklyn, les déambulations dans Greenwich Village et Times Square, les soirées dans les clubs de jazz, les promenades à Battery Park, les séances de patinage à Central Park, les projections du Elgin et du cinéma de Bleeker Street, les petits *delicatessens* de Brooklyn… Franchement, j'avais bien d'autres chats à fouetter que de me lamenter sur une amourette avortée.

26

Conseil de guerre

Septembre 1962

— Le chef de notre cellule de Santiago a été arrêté, il y a trois semaines. Depuis on n'a plus aucune nouvelle. S'il ne croupit pas au fond d'une geôle, il est sans doute mort à l'heure qu'il est. Il faut entrer en contact avec ce médecin à Puerto Plata, Pablo Rojas, en espérant qu'il n'ait pas été dénoncé. C'est lui qui a pris le relais, expliqua Soteras.

— Qu'est-ce qui a été envisagé ? demanda Markus.

— Pablo devait organiser notre transfert. Nous sommes plusieurs à devoir être évacués vers Cuba. Enfin, c'est ce qui était prévu aux dernières informations. Je n'ai pas la moindre idée de l'endroit où se cachent les autres.

Leur conversation avait des allures de conseil de guerre tandis qu'ils déjeunaient sur la terrasse de la maison d'Atravesada. Markus était soucieux et un peu nerveux, ce qui ne lui ressemblait guère. Almah picorait distraitement dans son assiette, tendue comme un arc. Quant à Soteras, il paraissait accablé.

— Et vous savez comment le joindre, ce Rojas ? l'interrogea Markus.

Soteras hocha la tête.

— Il travaille dans une clinique privée, dans la calle Beller, et j'ai un numéro de téléphone. Je peux essayer d'y aller.

— Hors de question que vous mettiez le nez en dehors de cette propriété. Ici, vous êtes en sécurité. Je vais aller à Puerto Plata. C'est plus prudent qu'une conversation téléphonique. Mais il faut que vous me donniez un code, un signe, je ne sais pas, quelque chose qui prouve à Rojas qu'il peut me faire confiance.

Almah rit nerveusement.

— On dirait que tu as fait ça toute ta vie, Markus ! Tu ferais un parfait espion.

Markus fronça les sourcils et plissa le front, contrarié. Ce n'était pas le moment de plaisanter.

— Ce n'est pas drôle, Almah. Daniel risque gros et nous aussi par la même occasion.

— Je le sais très bien. C'est juste que…

Almah se mordit les lèvres, creusant une fossette dans sa joue, et ses yeux se plissèrent. Elle eut un bref éclat de rire qu'elle chassa d'un mouvement de la main devant son visage.

— Ta tête Markus ! Si tu voyais ta tête ! Excusez-moi.

Elle se leva avec une mine faussement contrite pour débarrasser la table.

— Almah est comme ça, imprévisible, puérile, fantasque et terriblement efficace. C'est pour ça qu'on l'aime, se crut obligé d'expliquer Markus. Ils sont après vous et il faut faire vite, ajouta-t-il avec gravité. Ne sous-estimons ni leur perspicacité, ni leur détermination, ni leurs moyens.

*

Markus se rendit l'après-midi même à Puerto Plata. Il en profita pour vider sa boîte postale, beaucoup de courrier administratif, et celle d'Almah, qui ne contenait qu'une carte postale esseulée, un paysage de Lake George avec quelques mots laconiques griffonnés au dos par Ruth. Il passa par la clinique de la rue Beller entre deux visites à ses fournisseurs, afin de ne pas attirer l'attention. Son entrevue avec le docteur Rojas, un homme courtaud et large d'épaules au visage avenant, fut brève. Dès son retour à Sosúa, il téléphona à Almah.

— La machine que nous attendons sera disponible d'ici quatre jours, l'informa-t-il. Le fournisseur me l'a promis. Ah, et tu as reçu du courrier, Almah. Je passerai te le déposer demain matin.

Almah ne put réprimer un sourire en raccrochant. Markus s'était pris au jeu et était diablement bon dans son rôle. Craignait-il d'être écouté ? Elle se dit qu'il prenait un luxe de précautions sans doute bien inutiles et rejoignit Soteras sur la terrasse.

— Ça y est, Daniel. Apparemment c'est prévu pour dans quatre jours. Nous en saurons plus demain, quand Markus montera déjeuner.

27

Un remède souverain

Septembre 1962

Paradoxalement, maintenant qu'il était fixé sur son sort, Daniel Soteras se sentait plus tendu que jamais. Il aurait volontiers continué à se terrer à Atravesada. Quelle ironie du destin ! Il ne voulait plus partir après l'avoir tant souhaité. Mais il le savait, les hommes de la police secrète finiraient par mettre la main sur lui tôt ou tard. Il n'y avait d'autre issue raisonnable que la fuite, elle était la suite logique de son engagement. Maintenant qu'il avait atteint son but et qu'il était prêt à partir dans un pays où ses convictions ne le mettraient pas en danger, il devait se rendre à l'évidence : il n'avait plus aucune envie de quitter son île natale, la terre où vivait Almah. Il marchait tête basse sur un chemin de terre en shootant dans les cailloux d'un pied nerveux, soulevant un petit nuage de poussière à chaque pas, quand il sentit un bras se glisser sous le sien. Perdu dans ses pensées, il ne l'avait pas entendue approcher.

— Une promenade vespérale ?

Daniel releva la tête et lui sourit. Un petit sourire triste qui s'excusait.

— Je me sens d'humeur chagrine.

— Je vois ça. Je connais un remède souverain, un spectacle qui vous fera oublier vos soucis. Laissez-moi vous conduire sur ma *loma*, vous allez voir le plus merveilleux coucher de soleil imaginable.

Ils marchèrent à travers champs pendant une vingtaine de minutes, ne croisant que des vaches paisibles. La vue des pique-bœufs perchés sur leur échine fit sourire Daniel. Il aurait voulu que cela dure une éternité. Il avait réglé son pas sur celui d'Almah. Par moments, il sentait sa hanche frôler la sienne, un effleurement troublant, et la douce pression de sa main sur son bras. À travers l'étoffe de ses vêtements, il en ressentait comme une brûlure. Elle portait un panier en fibre de bananier, recouvert d'une serviette de lin blanc. Du coin de l'œil, il regardait son profil parfait, le nez fin et droit, le dessin délicat de sa narine, la pommette haute couverte de taches de rousseur, les petites rides qui plissaient le coin de son œil. Son cœur s'était mis à battre douloureusement dans sa poitrine. Elle lui parlait de tout et de rien avec entrain, sans avoir l'air de remarquer son émoi. Ils arrivèrent sur une crête coiffée d'un immense flamboyant.

— Nous sommes arrivés, déclara Almah en s'asseyant face à l'ouest.

Elle tapota l'herbe à ses côtés pour inviter Daniel à faire de même. Ses bras entouraient ses genoux remontés contre sa poitrine. Il se laissa tomber en silence, respirant à pleins poumons l'odeur pleine qui montait de la terre. Ils dominaient la baie qui se dessinait au-delà d'un océan ondulant de mornes moussus. Au loin la mer scintillait des reflets dorés du soleil couchant. Le ciel était zébré de traînées fuchsia ourlées de liserés orange. Almah sortit du panier une bouteille de vin et deux verres.

— Nous allons trinquer à votre départ.

Daniel lui prit la main en la regardant au fond des yeux. « Fais marche arrière maintenant, avant qu'il ne soit trop tard, avant que tu n'aies prononcé des paroles irrattrapables », lui murmura une petite voix intérieure. C'était la voix de la sagesse, mais il ne l'écouta pas.

— Je ne suis pas sûr d'être heureux de partir. Je suis même convaincu du contraire. Je n'ai qu'une envie, rester ici auprès de vous.

— Vous savez bien que c'est impossible. Bientôt, vous serez hors de danger, s'exclama-t-elle avec un petit air bravache en versant du vin dans les verres. C'est tout ce qui compte.

— Est-il écrit que je suis condamné à vous croiser, juste croiser votre chemin ?

Sans répondre Almah lui tendit un verre d'une main, tandis qu'elle levait l'autre à la hauteur de son visage.

— À votre départ, Daniel !

— Non je ne trinquerai pas à ça. À nous !

Sa voix était voilée par le désir. Il fit tinter son verre contre celui d'Almah, un petit son sec et argentin, et avala une gorgée de vin en fermant les yeux. Il ne pouvait se cacher qu'il avait recommencé à l'aimer, une seconde fois, dans des circonstances où créer un lien était inapproprié. Quand il rouvrit les yeux, les lèvres d'Almah tremblotaient et ses yeux le fixaient. Ce qu'il y lut le remplit d'un mélange déchirant de bonheur et de tristesse. Le soleil avait disparu, ce n'était plus qu'un demi-cercle posé sur l'eau dans un ciel embrasé de pourpre. Daniel vida son verre et le posa délicatement sur l'herbe. Puis il fit de même avec celui d'Almah sans la quitter des yeux. Il prit son visage entre ses mains et l'embrassa. Il la sentit trembler tandis que son corps s'arc-boutait contre le sien. Sa main remonta sous la robe, le long de sa cuisse nue. Sa peau était douce et chaude. Il la fit basculer sur le tapis herbeux et fit sauter les premiers boutons de sa robe. Il y eut le choc de ses jambes contre les siennes. Les verres et la bouteille de vin roulèrent loin d'eux. Les grillons entamèrent leur chant nocturne dans l'obscurité grandissante, une brise venue de la mer agitait doucement le feuillage du flamboyant. Dans la pâle lueur de la lune montante, le ciel se constellait de milliers de points scintillants.

Plus tard, Almah se demanderait ce qui l'avait poussée dans les bras de Soteras, ce qui l'avait amenée à lui céder. Son charme ensorcelant ? Sa propre solitude, accablante depuis la mort de Wilhelm ? Le fait qu'elle n'ait pas eu un homme dans son lit depuis plusieurs années ? Un peu de tout ça, sans doute. Mais elle devrait reconnaître que Daniel l'avait touchée au plus profond de son âme, que sa présence l'apaisait, et surtout qu'il y avait entre eux une attraction irrésistible. Daniel. Daniel Soteras. Son nom avait résonné en elle comme la promesse d'un possible bonheur. Et elle avait décidé de s'autoriser à être heureuse. Même si cela ne devait pas durer. Quoi qu'il lui en coûte.

28

Une barque de pêcheurs

Septembre 1962

Ils seraient quatre à être évacués depuis les plages voisines avec la complicité de pêcheurs locaux. Une barque devait récupérer Soteras sur la plage de Sosúa pour le conduire au large où un bateau cubain attendrait les fuyards. Almah et Daniel passèrent leurs dernières heures ensemble dans la maison du Batey. Almah avait soigneusement choisi une bouteille de vin que Daniel avait débouchée avec gravité. Dans la pénombre rassurante, ils avaient fait l'amour longuement, à en meurtrir leurs corps. Ils restèrent étroitement enlacés, silencieux, attendant avec résignation le gong qui marquerait la fin de leur histoire. Ils s'emplissaient de la présence de l'autre, gravant dans la mémoire intime de leurs cellules la sensation de leurs corps nus l'un contre l'autre, auréolés de la lumière sourde qui filtrait à travers les jalousies. Du bout de ses doigts, Daniel dessinait inlassablement les hanches d'Almah, ses seins, son visage, comme s'il voulait imprimer dans sa chair le souvenir de leur contour et de leur substance. Il aimait tout d'elle, l'assurance de ses gestes, sa témérité, sa douceur, la soie du duvet doré sur ses bras, sa peau crémeuse de blonde restée si blanche dans ses replis secrets, la lumière bleue de ses iris… Ce furent des instants d'une infinie douceur et de tristesse contenue, dont elle garderait longtemps le souvenir. Chaque détail de ces quelques heures, les bruits nocturnes, le chant des grillons, l'aboiement d'un chien, les odeurs de mer et de terre, le signal du départ, concentrait en lui toute l'intensité de leur histoire.

Ponctuel, Markus vint les chercher à l'heure dite. Quand le coup résonna contre la porte, le masque stoïque de Daniel tomba, mettant brièvement à nu l'angoisse sur son visage. Cela ne dura qu'une seconde, puis il se reprit. Il était 2 heures du matin quand ils sortirent en catimini de la maison. Précaution inutile : à cette heure-là, plus personne ne s'aventurait dans les rues du village. Sur le conseil de Markus, ils avaient revêtu des vêtements sombres. La nuit était ténébreuse, la lune obscurcie par intermittence par le passage de gros nuages.

Ils descendirent l'étroit sentier qui menait à la plage sans prononcer un mot. Markus ouvrait la marche. Almah tentait de réprimer son émotion en se concentrant sur le chemin. Dans l'obscurité, ils butaient contre des racines et des rochers. Les cailloux roulaient sous leurs pieds et les branchages des arbustes entravaient leur progression. Almah laissa échapper un grognement quand elle se tordit la cheville et trébucha. Soteras la rattrapa par la taille, elle s'appuya sur son épaule et ils continuèrent enlacés jusqu'à atteindre la plage. Ils se mirent à l'abri de la ramure d'un amandier pour attendre le signal. Assise dans le sable, sa cuisse contre celle de Soteras, Almah était tendue comme la corde d'un arc. Elle sentait la chaleur du corps de Daniel contre le sien, une sensation rassurante et désespérante. Car il allait partir. Les nerfs à vif, elle s'efforçait de jouir de chaque seconde de sa présence à ses côtés. Le silence compact n'était troublé que par le doux clapotis des vagues s'échouant sur le sable. Un bruissement leur fit dresser l'oreille. Comme des pas. Un chien en maraude, un corniaud court sur pattes, apparut sur la plage. Almah soupira de soulagement. Au bout d'une attente qui leur parut durer une éternité, Almah devina au loin un mouvement, une ondulation sur l'eau. Elle distingua une lueur falote qui dansait sur l'écran noir de la nuit et de l'eau mêlées.

Puis tout alla très vite.

La barque de pêcheurs s'avança. On ne distinguait que des silhouettes sombres. Un homme était à la manœuvre. Un autre se tenait à la proue. Il immobilisa la barque avec une rame plantée dans l'eau. Ils s'étaient levés tous les trois. Soteras retroussa les jambes de son pantalon sur ses mollets, assujettit son sac de toile sur son épaule. Il serra à deux mains la main de Markus. « Merci », lâcha-t-il simplement d'une voix sourde. Puis, après une courte hésitation, il serra longtemps Almah dans ses bras. Dans son étreinte, il y avait toute son émotion, tout son chagrin, tout ce qu'il aurait voulu lui dire. L'espace d'une seconde sa résolution vacilla.

Ils s'agrippèrent l'un à l'autre comme des naufragés. Almah sentait son cœur s'emballer dans sa poitrine. Daniel s'écarta et effleura son front d'un baiser. « Bonne chance, Daniel. Donnez de vos nouvelles », murmura Almah dans un souffle. Il lui serra encore la main, une pression à l'en broyer, puis il entra dans l'eau. Il grimpa dans la barque et se retourna vers la plage. Almah ne distinguait pas ses traits. Si elle l'avait pu, elle aurait vu la crispation douloureuse de son visage, ses mâchoires si serrées qu'elles faisaient saillir tous ses muscles, le chagrin et le regret dans son regard. Elle avait des larmes plein les yeux. Cet homme qu'elle avait si brièvement aimé la quittait. Elle le savait doublement déchiré : il quittait aussi son pays. Elle avait connu cela et c'était un souvenir empreint d'une profonde tristesse. La nuit se referma comme un linceul sur la barque et ses occupants, dans un bruissement soyeux. Daniel Soteras était parti. Le cœur glacé, Almah sentit un grand vide l'envahir. Elle contempla un instant l'abîme noir de la nuit avec un effroyable sentiment de perte. Encore un adieu. Combien en avait-elle vécus ? Combien pouvait-on en encaisser sans se briser ? Elle eut froid et frissonna. Un coq chanta, devançant le lever du soleil. Un filet de jour se devinait à peine, posé sur le gouffre sombre de la mer. Markus, parfaitement conscient du drame qui venait de se jouer, prit la main d'Almah dans la sienne. Il nota la tristesse dans ses épaules. Mais elle les redressa, prit une grande inspiration, et ils remontèrent vers le village en silence main dans la main dans la pâleur laiteuse du petit matin.

29

Pleinement vivant

Novembre 1962

La Havane, 20 septembre 1962

Ma très chère Almah,

Je suis arrivé sain et sauf après une traversée hasardeuse. J'ai retrouvé mes compagnons dominicains et un groupe de vétérans de la guerre civile espagnole. Nous sommes confortablement installés dans une vaste maison du Vedado prêtée par le gouvernement. Le pays est sur le pied de guerre, plongé dans un climat de tension extrême, galvanisé par la victoire de l'année dernière à la baie des Cochons. S'il le faut, je prendrai les armes aux côtés de mes frères cubains, eux qui nous ont tant aidés à lutter contre Trujillo. Je les soutiens sans réserve dans leur bras de fer avec les Yankees. Il nous faut les moucher une fois

pour toutes, en finir avec leur arrogance et nous défendre de leur expansionnisme. Et cela vaut pour notre île également, comme pour tous les pays de l'Amérique latine.
Almah, je suis devenu un réfugié politique, en exil non seulement de ma terre natale, mais aussi de l'immense amour que je vous porte. Penser à vous sans savoir si je vous reverrai un jour est une torture permanente. Je chéris le souvenir de chacun des si brefs instants passés ensemble, au risque de me noyer dans la mélancolie. Je ferme les yeux et votre visage m'apparaît, je respire votre parfum, je caresse votre peau. C'est tout ce que je possède de vous et c'est si peu. Almah, je vous en prie, écrivez-moi et envoyez-moi une photographie de vous aux bons soins de l'hôtel San Luis dont nous avons fait notre quartier général et où nous recevons notre courrier. Vous me manquez plus que je ne saurais dire et j'espère qu'un jour prochain nous verra réunis, quand tous ces conflits seront derrière nous.

Je vous embrasse très tendrement, Almah chérie.
Votre Daniel

Almah referma avec émotion la lettre qui datait de plusieurs semaines. Même entre les deux îles, le courrier était très lent et cette lettre était probablement passée de main en main avant de lui parvenir.

Daniel Soteras n'avait finalement pas pris les armes. La crise s'était résorbée. Khrouchtchev avait accepté de démanteler ses missiles pointés sur la Floride contre l'engagement de Kennedy de ne pas envahir Cuba. Pour les communistes, l'honneur était sauf. Les Américains fêtaient ce qu'ils considéraient comme une victoire de leur gouvernement. Mais on était bel et bien passé à deux doigts d'un embrasement international. Almah soupira. Elle pensait à Daniel, à tout ce qu'il ne disait pas, à tout ce qu'elle aurait aimé lui dire, à tout ce qui ne serait pas. Elle se demanda si elle pouvait raisonnablement espérer son retour. En République dominicaine la tension n'avait pas baissé, la répression était plus féroce que jamais. Tous les opposants qui pouvaient fuir quittaient le pays. C'était un exode sans fin des forces vives et des intellectuels du pays. Elle ne devait pas concevoir d'espoir inconsidéré, au risque de souffrir.

Des images revinrent la hanter.

De leur histoire, elle avait tout aimé, savourant l'intensité de chaque seconde vécue. C'était en cinq jours plus de beaux souvenirs que n'en accumulaient certains couples durant une vie entière. Leurs quelques jours ensemble avaient eu l'intensité et la brève éternité d'un grand amour. Et pour toutes ces images qu'elle chérissait, elle était reconnaissante à la vie du cadeau qu'elle lui avait fait. Elle mit le doigt sur une vérité : mieux valait vivre intensément, ne fût-ce qu'un instant, quitte à en souffrir, que de ne vivre qu'à demi sans rien risquer.

De cette histoire, elle retenait aussi la fidélité de Markus. En véritable ami, il l'avait aidée et soutenue sans lui poser la moindre question, sans lui adresser le moindre reproche. Cette amitié-là, un diamant, était l'ultime cadeau de Wilhelm.

Almah envoya à Daniel Soteras la photographie demandée. Un portrait d'elle à cheval au bord du río Yaque. Des centaines d'aigrettes blanches volettent derrière elle. Elle porte une de ses chemises de lin blanc qu'elle adore et des jodhpurs glissés dans ses bottes. Elle se tient bien droite, les épaules en arrière. Ses cheveux attachés dégagent son visage. Elle plisse légèrement les yeux sous les rayons du soleil. Elle ne sourit pas et regarde l'objectif bien en face, comme un défi. C'était une photographie prise par Ruth quelques semaines avant son départ pour New York. Au dos, de son écriture élégante, Almah avait écrit : « Avec toute mon affection, Alma. »

Elle avait signé de son nom hispanisé. Rien que pour lui.

Ce fut ainsi qu'Almah entama avec Daniel Soteras une correspondance suivie.

La tristesse de la séparation se dissipa lentement au cours des mois suivants, laissant dans son sillage le sentiment d'avoir vécu une belle histoire. Peu à peu, l'ardeur amoureuse céda la place à une douce nostalgie et à une profonde complicité.

30

Ridicules lettres noires à volutes

Mai 1963

Madame Almah Rosenheck
Madame veuve Lourdes Calzadilla de Rivas
Madame Gloria Rivas de Puig
et Monsieur Gustavo Puig

Ont le plaisir de vous faire part du mariage
de
Ana Maria Puig avec Frederick Rosenheck

Le mariage sera célébré le 6 juillet 1963
à 11 heures
en la cathédrale San Felipe de Puerto Plata.

*

La bataille avait été menée de haute lutte.

Peine perdue. Victoire du clan Puig.

Frederick voulait un mariage civil sans s'embarrasser de questions religieuses. Almah était sans avis sur la question. Elle-même s'était mariée à la grande synagogue de Vienne, mais c'était en 1935, et c'était plus pour faire perdurer une tradition et pour affirmer son identité dans des temps difficiles que par conviction religieuse. Finalement, les bigots de Santiago avaient obtenu gain de cause. Le mariage de mon frère aurait donc lieu dans la cathédrale de Puerto Plata. C'était ça ou la rupture avec la famille d'Ana Maria, ce qui n'était pas une option.

Lettres noires sur carton blanc, le faire-part froid, sans fantaisie, d'un classicisme à glacer le cœur, me brûlait les doigts. Les mots dansaient devant mes yeux brouillés de larmes. À ma grande honte, je me rendis compte que ce n'étaient pas des larmes de joie. Mes joues me cuisaient, le sang battait à mes tempes. Un vilain sentiment m'envahit, insidieux. Je le reconnus et peinai à mettre un nom dessus.

Jalousie.

Ce n'était pas joli, mais j'étais bel et bien jalouse. Même si pour rien au monde je ne l'aurais avoué. Oui, j'étais jalouse de ma future belle-sœur. Et j'en voulais à mon frère.

Car tant que ça n'était pas fait, tant qu'Ana Maria n'avait pas passé la bague au doigt de Frederick, mon frère était toujours un peu à moi. Mais voilà, c'était écrit en ridicules lettres noires à volutes, dans quelques semaines il allait devenir celui d'une autre, et pour de bon.

C'en était donc fini de leurs fiançailles à rallonge. Ils se mariaient et entre Frizzie et moi rien ne serait plus jamais comme avant. Il allait partager notre plage, nos *pilotillos*, nos arbres, nos animaux, notre *finca*, nos *lomas* avec une autre, à qui il allait falloir faire de la place. À cette pensée, mon cœur se serra douloureusement.

Et je n'avais personne à qui confier ma rancœur.

Personne à part Arturo.

Je laissai un message téléphonique au majordome de son domicile et, fidèle à lui-même, il me rappela dans la soirée. Je lui donnai rendez-vous le lendemain dans un de nos cafés familiers de Greenwich.

Entre-temps, Myriam était rentrée. J'étais vautrée dans le sofa du salon, perdue dans mes réflexions. Alertée par ma tête des mauvais jours, elle s'inquiéta. Je lui tendis le faire-part avec un pauvre sourire qui tentait de masquer mes sentiments. Je devais faire bonne figure. Évidemment sa réaction, à l'opposé de la mienne, fut un débordement de joie tempétueux, et elle se jeta illico dans un inventaire désordonné qui mêlait réservations d'avion, cadeaux de mariage, robes de soirée et escarpins. Il n'y avait pas une minute à perdre.

Plus tard le soir même, ravalant mon amertume, j'appelai Frizzie. Je lui reprochai de ne pas m'avoir prévenue par téléphone. Puis je le félicitai. J'étais heureuse pour lui. Quand j'objectai qu'août n'était pas le meilleur choix à cause des menaces de la saison des pluies, Frizzie me cloua le bec. « C'est pour toi, figure-toi, que j'ai choisi cette date. Pour profiter des vacances universitaires et pour que tu ne manques pas tes cours. Ainsi nous pourrons passer quelques semaines tous ensemble en famille, après mon voyage de noces. » C'était une maigre consolation. Je demandai l'autorisation de venir accompagnée, ce qui déclencha une salve de questions. Non, pas de petit ami. Seulement mon meilleur ami. Qui était dominicain d'ailleurs. De Santiago, ça tombait bien. Évidemment, je pouvais venir avec mon cavalier. Et à propos, pouvait-il me charger d'une mission ? Apporter un peu de musique à la mode, parce que franchement, entre les valses et le merengue… Bien sûr, avec grand plaisir, je m'en occupais. Je raccrochai, avec un immense sentiment de perte.

Le lendemain n'améliora pas les choses. Ma déception fut cruelle. Arturo m'annonça qu'il ne pouvait pas m'accompagner. C'était dommage, mais il passait ses vacances d'été au cap Cod chez un camarade de Juilliard, apprenti pianiste comme lui. C'était prévu de longue date, il avait juste oublié de m'en parler. C'était un mensonge, mais je ne l'apprendrais que bien plus tard. J'allais donc devoir affronter seule cette fête de famille que je redoutais. « Bon ben, mon cavalier, ce sera Nathan », ironisai-je. « Tu trouveras bien quelqu'un avec qui t'amuser, pour ça je te fais confiance ! » me consola mon ami. Je haussai les épaules, résignée.

Le mariage de Frizzie nous monopolisa, ma tante et moi, pendant les semaines suivantes. Nous passâmes des heures à écumer les boutiques chic de la 5e Avenue et je me laissai entraîner de mauvaise grâce dans une frénésie d'achats.

La mélancolie arrivait à pas feutrés pour me frapper quand je m'y attendais le moins. Des images se télescopaient sur mon écran mental. Des images qui me rendaient triste.

Frizzie et Lizzie s'étaient juré un amour éternel à douze ans, en échangeant des bagues tressées en fibre d'écorce de cocotier. Lizzie était la première fille que Frizzie avait embrassée. D'abord cachés dans la cabane perchée du grand amandier, puis plus tard dans l'obscurité de la salle de cinéma et plus tard encore à la plage. Pour que les choses soient parfaitement claires aux yeux de tous, Lizzie nous avait convaincus de jouer Roméo et Juliette sur la scène du collège devant un parterre de parents à la fête de fin d'année de l'école. Frizzie, qui aurait tout donné pour galoper sur son cheval dans la campagne plutôt que d'ânonner des vers mal appris, fit une piètre prestation. Il fut un Roméo lamentable, pour dire la stricte vérité. Quant à Lizzie, elle fit sensation, une Juliette très crédible et très amoureuse. Tandis que Frizzie suait à grosses gouttes dans son pourpoint, elle rayonnait dans la jolie robe que lui avait confectionnée sa mère et que lui enviaient toutes les figurantes, au nombre desquelles je comptais. Comme d'habitude mon rôle se réduisait à de la figuration, je n'étais qu'une servante de la maison Capulet. Lizzie m'avait tenue scrupuleusement informée de l'avancement de leur idylle, jusqu'à ce qu'elle se considérât comme une adulte et décidât que je n'étais qu'une gamine qui ne pouvait comprendre les nuances de ses émois de femme. Tout le monde à

Sosúa en était convaincu : Frizzie épouserait Lizzie quand le moment serait venu. Et puis Lizzie était partie.

*

Ana Maria était aussi brune que Lizzie était blonde, aussi ronde que Lizzie était élancée, aussi docile et apaisante que Lizzie était autoritaire et volcanique, aussi terne que Lizzie était flamboyante. Mais Frederick était amoureux. Au début, j'avais pris son coup de foudre pour un antidote à son vieux chagrin. Je m'étais trompée.

L'histoire d'Ana Maria et de Frizzie avait les allures d'un conte de fées, mais je me forçais à la trouver fade pour ne pas les envier. Ana Maria Puig était raisonnablement belle, gentille, toujours un sourire aux lèvres. Elle était issue d'une riche famille très conservatrice de négociants en bois de Santiago. Frizzie l'avait rencontrée l'été avant mon départ, juste après la mort de notre père, alors qu'elle passait une semaine de vacances à Puerto Plata chez une de ses tantes. Ils s'étaient croisés dans une boutique, et à partir de là les dés étaient jetés : mon frère était ferré. Elle ne l'avait pas lâché d'une semelle. À moins que ce ne soit le contraire. Bref, ils ne s'étaient plus quittés. À l'époque, je m'en fichais, je partais à New York, avec mon chagrin et bien d'autres préoccupations. En raison de notre deuil, ils s'étaient fiancés discrètement quelques mois après leur rencontre. Je n'y croyais toujours pas. Si Lizzie avait été là, elle n'aurait fait qu'une bouchée de cette rivale. Je la connaissais à peine. J'allais devoir me forcer à l'aimer et je savais déjà que ce ne serait pas facile.

Frizzie avait compris que s'il voulait offrir à Ana Maria tout le confort dont elle jouissait à Santiago, il lui fallait entreprendre très vite des réformes de fond. Et voir grand. Pris de la folie des grandeurs, Frederick voulait tout moderniser, des installations sanitaires aux écuries, des méthodes de culture à celles de gestion. Il racheta aussi des terres pour agrandir la propriété. À cette époque, la Dorsa avait fermé le robinet des prêts à taux dérisoire. Il affronta des banquiers coriaces à Saint-Domingue et nous endetta.

Il s'inscrivit à un cours de gestion d'entreprise à l'université de Santiago pour être à même de mieux rentabiliser l'exploitation. C'était la version officielle. Selon moi, il voulait être tout près d'Ana Maria. Il passait les trois premiers jours de la semaine à Santiago où il louait une petite chambre chez des amis des Puig, puis revenait le mercredi soir et s'enfermait aussitôt dans le « bureau », un appentis qu'il avait aménagé pour son usage personnel. Dès le jeudi matin, il enfilait ses bottes, enfourchait son cheval et arpentait la *finca*. Pendant ce temps, des équipes d'ouvriers agrandissaient et modernisaient la maison. Selon les vœux de Frederick dessinés par Aaron, ils ajoutèrent une aile au bâtiment principal, les futurs appartements du jeune couple. En même temps, des bungalows surgissaient de terre. Frederick remplaçait notre père, il était devenu le chef de notre famille qui allait s'agrandir.

31

De la graine d'étoile

Juin 1963

— Il a l'étoffe d'une étoile ! me susurra Arturo, une note d'extase dans la voix, les yeux rivés sur la scène où Nathan venait d'exécuter une arabesque parfaite.

Je détachai mon œil du viseur de la caméra et tournai la tête vers mon ami. Je constatai qu'il ne bougeait pas un cil, totalement concentré sur la représentation. Nous étions au premier rang pour assister au spectacle de fin d'année de l'école de danse de Myriam, section enfants. Elle avait imaginé elle-même une chorégraphie qui faisait la part belle aux trois garçonnets qui suivaient ses cours perdus au milieu d'une nuée de petites filles. Et elle avait attribué le beau rôle à Nathan qui dansait avec assurance et même un certain brio, quand les deux autres y mettaient plus de conviction que de talent. Je ne pus retenir un haussement d'épaules.

— Enfin, il n'a même pas dix ans ! répliquai-je à l'oreille d'Arturo tout en continuant à filmer.

La réponse ne se fit pas attendre. Sérieuse et convaincue.

— De la graine d'étoile, je te dis ! Je le sens, c'est tout.

Arturo ne plaisantait pas et avait le ton de qui énonce une évidence incontestable. À un trémolo presque indiscernable, je crus même déceler une pointe d'émotion dans sa voix. La musique mourut dans une dernière mesure de cymbales et le rideau tomba tandis que retentissaient les applaudissements nourris des familles et des amis. La lourde tenture pourpre se souleva et les petits danseurs réapparurent sur scène pour saluer.

— Bravo, bravo, hurlait Arturo, exalté, à côté de moi, applaudissant à tout rompre.

Son enthousiasme lui valait des regards amusés et indulgents. Moi, j'étais presque gênée par ses transports débordants. Myriam apparut sur la scène, illuminée de fierté. La petite troupe se regroupa autour d'elle comme une couvée de poussins autour de leur mère. Ils saluèrent gracieusement. Les enfants comme leur professeur rayonnaient de plaisir sous les vivats.

— Je ne te savais pas amateur de ce genre de prouesses enfantines. Certains sont vraiment très pataudс !

— Certains oui, mais pas Nathan, s'entêta Arturo sans cesser de battre des mains.

— Tu as raison, il est nettement au-dessus du lot. Rien d'étonnant avec la mère qu'il a. Elle vient de faire fixer une glace sur un mur de sa chambre avec une barre pour qu'il puisse s'entraîner à sa guise, ajoutai-je. Quant à la future étoile, tu t'avances un peu, non ?

Arturo me défia du regard.

— On prend le pari ? Rendez-vous dans sept, huit ans.

Je ne comprenais pas pourquoi Arturo s'entêtait comme ça. Nous formions un sacré trio avec Nathan que nous emmenions souvent au cinéma, en promenade à Central Park ou encore patiner l'hiver avec nous à Prospect Park ou, mieux, au Rockefeller Center. Je devais reconnaître que sur la glace il avait l'allure gracieuse et la légèreté d'un papillon, et que de nous trois c'était de loin le plus doué. Nathan adorait la danse et travaillait dur, mais de là à voir en lui le nouveau Nijinski, il y avait un gouffre que je n'aurais pas osé franchir. Arturo si, manifestement. Je capitulai.

— Après tout, de nous deux c'est toi l'artiste ! Ta sensibilité te fait sans doute percevoir des choses qui me sont inaccessibles.

Arturo acquiesça de cet air entendu qui lui était familier et nous quittâmes la salle. Dans le hall d'entrée, Myriam, assaillie par le bataillon des parents qui la félicitaient, nous fit signe de l'attendre dehors.

Dix minutes plus tard elle nous rejoignait avec Nathan. Arturo le délesta du sac qu'il portait à l'épaule.

— Je crois que j'ai été bon ! déclara mon cousin avec un petit air satisfait en s'asseyant à l'arrière de la voiture avec Arturo. Sauf cette cabriole que j'ai un peu ratée.

— Mon chéri, tu as été parfait, assura Myriam en lui jetant un coup d'œil attendri par le biais du rétroviseur.

— Presque parfait, corrigea Nathan d'un ton pénétré. Il faudra que tu me fasses travailler les cabrioles.

— Entendu mon chéri !

— Et aussi les grands jetés, je les prépare mal, je calcule mal mon élan…

— Tu es trop perfectionniste, tu as été éblouissant, déclara Arturo avec conviction. Moi je suis sous le charme. Je suis sûr que tu seras un jour un grand danseur étoile.

Je me retournai et fusillai Arturo du regard. Nathan était déjà suffisamment imbu de lui-même et prétentieux pour ne pas en rajouter. On voyait bien que ce n'était pas lui qui supportait au quotidien ses caprices d'enfant roi.

— Je sais, laissa tomber Nathan en soupirant, comme s'il s'agissait d'une évidence.

Il faisait preuve d'une singulière assurance pour un enfant de huit ans à peine.

— Dommage que papa n'ait pas été là, déplora-t-il d'une voix fluette, redevenant soudain un petit garçon chagrin.

— Oh mon chéri, il est désolé, mais son nouveau chantier est très important.

— Plus important que moi, on dirait bien, ronchonna Nathan.

Son ton était triste, fataliste. Ses relations avec son père étaient compliquées. Nathan était maladivement attaché à sa mère. L'amour de la danse qu'elle lui avait transmis et que son père jugeait si peu masculin n'y était pas étranger. C'était entre eux un lien fort, inaltérable, dont tout autre était exclu. Les absences récurrentes d'Aaron, appelé à superviser ses chantiers dans tout le pays, n'arrangeaient rien. Il aurait voulu faire de son fils un ingénieur, ou mieux, un architecte, son successeur à la tête de son cabinet. Nathan faisait des efforts considérables pour ne pas décevoir ce père qu'il adorait autant qu'il le craignait. Résultat, il excellait à l'école et rapportait avec fierté les meilleures notes de sa classe. Mais pour la relève, c'était plutôt mal parti.

— Nathan, s'il te plaît, le gourmanda Myriam, tu es trop grand maintenant pour faire ce genre de caprice. Tu sais très bien que ton père travaille énormément et qu'il regrette beaucoup de ne pas avoir pu t'applaudir aujourd'hui.

Coincée entre ses deux amours, Myriam n'avait pas toujours le bon rôle. Je me retournai vers la banquette arrière et tentai de temporiser en adressant un clin d'œil à mon jeune cousin :

— Ne t'inquiète pas, j'ai tout filmé, dis-je en brandissant la Kodak Brownie que Myriam m'avait confiée. Après-demain soir, à son retour, on tendra un drap blanc contre le mur du salon et on fera une belle projection.

Nathan me sourit, un petit sourire forcé du bout des lèvres, et articula un « Merci Ruthie » silencieux.

— Et on organisera un apéritif, avec du champagne, du cidre, des sandwichs et des petits gâteaux, renchérit Myriam qui essayait d'adoucir le chagrin de son fils.

— Est-ce que je suis invité ? demanda Arturo affectant une petite voix geignarde.

— Quelle question, bien sûr que tu es invité, rétorqua Nathan, très grand prince.

Il avait retrouvé sa superbe.

32

Stand by me

Juillet 1963

Je dois le reconnaître, la fête fut réussie.

J'avais pris l'avion avec Myriam et Nathan aux derniers jours de juin. Nathan était surexcité, content de retrouver Sosúa, et, je le soupçonnais, soulagé d'échapper au camp de vacances dans lequel ses parents l'envoyaient traditionnellement en juillet.

Nous embarquâmes avec deux lourdes malles contenant nos tenues d'été, nos vêtements de cérémonie, nos robes de soirée, et des présents pour toute la famille, sans compter une avalanche de cadeaux de mariage. Aaron, qui avait réglé sans sourciller le prix exorbitant des excédents de bagages, devait nous rejoindre pour la noce et passer deux semaines avec nous. Au moment de monter dans le Boeing 707 de la Pan Am, Nathan m'avait glissé sur le ton de la confidence :

— Tu sais Ruthie, je suis rudement content de pas aller à la colo de la Borscht Belt[1] ! Mais le dis pas à maman, elle croit que j'aime ça. Moi j'aime bien mieux la plage que la montagne !

Ma mère nous attendait à l'aéroport international de Punta Caucedo qui avait retrouvé son nom de baptême juste après la chute de Trujillo. Je me jetai dans ses bras. Comme elle m'avait manqué ! Elle avait réservé deux chambres à l'Embajador, l'hôtel le plus luxueux de la capitale – avec qui préférais-je dormir, Nathan ou elle ? Elle bien sûr ! –, et après nous être installés, nous sortîmes dîner.

Assise face à ma mère, je l'observais. Elle était toujours aussi belle, à peine vieillie, mais elle me sembla différente. Quelque chose d'imperceptible, d'intangible affleurait, comme une nouvelle assurance, comme si quelque chose l'avait rendue plus forte. Ce que je mis sur le compte de la cicatrisation. J'étais heureuse de voir qu'elle surmontait le deuil de mon père. Pendant que je dévorais mes *chicharrones* en me léchant les doigts sans le moindre égard pour les principes de savoir-vivre qu'elle m'avait inculqués, elle nous raconta les

1. La Borscht Belt (le nom vient de celui d'un potage de betterave populaire en Europe de l'Est) est une région touristique connue comme les Alpes juives dans les montagnes Catskill dans l'État de New York, fréquentée des années 1920 aux années 1970 par des Juifs ashkénazes venus principalement de New York. On y trouvait hôtels, centres de vacances, campings et de nombreuses colonies de vacances d'été.

préparatifs du mariage. Elle avait bien besoin de l'aide de Myriam pour mettre la dernière main aux arrangements car la ferme d'Atravesada avait été choisie comme lieu des festivités et devait héberger tout le monde. Myriam était enchantée. Ce mariage c'était la grande affaire.

— C'est la première vraie fête de famille depuis… (Myriam fouilla sa mémoire et son regard s'assombrit l'espace d'une seconde.)… depuis votre mariage à Wil et toi !

— En 1935, renchérit Almah, les yeux soudain brillants. Il en a coulé de l'eau sous les ponts depuis…

Le lendemain, avant de partir, nous dûmes faire un crochet par la vieille ville. Nathan tenait à voir Anacaona et sa plume. Je le lui avais promis depuis longtemps, une promesse qu'il n'avait pas oubliée, je ne pouvais me dédire. Arrivé sur la place de la cathédrale, il tourna autour de la statue et ne fut satisfait qu'une fois qu'il eut constaté qu'Anacaona portait bien une plume (et même deux, Ruthie !) dans les cheveux, juste comme je le lui avais raconté.

Soudain il prit un air consterné : « Mais Ruthie, on voit ses fesses ! Et aussi ses… nénés ! Elle est toute nue ! » Ce n'était pas ainsi qu'un petit garçon de huit ans imaginait une princesse indienne, mais c'était bien ainsi que les sculpteurs du XXe siècle représentaient les Indiens. À demi nus et emplumés. C'était une vision indigeste, machiste et colonialiste, le conquistador impérial, en habits princiers, et l'indigène nue à ses pieds, qui aurait donné du grain à moudre à mon amie Deborah.

Je fis remarquer à Nathan qu'Anacaona portait un pagne, et je dus aussi lui expliquer qui était cet homme en jupe, Christophe Colomb, et ce qu'il pointait du doigt, « l'Amérique qu'il va découvrir, mon chéri ». Mais je sentais bien que Nathan restait perplexe.

Ce ne fut qu'à ce prix que nous pûmes prendre la route du Nord vers Sosúa. Dix heures plus tard, nous arrivions, épuisés mais ravis. Je ne pensais qu'à une douche fraîche et à un bon lit. Infatigable, Nathan trépignait d'impatience. Il n'avait de cesse qu'on installe sur la pelouse la lunette à étoiles, le vieux télescope de mon père qu'Almah lui avait offert pour leur anniversaire vingt ans auparavant et qui fonctionnait comme au premier jour.

*

Bien sûr, nous serions en minorité. Au plan numérique, le clan Puig nous écrasait à plate couture.

— Mais qu'importe, déclara Almah avec panache. Si on en juge à la valeur, nous gagnons haut la main, d'autant plus que Svenja et Eival arrivent dans cinq jours. J'avais aussi invité Mirawek, mais avec ses obligations il n'a pas pu se libérer. C'est que c'est un personnage important maintenant !

Quant à Emil et Nelly, des amis des jours anciens, ils ne viendraient pas non plus. Ils avaient quitté le Costa Rica pour soigner le cancer dont souffrait Nelly en Floride.

Je ne savais pas que Svenja venait et c'était vraiment une très bonne surprise. Je me demandais si elle me reconnaîtrait. Ce serait l'occasion de la remercier de vive voix de son aide pour le « projet Eichmann » et d'envisager ces vacances en Israël dont je rêvais depuis si longtemps. Je n'y étais jamais allée et je brûlais de découvrir ce pays.

Maman avait fait monter une immense estrade sur l'esplanade devant la maison. De grands dais blancs furent tendus. On livra des tables, des chaises, des kilomètres de voiles de gaze, des rubans et des fleurs fraîches à profusion. Un traiteur de Puerto Plata réglait les détails du dîner. Il y avait eu une rude négociation quand les Puig avaient voulu imposer le traditionnel cochon grillé des jours de fête, expliqua Maman.

— Nous ne sommes pas croyants mais quand même, se défendit-elle. C'est de la provocation ! Il ne faut pas froisser nos susceptibilités et surtout celles de nos amis.

Le cochon s'était transformé en agneau. Cinq agneaux, même, qui venaient des prés salés de la région de Monte Cristi et qui seraient tués à la façon kascher, pour embêter les Puig, précisa maman en clignant de l'œil.

*

Nous ne découvrîmes la mariée qu'à son entrée dans l'église pleine à craquer, au son des grandes orgues. Au bras de son père, Ana Maria avançait à pas lents, magnifique. Frizzie ne put se retenir de jeter un regard par-dessus son épaule et, comme j'étais juste derrière lui, je vis nettement son menton trembler et sa pomme d'Adam se mettre à valser. J'entendis aussi distinctement Carmela qui se tenait un rang derrière moi, accompagnée de Jacobo et Rosita qui, pour une fois, n'étaient pas de corvée, marmonner : « *Dios mío, que belleza !* »

Ma mère m'avait confié qu'Ana Maria avait tordu le nez quand Frizzie lui avait soumis la liste des invités. Dans sa famille on ne se mariait pas avec les domestiques. Mais mon frère avait tenu bon : Carmela faisait partie de la famille Rosenheck, et Jacobo et Rosita nous avaient élevés. Ana Maria avait cédé de mauvaise grâce. En épousant Frederick, elle apprendrait à mettre de l'eau dans son vin.

*

Ce fut joyeux, il y eut du champagne, des mets exquis, des bons vins, des toasts, des discours, une pièce montée, du merengue, du son[1], des valses, du madison… Ma contribution personnelle à la fête fut saluée et appréciée. J'avais raflé chez un disquaire du Village tous les derniers hits du moment, des disques de rock and roll endiablés et des slows sirupeux, Peter, Paul and Mary, les Chiffons qui cartonnaient, Les Miracles, Martha and the Vandellas… Empêtrée dans ma robe longue, je me déhanchais sur *Mean Woman Blues* de Roy Orbinson guidée par Nathan, qui maîtrisait parfaitement les figures compliquées du rock and roll. Puis je jetai mon dévolu sur Aaron, plus à ma hauteur. Il ne lui restait malheureusement pas grand-chose de notre entraînement estival de Lake George et je crois bien que nous fûmes ridicules.

1. Le son (appelé rumba aux États-Unis) est un genre musical cubain apparu entre la fin du XIXe et le début du XXe.

Je décidai de ne pas faire mentir Arturo que j'imaginais en train de se pavaner sur une plage du cap Cod, et je cédai aux avances de Javier, un camarade d'université de Frizzie, un garçon passablement beau et raisonnablement amusant. Je passai une bonne partie de la soirée à flirter dans ses bras. Mais quand on passa *Be My Baby* des Ronettes, il me serra d'un peu trop près et je mis le holà.

Enfermées dans leur bulle, Svenja et maman faisaient des hypothèses sur le succès des groupes de chanteuses noires permanentées. Markus, ravi, avait accaparé Eival et Aaron ; ils parlaient politique, Israël au cœur des débats. Nathan, incorrigible, s'était institué le chef de file d'une troupe d'enfants tapageurs qui slalomaient entre les tables et les danseurs, lapaient les fonds de verre et se tortillaient sur l'estrade, mini-tornade de nains semant le chaos sur leur passage.

Plus tard, je regagnai discrètement ma chambre, j'abandonnai ma robe et reparus en jean pattes d'éléphant. J'aurais dû m'y attendre, en me voyant, Ana Maria fit la grimace. J'avais tout de même gardé mes talons hauts.

Encore plus tard dans la soirée, nous étions déjà le lendemain, je dégainai mon cadeau musical, choisi spécialement pour Frizzie. Je fis mouche. Frederick et Ana Maria dansèrent étroitement enlacés, joue contre joue, seuls au milieu de la piste sur *Stand By Me* de Ben King. Leurs corps soudés dont les courbes s'épousaient parfaitement, la main de Frizzie fermement posée au creux des reins de sa femme, celle d'Ana Maria sur la nuque de son mari, ses yeux clos, leurs ondulations comme un seul corps, tout disait leur parfaite harmonie. C'était évident, cela ne faisait aucun doute, ils s'aimaient profondément. En les regardant, les yeux embués, je sentis mes réserves sur ma belle-sœur se dissoudre. Puisqu'elle aimait tant mon Frizzie, je lui pardonnerais tout. Ce furent quelques minutes inoubliables.

Le jour se levait quand nous nous couchâmes.

33

Polka

Juillet 1963

— Je crois que nous devrions profiter d'être tous ensemble pour choisir un nom pour la *finca*.

Frizzie venait de briser le silence qui était tombé sur la tablée après un énième toast aux jeunes mariés, à leur bonheur, à leurs futurs enfants et bla-bla-bla. C'était le lendemain du mariage. Nous dînions sur la véranda, un repas improvisé avec les reliefs du festin de la veille. La grande tablée rassemblait tout le clan : ma mère, les héros de la fête, Myriam, Nathan et Aaron, Svenja et Eival, Markus et Marisol. Je haussai les épaules.

— On l'a toujours appelée la *finca*, ou la ferme, ou Atravesada. Et c'est très bien comme ça. Pourquoi se préoccuper de lui donner un nom ? Ce n'est pas comme si le facteur passait tous les matins pour déposer le courrier.

— Toutes les propriétés du voisinage ont un nom. La nôtre est une des plus grandes, et c'est la seule à ne pas en avoir.

Frizzie, le grand maître des lieux, prenait décidément très au sérieux son nouveau rôle.

— Frederick a raison, intervint Ana Maria, toutes les *fincas* ont un nom.

À peine mariée et déjà entièrement soumise à son mari ! Si c'était là sa contribution au dialogue… Au moins, elle ne l'appelait pas Frizzie ! Je levai les yeux au ciel, fis descendre mon irritation avec une gorgée de vin et me désintéressai de la conversation.

— On pourrait choisir un nom tous ensemble puisqu'on est réunis. Ce serait sympa, insista Frederick.

Svenja pouffa. Elle regarda alternativement ma mère et Markus, les yeux brillants.

— Ça ne vous rappelle rien ? gloussa-t-elle.

Ses lèvres qui tremblotaient annonçaient le fou rire. Eival fronça les sourcils, sur ses gardes. Il avait appris à se méfier des coups d'éclat de Svenja et il était visiblement inquiet de ce que sa femme allait sortir.

Almah éclata de rire, suivie par Markus.

— *Les Dessous de Sosúa*, explosa Svenja ; non, trop d'allitérations ! minauda-t-elle en roulant des yeux sous le regard médusé des autres.

— *La Vie intime de Sosúa*, commérages en tous genres, ajouta Almah prise d'un fou rire incontrôlable.

— Tu veux faire un carnet mondain peut-être ? rétorqua Svenja en levant les yeux au ciel avec affectation.

Leurs répliques parfaitement huilées restaient absconses. Elles en pleuraient. Ma mère essayait en vain de reprendre son sérieux.

— Excusez-moi, c'est… c'est… le vin !

— *Le Batey cancan*, renchérit Svenja, déclenchant une nouvelle salve de rires.

— C'est comme ça que nous avons trouvé le nom du journal, expliqua Markus en balayant la tablée du regard. À l'issue d'une réunion créative et démocratique. Nous avions même voté.

Il riait lui aussi de bon cœur en regardant alternativement Svenja et ma mère. Je compris qu'entre ces trois-là il existait une fraternité, une complicité qui n'appartenait qu'à eux. Ils étaient les derniers témoins des premières heures du kibboutz avorté de Sosúa.

— Moi je trouve que c'est une bonne idée de trouver un nom à la *finca* !

Ana Maria, qui n'avait rien compris, revenait au secours de son mari.

— Pourquoi pas *Esther*, tenta Myriam qui jusque-là était restée silencieuse. C'était le prénom de ma mère.

— *Santa Clara* ou *San Felipe*, c'est joli, osa Ana Maria.

— Pas de noms de saints ! Nous sommes juifs ! éructa Svenja d'une grosse voix à l'accent allemand.

— De grâce, ne fais pas ton Schlesinger ! pouffa Almah.

C'était reparti. Le fou rire les reprit, irrépressible.

— *Libertad !* proposa Marisol.

— Pour qu'on nous prenne pour des anarchistes ! tempéra Markus. Et toi, Ruthie, tu n'as pas une proposition ?

— *Anacaona* ou *Caonabo*, lâchai-je de mauvaise grâce.

C'étaient les premiers noms qui m'étaient venus spontanément à l'esprit.

— Ah non, Ruthie, tu ne vas pas t'y mettre toi aussi, rugit Svenja en rigolant. À chaque fois qu'on parlera de la *finca Anacaona*, on te verra dans ton rôle de soldat-chien ficelé dans son armure en carton ! Tu te souviens ?

— Qui ne s'en souvient pas ! intervint Markus. Une prestation digne d'un Golden Globe !

Je rougis. J'avais beau ne pas vouloir entrer dans leur jeu, je me sentais dépassée par tous ces souvenirs.

— *Hacienda Don Diego de la Vega, hacienda Zorro*, hurla triomphalement Nathan, qui s'était manifestement creusé la cervelle pour briller à son tour.

— On n'est pas au Mexique, mon chéri, lui fit remarquer sa mère.

— Avec toutes vos propositions farfelues, on n'arrive à rien, grommela Frederick, vexé de se faire voler la vedette.

Mon frère avait-il déposé tout son sens de l'humour dans la corbeille de mariage ? Quel bonnet de nuit ! Soudain, la voix caressante de ma mère s'éleva.

— *Polka* ! C'est ainsi que nous devrions appeler la *finca*. *Polka*, répéta-t-elle en roulant doucement les deux syllabes dans sa bouche, c'est joyeux, ça sonne bien. C'est le nom de ma jument, qui ne va pas tarder à rendre l'âme, chère vieille bête. C'est un cadeau de Wil, tout comme cette propriété.

Le silence se fit. Soudain le fantôme de mon père était parmi nous. Son visage serein, sa calme assurance, son sourire généreux. Markus regardait Almah dont les yeux brillaient. Je vis à la façon dont il avala sa salive qu'il était terriblement ému. Svenja aussi. Quant à Myriam, elle avait les larmes aux yeux.

— *Polka* ! Tu as trouvé, maman.

La voix de Frederick était grave, solennelle.

— Oui, c'est ainsi que nous allons baptiser la *finca*, décida-t-il. Et portons un toast au souvenir de papa qui est toujours présent parmi nous. À Wil !

Mon frère leva son verre. Nous l'imitâmes tous.

Un ange passa.

Comme pour *La Voix de Sosúa*, c'était Almah qui avait eu le dernier mot.

*

Plus tard ce soir-là, Frizzie vint me rejoindre sur la butte où je m'étais assise pour m'isoler. Il se laissa tomber à côté de moi dans l'herbe. Il posa devant nous les deux verres de vin qu'il avait apportés et entoura mes épaules de son bras.

— Rien n'a changé Ruthie, elles sont toujours là, murmura-t-il.

Le nez au ciel, je regardais mes étoiles, les trois points brillants de la ceinture d'Orion, les étoiles jumelles de mes parents, et la mienne, l'étoile de Ruthie. La nuit était douce, une cape de velours noire rehaussée de strass.

— Oh si, tout a changé. Tu as une femme maintenant. Bientôt, tu auras des enfants. Papa n'est plus là et maman reste seule. Et moi je vis à New York. Alors tu vois bien que tout a changé.

— C'est difficile de grandir, Ruthie. Nous sommes des adultes maintenant. Mais je serai toujours là pour toi, tu seras toujours ma petite sœur, ma petite Ruthie, quoi qu'il arrive. Tu le sais, n'est-ce pas ?

Je posai ma tête au creux de l'épaule de mon frère et nous bûmes notre verre de vin en silence, enlacés sous le sourire des étoiles.

*

J'avais encore sept semaines à m'ennuyer à Sosúa. Frizzie et Ana Maria étaient partis en voyage de noces. Ils avaient choisi l'Italie, Venise et ses gondoles, Florence et son Ponte Vecchio, Capri et ses rochers. Rien de très original.

Maman et Svenja étaient tout occupées l'une de l'autre, Myriam et Marisol s'amusaient avec Nathan. Aaron était déjà reparti en promettant de dessiner le porche que Frederick voulait faire élever à l'entrée de la *finca*. Et moi j'étais seule.

C'est alors qu'Eival, qui n'avait pris que quelques jours de vacances pour assister au mariage, me fit une proposition. Sans réfléchir et sur un coup de tête j'acceptai. Le temps de jeter quelques vêtements dans un sac et je me retrouvai dans un avion.

34

Un cadeau du ciel

Juillet 1963

— Et zut !

Arturo pestait. Il venait de se tordre la cheville en butant sur une souche recouverte de mousse. Son sac pesait un âne mort sur son dos. Ça commençait mal. Il était hors d'haleine. La faute à cette maudite habitude qu'il avait de fumer. Il essuya d'un revers de la main son front baigné de sueur. Non seulement il n'avait pas une constitution sportive, mais il était peu adepte de l'effort physique et peu endurant. Qu'est-ce qui lui avait pris d'accepter de les suivre ?

— Je jure devant Dieu tout-puissant que je ne ferai jamais plus de randonnée, grommela-t-il entre ses dents. Une chose est sûre, ils iront sans moi au mont Cat and Thomas.

Il était dans une espèce de clairière, sur un faux plat. On n'entendait rien hormis le chant des oiseaux, un papillon, frêle silhouette gracile, s'envola d'un buisson.

Arturo s'assit sur un des rochers qui saillaient dangereusement du sentier de montagne, à l'ombre d'un arbre majestueux, et se délesta de son sac bourré de sandwichs, de barres chocolatées, d'une paire de jumelles et d'un tas d'autres choses parfaitement inutiles en se disant qu'il aimerait rester là. Il se déchaussa avec précaution, enleva sa chaussette et examina sa cheville. Rien. Il massa son articulation douloureuse. Il ne manquerait plus qu'il se fasse une entorse. Ses vacances seraient gâchées.

Ils lui avaient assuré que la randonnée était facile, quinze kilomètres aller-retour pas plus, que la montée était aisée, qu'ils l'attendraient. Eh bien, c'était faux. La pente était raide, le sentier étroit et escarpé, semé d'embûches, et il ne voyait même plus ses compagnons tant ils avaient pris de l'avance. Arturo dénoua le cordon de son sac à dos et sortit sa gourde. Il but à longs traits. Un goût de métal tiède dans sa bouche. L'eau n'était plus fraîche. Il n'avait plus qu'à espérer que la vue au sommet serait aussi belle qu'on le lui avait promis, ce qui était le cas s'il se fiait à ses souvenirs de l'année précédente.

Cela le ramena à Ruth. Il n'arrêtait pas de penser à elle. Elle lui manquait. Elle devait se prélasser en bikini sur une plage de sable blanc, faire des châteaux de sable avec Nathan, ramasser des coquillages de lambis échoués sur la grève. À cette seconde, il aurait tout donné pour se trouver à côté d'elle. Il la prendrait par la main et ils courraient dans les vagues, faisant jaillir des gerbes d'eau tiède et s'éclaboussant comme des enfants.

Une bouffée de honte l'envahit.

Il lui avait menti. Ruth ne méritait pas ça. C'était l'amie la plus loyale, la plus fidèle, la plus tendre, la plus dévouée qu'il pouvait rêver. Comme une sœur. Mieux qu'une sœur. Elle était comme sa moitié, une partie de lui-même désormais. Le destin avait mis sur son chemin ce cadeau du ciel et il l'avait gâché. À la pensée de la place que Ruth occupait dans sa vie, l'émotion l'envahit. Il se dit qu'il n'était pas digne de cette amitié, une relation dans laquelle il n'y avait jamais eu la moindre ombre.

C'était la première fois depuis qu'il avait fait sa connaissance, presque deux ans auparavant, qu'il lui mentait. Il l'avait bel et bien trahie. Il savait pertinemment que ce mensonge entacherait à jamais leur amitié. Il le porterait comme un lourd secret, un de plus. Il se demanda si le lui confesser changerait quelque chose. Faute avouée est à moitié pardonnée. À moitié seulement. En aurait-il seulement le courage ?

Arturo se rechaussa avec précaution. Il se releva et, le cœur lourd, reprit l'ascension abrupte du Mount Prospect, accompagné par le craquement du bois sec sous ses chaussures de marche qui pesaient une tonne. Une heure plus tard, il arrivait en vue du sommet. De loin lui parvenaient les exhortations joyeuses de ses compagnons qui l'encourageaient. Encore quelques centaines de mètres. Quand il releva la tête, il vit son ami agiter joyeusement le bras dans sa direction.

35

Aucune fausse note

Juillet 1963

J'étirai mes jambes, appréciant le confort de la première classe, un cadeau de Svenja. À côté de moi, Eival était plongé dans l'édition hébraïque du *Haaretz*. Selon lui, le flambeau de la gauche israélienne. Je considérai une seconde le quotidien israélien et me dis que j'allais devoir affronter une culture qui m'était totalement étrangère. J'espérais que le vol transatlantique serait l'occasion de faire plus ample connaissance avec Eival. Jusqu'au mariage de Frederick, je ne connaissais le mari de Svenja que sur papier glacé.

Ce fut un vol plein de confidences. Eival me raconta avec humour et une tendresse émue sa rencontre avec Svenja à Barkai, comment il avait dompté la lionne et leurs premières années dans l'euphorie du kibboutz. Je le bombardai de questions sur Israël, la création du pays, la vie sur place. C'était une année calme en Israël, la jeune nation s'en sortait bien. Pas de remous politiques, si ce n'est que le « fils du lion », Ben Gourion, le père de la nation, avait raccroché les gants, pour « raisons personnelles ». Il avait choisi Levi Eshkol comme successeur. C'était de bon augure selon Eival. Le nouveau Premier ministre s'engageait à mettre en place un système de distribution d'eau à l'échelle nationale et il était partisan d'une forte ouverture à l'international, promettant d'établir des relations diplomatiques avec de nombreux pays qui, comme l'Allemagne de l'Ouest, étaient encore frileux dans leurs relations avec le jeune État.

Eival m'expliqua qu'il avait abandonné l'exercice de la médecine pour un poste au sein de la Commission nationale de la Santé. Il était chargé de la définition et de la coordination des programmes d'études et des diplômes, des accords et des échanges avec les universités étrangères, le but avoué étant de faire de la médecine israélienne une médecine d'excellence. Parfois il avait des regrets, surtout quand il voyait l'état sanitaire de certaines régions. Je songeai à mon île et au pays voisin, Haïti, lui pensait à la Palestine. Almah lui avait parlé de son projet de fondation médicale où elle ferait intervenir des médecins étrangers. J'écarquillai de grands yeux. Première nouvelle. Décidément ma mère m'étonnerait toujours.

Eival me parla longuement du Hashomer Hatzaïr, un mouvement de jeunesse socialiste et sioniste, né en Autriche au début du siècle, qui avait pour credo l'amitié entre les peuples. Le mouvement œuvrait en marge du parti politique éponyme pour créer des kibboutzim et recruter de jeunes pionniers pour les peupler.

Je passai deux jours à Jérusalem, le temps pour Eival de régler toutes les formalités. J'en profitai pour visiter la vieille ville. J'écrivis à ma mère. « C'est une sensation étrange. Je me sens en harmonie. Aucune fausse note, aucune distorsion. Je retrouve ici un peu de l'énergie new-yorkaise en plus chaleureux, plus joyeux, et sous le soleil. On sent que tout est à faire… Les hassidiques de Méa Shéarim rappellent ceux de Brooklyn, mais à Crown Heights, ils sont moins orthodoxes. Leurs règles sont ici si strictes que je me suis sentie déplacée dans ce quartier… »

Au matin du troisième jour, Eival me conduisit à la gare routière de Jérusalem. Quelqu'un m'attendrait à l'arrivée du car.

36

Shalom amigo

Juillet 1963

Mon très cher Arturo,

Les choses vont si vite que j'ai de la peine à réaliser ce qui m'arrive.
J'ai accepté une proposition d'Eival, le mari de ma marraine, et me voilà à Shaar-Haamakim !
Que diablo es eso ????
Figure-toi que Shaar-Haamakim est un kibboutz qui se trouve au nord de Tel-Aviv, pas très loin de la côte et du port de Haïfa.
Tout s'est décidé très vite et je n'ai pas eu le temps de réfléchir. Je m'ennuyais à mourir, seule à Sosúa, c'était pathétique. Alors qu'ici l'ennui n'est pas à l'ordre du jour.
Me voilà donc kibboutznik parmi les kibboutznik. Tu ne me reconnaîtrais pas. Je porte l'uniforme : un short kaki avec une chemise assortie et des

sandales de cuir. Pas de jupe, pas de maquillage, tabous et trop bourgeois !
Nous dormons tous ensemble, filles d'un côté, garçons de l'autre, dans un dortoir qui a tout d'une cabane. J'ai été affectée au travail des champs, plus exactement à la récolte des fruits, pommes, pêches et poires. Il y a ici des légumes et des fruits que nous ne connaissons pas, comme de longs haricots appelés « loubia », des figues vertes, des nèfles, des mûres, des mangues aussi, mais bien moins bonnes que les nôtres. Les autres activités sont une usine de chauffe-eau solaires et un moulin à blé.
Mon travail est éreintant, huit heures par jour sous le soleil. Je me lève à 4 heures du matin, j'ai droit à un bout de pain avant de partir au verger avec mes camarades. Vers 7 heures, j'avale à la va-vite tomates, concombres, oignons, pain, beurre, œufs durs et fruits, c'est le petit déjeuner traditionnel en Israël, et retour au travail. La cueillette se termine à midi. Ensuite nous avons une pause de trente minutes, pour le déjeuner. Nous prenons nos repas tous ensemble dans la salle à manger communautaire. C'est gai et bruyant comme une cantine universitaire. Nous avons ensuite droit à quelques heures de repos (dont je profite pour faire mon courrier), puis nous assistons à des conférences sur le sionisme, l'histoire d'Israël et la vie au kibboutz.
Je dois te confesser que c'est un rythme dur pour moi qui n'ai connu que le confort d'une vie

douillette et ça laisse très peu de place à la vie personnelle.

J'aurais préféré travailler avec les enfants, mais je n'ai pas les compétences requises et surtout je ne parle pas hébreu. Ici les enfants sont élevés en collectivité, loin de leurs parents. Ils dorment tous ensemble dans la Maison des enfants, les parents n'ont droit qu'à deux heures d'intimité avec eux. Ça me paraît très cruel mais les petits n'ont pas l'air malheureux, les parents non plus d'ailleurs. C'est donc une routine presque militaire qui règne ici, avec des conditions d'existence spartiates, mais c'est la norme pour les trois cent soixante membres qui vivent de façon complètement collectiviste. Shaar-Haamakim n'est pas religieux. Ses fondateurs sont tous membres de l'Hashomer Hatzaïr et le kibboutz appartenait à l'origine au parti politique Mapam qui était communiste (certains anciens vouent encore un culte à Staline malgré ce qu'on sait de lui aujourd'hui !). Il règne donc ici une idéologie très socialiste. Les décisions sont votées dans une assemblée générale qui gère le kibboutz et tous les membres sont égaux en tout, personne ne touche de salaire et chacun est pris en charge par la collectivité.
C'est Eival qui a choisi pour moi Shaar-Haamakim, car Albert Ely, le responsable du programme de volontariat, est un de ses amis, et on accueille ici des jeunes bénévoles américains. Il y a aussi quelques Français. Surtout des étudiants, et pas

un Dominicain à l'horizon comme tu peux t'en douter ! Je fais figure d'exception.
Je me suis fait un ami, Bernard Sanders. Oh, rassure-toi, rien que de très platonique ! Bernie est un type formidable. Nous avons le même âge, en fait il a exactement un an de moins que moi, à un mois près, mais il est tellement plus mûr qu'à côté de lui je me sens une gamine. Autre coïncidence, il est de Brooklyn. Il étudie les sciences politiques à l'université de Chicago. Il n'est pas ici pas hasard comme moi, mais par conviction. Il est très engagé politiquement, il milite activement pour les droits civiques et contre la guerre du Viêtnam. Il m'a raconté qu'il a déjà mobilisé plus de deux cents étudiants pour un sit-in contre son université qui interdit aux étudiants noirs et aux étudiants blancs de loger dans les mêmes bâtiments du campus. Et il a eu gain de cause. Parmi nous, il fait figure d'ancien car il est là depuis plusieurs semaines. J'ai avec lui des conversations passionnantes, il m'apprend beaucoup et m'aide à mieux comprendre les enjeux politiques.
Notre emploi du temps est réglé comme du papier à musique, ça te plairait !!! Ainsi, le mardi, c'est la soirée de la culture, et il y a des projections de films ou des représentations théâtrales. Ici on ne danse pas le rock and roll et aucune danse de couple. Trop bourgeois ! J'ai appris quelques rondes et des danses plus ou moins folkloriques que l'on exécute tous ensemble sur des musiques israéliennes. C'est joyeux mais un peu vieillot.

Je prends aussi des cours de chant. Je ne crois pas que ça me servira à grand-chose, mais je pourrai toujours t'accompagner en vocalisant quand tu seras au piano !
Finalement, cela ressemble à un camp de vacances un peu strict. Mais l'important, c'est que j'apprends ici énormément de choses, surtout d'un point de vue politique, et que je découvre de nouvelles valeurs. On peut très bien vivre et même mieux, en dehors du capitalisme des États-Unis. Ici, la consommation, la mode, ça n'existe pas. On développe d'autres valeurs autrement plus consistantes. La devise « De chacun selon ses moyens, à chacun selon ses besoins » m'inspire un grand respect. Nous devrions réfléchir à ça.
Notre programme de bénévolat commence par un mois de travail et se termine par une semaine de randonnée dans les environs. J'ai hâte d'en profiter. Bernie, lui, a l'intention de prolonger son séjour. Il sera probablement affecté à l'étable ou à la pêche.
Tu te demandes si je vais rester ? Moi aussi je me suis posé la question. Mais je ne peux pas si je ne veux pas rater la rentrée universitaire. Je dois terminer mes études. Je serai donc de retour autour du 22 août.
Arturo, tu trouveras sans doute cette lettre un peu décousue. Je te l'ai écrite en petits morceaux car je n'ai guère de temps à moi.
J'espère que tes vacances au cap Cod se sont bien passées, et que tu vas rentrer en grande forme à

New York. Pour moi, ce sont des vacances bien étranges comparées à celles de l'année dernière, et la Ruth que tu vas retrouver sera sans doute bien différente de celle que tu as quittée.
Je joins à ma lettre une photographie du groupe des bénévoles. Tu vois, nous sommes une belle bande de copains.

Je t'embrasse très fort,
Shalom amigo, *Ruthie*

La photographie que Ruth avait envoyée à Arturo n'était pas très différente de celle de Barkai que Svenja avait envoyée à Almah bien des années auparavant.

Ce que Ruth ne disait pas dans sa lettre, c'était à quel point elle était bouleversée au plus profond de son être car, à nouveau, elle avait l'impression de mettre ses pas dans ceux de ses parents. Elle était intimement convaincue qu'elle entrevoyait ce qu'avaient été leurs premiers jours à Sosúa. Il lui semblait qu'elle comprenait un peu mieux son père, sa mère, Svenja, Mirawek, Markus et qu'elle se rapprochait d'eux.

Et puis, il y avait son amitié avec Bernie. Entre eux les choses étaient claires, il n'y avait aucune ambiguïté dans leur relation. Elle admirait sa maturité, c'était indéniablement un homme fort, un meneur, peut-être même un futur leader. Dans l'ambiance stimulante du kibboutz, il l'aidait à forger sa conscience politique émergente, à affermir ses convictions. Il partageait beaucoup de choses avec elle, non seulement leur origine et une histoire familiale chahutée, mais aussi la volonté de s'enraciner dans le pays que leurs parents avaient choisi pour eux. Ruth ne mesurerait que plus tard à quel point ces quelques semaines à Shaar-Haamakim l'avaient aidée à grandir et à mûrir. Pour l'heure, elle sentait seulement qu'elle était en train de changer.

37

Un luxe de détails

25 août 1963

Aussitôt rentrée d'Israël, faisant fi du décalage horaire et de sa fatigue, Ruth appela Arturo.

— Je t'offre un sundae chez Mister Softee ?

Ils s'étaient retrouvés en fin d'après-midi devant le camion du glacier ambulant qui stationnait à l'entrée de Prospect Park. C'était une de ces magnifiques journées de fin d'été comme New York en a le secret, ciel azur, couleurs chaudes, air tiède et caressant, senteurs marines. Assis côte à côte sur un banc, face au grand étang, le nez dans leur gobelet, ils se réapprivoisaient après cet été passé loin l'un de l'autre.

— Ma parole, tu as pris de faux airs de Mahler !

Arturo avait changé. Il arborait de nouvelles lunettes, fines, rondes et cerclées d'acier, qui lui donnaient une allure d'intellectuel, et son épaisse tignasse brune qui bouclait tout autour de sa tête rebiquait sur sa nuque.

— Si seulement je pouvais avoir aussi une once de son talent ! acquiesça-t-il en souriant. Alors, tu aimes mon nouveau look ?

Ruth le détailla. Il n'y avait pas que ses cheveux longs et ses lunettes. Il y avait aussi chez son ami quelque chose d'imperceptible, une espèce d'assurance nouvelle, une plénitude, une aisance qui ne ressemblait pas à l'Arturo d'avant les vacances. Lui était-il arrivé quelque chose durant cet été ? Avait-il pris des décisions importantes, rencontré des personnes différentes ? Ruth ne le questionna pas. Il valait mieux le laisser venir, son ami lui ferait ses confidences en temps voulu.

Volubile, Arturo lui racontait ses vacances avec un luxe de détails qui fleurait le mensonge. Tout à son plaisir de le retrouver, Ruth ne s'en rendait pas compte. Pour l'heure, elle l'écoutait patiemment. Quand il fut à court d'inspiration, il s'intéressa à elle.

— Mais je parle, je parle… Tu as bien plus de choses que moi à raconter.

Ça oui, elle en avait des choses à lui confier. Leurs confidences se prolongèrent tard dans la soirée. Ruth avait l'impression d'avoir vécu en deux mois plus qu'en deux ans à New York. Elle s'était mise à l'épreuve, elle avait mûri et affirmé sa personnalité.

38

Un combat planétaire

26 août 1963

Vêtue d'un short en toile et d'un polo, Ruth était en train de trier ses vêtements, entre placard et bac à linge. Nathan, excité comme une puce, tournicotait autour d'elle. Il l'abreuvait d'anecdotes sur ses semaines de plage et de mer et ne la laissait pas placer un mot. Un vrai moulin à paroles. C'était tant mieux, car il n'aurait rien compris à ses histoires de kibboutz. C'était une expérience très personnelle et, pour l'instant, elle en savourait les souvenirs encore tout chauds.

— Ruthie, téléphone !

La voix de Myriam lui parvint du rez-de-chaussée. Ruth descendit les marches au grand galop.

— C'est Arturo ? demanda-t-elle un sourire aux lèvres en prenant le combiné posé sur la console de l'entrée.

Une tasse de café à la main, Myriam secoua la tête. « Un garçon », articula-t-elle silencieusement. Ruth fronça les sourcils.

— Allô !

— Ruth ? C'est Bernie !

— Oh, Bernie, quelle bonne surprise ! Tu es bien rentré ?

Ils avaient fait le voyage du retour à quelques jours d'intervalle. Ruth était contente de l'entendre.

— Oui très bien. Ça va être une rentrée sur les chapeaux de roues… Ça te dirait de m'accompagner à Washington ?

— Washington ? Mais pourquoi donc ?

— Je pars avec un groupe d'étudiants. On participe à la Marche pour les droits civiques[1]. Pour soutenir le projet de loi de Kennedy. Luther King doit prendre la parole. J'ai pensé que tu serais contente d'être des nôtres.

Ruth resta un instant silencieuse. Ses mois de stage au *New York Times*, ses semaines de kibboutz, les discussions sur le campus et les engagements politiques des uns et des autres avaient fini par la persuader que la voie qu'elle avait choisie, celle du journalisme, était la bonne. Non seulement elle soutenait les idées du projet de loi sur les droits civiques, mais elle pourrait peut-être envoyer un article à Markus. Et puis Bernie la fascinait, il forçait l'admiration.

— Ruth, tu es toujours là ?

— Oui je suis là. Je réfléchissais, c'est tout. Je ne suis pas américaine, tu crois que…

— C'est un combat planétaire et il te concerne aussi. Américaine ou pas, c'est l'occasion de défendre tes convictions et de faire entendre ta voix.

1. *March on Washington for Jobs and Freedom.*

Bernie avait raison. Les Dominicains, comme tous les Hispaniques, étaient victimes du racisme ordinaire. Ruth et Arturo étaient à peu près épargnés grâce à la couleur de leur peau, mais ils étaient tout à fait conscients de l'ostracisme qui frappait la plupart de leurs concitoyens de couleur.

— Je peux venir avec un ami ? Il est dominicain lui aussi.

— Pas de problème. Je vous compte parmi nous. Je te rappellerai demain pour les détails logistiques.

Dès qu'elle eut raccroché, Ruth appela Arturo. Lui qui jouait volontiers les artistes ne s'impliquait pas dans l'action politique et le militantisme lui était totalement étranger. Pourtant il accepta avec enthousiasme la proposition de Ruth. Il y voyait un moyen de renouer leur relation qu'il croyait à tort distendue à cause de leurs étés si différents et de ce mensonge qui lui empoisonnait le cœur et dont Ruth ignorait tout.

39

I have a dream

28 août 1963

Le mercredi 28 août la capitale américaine était en état de siège. Après une courte nuit à tenter de somnoler dans un bus vétuste et bringuebalant, Ruth et Arturo se retrouvèrent noyés dans la marée humaine qui ondulait à perte de vue entre le Washington Monument et le Lincoln Memorial dont les abords étaient complètement congestionnés. Toutes les rues adjacentes n'étaient que foule compacte en mouvement. Au-dessus de leurs têtes, c'était un raz de marée de pancartes brandies par les marcheurs qui revendiquaient la liberté promise un siècle plus tôt, des logements décents, l'égalité des droits, l'accès aux écoles publiques sans discrimination, le droit de vote…

En réalité, Ruth et Arturo, pas plus que les autres, ne pouvaient avancer tant la cohue était dense sur le National Mall. Main dans la main, coincés sur le côté droit de la pelouse qui encadrait le bassin, ils tentaient de ne pas perdre de vue les membres de leur groupe. Ils avaient épinglé sur leur poitrine les badges en carton ronds – « *March on Washington for Jobs and Freedom, wed. Aug. 28* », où une main noire et une main blanche se serraient vigoureusement – que Bernie avait distribués. Ballottés par les flux et les reflux des mouvements de foule, ils brandissaient chacun un écriteau maintenu sur un manche en bois, de grandes lettres noires sur fond blanc, préparé à l'avance par les organisateurs. Celui de Ruth disait « vivre et travailler ensemble », Arturo avait tenu à celui qui demandait la « fin des préjugés et des préférences ».

Ils étaient trois cent mille au bas mot. Une écrasante majorité de Noirs, beaucoup de jeunes et d'étudiants. Devant eux un prêtre en soutane tenait par la main deux gamins noirs, plus loin un couple mixte affichait crânement son intimité, ici et là des hommes bien mis, en costume strict, chemise blanche et nœud papillon, battaient le pavé en attendant les discours. Il y avait des mamans accompagnées de jeunes enfants, des hommes dans la force de l'âge, des vieillards un peu chancelants sous le soleil qui tapait dur. Il y avait des syndicalistes à l'allure martiale, des religieux, prêtres, pasteurs, rabbins, de jeunes mères portant des bébés, des policiers éparpillés dans la foule ; plus étonnant, des jeunes gens, filles et garçons très Wasp. Beaucoup portaient des lunettes de soleil, des chapeaux, des casquettes. Certains avaient confectionné de petits calots de papier comme en portent les cuisiniers des *diners*, avec le slogan « liberté maintenant ». Une pensée traversa la tête de Ruth et elle sourit. C'était un véritable *volapük*, un terme qu'affectionnait Markus. Des fontaines à eau et des toilettes de campagne avaient été installées un peu partout. Il faisait chaud. Des petits malins étaient grimpés dans les arbres pour jouir d'un meilleur point de vue.

L'ambiance était bon enfant, une communion pacifique. On était là parce qu'on partageait une vision commune de l'avenir de l'Amérique. King et les autres leaders de la Marche ne voulaient pas tomber dans la désobéissance civile pronée par les mouvements radicaux.

De temps à autre, Ruth se haussait sur la pointe des pieds, se dévissant le cou pour tenter d'apercevoir quelque chose. Arturo lui proposa de la porter sur ses épaules. Elle refusa. Cela ne servirait à rien qu'à les faire remarquer. De toute façon, de là où ils étaient, on distinguait à peine la tribune officielle, minuscule au pied du Lincoln Memorial. Face à elle, des rangées de chaises étaient réservées aux officiels représentant les églises, les syndicats, les associations. Quelque part là-bas, Luther King et sa garde rapprochée étaient arrivés après avoir mené le cortège. Ce serait LA photographie à la une des quotidiens du lendemain.

*

Il y eut des prises de parole et des discours. Les interventions des *Big Six*[1] étaient programmées. Vaincus

1. Les dirigeants des organisations des droits civiques, d'un syndicat et des religions catholique, protestante et israélite.

par la chaleur, Ruth et Arturo, assis sur le rebord du bassin, faisaient tremper leurs pieds échauffés dans l'eau fraîche. Bientôt il n'y eut plus un espace libre sur le pourtour du bassin.

Venue spécialement de France, son pays d'adoption, Joséphine Baker, solennelle dans son uniforme des Forces françaises libres, croix de guerre et Légion d'honneur épinglées sur la poitrine, s'exprima pendant plus d'un quart d'heure. Elle parla de son enfance dans le Missouri. Elle évoqua les émeutes de juillet 1917 à East Saint Louis, dans l'Illinois, dont le véritable bilan humain n'avait jamais été officialisé, les policiers de la garde nationale qui s'étaient joints aux émeutiers, les lynchages et les meurtres, dont celui d'une femme noire par un groupe de Blanches.

— On est loin de la danseuse vêtue d'une ceinture de bananes et d'un sautoir de perles, glissa Arturo goguenard à Ruth.

— Ce n'est ni le moment ni l'endroit pour plaisanter, répondit-elle en lui lançant un coup de coude sec dans les côtes.

Un sentiment nouveau l'envahissait. Elle avait craint de se sentir exaltée, excitée. Or elle ressentait une ferveur apaisée, elle avait l'impression d'être au bon endroit au bon moment. Elle participait à un combat qu'aurait approuvé son père, elle était comme sa mère, rebelle à juste titre, sans excès.

La danseuse évoqua Rosa Parks, jetée en prison pour avoir refusé de s'asseoir au fond d'un bus. Elle parla de son départ pour la France. De cette nouvelle liberté, là-bas, de pouvoir entrer dans un bar, prendre un autobus ou commander un repas dans un restaurant sans craindre insultes et mépris. « Dans ce pays, je n'ai jamais eu peur. » Elle conclut en souhaitant à tous de jouir bientôt de ces libertés sans avoir besoin de s'expatrier comme elle avait dû le faire.

Burt Lancaster, étroitement surveillé par le FBI en raison de son opposition au maccarthysme, de ses positions de gauche et de son soutien au Mouvement des droits civiques, avait lui aussi tenu à être présent. Il avait interrompu un tournage en France pour apporter une pétition signée par mille cinq cents Américains vivant à Paris. Il lut une déclaration dans laquelle il témoignait à titre personnel de la mauvaise image que devaient affronter les Américains vivant à l'étranger.

Il y eut des intermèdes musicaux.

La voix nasale de Bob Dylan vibra dans les haut-parleurs. Chemise ouverte et grattant sa guitare en bandoulière, il crachota dans les micros *Only a Pawn in Their Game*, dénonçant la haine raciale et le meurtre, et *When the Ship Comes In*, une chanson poétique, pleine de symboles et d'espoir. Joan Baez prit le relais. Il y eut la voix, profonde et puissante, d'Odetta Holmes, « la voix du Mouvement des droits civiques », une chanteuse noire de blues et de spirituals que Ruth ne connaissait pas. Elle se promit de se procurer ses disques. Malgré les tentatives d'Arturo pour la dérider, elle gardait le sérieux d'un pape, filmant sans répit avec la Kodak Brownie empruntée aux Ginsberg. Quand elle fut à cours de pellicule, elle se mit à mitrailler la foule avec son appareil photo.

*

« *Ladies and gentlemen, your attention please.* »

Un grand silence se fit.

C'était le moment tant attendu. Quand la voix grave du pasteur King résonna dans les énormes haut-parleurs fixés en hauteur sur des tubulures d'acier, Ruth serra fort la main d'Arturo. Portée par la fièvre collective, elle ne put retenir quelques larmes. C'était impressionnant et très émouvant, cette immense foule muette, suspendue à la voix d'un seul homme qui martelait la phrase qui passerait à la postérité. Il mêlait habilement les allusions politiques et religieuses, émaillait son discours de citations soigneusement choisies. Il conclut et ce fut une apothéose. « Enfin libres ! Enfin libres ! Dieu Tout-Puissant merci, nous sommes enfin libres ! »

Dans le bus qui les ramenait à New York, Bernie exultait. Aucun dérapage, aucune violence. La Marche avait été exemplaire. Un véritable succès, un triomphe même. Plus que ça, elle marquerait l'histoire des États-Unis. Ce en quoi il ne se trompait pas. Cette journée avait fait le lit du vote du *Civil Rights Act* qui se déroulerait l'année suivante et de celui du *Voting Rights Act*, encore un an plus tard, deux avancées majeures dans la Constitution américaine.

I have a dream.

C'était une simple phrase.

Elle devait inscrire à jamais Martin Luther King « parmi les hommes qui ont façonné l'Amérique moderne ».

À la suite de la Marche, King fut distingué personnalité de l'année 1963 par le magazine *Time*. En fin d'année suivante, à trente-cinq ans, il serait le plus jeune prix Nobel de la paix. Bien plus tard, le troisième lundi du mois de janvier deviendrait un jour férié aux États-Unis, commémorant sa date de sa naissance, et son discours, considéré comme l'un des plus importants du XXe siècle, serait étudié par les collégiens du monde entier.

La Marche et les discours furent largement couverts par les médias américains et internationaux. Ruth se félicitait d'avoir assisté à ce moment historique, et elle suivit le parcours du pasteur King avec une attention toute particulière. Elle fut déçue que ses clichés ne soient pas retenus par la rédaction du *Times*. Des journalistes envoyés sur place et équipés de matériel professionnel en avaient fait de bien meilleurs. En revanche, Markus les publia dans *La Voix de Sosúa*.

Almah lui envoya un Télex.

Un simple mot : « Bravo. »

40

Welcome to Zihuatanejo

Septembre 1963

Quatre ans que je ne l'avais pas vue. Une chaleur lourde et compacte collait les vêtements à la peau. Épuisée, ventre crispé et cœur battant, je cherchais Liselotte du regard parmi la foule massée dans la gare routière de Zihuatanejo qui se résumait à une vaste esplanade accablée de soleil. Je venais de faire neuf heures de bus depuis Mexico après les cinq heures d'avion qui séparaient New York de la capitale mexicaine. J'avais affronté cet interminable voyage pour passer deux semaines avec mon amie d'enfance que je n'avais pas revue depuis ses dernières vacances à Sosúa.

Une main joyeuse s'agitait frénétiquement au-dessus de la foule. L'air comprimé dans ma cage thoracique s'échappa dans un grand soupir et je me sentis fondre. Lizzie. Enfin. Elle sautillait, comme montée sur des ressorts.

— Ruthie, Ruthie !

Les aigus de sa voix dominaient le brouhaha ambiant. Elle jouait des coudes pour se frayer un passage dans la cohue. Je titubai à sa rencontre, terrassée par l'émotion, la chaleur, la fatigue et le grouillement des voyageurs.

— Oh Ruthie, je suis si contente que tu sois enfin là !

Nous étions dans les bras l'une de l'autre, émues et follement heureuses de nous retrouver après ces longues années de séparation. J'eus cependant du mal à retrouver ma Lizzie dans la femme maigre et dépenaillée qui m'étreignait. Envolées les rondeurs adolescentes qui lui valaient des regards masculins flatteurs à Sosúa. Elle avait fondu. Pire, elle paraissait n'avoir plus que la peau sur les os. Elle portait une tunique indienne de coton blanc à manches courtes brodée de couleurs vives autour de l'encolure, avec un long sautoir en perles de verroterie multicolores, un jean pattes d'éléphant fatigué, un gros ceinturon à boucle de métal sur les hanches, des sandalettes en lanières de cuir brut. Une informe besace en daim frangée pendait à son épaule. De son improbable capeline s'échappaient deux longues tresses blondes joyeusement entrelacées de rubans de couleurs vives. D'énormes lunettes aux verres bleutés cachaient ses jolis yeux et lui mangeaient la moitié du visage. Elle avait bien changé et il me sembla qu'elle tirait une certaine vanité de son allure. Une pensée se faufila insidieusement dans ma tête : *Sacrée métamorphose !* Quant à moi, j'étais épuisée et je me sentais sale.

Au sortir de la gare routière, un souffle odorant nous enveloppa en une douce étreinte tropicale, une caresse parfumée de jasmin, d'iode et de fumets de viande grillée. Je retrouvais des sensations oubliées.

— *Welcome to Zihuatanejo*, Ruthie chérie, sourit Lizzie.

Excitée comme une puce, elle me bombardait d'informations et me harcelait de questions.

— Donne-moi des nouvelles du pays. Comment va New York ? Quoi de neuf à Sosúa ? Comment va Frizzie ? Ta mère ? Et Markus, toujours fidèle au poste ? Ce soir, on va à une fête, avec mes amis. Et l'université ? Tu peux pas savoir ce que je suis contente que tu sois là. Tu m'as tellement manqué. On va bien s'amuser…

Je douchai son enthousiasme mais j'étais littéralement essorée.

— Lizzie, je t'en prie, pour le moment je voudrais juste prendre une bonne douche, me changer et boire un café bien noir.

— Mais oui bien sûr, *pobrecita*, tu es crevée. Viens, dit-elle en me prenant la main.

Elle m'entraîna dans un dédale de venelles pavées. Au coin d'une ruelle poussiéreuse, nous grimpâmes dans un bus bringuebalant. À mes yeux, tout était nouveau. Les maisons basses chaulées aux toits de tuiles, les échoppes débordant de fruits et de légumes, les *cantinas* aux murs vivement colorés, les Indiens aux visages sombres et sévères, tout de blanc vêtus, coiffés de chapeaux de paille, un sac de toile jeté sur l'épaule, les longues nattes noires des femmes ondoyant au rythme de leurs pas au dos de blouses blanches aux manches brodées… Le Mexique était bien le pays de couleurs et de parfums que j'avais imaginé.

Le bus ahanait en montant poussivement la rue sous un soleil accablant. Malgré les fenêtres ouvertes, l'air épais comme un sirop ne circulait pas. Pourtant on sentait la mer tout près. J'étais en nage et tamponnais mon visage en sueur avec mon mouchoir. Au détour d'une rue, un éclat d'argent m'aveugla. Je l'aperçus. Étincelante, magnifique. Lizzie me fit signe de descendre. Je me faufilai entre les voyageurs en traînant mon sac et la suivis jusqu'à une placette pavée. Là, accoudées à un muret à l'à-pic d'une falaise rocheuse, nous restâmes silencieuses à jouir du spectacle. J'en avais le souffle coupé.

Nous surplombions une anse dominée par une falaise courbe de roche grise, avec une plage de sable doré en contrebas. La mer turquoise, frisée de vaguelettes, se diluait en un bleu profond au large. Quelques barques de bois colorées étaient tirées sur la plage. Suspendus aux branches basses des arbres, de lourds filets séchaient. On distinguait les petites silhouettes de pêcheurs assis sur le sable en train d'en ravauder. Quelques pélicans survolaient paresseusement ce décor idyllique, gros points noirs dans le ciel azur, piquant à la verticale dans la mer d'une plongée brusque pour harponner un poisson. Je me fis la réflexion que ce paysage avait des airs de Sosúa. Lizzie m'observait en plissant les yeux.

— Je sais ce que tu penses, me dit-elle avec un sourire complice. Pas la peine d'aller si loin pour se retrouver dans le même décor !

Lizzie savait faire ça, lire dans mes pensées. Elle n'avait pas perdu ce don. Je hochai la tête. *Tu as raison, c'est exactement ce que je pense.*

— Mais tu verras, ici tout est différent. Je partage une grande maison avec des copains. Il y a une chambre pour toi, il y a toujours une chambre pour les amis de passage.

Portant chacune une anse de mon sac de voyage, nous descendîmes une ruelle en pente. Nos pas s'accordaient. Les sandales de Lizzie claquaient sur les pavés si lisses qu'ils en paraissaient vernissés. À quelques pas de là, sur un arrière-fond d'éperons rocheux coiffés de collines, elle me désigna une masure bancale qui s'agrippait tant bien que mal à la déclivité du terrain. Ses murs orange vif tranchaient furieusement sur le vert tendre de la végétation. Un énergumène chevelu et barbu s'encadra dans le chambranle de la porte en bâillant. Pieds nus, il portait un caleçon et un débardeur défraîchi révélant des épaules et des bras noueux. Il venait manifestement de se réveiller. Lizzie déposa un baiser distrait sur ses lèvres.

— Jim, voilà Ruthie. Ruthie, Jim.

Elle passait de l'espagnol à l'anglais avec un naturel que je lui enviais. Jim me gratifia d'un hochement de tête. Un doux sourire illumina son visage mal rasé et plissa ses yeux bleus, et je me fis la réflexion qu'il aurait pu être beau s'il avait pris soin de lui.

— *Hi Ruthie !*

— *Hello Jim.*

Je lui avais tendu la main, bien trop cérémonieusement. Jim préféra me serrer contre sa poitrine en me tapotant le dos, une étreinte à l'américaine. Il ne sentait pas très bon.

— Tu as fait bon voyage ?

Sans me laisser le temps de répondre, Lizzie lui demanda :

— Les autres dorment encore ?

Jim marmonna une réponse qui pouvait aussi bien être un oui qu'un non et Lizzie m'entraîna à l'intérieur de la maison où régnait une pagaille indescriptible, un méli-mélo de meubles, de vêtements, de guitares, de bouteilles vides et de livres. Elle me montra ma chambre : un matelas jeté par terre, recouvert d'une couverture en laine à rayures orange et bleues et agrémenté de coussins assortis, une chaise de paille et un chevet bancal barbouillés de peinture bleue écaillée, avec, en guise de lampe de chevet, une bougie à moitié fondue plantée dans une bouteille de bière. Puis la salle de bains, une douche à même le sol de ciment brut, un simple tuyau métallique sans pommeau sortant du mur, un lavabo et un W.-C. Sommaire et en piteux état.

— Installe-toi, je te prépare une tasse de café. Ici on partage tout, ce n'est pas le grand luxe, mais tu verras, on est bien.

Je m'enfermai dans la salle de bains et fis ruisseler longtemps le maigre filet d'eau froide sur mon corps épuisé. Cela me fit du bien. Dépoussiérée et rafraîchie, j'enfilai un jean propre et un chemisier à manches courtes tandis que Lizzie discutait avec Jim dans la cuisine. Je me laissai guider par les éclats de rire que j'entendais entre les bribes de leur conversation. Lizzie me tendit une tasse brûlante.

— Bien sucré, comme tu l'aimes.

Je me sentis fondre. Elle n'avait rien oublié. Elle me fit un clin d'œil et m'entraîna sur le toit en terrasse qui surplombait la baie étincelante de soleil. La vue était magique.

— C'est pour ça qu'on a choisi cette maison. Pour cette vue. Et pour son isolement. Ici on est tranquilles.

Grisée par le paysage, je sirotai mon café en contemplant la mer. Lizzie restait silencieuse à côté de moi. Je posai la tête sur son épaule, elle m'entoura de son bras. Nous nous retrouvions.

41

Le livre des morts

Septembre 1963

Je fis une sieste. Le matelas était dur, mais j'étais si fatiguée qu'il fut inutile de me bercer. Plus tard, Lizzie m'emmena dîner dans une petite *cantina* du village. Je dévorai à belles dents mon poisson grillé accompagné de pommes de terre et arrosé d'une Sol bien fraîche. J'avais déjà adopté la bière locale.

— Comment as-tu atterri ici, aussi loin de New York ?

— Alors voilà…

Lizzie sourit et me décocha son fameux regard, celui avec lequel elle avait coutume d'annoncer des révélations fracassantes.

— Ne me fais pas mariner, articulai-je la bouche pleine.

— Ça a commencé à Boston. Mon ex-petit ami, Doug, étudiait la sociologie à Harvard et il assistait à toutes les conférences de Tim Leary. Il a postulé pour le projet Zihuatanejo. Il a été retenu parmi des centaines d'étudiants et nous voilà en route pour le Mexique ! Nous avons passé six semaines à l'hôtel Catalina en bord de mer. Ça a été une expérience fascinante. Depuis je me suis séparée de Doug. Je suis avec Jim maintenant.

— Hum, pour Jim, j'avais cru comprendre. Et ?

Lizzie se tortilla sur son siège de bois. Soudain elle semblait mal à l'aise et ça ne lui ressemblait pas. Je la regardai, perplexe.

— Tu m'expliques rien Lizzie, là ! Ça consiste en quoi au juste, ce projet Zihuatanejo ?

Lizzie avala une longue gorgée de bière en me regardant au fond des yeux avec l'air d'une petite fille qui hésite avant de répondre à une question difficile.

— C'était à la fois une expérience de vie communautaire en harmonie avec la sagesse bouddhiste et… une expérience scientifique.

— Lizzie, tu vas continuer à tourner autour du pot ? Accouche !

Mon amie prit une grande inspiration et s'enflamma. Elle s'empêtra dans des explications nébuleuses de roue de l'existence karmique, d'états de conscience ordinaire, intermédiaire et modifié, de textes sacrés, de psychédélisme, de cosmologie bouddhiste, de méditation, et d'un tas d'autres concepts dont j'ignorais l'existence quelques minutes auparavant. Un charabia auquel je ne comprenais pas un traître mot. À la fin de sa diatribe, je laissai tomber d'une voix atone :

— J'ai rien compris.

Lizzie me jeta un regard accablé comme si j'étais une demeurée, soupira, secoua la tête en faisant voler ses nattes et rendit les armes.

— Nous avons testé les effets du LSD, laissa-t-elle tomber.

Ma bouche s'ouvrit dans un O parfait. Je me laissai aller contre le dossier de ma chaise. J'étais à mille lieues de ça. En regardant Lizzie, son visage exalté, ses yeux fiévreux, je me demandai dans quelle aventure abracadabrante elle s'était laissé entraîner.

— Oh mais rassure-toi, tout ça était très contrôlé. C'était avant tout une expérience scientifique. Nous utilisions *Le Livre tibétain de la vie et de la mort* pour nous guider lors de nos sessions.

— Vos… sessions ?

J'étais atterrée. Lizzie haussa les épaules.

— De toute façon, c'est fini maintenant. L'expérience a tourné court mi-juin, reprit-elle. Les Mexicains n'ont rien compris. Ils nous ont expulsés comme des malpropres et embarqués *manu militari* dans un avion pour Mexico. Jim et moi, on n'a pas voulu rentrer aux États-Unis, on s'est débrouillés pour revenir ici et on a loué la maison avec les autres. Aux dernières nouvelles, Tim continue l'expérience à la Dominique, pour ce que j'en sais. Voilà, c'est tout.

Je secouai la tête de droite à gauche, effondrée.

— Oh Lizzie, tu as servi de cobaye !

— Pas du tout, c'était très enrichissant et notre expérience fera avancer la connaissance.

— Lizzie, si ton Tim…

— Ce n'est pas MON Tim, c'est Ti-mo-thy Lea-ry, il est docteur en psychologie et travaille à Harvard. C'est un scientifique, un visionnaire… un prophète !

Un prophète, quel horrible mot ! Je tentai de faire valoir mon opinion sans mettre le feu aux poudres :

— D'accord, mais si ce Timothy fait ses expériences au Mexique ou à la Dominique, c'est que ça n'est pas permis aux États-Unis.

Lizzie eut un petit mouvement négligent de la main, comme quand on chasse un insecte gênant.

— Pff ! Évidemment, ils sont tellement conservateurs. Une révolution, ça engendre des peurs.

— Mais quelle révolution ?

Elle me fixa avec insistance. Ses yeux brillaient d'un éclat sauvage. La gamine rebelle, impulsive et volcanique, celle qui m'avait autrefois tenue sous sa coupe, sourdait en elle.

— Celle de notre société encalminée, figure-toi, répondit-elle avec fougue en pointant un index réprobateur dans ma direction. Mais ça va changer, et magistralement. Tous les indicateurs sont au vert pour une révolution radicale. Il n'y a qu'à voir ce qui se passe sur les campus de New York, d'Harvard, sans compter la Californie. C'est une croisade qu'on mène. Ils cherchent à faire capoter l'affaire mais on ne va pas rendre les armes aussi facilement. De toute façon, moi je ne rentre pas. J'adore vivre ici, conclut-elle en se rencognant contre le dossier de sa chaise branlante, les bras croisés sur sa poitrine. Pour peu que tu sois bien tuyauté, tu trouves tout ce que tu veux ici, ajouta-t-elle d'un air entendu en fermant à demi les yeux.

Il y avait de l'orage en elle, des étincelles de provocation dans son regard, et je m'abstins de la contredire. Je ne voulais pas de prise de bec. Pas maintenant, alors que nous venions à peine de nous retrouver. J'essayai d'imaginer ce que ce « tout » voulait signifier et soudain j'eus peur. Je n'allais pas tarder à être éclairée.

*

— Et toi, Ruthie ?

Nous sirotions du bout des lèvres un mezcal, un alcool âpre que je découvrais, assises en tailleur sur la terrasse de la maison. Le soleil couchant dessinait à grandes hachures un tableau hallucinant de volutes orange et roses dans le ciel qui s'assombrissait. Le spectacle était magique.

— Oh moi, je ne suis rien, je ne crois en rien. Je ne sais pas à vrai dire. Agnostique, voilà, répondis-je avec un air de défi.

— Pourtant, si mes souvenirs sont exacts, tu étais très attentive au cours de religion, ricana Lizzie.

Je haussai les épaules. Lizzie prit un air bouffon.

— Ruthie la polarde, Ruthie la chouchoute !

— Oh, arrête avec ça !

— Blague à part, tu sais bien que, de tous les enfants, tu étais la préférée !

Je haussai les épaules en repensant à ce statut si spécial que m'avait valu le fait d'être le premier bébé né à Sosúa.

— N'importe quoi !

Lizzie n'insista pas, elle comme moi savions que c'était vrai.

— Je vais te dire quelque chose que je ne t'ai jamais dit. Quelque chose qui m'a bien gâché la vie…

Lizzie se mit à me raconter ce qui se passait une fois la porte de la maison des Kestenbaum refermée, levant le voile sur l'intimité de sa famille. Au contraire des miens, ses parents n'avaient pas choisi d'occulter leur histoire, ni de l'édulcorer. Ils n'avaient pas enchanté sa vie d'enfant unique, n'en avaient pas fait un conte de fées. Loin de là. Bien qu'ils aient commencé une nouvelle vie à Sosúa, il n'était pas question de passer leur histoire sous silence, pas question d'oublier. Ils lui avaient tout raconté. Pire, ils ressassaient continuellement les dramatiques événements qui les avaient fait échouer à Sosúa, une antienne indigeste pour des oreilles d'enfant. J'étais peinée pour mon amie. C'était un héritage si lourd à porter pour les frêles épaules d'une petite fille.

— Tu ne m'avais jamais dit ça, Lizzie !

— Nous étions si jeunes. Et puis, j'étais bien trop occupée à te faire manger des insectes et à flirter avec ton frère ! railla-t-elle avec la désinvolture qu'elle adoptait dès qu'on touchait à un sujet sensible. Tu sais que Frizzie a été mon premier garçon ? ajouta-t-elle comme par défi.

J'acquiesçai en silence. J'accusai le coup car, si je m'en doutais, je n'en avais eu aucune certitude jusqu'à ce jour. Sur le moment, je me demandai à qui j'en voulais le plus de ne m'avoir rien dit, à elle ou à mon frère.

— Épargne-moi les détails, s'il te plaît, maugréai-je.

Lizzie souriait triomphalement, mais c'était une façade. Je sentais que la blessure était encore présente et qu'elle avait le cœur lourd au souvenir du huis clos familial. Je m'expliquais mieux, dès lors, sa révolte permanente, ses excès, et son envie irrépressible de vivre sa propre histoire en l'inscrivant au plus loin de celle de ses parents.

Je nous resservis une rasade de mezcal et nous trinquâmes les yeux dans les yeux, en regardant le soleil se coucher.

42

Les rescapés du projet Zihuatanejo

Septembre 1963

Ruth resta treize jours avec ceux qu'elle avait baptisés « les rescapés du projet Zihuatanejo ». Ils passaient leur temps à paresser, dormir sur la plage, nager un peu et planer beaucoup, lire, organiser des « sessions », philosopher à tort et à travers. C'était une existence marginale, placée sous le double signe de la vie en communauté et de la drogue.

Ruth découvrait un mode de vie très éloigné du sien et elle se rendit vite compte que cela ne lui convenait guère. Elle détonnait dans cet univers dont elle ne partageait pas les codes. Le cœur lourd, elle voyait se creuser chaque jour davantage le fossé qui la séparait de son amie d'enfance.

*

Lizzie maîtrisait mal sa consommation d'alcool. Elle adorait le mezcal qui lui « mettait la tête en vrac en moins de deux ».

— Pouah ! Mais quelle horreur, c'est absolument répugnant. Je vais faire un cauchemar, c'est sûr ! couina Ruth en frissonnant le jour où elle lui agita sous le nez une bouteille où flottait le cadavre d'un scolopendre, le *cien pie* qui la terrorisait depuis son enfance.

— Tu te rappelles quand tu as mangé la queue du lézard ?

Elle a six ans. Assise sur le sable face à elle, Lizzie a commencé le décompte. Cinq, quatre, trois... À zéro, Ruth doit avoir avalé la queue. Sinon Lizzie ne lui permettra pas de monter derrière elle sur Ourakan, son mulet qui trotte plus vite que tous les autres. Tremblante de dégoût, Ruth ferme les yeux. Elle n'est pas la plus mouillée de toutes les poules mouillées, comme le claironne volontiers Lizzie. Au bord de la nausée, elle gobe avec résignation la queue du lézard qu'elle avale avec un haut-le-cœur.

Lizzie fut prise d'un fou rire irrépressible. Ruth réprima un hoquet, elle s'en souvenait parfaitement. Elle regarda Lizzie bien en face. Elle contempla cette fille avec laquelle elle avait grandi, cherchant la gamine d'autrefois dans ses traits émaciés. Sur l'arête de son menton, elle repéra la fine ligne blanche à peine visible, la cicatrice presque effacée d'une chute sur les *pilotillos*, et cela la chavira.

— Mon Dieu, on peut dire que tu m'en as fait voir de toutes les couleurs ! Tu m'aurais fait passer par un trou de souris à l'époque. Je te pardonne, ajouta-t-elle, la main droite sur le cœur, imitant le geste de mansuétude de Lizzie, celui avec lequel elle excusait Ruth quand elle dérogeait à une de ses règles.

Lizzie éclata de rire.

— Tu te souviens quand je t'ai appris comment on embrasse un garçon, gloussa-t-elle en mimant un baiser dans le vide.

Ruth se souvenait. De tout. Des fragments d'enfance assaillaient son esprit, des fragments qu'elle avait crus oubliés, égarés dans les abîmes de sa mémoire. Cela faisait ressurgir une part d'elle qu'elle croyait perdue à jamais. Le visage de Lizzie se crispa un bref instant.

— On vivait au royaume des enfants ! soupira-t-elle. Comme j'étais amoureuse de Frizzie ! J'étais certaine qu'on se marierait et qu'on passerait le reste de notre vie à Sosúa. Ce qu'on peut être naïf quand on a huit ans ! Quand ma mère m'a annoncé son mariage, ça m'a fendu le cœur !

Après cet aveu, Lizzie disparut prestement dans sa chambre, peut-être pour cacher son trouble. Elle revint s'asseoir à côté de Ruth, une photographie jaunie à la main.

— Je la garde toujours avec moi, laissa-t-elle tomber d'une voix étrangement douce.

Ruth fixa le cliché avec attendrissement.

Les quatre mousquetaires plantés en rang d'oignons en culotte de bain. Ils se tiennent par les épaules, dos à la mer, torses bombés. Elles sont au milieu, encadrées par Samy et Frizzie. Ruth a du sable sur les joues et un sourire troué, Lizzie a le visage déformé par une horrible grimace. Elles ont mis des coquillages dans les brassières de leurs maillots. Droits comme des i, les garçons, cheveux mouillés collés au crâne, ont gonflé les muscles de leurs bras malingres façon Popeye.

Ruth sentit sa gorge se nouer. *Contempler le temps béni de son enfance est un exercice cruel*, pensa-t-elle, *surtout quand cette jeunesse a été indécente de bonheur*. Et cette enfance était définitivement révolue.

Lizzie perçut l'émotion de son amie. Elle la prit par les épaules et farfouilla dans sa poche. Elle tendit son poing fermé sous les yeux de Ruth. Puis elle ouvrit lentement sa main, dépliant ses doigts un à un comme on ouvrirait un éventail. Sur sa paume reposait une grosse graine sombre et brillante en forme de cœur. Ruth tressaillit en reconnaissant le cœur de la mer gravé de leurs initiales avec lequel elles jouaient à la marelle.

— Je le croyais perdu !

— Je te le donne. Je l'ai gardé toutes ces années, maintenant il est à toi. C'est mon cadeau.

Ruth posa sa main sur celle de Lizzie. Entre leurs deux paumes la graine veloutée, lisse, chaude, parfaite, comme un pacte, une promesse d'éternité. Puis Lizzie se leva brusquement. Le moment de grâce était passé. Elle rafla la photographie et disparut de nouveau dans sa chambre. Quand elle revint, son visage avait changé et repris un air vaguement halluciné. Envolée toute trace d'attendrissement. Ruth se demanda à quel moment leurs vies avaient commencé à diverger. À partir du divorce d'Anneliese ? Du départ de Lizzie de Sosúa ? De sa propre arrivée à New York ? Ce jour-là en regardant la photographie jaunie des quatre mousquetaires, elle sentit qu'elle faisait ses adieux définitifs à leur enfance, bien plus sûrement que lors de son départ du port de Saint-Domingue. Maintenant elles abordaient chacune leur vie d'adulte dont les rivages étaient incertains. Leur entente, qui ne tenait qu'à un entrelacs de souvenirs, presque rien en somme, était bien fragile.

*

Le séjour de Ruth à Zihuatanejo avait douloureusement ravivé la nostalgie des jours anciens, mais Liselotte avait changé. Ce n'était plus la Lizzie de Sosúa, mais une jeune femme déracinée en quête d'elle-même, qui avait mis sa créativité au rebut et canalisait son énergie dans sa soif de sensations fortes. Ruth en conçut une sorte de désolation. Quand elle proposa à Lizzie de rentrer avec elle à New York, même temporairement, celle-ci se contenta de secouer la tête.

— Je suis bien ici, je suis libre. Je vis comme je l'entends et je n'ai de comptes à rendre à personne.

Ruth lui lança un regard circonspect.

— Lizzie, tu perds ton temps. Tu vis recroquevillée avec des gens qui ne t'arrivent pas à la cheville. Tu devrais reprendre tes études pour construire ton avenir.

— Pff, tu parles comme une petite vieille, ma pauvre Ruthie ! Tu es une amie… (Elle chercha le qualificatif, hésita.)… décourageante. Quel conformisme ! Je croirais entendre ma mère. Quand j'en aurai assez je repartirai, ailleurs au Mexique, ou au Pérou, ou alors je rentrerai en Californie. On dit qu'il y a à San Francisco des communautés formidables…

Treize jours après son arrivée, Ruth se retrouva sur la place terreuse cernée de hangars aux toits de tôle où se garaient les autocars. Elle repartait avec une lettre pour la mère de Lizzie qu'elle avait obligé son amie à écrire, deux rouleaux de pellicule photographique qui donnaient l'illusion de joyeuses vacances au Mexique et des regrets plein le cœur. Elle se demandait ce qu'elle allait bien pouvoir raconter à Anneliese qui attendait impatiemment des nouvelles de sa fille. Au dernier moment, Lizzie avait glissé dans son sac un exemplaire écorné de *Sur la route*. « Mon livre de chevet, cadeau ! Lis-le et prends-en de la graine. » Au moment où elle s'apprêtait à monter dans l'autobus, Lizzie la serra dans ses bras.

— *Vergiss nie, ich liebe dich*[1], lui souffla-t-elle d'une voix enrouée par l'émotion.

Le cœur lourd, Ruth fit un petit signe d'adieu à Liselotte à travers la fenêtre du bus en partance pour Mexico. Lizzie joua des coudes et posa sa main sur la vitre poussiéreuse contre celle de Ruth qui sentit son cœur se gonfler. Cela avait tout l'air d'un adieu.

1. « N'oublie jamais que je t'aime. »

43

Un orage de doutes

Septembre 1963

À mon retour du Mexique je sombrai dans une sorte de dépression. Était-ce le mode de vie de Lizzie que je trouvais si peu constructif et même dérangeant, le fait que nous nous étions inexorablement éloignées l'une de l'autre, que nous n'étions parvenues à retrouver l'intimité et la complicité de nos jeunes années que par brèves éclipses ? Loin de me conforter dans mes propres convictions, ce séjour n'avait fait que les ébranler.

Douchée par les confidences de mon amie, j'étais si déboussolée que je remettais en cause mes propres choix. Et si c'était moi qui me trompais du tout au tout ? Si Lizzie avait raison ? Si c'était moi qui me laissais engluer dans une vie sans relief ? Si je ne faisais qu'endosser les désirs des autres sans vivre vraiment ma propre vie ? J'en vins même à me questionner sur ma capacité à vivre seule loin de Sosúa. Je me sentais nulle et un orage de doutes, longtemps réprimés, s'abattit sur moi.

Sans autre ressource, je me tournai alors vers la seule personne à laquelle je pouvais ouvrir mon cœur en toute confiance et sans conséquences.

44

Un appel au secours

Septembre 1963

New York, le 18 septembre 1963

Mon cher Markus,

J'ai longtemps hésité avant de t'écrire.

Pour tout te dire, je suis un peu perdue en ce moment et je n'ai personne à qui ouvrir mon cœur, car, je ne suis pas aveugle, autour de moi chacun est bien trop complaisant. Tu es la seule personne à qui je puisse le faire sans faux-semblants.

Il me semble que depuis ma naissance on me fait endosser un rôle trop grand pour moi. Je sais que maman, Frizzie, ma tante, Svenja et toi, sans parler de mon père, avez placé de grands espoirs en moi.

Eh bien, vous vous êtes tous illusionnés sur mes capacités et vous attendez trop de moi. Je sens, je sais, que je ne serai jamais à la hauteur de vos espérances, ni même de mes propres rêves.

En arrêtant mes études d'infirmière, j'ai sans doute déçu maman, même si elle ne le reconnaîtra jamais. Je mets un point final à la tradition médicale des Kahn. Je ne serai pas non plus la plume que papa n'a pas pu être à cause de la guerre. Je n'aurai jamais le millième de son érudition, même si je lisais jusqu'à la fin de mes jours. Je ne réussirai pas non plus à être une femme aussi exceptionnelle que ma mère, je ne lui arrive pas à la cheville.
Voilà, je suis une ratée (c'était souligné rageusement).

Ne te méprends pas, mon cher Markus, je ne veux ni me plaindre ni me faire plaindre. Je veux juste que les choses soient dites.
Je ne suis pas une étudiante brillante, loin s'en faut. Je n'ai été admise au Times *que grâce aux relations de mon oncle et j'y fais bien pâle figure.*

Jusqu'à mon passage au kibboutz où je ne laisserai pas un souvenir impérissable à l'inverse de mon ami Bernie dont j'admire les engagements. Mon seul fait d'armes, mes articles sur le procès d'Eichmann, je le dois à l'initiative de maman et de Svenja, et à mon père qui m'a tenu la main.

Même Lizzie, à sa façon, a trouvé sa voie et choisi un mode de vie plus affirmé que le mien.

Tu vois, je ne suis pas capable de grand-chose. J'ai l'impression de faire de l'amateurisme partout où je passe, de rester à la surface des choses et de passer entre les gouttes sans jamais m'investir. En vérité, je ne sais pas qui je suis, ni qui je veux devenir ; je ne sais pas où je veux vivre, ni comment, ni de quoi.

Voilà Markus, il fallait que je me confie, une fois pour toutes. J'espère que tu ne m'en veux pas d'avoir fait de toi le dépositaire de ce triste constat.
J'ai décidé de vivre avec moi-même en réduisant la voilure de mes ambitions à ce que je vaux vraiment. C'est-à-dire pas grand-chose.

Avec toute mon affection, Ruth

*

Markus prit le temps d'allumer une cigarette, puis il reprit la lettre de Ruth qu'il avait parcourue d'un trait, en essayant de lire entre les lignes.

Ça avait tout l'air d'un appel au secours.

Que se passait-il ? Pourquoi Ruth craquait-elle ? L'avaient-ils trop couvée pour qu'elle soit si peu sûre d'elle ? Avaient-ils fait une erreur en l'élevant à l'abri des soucis, en la laissant grandir dans un paradis artificiel ? Était-il possible que leur détermination à faire de ces enfants, héritiers d'un lourd passé, des petits princes, les ait finalement fragilisés ? La charge symbolique de sa naissance, de sa vie même, était-elle trop lourde pour Ruth ? Ou n'étaient-ce que les atermoiements d'une jeune fille qui avait du mal à négocier le tournant de sa vie d'adulte ?

Markus n'avait pas la réponse, il n'entendait pas grand-chose ni aux enfants ni aux adolescents. Quant à sa propre jeunesse, elle était bien loin.

Il pouvait comprendre l'écartèlement de Ruth entre les différentes cultures au diapason desquelles elle avait grandi, ses doutes sur elle-même face aux imposantes figures de ses parents et surtout d'Almah (mais pouvait-on reprocher à Almah d'être celle qu'elle était ?) mais il ne la laisserait pas se perdre. Car, pour discrète, pondérée et docile qu'elle eût été enfant, Ruth lui avait toujours paru d'une autre trempe que Frizzie, ou même que Lizzie. Plus curieuse, plus profonde, plus perspicace, et pourquoi ne pas le dire, plus intelligente.

Il en fut tenté un instant mais décida de ne rien dire à Almah. Elle se serait précipitée sur le téléphone, ou pire elle aurait sauté dans le premier avion pour New York. Ruth s'était confiée à lui et ce n'était pas un hasard. C'était un choix délibéré. Il allait jouer son rôle, celui que lui avait attribué Wil et qu'il avait endossé tout simplement parce que c'était sa nature : celui de l'ami bienveillant, sur lequel on peut compter quoi qu'il arrive, celui qui remet les pendules à l'heure. Il pouvait être pour Ruth ce que ni Almah, ni

Frizzie, ni Aaron, qui ne l'avait pas vue grandir, ne pouvaient être.

Un père de substitution.

Car c'était bien cela qu'elle lui demandait.

45

La correspondance du doute

Octobre 1963

Sosúa, le 29 septembre 1963

Ma très chère Ruth,

Je reçois ta lettre comme une immense marque de confiance, et du fond du cœur, je t'en remercie. Je n'ai pas d'enfants, mais je t'aime comme la fille que je n'ai pas eue. Aujourd'hui tu me renvoies à des questionnements intimes sur notre vie à Sosúa.

Tu es en droit de nous en vouloir de t'avoir laissée croire que la vie serait facile. Mais il faut que tu comprennes qu'avec ce que nous avions vécu, ce que d'autres vivaient, nous voulions instinctivement vous protéger et créer pour vous, nos enfants, notre avenir, un paradis. Peut-être avons-nous eu tort, je m'en rends compte aujourd'hui. D'autres moins sensibles que toi, moins intelligents aussi, ne s'encombrent pas du genre de questions que tu te poses. Elles sont légitimes, ces questions, et trouveront leur réponse en temps voulu.

J'ai salué ta décision de partir, j'ai convaincu ta mère, qui était réticente, que c'était le mieux pour toi. C'est pourquoi aujourd'hui je me sens responsable de ton désarroi. Et je le comprends. Tu n'as jamais été confrontée à la compétition, aux réalités brutales de la vie. C'est désormais ce qui t'attend, et c'est, je le pense sincèrement, pour le mieux.

Certes, ce ne sera pas tous les jours facile, mais je t'interdis, tu m'entends Ruth, je t'interdis, de douter de toi. Tu es beaucoup plus forte que tu ne le soupçonnes. Tu as les capacités d'affronter et de surmonter les difficultés qui se présenteront sur ta route et tu as l'étoffe d'un vainqueur. J'en suis intimement persuadé, moi qui te connais depuis tes premiers langes.

Le monde ne s'est pas fait en un jour, Ruth, les choses ne seront pas toujours simples.
Aucun de nous n'est invincible, aucun de nous n'est un surhomme ou un héros. Enfant, tu nous as mis sur un piédestal, et il est grand temps que tu ouvres les yeux. Ton père, tout comme moi, avait ses doutes et ses défaillances. Je suis bien placé pour en témoigner. Mais je suis sûr d'une chose,

il serait fier de toi et de ce que tu as accompli jusqu'à présent. Quant à ta mère, elle te parlera de ses propres faiblesses le moment venu.

Ruth, apprends à lutter, aguerris-toi, fais des choix, assume-les ou renie-les, fais des erreurs, trébuche, tombe. La vie est ainsi faite. Ne doute jamais de toi et de ta capacité à te relever. Je ne te le permets pas. Tu n'as aucune raison d'être en guerre avec toi-même. En revanche, tu peux entrer en guerre avec le monde, mais pas sans motif. Et surtout reste indulgente avec toi-même.

N'hésite pas à m'écrire chaque fois que tu ressentiras le besoin de te confier, je serai là pour t'entendre.
Ne doute jamais de ma profonde affection pour toi.

Markus

*

J'avais envoyé ma lettre à Markus comme on jette une bouteille à la mer. Je n'avais personne d'autre à qui me confier aussi sincèrement et je savais qu'il ne me jugerait pas et surtout qu'il n'en concevrait pas de chagrin.

J'étais dans un état de profond désarroi quand je reçus sa réponse. Elle eut l'effet escompté. Je la lus et la relus à maintes reprises et y puisai un grand réconfort. Je m'en trouvai rassurée et revigorée. Cher Markus, toujours si pudique, toujours présent, toujours solide.

J'avais plié soigneusement sa lettre et l'avais glissée dans mon portefeuille. C'était mon talisman et quand je me sentais triste ou quand je doutais, je relisais ses mots et j'y puisais courage et détermination.

Dès lors, comme il m'y avait invitée, j'entamai avec Markus une correspondance suivie. C'était la correspondance du doute, des angoisses, des questionnements. Quand les choses allaient bien, je l'oubliais. Parfois, me reprochant mon égoïsme, je lui adressais une carte postale banale.

Jamais Markus ne me fit défaut.

46

Président-poète

Octobre 1963

« Si seulement nous avions eu plus de Sosúa ! »

La phrase, en forme d'hommage, avait été prononcée par le président fraîchement élu.

Juan Bosch avait honoré la communauté de Sosúa d'une visite officielle en février 1963. On était bien loin de la pompe outrancière et de la mise en scène d'opérette qui présidaient autrefois aux visites de Trujillo. Impressionné par les réalisations des anciens colons autant que par leur mode de vie et leur économie coopérativistes qui rejoignaient peu ou prou son idéal socialiste, Bosch avait jeté cette phrase que Markus s'était empressé d'immortaliser dans *La Voix de Sosúa*. Enfin on reconnaissait officiellement sa réussite et ses mérites à leur communauté, et cela leur faisait un bien fou.

Almah faisait partie du comité d'accueil. Elle avait eu un vrai coup de cœur pour cet homme émacié au regard clair, vibrant d'intelligence et plein de bonté, chez qui on sentait un véritable amour du pays, comme elle le confierait plus tard à Ruth. Après cette visite, elle s'était empressée d'acheter un de ses recueils de contes. Elle aimait son style poétique, sans concessions et tranchant comme une lame d'acier. Elle connaissait par cœur *La Mujer*, un texte court empreint de violence et de désespoir, qui parlait d'une femme battue, en proie au machisme ordinaire. Elle avait fait sienne une phrase du président-poète : « *La lucha era como una canción silenciosa*[1]. » Car c'était bien ainsi qu'elle menait sa vie depuis toujours.

Comme tous les autres, Almah plaçait beaucoup d'espoir dans cette nouvelle gouvernance, démocratiquement installée aux commandes du pays grâce aux premières élections non truquées qui avaient eu lieu le 20 décembre 1962. L'Union civique nationale rassemblant des politiciens d'obédience trujilliste et son candidat, Viriato Fiallo, avaient été humiliés. Fermé en 1942, le *Listín Diario*, où Juan Bosch avait créé la rubrique littéraire avant son exil à Porto Rico, paraissait de nouveau et c'était bon signe. Le pays était en passe d'être profondément réformé, le nouveau président était particulièrement attaché à la laïcité, sensible à la condition des femmes et à celle des paysans.

Almah, qui n'avait jamais milité et ne s'était jamais engagée politiquement, avait adhéré à son parti, le PRD[2]. Car décidément, elle aimait cet homme. Elle

1. « La lutte était comme une chanson silencieuse. »
2. Parti révolutionnaire dominicain.

écrivit une lettre enthousiaste à Daniel Soteras, espérant secrètement qu'il rentrerait pour s'impliquer dans cette nouvelle page de l'histoire de son pays.

Évidemment, ni l'armée dominicaine ni les États-Unis ne voyaient cela d'un bon œil. Avec ce nouveau gouvernement, l'une comme les autres perdaient la mainmise sur le pays. Sans compter l'exemple cubain et le retour au pays des exilés politiques qui leur donnaient des cauchemars. Et si Fidel faisait des émules ? Le climat était de plus en plus tendu.

L'embellie fut de courte durée. La bulle éclata quand, le 25 septembre, Juan Bosch fut chassé du pouvoir par un coup d'État militaire et dut reprendre la route de l'exil. Sa volonté d'ouverture réformatrice lui avait coûté le pouvoir. Porto Rico, il connaissait déjà. Un triumvirat civil sous contrôle de galonnés prit la direction du pays. Une dictature militaire qui ne disait pas son nom.

Le pays était passé d'une dictature à une autre. Les rêves de démocratie s'étaient évaporés devant la peur rampante du communisme, une maladie contagieuse inoculée par les États-Unis qui brandissaient la théorie des dominos comme une arme fatale contre les petits États souverains.

La boucle était bouclée. Daniel ne rentra pas. Almah cacha sa cruelle déception et les recueils du président-poète devinrent ses livres de chevet.

Cette lutte constante pour le contrôle politique, avec d'un côté les communistes et les groupes de gauche, de l'autre les milieux conservateurs et les chefs militaires, durait depuis trois ans et rendait le pays exsangue. Il fallait naviguer à vue et ce n'était pas chose aisée.

« Pour vivre heureux, vivons cachés. » Le vieux proverbe n'avait jamais paru aussi plein de bon sens. Almah se félicitait que Sosúa restât à l'abri des soubresauts de la politique qui secouaient la capitale et les grandes villes universitaires. On les avait oubliés. Personne ne se souciait de leur florissante enclave campagnarde. Dans tout le pays, la situation économique désastreuse mettait la population sous pression. Almah se disait qu'il faudrait du temps pour que son pays, si riche et si mal exploité, retrouve le chemin de l'ordre et de la prospérité. Faire le dos rond, prendre son mal en patience, c'était une chose que la vie lui avait enseignée.

De nouveau, elle demanda à Ruth de rester aux États-Unis, le temps que les choses s'apaisent et que tout rentre dans l'ordre.

47

Galerie KrisKhar

Octobre 1963

Le carton aux lettres à l'anglaise qui traînait sur la console de l'entrée attira son regard. Ruth le prit et lut :

Krista Hauffman
a le plaisir de convier
Madame et Monsieur Ginsberg
au vernissage de son exposition
A Different Way
Galerie KrisKhar, 138 Bleeker Street, New York
De 19 heures à 23 heures le 18 octobre 1963

Grâce aux relations qu'entretenait Myriam avec les milieux artistiques, les Ginsberg étaient fréquemment invités à des vernissages, des concerts, des ballets. Ruth était souvent de la partie et elle aimait ces sorties mondaines avec sa tante, surtout quand Aaron était absent. Myriam lui avait confié qu'autrefois Wilhelm la traînait dans toutes sortes de vernissages et de fêtes et qu'elle gardait ainsi vivace un genre de tradition familiale initiée vers 1930 à Vienne, quand son frère était critique d'art au plus prestigieux quotidien de la capitale autrichienne.

Ruth triturait le carton d'invitation entre ses doigts. Krista Hauffman. Ce nom lui semblait vaguement familier mais elle avait beau torturer ses méninges, elle n'arrivait pas à savoir pourquoi.

— Est-ce que je connais cette Krista Hauffman ? demanda-t-elle à Myriam en agitant le carton sous ses yeux. J'ai l'impression que je devrais, mais je n'arrive pas à m'en souvenir.

Myriam fronça les sourcils en tendant la main. Elle considéra l'invitation et fronça les sourcils.

— Non, je ne vois pas. Moi je ne la connais pas en tout cas. Je dois être sur une de ces listes d'adresses que se repassent les galeries…

Soudain son regard s'éclaira et Myriam adressa un petit sourire triomphant à Ruth.

— Ça y est, j'y suis, ça me revient ! Ouh là là, ça ne date pas d'aujourd'hui ! Krista est photographe, c'est une ancienne collègue de ton père, ils travaillaient ensemble au *Neue Freie Presse*. On est tous allés à une exposition de ses photographies lors de votre premier Noël à New York. C'était juste après la fin de la guerre, en… 1946, si ma mémoire est bonne. Nathan n'était pas encore né.

Myriam se troubla un instant avant de sourire de nouveau, avec nostalgie cette fois.

— Je m'en souviens très bien maintenant. Nous nous étions bien amusés ce soir-là. On avait pris une nounou pour vous garder, Frizzie et toi. C'était un vernissage très mondain. Une exposition sur le thème du ghetto du Lower East Side, des photographies en noir et blanc un peu glauques, il faut bien le dire. Ta mère et moi, nous nous sommes fait draguer, Aaron et ton père s'en étaient agacés. Après un dîner copieusement arrosé, nous avons fini la soirée dans un club de jazz de la 52e Rue qu'on appelait Swing Street à l'époque, ou la rue qui ne dort jamais, et nous sommes rentrés bien éméchés.

Ruth regardait sa tante dont les yeux brillaient de tendresse au souvenir de cette lointaine escapade.

— Je n'avais jamais eu de nouvelles de cette Krista. Mais apparemment elle est très conservatrice, puisqu'elle a gardé nos coordonnées. Ce que je peux te dire, en tout cas, c'est que c'est une photographe très talentueuse. Il ne faut pas que nous rations son exposition.

— Alors Krista connaissait bien papa… Maintenant que tu me le dis, je crois me souvenir que nous avons un livre d'elle à la maison.

— C'est bien possible car en réalité c'est plus une artiste qu'une journaliste. Je me souviens avoir trouvé ses photographies dures mais très émouvantes. Il faut absolument que tu la rencontres.

— Arturo pourra venir avec nous ?

— Quelle question, ma Ruthie ! Bien sûr qu'il pourra venir.

*

Clouée au lit par un mauvais rhume, Myriam déclara forfait. Ruth et Arturo se rendirent seuls au vernissage de Krista. C'était à Greenwich Village, un quartier où ils aimaient traîner. Ils étaient devenus des inconditionnels du Bleeker Street Cinema, la petite salle obscure du 144 ; c'était un des premiers cinémas d'art et d'essai de la ville, ouvert trois ans plus tôt par Lionel Rogosin pour la première de son film *Come Back Africa*, car finalement on n'est jamais mieux servi que par soi-même. Arturo avait converti Ruth aux OVNI cinématographiques qu'on y projetait, films étrangers, indépendants, expérimentaux et autres bizarreries à petits budgets, aux antipodes des longs métrages convenus des majors d'Hollywood. Ils n'étaient jamais qu'une poignée de spectateurs à assister à la projection. Ruth avait été emballée par *Out*, le premier documentaire du cinéaste autodidacte sur les réfugiés de la révolution hongroise en Autriche. Ses origines et ses combats, contre le nazisme d'abord, puis contre le racisme, la guerre nucléaire et l'impérialisme, n'étaient bien sûr pas étrangers à l'admiration que Ruth vouait à Rogosin. Quand ils arrivèrent à la galerie KrisKhar, Ruth et Arturo étaient donc en terrain connu et ils ne furent pas surpris de rencontrer quelques connaissances à peine le seuil franchi. L'espace était immense et grouillait de monde. Une population hétéroclite, jeunes chevelus en jeans, filles en tenues chamarrées ultracourtes, hommes en costume et femmes en tailleur chic, débordait jusque sur le trottoir.

Ils se frayèrent un passage en jouant des coudes. À l'intérieur c'était pire. L'air saturé de fumée et d'effluves de parfums était à peine respirable. Par endroits, une odeur suave flottait. Arturo se retourna vers Ruth. « Marijuana », lui chuchota-t-il à l'oreille d'un air entendu. Excitée à l'idée de la rencontrer, Ruth essayait de deviner qui était Krista. Cette belle blonde qui avait tout d'une Teutonne et qui minaudait en agitant son fume-cigarette ? La petite rousse qui sirotait une coupe de champagne en jetant des regards inquiets de tous côtés ? La grande maigrichonne au visage chevalin qui s'adressait avec des gestes amples et saccadés à un couple âgé ? Engluée dans le flot des invités, agrippée à la main d'Arturo, Ruth renonça et se laissa entraîner vers les tirages sous verre. Krista n'avait pas renoncé au noir et blanc. Aux murs, des gens mangeaient, dormaient, écrivaient, dansaient, s'embrassaient, buvaient, fumaient, rêvaient… Bref, ils vivaient. Ça parlait de créativité, de liberté, de spiritualité, de sexualité, de jeunesse bohème et underground, avec une insolence bravache. Ruth lisait des noms, Kerouac, Burroughs, Corso, Cassady, qui lui disaient vaguement quelque chose, et découvrait des visages qu'elle ne connaissait pas.

— Des beatniks, précisa Arturo à son oreille, du même air finaud avec lequel il avait dénoncé l'herbe quelques minutes auparavant.

Ruth se fit la réflexion que les étudiants de la Juilliard étaient décidément très au fait des dernières tendances. Ayant fait le tour des clichés exposés, elle se remit en quête de la photographe. Lasse de faire des suppositions, elle se résigna à demander à une femme affichant un air très sûr d'elle qui était Krista. Après lui avoir jeté un regard condescendant, celle-ci lui désigna de son index levé une femme d'une soixantaine d'années qui paradait au centre d'un groupe d'admirateurs.

Grande et mince, Krista était vêtue d'un costume d'homme, noir, ouvert sur une chemise blanche et une cravate à pois qu'elle portait lâchement nouée. Ses cheveux gris coupés en un impeccable carré encadraient un visage aux traits réguliers rehaussés par une bouche rouge sang. Mais ce qui électrisait dans ce visage, c'étaient les yeux gris perçants qui semblaient vous découper au scalpel. Ruth n'était plus très sûre de vouloir l'aborder. Arturo l'abandonna en face de la photographe en lui glissant : « Je vais m'en griller une dehors. » Ruth se retrouva plantée sous le regard interrogateur de Krista et lui sourit, vaguement gênée.

— Bonsoir, madame Hauffman. Je suis Ruth Rosenheck…

Les yeux de Krista s'élargirent et sa bouche s'arrondit.

— … je voulais…

— Mon Dieu, la fille de Wil ? Tu es la fille de Wilhelm ?

Ruth n'eut pas le temps de répondre que Krista la serrait à l'étouffer entre ses bras. Puis elle l'écarta et, les mains sur ses épaules, elle la considéra avec attention.

— Alors c'est toi, la petite Ruth ! C'est incroyable comme tu ressembles à ta mère !

Krista ne cachait pas son émotion. Ses yeux brillaient, humides. Une femme s'approcha, cigarette à la main, sourcils froncés, air inquisiteur.

— Kharitina, je te présente Ruth, la fille de mon ami Wilhelm Rosenheck. Nous avons travaillé ensemble à Vienne. Je t'ai souvent parlé de lui. Tu te souviens, nous l'avions rencontré, il y a des années de ça, lors de ma première exposition.

Manifestement rassurée, Kharitina hocha la tête et serra la main de Ruth (« Enchantée de vous rencontrer, Ruth. ») avant de se laisser happer par une autre conversation.

— Kharitina est ma compagne et elle est très jalouse, glissa Krista à Ruth avec un sourire de petite fille comblée. C'est une peintre immensément douée. Ici c'est notre galerie et nous y exposons à tour de rôle, ajouta-t-elle.

— Vos photos sont formidables, décréta Ruth avec maladresse. Je suis épatée que vous connaissiez tous ces écrivains, ces musiciens. Je ne veux pas vous monopoliser, pas ce soir. Mais je…

Ruth hésita. Krista l'encouragea d'un hochement de la tête.

— J'aimerais que vous me parliez de mon père, de ses années au journal à Vienne. Vous êtes la seule personne… Enfin si cela ne vous ennuie pas. Je fais des études de journalisme, je suis stagiaire au *Times* et…

— Mais bien sûr Ruth, avec grand plaisir. Je te laisse mon numéro de téléphone, tu m'appelles et nous prendrons tranquillement tout notre temps. Je te raconterai nos jours heureux au *Neue Freie Presse*.

Un voile de tristesse passa dans le regard acier de Krista tandis qu'elle ajoutait « et aussi nos jours sombres ». Elle fouilla dans la poche de poitrine de sa veste et en sortit un stylo et un calepin sur lequel elle griffonna un numéro de téléphone. Elle arracha le feuillet qu'elle glissa dans la main de Ruth.

— Tu m'appelles, Ruth, promis ?

— Promis ! sourit Ruth en empochant le billet. Je vous laisse à vos invités. Bonne soirée.

*

Du regard, Ruth cherchait Arturo sans parvenir à le localiser. Elle se dit qu'il fallait bouger, circuler dans la foule, pour ne pas paraître esseulée. Pour se donner une contenance, elle attrapa un verre de vin blanc et se planta devant un cliché. Elle buvait l'alcool à petites gorgées gourmandes en faisant mine d'étudier un couple qui s'embrassait sur le pont de Brooklyn, quand elle sentit une présence tout près d'elle.

— Ah, te voilà ! Je me demandais où tu étais passé. Je commençais à m'impatienter.

— Moi aussi, lui répondit une voix grave et moqueuse qu'elle ne connaissait pas.

Rouge de confusion, Ruth fit volte-face vers l'inconnu qui la dévisageait en riant. Il la dépassait d'une bonne tête, cheveux bruns, coupés court, visage anguleux, nez aquilin un peu fort qui lui donnait une singulière maturité. Un sourire franc, légèrement ironique, illuminait son visage, dévoilant des dents parfaites. Ruth sentit un frémissement s'emparer d'elle. Jambes en coton. Léger vertige. Le vin blanc lui jouait des tours.

— Je suis confuse, je vous ai pris pour quelqu'un d'autre.

— J'avais compris ! Désolé de vous décevoir !

— Oh, mais je ne suis pas déçue !

Ruth se mordit la langue. Décidément, ce soir, elle était en lice pour le trophée des reparties affligeantes !

— Comment dois-je le prendre ?

Ruth avala une nouvelle gorgée de vin blanc tandis que l'inconnu lui souriait largement. Nouvelle décharge dans l'estomac. À cet instant, Arturo se matérialisa à côté d'elle.

— J'ai rencontré des copains. On va manger une pizza au Ribalta. Tu viens avec nous, Ruthie ?

Ruth hésita une fraction de seconde puis :

— Non merci, je n'ai pas faim et je suis fatiguée. Je vais rentrer.

Arturo insista pour la forme et lui déposa un baiser sur la joue avant de s'éclipser.

— Oh Ruthie, quel dommage que vous soyez fatiguée et sans appétit. Je vous aurais volontiers invitée à dîner. Je connais un petit restaurant chinois pas loin d'ici, c'est le meilleur de Manhattan. Dommage, vraiment !

Ruth s'étrangla et émit un petit gargouillement en se dandinant d'un pied sur l'autre.

— Eh bien, en fait, je crois qu'il faut que j'avale quelque chose… C'est… à cause du vin, ajouta-t-elle en agitant son verre vide. À jeun, ça fait des dégâts.

Cette fois c'était sûr, elle avait remporté la palme de la réplique consternante. L'inconnu ne sembla pas s'en émouvoir.

— Alors chinois, ça vous dit ?

Ruth hocha la tête en souriant béatement. Le jeune homme la délesta de son verre vide qu'il déposa sur une table, l'entraînant vers la sortie avec la négligence désinvolte de celui qui est habitué à ce genre de réception. Dix minutes plus tard, ils étaient attablés dans un estaminet chinois du quartier, dont Ruth fut vite convaincue qu'il était bien loin d'être le meilleur de New York.

*

Ils mangèrent, burent, parlèrent, parlèrent, encore et encore. Des mois plus tard, Ruth serait tout à fait incapable de se rappeler ce qu'ils s'étaient dit ce soir-là, des niaiseries enivrantes échangées avec une intensité étonnante dans un décor d'une laide banalité où on leur avait servi une nourriture trop salée. Ils n'avaient cessé de parler. Une conversation dense, fluide, sans un blanc.

Quand, après avoir effleuré ses lèvres de ce qui était à peine un baiser, le jeune homme referma sur elle la porte du taxi, Ruth eut le sentiment que quelque chose d'essentiel venait de se jouer. Cette nuit-là, elle eut un mal fou à s'endormir, repassant dans sa tête embrumée d'émotions chacune des minutes de cette rencontre. La photographie du couple qui s'embrassait, c'était un signe, évidemment. La proximité de leurs deux corps, leurs effleurements, l'électricité de l'air entre eux, l'acuité avec laquelle il l'avait scrutée de son regard fiévreux, flairée, ses questions comme des petits défis, ses propres réponses sans ciller, comme une joute de séduction, sa dent rebelle qu'elle avait oublié d'excuser quand elle riait, la cicatrice sur son menton, souvenir d'une chute sur la patinoire de Central Park, qui, troublante coïncidence, lui rappelait celle de Lizzie, la légèreté qu'elle ressentait, presque de l'apesanteur… C'était une ronde étourdissante d'images et de sensations dont elle ne parvenait pas à s'extraire.

*

Le soir du vernissage de « *A Different Way* », Ruth fit ainsi la connaissance de deux photographes qui allaient compter dans sa vie.

Krista, qui lèverait le voile sur les années de journalisme de son père à Vienne, ses succès de feuilletoniste, sa vie de critique culturel, son éviction du journal, son arrestation, son internement à Dachau et la lutte d'Almah pour le faire libérer.

Et Christopher, qui allait réussir là où le *chiddoukh* avait échoué.

48

Anguille sous roche

Octobre 1963

— Trop court ! lâcha Myriam en fronçant les sourcils, une moue dubitative aux lèvres, son bracelet porte-épingles de velours noir au poignet.

Je paradais devant la glace, l'ourlet de ma jupe maintenu par des épingles. J'avais décidé de raccourcir toute ma garde-robe pour être à la pointe de la mode. Je soupirai, résignée :

— Ce que tu peux être vieux jeu parfois !

Ça m'avait échappé et je me mordis la joue. Ma tante plissa les yeux et me scruta avec attention.

— Tu ne me cacherais pas quelque chose, toi ? Quand on commence à revoir sa garde-robe, surtout avec ce sourire béat, c'est qu'il y a anguille sous roche !

Je souris plus largement. Ce devait être un sourire bien niais, à en juger par la façon dont Myriam me considérait. Mais elle avait raison. Depuis quelques jours, mes pieds ne touchaient plus tout à fait terre et j'éprouvais une envie irrésistible de rire et de sauter en l'air sans raison. Je brûlais de me confier à elle. En réalité, j'aurais voulu crier à la terre entière que j'étais amoureuse. J'avais fait des confidences à Deborah qui m'avait mise en garde contre les séducteurs du Village. En revanche, j'avais éludé les questions d'Arturo qui m'avait harcelée après la soirée, car, après ma déconvenue de l'été, je craignais son jugement.

Le soir en m'endormant je pensais à Christopher. Le surlendemain de notre rencontre, je l'avais revu dans un bar avant qu'il ne s'envole pour Miami où il devait faire un reportage sur les réfugiés cubains de Little Havana. En me quittant il m'avait serrée dans ses bras, une étreinte follement excitante, même s'il ne m'avait pas donné le baiser passionné que j'espérais. Il ne m'avait pas encore rappelée, mais je savais qu'il le ferait. Dès son retour que j'attendais fébrilement en errant avec ivresse dans le dédale de nos deux soirées passées ensemble. Il me l'avait promis.

49

Examen final

Novembre 1963

Christopher m'appela. Deux jours après son retour, soit plus de quinze jours après notre première rencontre. J'encaissai sans broncher de ne pas être une priorité, ce qui m'aurait vexée de la part de tout autre, car, m'expliqua-t-il, il avait tant de choses à faire.

Entre-temps j'avais fait couper mes cheveux en dégradé, raccourci mes jupes de dix bons centimètres, remisé définitivement mes trop sages twin-sets au fond de ma commode et adopté un look plus bohème, ce qui faisait glousser Deborah.

Christopher avait réservé une table dans un restaurant chinois où il avait ses habitudes (je comprendrais vite qu'il adorait la cuisine asiatique et d'une manière générale tout ce qui se rapportait à l'Asie). Je m'étais préparée avec plus de soin que pour un grand oral, coiffure, maquillage, tenue, épluchage des dernières éditions des quotidiens. Tandis que je marchais à sa rencontre, l'asphalte new-yorkais s'était transformé en un moelleux petit nuage et mon cœur battait la chamade.

Tout d'abord, je ne le vis pas. Il était assis au fond du restaurant. Il ne guettait pas fiévreusement mon arrivée. Non, il était occupé à lire un magazine. J'étais un peu déçue. Quand je fus tout près de lui, il leva les yeux vers moi, sourit, se leva, déposa un baiser sur ma joue et tira la chaise face à lui pour que je m'assoie.

— Salut Ruth. Tu as l'air en forme. Donne-moi deux minutes, je termine un article et je suis à toi.

Assise face à un journal déplié, je me demandai si j'avais tout imaginé, si je m'étais bercée de rêves de midinette. Manifestement Christopher était, à l'inverse de moi, loin d'être en transe. Enfin il ferma son *Life*, le roula dans la poche de sa veste et me sourit gentiment. Il prit ma main qu'il retourna et l'embrassa sur la paume, déclenchant un frisson spontané le long de mon échine. Et je me dis que tout allait bien, c'était normal, il ne lui restait que quelques lignes à lire pour terminer son article. Je pouvais comprendre ça.

À plusieurs reprises, j'eus l'impression de passer un examen, il m'examina, me questionna comme s'il faisait un inventaire. J'étais beaucoup moins à l'aise que lors de notre précédent rendez-vous. Si c'en était une, je réussis l'épreuve car, en sortant du restaurant, il me prit dans ses bras et m'embrassa. Notre premier baiser.

Dès lors je ne lâchai plus sa main. Nous marchâmes longtemps jusqu'à l'appartement qu'il occupait dans un immeuble cossu de Riverside Drive. Un cadeau de son père, un magnat de l'immobilier. C'était une garçonnière digne d'un roman, mal aérée et meublée sommairement, un chaos de livres, de journaux, de documents, de photographies. Un panneau « *no entry* » barrait la porte d'une pièce transformée en chambre noire. Des tirages photographiques maintenus par des épingles à linge de bois séchaient sur des fils tendus au-dessus de la baignoire. Je me sentis presque reconnaissante d'être autorisée à pénétrer dans son antre.

Sans un mot, comme si c'était une évidence, Christopher me fit basculer sur le lit défait, après avoir balayé d'un geste un amas de vêtements. Sans prendre la peine de me déshabiller entièrement, il me fit l'amour fiévreusement. Une espèce de rage suintait de ses mouvements, comme une urgence. Il jouit rapidement, sans m'attendre. Dans un éclair d'intuition, je me dis qu'il en serait ainsi à l'avenir. Il y eut une deuxième fois, puis une troisième, apaisée, où il s'appliqua à me donner du plaisir. J'oubliai tout. Le corps essoré, je plongeai dans un sommeil lourd dont je n'émergeai qu'au petit matin, effarée d'avoir oublié de prévenir ma tante ainsi qu'elle m'avait demandé de le faire au cas où je ne rentrerais pas.

Après cette première nuit, les choses me semblèrent aller d'elles-mêmes et je nous envisageais comme un couple. Notre relation allait prendre son essor. Nous nous voyions deux à trois fois par semaine quand Christopher était à New York. Avec lui je me sentais entière, j'entretenais la conviction que nous étions une évidence. Mais j'avais d'emblée compris que j'allais devoir lutter pour m'imposer.

50

A different way

Janvier 1964

Le vernissage de Krista avait été prémonitoire. Ma vie à New York avait pris « *a different way* », un tour différent associé à un prénom : Christopher.

Chris avait vingt-huit ans. Il n'avait pas de formation académique, ayant vite abandonné ses études d'histoire à Columbia. « L'école de la vie, il n'y a que ça de vrai ! » La photographie était sa passion, une passion qui primait sur tout. Un temps assistant de Krista qui l'avait formé au photo-journalisme, il s'était vite affranchi de son encombrante tutelle. Il collaborait en indépendant avec divers journaux et magazines, bouillonnant d'idées et surtout d'indignation avec pour seules armes son Leica et son audace. Chris était contre. Contre la ségrégation, contre les violences policières, contre l'interventionnisme des États-Unis, contre les essais nucléaires, contre le blocus de Cuba, contre le colonialisme, contre les inégalités homme-femme, contre la course à l'armement, contre la guerre au Viêtnam. Contre.

Il était sur une trajectoire ascendante et commençait à se faire un nom. Après avoir couvert la proclamation d'indépendance de la Jamaïque – son portrait sur le vif d'Alexander Bustamante avait fait sensation –, il avait été remarqué pour une publication dans *Life*, un reportage sur Raúl Sendic, le fondateur du mouvement Tupamaros, chantre de l'action directe et de la guérilla urbaine, qu'il avait rencontré dans un faubourg de Montevideo. Ce tour de force, qu'il me raconta les yeux fiévreux – ses histoires coulaient, toujours précises et soutenues –, lui avait valu l'admiration de ses pairs. Fort de ces premiers succès, il avait vendu au magazine des clichés vibrants d'émotion de Martin Luther King psalmodiant « *I have a dream* » pendant la marche sur Washington. Je n'avais pu m'empêcher de laisser échapper : « J'y étais moi aussi. Nous aurions pu nous croiser ! Et le journal de Sosúa a publié mes photographies. » Il n'avait pas relevé.

Je faisais tout mon possible pour me maintenir à son niveau. À la bibliothèque je dévorais compulsivement journaux et magazines pour me donner un vernis que j'espérais bluffant, au *Times* je traquais les informations des agences de presse, grappillant des idées qui pourraient me permettre de briller à ses yeux. Sans grand succès. Chris avait toujours une longueur d'avance, quoi que je fasse, que je dise, que je suggère ou que j'entreprenne. Il avait une opinion arrêtée sur tout alors que je doutais en permanence.

Quand j'avais enfin quelque chose d'intelligent à dire sur un sujet, il était déjà passé à autre chose. N'ayant pas de position bien affirmée ou de vraies convictions politiques, je me sentais toujours à la traîne. Alors assez rapidement je pris le parti de me taire, de peur de tenir des propos naïfs qui m'auraient dévalorisée, et je l'écoutais.

Christopher rêvait de scoops et de prix Pulitzer, il rêvait de devenir le nouveau Robert Capa. Je compris vite que notre histoire n'était pas sa priorité. Son ambition me reléguait au second plan. Je me rappelais une conversation avec ma mère :

— Comment as-tu su qu'il t'aimait ? lui avais-je naïvement demandé à propos de sa rencontre avec mon père.

— C'est simple, je brillais dans ses yeux, m'avait-elle répondu avec spontanéité, une note de nostalgie très perceptible dans sa voix qui tremblait.

Une réponse énigmatique, mais qui ne laissait place à aucun doute. Elle avait été sûre de l'amour de mon père.

Or ce qui brillait dans les yeux de Christopher, ce n'était pas moi. C'était l'excitation de ses combats. Il m'aimait avec distraction et par intermittence, car il aimait encore plus sauter dans un avion pour aller mitrailler une manifestation pour les droits civiques, un opposant politique sud-américain malmené ou une grève de dockers. Il m'expliqua que rien n'était trop loin pour lui. Son père, parfaite illustration du rêve américain, avait fait fortune dans l'immobilier en partant de pas grand-chose. Il ne tenait plus rigueur à son fils unique de l'abandon de ses études depuis ses premiers succès journalistiques et il finançait sans compter son ambition.

De mon côté, j'étais amoureuse, d'une sorte d'amour que je n'avais jamais connu, sous-tendu par une admiration sans bornes. J'adorais son corps fin et nerveux. Dans ses bras, je découvrais le sexe sans tabou. Après avoir fait l'amour, il m'abandonnait, échouée sous le drap, pour fumer une cigarette à sa fenêtre, perdu dans ses rêves. Puis il revenait vers moi, sa cigarette dessinant des volutes de fumée tandis qu'il agitait la main pour envisager avec conviction un nouveau sujet sur lequel je n'avais qu'une opinion approximative, qui, quand je me hasardais à l'exprimer, lui faisait retrousser ses lèvres en un petit sourire narquois.

Mais plus que tout, j'aimais son regard intense qui devenait ardent dès qu'il évoquait un nouveau combat. J'étais fière d'avoir été élue par un homme si beau, si brillant, si unique. Je m'enthousiasmais avec lui et je me réjouissais sincèrement de ses succès. J'avais l'impression qu'à ses côtés je pourrais devenir une bonne journaliste, que je pourrais apprendre de lui. Je ne lui en disais rien mais, au fond de mon cœur, je rêvais de former avec lui un duo de journalistes incontournables, je nous voyais en Hemingway et Gellhorn, pas moins.

En attendant la gloire, je rongeais mon frein et me contentais des quelques miettes de son précieux temps que Christopher m'accordait. J'étais la parenthèse new-yorkaise de sa vie et je passais après tout le reste. Mais je tenais bon et plus il était insaisissable plus je m'accrochais. Je relisais en boucle le recueil de poésie de Mario Benedetti qu'il m'avait offert. Je puisais dans les haïkus du poète uruguayen une forme de consolation à ses négligences.

« *Cuando uno viaja*
también viaja con uno
el universo[1]. »

1. « Quand on voyage / voyage aussi avec nous / l'univers. »

51

En état de choc

Novembre 1963

Brooklyn, le 26 novembre 1963

Maman chérie,

Cette courte lettre pour te rassurer. Ne t'inquiète pas. Tout va bien même si le pays est en état de choc. Tout le monde est sidéré par l'assassinat de Kennedy. L'humeur n'est pas à la légèreté, loin de là, et dans les rues, les gens sont tristes, les visages maussades et compassés. Les journaux et les radios ne parlent que de ça, les images de Dallas passent en boucle à la télévision. Des tas de rumeurs commencent à circuler. On parle d'un complot, de Cuba, des services secrets, de la mafia... Mais le plus grave c'est que l'on craint, dans les milieux informés (et je suis bien placée au journal pour le savoir), que le nouveau président

Johnson n'entraîne les États-Unis dans l'engrenage de la guerre. Le Viêtnam est dans toutes les conversations.
L'assassinat des hommes d'État est-il une fatalité ? Pourtant Kennedy paraissait un gage de bonne gouvernance. Il faut croire qu'assassinats politiques et guerres sont le lot de l'humanité.

J'attends mes prochaines vacances avec impatience. Je serai bientôt avec vous. J'ai déjà commencé mes courses de Noël. Si tu as des envies ou des besoins particuliers, envoie-moi vite une liste. Ou plutôt téléphone-la-moi, ça ira plus vite. Et aide-moi à trouver une idée de cadeau qui ferait vraiment plaisir à Frizzie et Ana Maria.

Je t'envoie plein de baisers made in USA, dear Mummy. *Aaron, Myriam et Nathan t'embrassent aussi.*

Tendrement, Ruth

En glissant sa lettre dans l'enveloppe au liseré tricolore, Ruth culpabilisa de mentir à sa mère. Elle n'attendait pas ces vacances avec impatience et n'avait nulle envie de quitter New York et Christopher pour passer la fin de l'année à Sosúa. Elle se dit qu'elle trouverait bien une raison pour écourter son séjour le moment venu, car elle voulait à tout prix fêter le nouvel an avec son amoureux.

Ruth n'eut pas besoin de prétexte, elle ne devait pas rentrer chez elle avant de longs mois. Almah jugeait la situation trop instable dans l'île pour lui faire courir des risques inutiles. Ruth entra dans l'année 1964 dans les bras de Christopher. Pour Noël elle se ruina et lui offrit une Moonwatch d'Omega. En retour, elle reçut un appareil photographique d'un nouveau genre qui faisait fureur, un Polaroid qui permettait un développement instantané en couleurs, avec lequel elle tira de nombreux clichés dont elle tapissa les murs de sa chambre.

52

Une petite voix insidieuse

Janvier 1964

Je délaissais Arturo. Il n'en disait rien mais je sentais qu'il s'inquiétait de ma relation avec Christopher, car, lorsqu'il était présent, je n'avais plus de temps pour rien ni personne ; même lui n'existait plus. Quand mon ami parlait de Christopher, c'était toujours avec une espèce de hargne critique que j'attribuais à de la jalousie. Ça finissait en dispute, je défendais Chris bec et ongles, et je quittais Arturo malheureuse.

*

Un jour que je le retrouvais au Café Wha ? où nous avions l'habitude d'aller écouter des concerts, Arturo vida son sac. J'étais triste parce que Christopher venait encore une fois de lever le camp sans préavis. Je m'affalai sur la banquette de moleskine et, découragée, m'accoudai sur la table en bois sombre couverte de traces collantes.

— Ruthie, tu files un mauvais coton ! On dirait bien que tu t'amouraches toujours d'hommes qui ne te font pas du bien, lança Arturo à qui j'avais fini par révéler mon aventure avec Chandler. Ne te fais pas d'illusions, Ruthie. Avec un homme comme lui, tu passeras toujours au second plan.

Il était d'humeur belliqueuse. Je haussai les épaules, méprisante.

— Sous son apparence d'homme engagé, il n'est en fait d'aucun combat, il n'approfondit rien et se contente de surfer sur les vagues.

— C'est parce qu'il est en alerte sur tout ce qui se passe, un événement chasse l'autre et il suit l'actualité.

— Une nouveauté chasse l'autre, oui. Et toi aussi, Ruthie, tu es une nouveauté pour lui.

— Tu ne sais rien de notre relation. Tu ne le connais pas et en plus, tu ne l'aimes pas.

— Je le connais assez pour savoir qu'il ne t'aime pas. En tout cas pas assez. La preuve, il te laisse tomber à la moindre occasion. Ruthie, ouvre les yeux. Son métier c'est comme une drogue. Il ne peut pas s'en passer. Tant que le monde ira mal, il aura du grain à moudre. Et crois-moi ce n'est pas près de changer.

Sa réponse me fit mal, mais je rétorquai avec fougue :

— Je l'aime et c'est comme ça. Le temps que nous passons ensemble, aussi réduit soit-il, n'a pas de prix. C'est bien plus exaltant qu'une relation qui ronronne. Dès que j'aurais fini mes études, les choses changeront, je pourrai le suivre.

— Je suis pas sûr que cette perspective l'enchante, rétorqua Arturo avec scepticisme. J'en doute même, pour être tout à fait honnête avec toi. C'est un loup solitaire, ajouta-t-il, et je le soupçonne d'être assez égoïste et égocentrique. Partager l'adrénaline et les lauriers, ce n'est pas son truc. Ça l'arrange bien que tu restes ici à l'attendre, toujours disponible. Et d'ailleurs, c'est quoi cette relation qui ne dit pas ce qu'elle est ?

Arturo n'y allait pas par quatre chemins, mais il avait raison. Christopher refusait d'afficher notre intimité. Je ne risquais jamais de geste trop familier en public car il en était manifestement agacé. J'avais parfois le sentiment diffus qu'il voulait toujours paraître disponible. Je me mordis les lèvres sans répondre. Sans merci, Arturo enfonça le clou pour me crucifier.

— Désolé d'être aussi franc, mais je ne veux pas te dorer la pilule. Ce ne serait pas te rendre service. Ce n'est pas mon rôle.

— Et quel est-il, ton rôle, au juste ? grinçai-je maussade.

Arturo me dévisagea longuement et, en me regardant au fond des yeux avec une grande tendresse, il déclara :

— Celui de ton meilleur ami, qui t'aime et prend soin de toi, car toi tu te négliges, *querida*.

Je levai les yeux au ciel, à la fois meurtrie et émue. Tout au fond de moi, une petite voix insidieuse me chuchotait qu'il avait raison.

53

Passage éclair

Février 1964

En février 1964, Lizzie fit un passage éclair à New York. Sans préavis. Elle se débrouilla pour dégoter le numéro du standard du *Times* et me donna rendez-vous dans un bar du Village.

— Inutile de prévenir ma mère, je ne lui ai pas dit que j'étais là, précisa-t-elle laconiquement avant de raccrocher.

Toutes affaires cessantes, je me précipitai à sa rencontre, le cœur battant, comme pour un rendez-vous amoureux. Nos retrouvailles furent étranges, teintées d'une sorte de consternation mutuelle.

Elle était installée dans un box, devant un hamburger suintant de graisse, une portion de frites et un verre de Coca. Une cigarette à demi consumée était posée sur le bord du cendrier. Elle était vêtue de vêtements bien trop légers pour la saison, juste un gros pull marron sur un jean sale. Elle m'accueillit avec un sourire amer, lâchant cette phrase que moi seule pouvais comprendre :

— Je donnerais tous les burgers de New York pour des *chicharrones* !

Les *chicharrones*, comme un code entre nous. Les travers de porc frits que nous adorions arroser de jus de citron vert. Il était si loin le temps de Sosúa… Malgré son entrée en matière, je me sentis instantanément mal à l'aise. Je vis tout de suite que quelque chose avait changé. Et pas pour le mieux. Lizzie n'allait pas bien. Elle était encore plus maigre qu'à Zihuatanejo, mais ce n'était pas ça. Son visage, agité de tics, avait perdu toute joie de vivre. Ses yeux cernés de mauve disaient assez sa fatigue et un état de santé préoccupant. Durant notre courte conversation – je devais retourner au journal –, elle eut des sautes d'humeur, passant de l'exubérance débridée au silence ombrageux, et fit preuve d'une susceptibilité à fleur de peau qui ne lui ressemblait guère. Elle avait l'air intranquille, un peu perdue, comme en chute libre. La Lizzie fantasque et irrévérencieuse, toujours prête à lâcher une perfidie moqueuse, s'était totalement évaporée. Elle me fit promettre de la rejoindre le soir même à l'appartement de Perry Street où elle avait posé ses bagages. Je promis. Elle griffonna une adresse sur une serviette en papier qu'elle me glissa dans la main. En la quittant, j'enroulai mon écharpe de laine autour de son cou. Je regagnai le bureau, désorientée et inquiète.

Comme convenu, je retrouvai Lizzie dans le Village. Elle logeait au troisième étage d'un immeuble qui avait connu des jours meilleurs, dans un taudis plein d'allées et venues, un capharnaüm où un essaim de filles avait jeté l'ancre, toutes plus ou moins chanteuses, actrices ou mannequins, en réalité serveuses de bar ou ouvreuses de théâtre, « mais c'est juste en attendant », précisa Lizzie. C'était froid et humide, le papier peint cloquait sur les murs, le sol était couvert de mégots, ça sentait l'herbe, la cendre froide, la graisse rance et la sueur, bref c'était invivable. Je pensai un instant à lui proposer de l'héberger à Brooklyn, mais Lizzie coupa court à mes atermoiements. Elle n'était que de passage. Elle envisageait de rejoindre les émules de Leary qui s'étaient installés avec leur maître à penser dans une immense propriété agricole à Millbrook, pour y poursuivre leurs expérimentations psychédéliques. J'étais atterrée. Je n'eus pas le temps de répliquer, quelqu'un parla d'une soirée qui avait lieu dans un atelier du coin, un lieu d'avant-garde où se réunissaient toutes sortes d'artistes. Lizzie se mit à tressauter fébrilement. Elle voulait à tout prix en être.

*

Nous atterrîmes dans un cinquième étage de la 47e Rue, un espace baptisé la Silver Factory qui venait d'ouvrir ses portes aux artistes de tous bords. On commençait à parler du propriétaire, Andy, dans les milieux underground. Ça grouillait de monde. Dans un coin, deux guitaristes lançaient des riffs discordants, des invités dansaient, d'autres plus créatifs avaient commencé à peindre avec leurs mains, une technique que Lizzie avait déjà largement expérimentée, des shiloms circulaient. Plus loin, un photographe faisait poser des filles dans des attitudes délibérément provocantes. Parodiant le propriétaire des lieux, l'artiste prophétisait qu'entrées là anonymes, elles en ressortiraient superstars. Nous étions au cœur d'une ébullition culturelle excitante et pourtant je n'étais pas à l'aise dans ce milieu bien trop excentrique pour moi. Je me sentais insignifiante et perdue et je restai plantée au milieu de cette faune éclectique, un verre à la main pour me donner une contenance. Lizzie avait raison, au fond je n'étais qu'une indécrottable bourgeoise. Elle, elle était parfaitement à son aise, déblatérant avec tout le monde, flirtant avec des garçons comme avec des filles, fumant et buvant plus que de raison. Au petit matin, je refusai de dormir chez elle, préférant regagner Brooklyn en taxi. Lizzie me demanda de lui prêter de l'argent. Je n'avais pas grand-chose sur moi, juste de quoi payer ma course. Je lui donnais le contenu de mon porte-monnaie, 32 dollars, qu'elle accepta avec un soupir parfumé d'indifférence. « Tu feras attendre le taxi en bas de la maison pour le régler. »

*

Cette nuit-là, le front collé à la vitre gelée du taxi qui me ramenait à Brooklyn, je pris conscience que j'avais perdu Lizzie. Mais quelque chose en moi ne pouvait s'y résoudre. Je me disais que ce n'était pas moi, que c'était elle qui s'était éloignée, qui s'était perdue toute seule, et qu'elle allait revenir à elle, à moi, que notre amitié n'était pas morte, que nous allions en recoller les morceaux et retrouver notre complicité.

Puis je m'en voulais de l'accabler. Pour se perdre, il faut être deux. Non, ce n'était pas la faute de Lizzie. C'était la faute de la vie. Lizzie n'avait fait que suivre son chemin, un chemin cahoteux qui l'éloignait irrémédiablement de ma vie.

54

Le prix à payer

Mars 1964

— Déchire-moi ça ! Tout de suite ! rugit Chris en se jetant sur moi.

J'éclatai de rire en levant haut le bras pour qu'il ne puisse atteindre le petit carré de papier que j'agitais frénétiquement.

Nous venions de faire l'amour. Il avait fermé les yeux quelques secondes et m'avait surprise alors que je le photographiais avec mon Polaroid.

— Ruth, donne, ordonna-t-il en tendant la main.

Il avait l'air tout à fait sérieux et ne plaisantait plus. Je me rembrunis et lui tendis le cliché qu'il déchira sans même en attendre la révélation.

— Franchement Ruth, ce que tu peux être puérile ! Quand je te l'ai offert, je pensais que tu en ferais meilleur usage.

— Et si ça me plaît à moi de te photographier !

— À poil, vraiment ! Quel intérêt, dis-moi ?

— J'aurais pu la regarder quand tu seras parti.

— Tu me fais penser à ces soldats qui fantasment sur des photos de starlettes.

— Sauf que je ne suis pas un soldat et que tu n'es pas une starlette. Tu es mon amoureux et…

Je m'interrompis, vexée, car Chris haussait les épaules. Je m'en fichais, j'avais d'autres photos de lui prises à son insu, mon petit trésor secret, et oui je les regardais le soir dans mon lit quand il était par monts et par vaux. Mais plutôt mourir que de le lui avouer. Chris me regarda attentivement et finit par lâcher en secouant la tête :

— Je n'ai pas la moindre idée de l'endroit où je serai dans un mois, alors, dans ces conditions, tu comprends bien que je ne peux rien te promettre, rien exiger non plus.

Je restai scotchée.

Cette dispute était typique de nos prises de bec. Pour des riens, des broutilles. Nous nous rabibochions aussitôt mais Christopher avait toujours le dessus, et surtout il se débrouillait toujours pour laisser entendre que notre avenir était incertain. Bien sûr, c'était déstabilisant, mais je me disais que c'était le prix à payer pour être avec un homme comme lui. Un homme qui savait où il allait, un homme dont le regard sur le monde me paraissait beaucoup moins superficiel que le mien.

Parfois je me demandais si Arturo n'avait pas raison, si son goût de l'aventure ne remplaçait pas de véritables convictions politiques. J'avais l'impression de la course folle d'un cheval que rien ne pouvait arrêter. Ses désertions me blessaient, même si je savais qu'elles étaient sa vie et que rien, ni un amour, ni une famille, ni même des enfants, ne le ferait changer. Quand il partait, je me sentais vidée de ma substance. Puis il était de nouveau là, quelques jours. Le repos du guerrier, plaisantait-il, et je ne voulais perdre aucune des précieuses minutes que Chris me concédait. Nous allions au cinéma, au théâtre, hantions les galeries, et nous faisions l'amour.

Au bout de quelques jours, Chris recommençait à bouillonner et je me sentais importune. Je l'aimais, mais j'apprenais à mes dépens qu'exister à ses côtés exigeait que je m'efface.

55

Coup double

Avril 1964

Réglé comme du papier à musique ! m'étais-je dit en comptant sur mes doigts quand Frederick m'avait annoncé la grossesse d'Ana Maria. Neuf mois après leur voyage de noces en Europe, leurs jumelles, Alicia et Elvira, vinrent au monde.

La grossesse de ma belle-sœur avait été difficile. Je le savais par les confidences de ma mère qui était inquiète. Frederick était rongé d'angoisse et d'impatience, mais il ne voulait pas s'alarmer ni m'attrister. D'ailleurs, depuis son mariage, comme je l'avais prévu, le lien entre nous s'était distendu, ce que je lui pardonnais sans état d'âme. Sa femme au centre de ses préoccupations, c'était légitime et naturel. J'étais loin. Et j'avais Christopher.

Ana Maria avait dû être immobilisée durant de longues semaines avant le terme. L'accouchement fut pénible et se termina par une césarienne aux résultats catastrophiques. Almah déplora les techniques antédiluviennes de la chirurgie dominicaine. Ana Maria ne mettrait plus jamais de bikini. Elle garderait une couture disgracieuse qui barrait son ventre sur toute sa hauteur. Mais le plus triste, elle ne pourrait pas avoir d'autres enfants. Elle et Frederick devraient faire leur deuil de leurs rêves de famille nombreuse et mettraient des années à digérer ce coup du sort. Le nom des Rosenheck s'éteindrait avec mon frère.

Heureusement, les bébés n'en souffrirent pas. C'étaient deux adorables fausses jumelles. Elles étaient nées blondes avec les yeux clairs mais toute la famille prédisait que ça ne durerait pas. Chez les Puig on naissait blond et on fonçait au bout de quelques mois. C'était compter sans les gènes Rosenheck. Mais chacun y trouverait son compte : Alicia serait châtain clair aux yeux bruns quand Elvira deviendrait brune aux yeux bleus ; seul point commun, leur jolie peau abricot. Pour l'heure, leurs chevelures se résumaient à un fin duvet pâle et leurs mimiques à celles de petites vieilles édentées. Enfin c'est ce que me dit ma mère au téléphone quand elle m'annonça la nouvelle. Ma mère qui était folle de joie à l'idée de pouponner.

Je me demandais quel genre de grand-mère Almah ferait, elle si libre, si affranchie de toutes les contingences liées à la bienséance familiale. J'avais grandi dans l'affection de deux femmes hors norme, ma mère et Svenja, mais je n'avais pas eu de grand-mère. En imaginant ma mère avec ses petites-filles, je ressentis une fois de plus le manque cruel de cette chose que je ne connaissais pas, l'affection bienveillante et tendre d'une mamie qui aurait fait des gâteaux au chocolat avec moi, m'aurait appris à tricoter, m'aurait permis d'utiliser son maquillage, m'aurait prêté en cachette des livres interdits. Je ne les avais pas connues et une fois de plus, malgré mon âge, Hannah et Esther, qui n'avaient jamais été pour moi que des ombres, des visages sur des photographies jaunies aux bords dentelés, me manquaient cruellement.

56

Une véritable frénésie

Avril-mai 1964

Les éclipses de Christopher étaient de plus en plus fréquentes. Une véritable frénésie s'était emparée de lui. Jusqu'à fin 1963, il se mobilisa sur les suites de l'assassinat de Kennedy, collant aux basques de la meute de journalistes qui suivait l'enquête en guettant le cliché qui ferait mouche. En vain. N'étant pas au bon endroit au bon moment, il rata l'exécution d'Oswald et en conçut un dépit qui confinait à la souffrance.

Dans les tout premiers jours de l'année, Chris partit au Panamá. Le pays était en ébullition, la mainmise des États-Unis sur le canal sérieusement contestée. Les étudiants menaient le mouvement de protestation. Les affrontements du 9 janvier, rebaptisé *Jour des martyrs*, firent de nombreuses victimes panaméennes et laissèrent sur le carreau quelques GI. Du pain bénit pour Chris qui se retrouva, comme il me le confia à son retour avec enthousiasme, au cœur de scènes patriotiques tout à fait exaltantes. Il tira un bon prix de ses photos – quelques cadavres et des étudiants qui défiaient la police de la zone du canal en agitant le drapeau national – et se remit aussitôt à scruter le monde pour choisir la région de la planète vers laquelle il allait prendre un nouvel envol.

En mars, il s'intéressa à l'assassinat de Catherine Genovese, tuée dans le Queens au vu et su d'une quarantaine de témoins. Mais ce n'était pas son registre et il n'obtint pas de photographie à sensation. Les soubresauts de la république brésilienne et le durcissement des positions anticommunistes étaient une bien meilleure aubaine. Il partit pour Rio juste à temps pour ne pas rater le coup d'État. Puis en avril, il prit la direction du cap Canaveral pour le premier vol spatial Gemini.

Le 2 mai, Chris m'entraîna à Times Square, dans la première manifestation étudiante contre la guerre du Viêtnam. Nous étions peu nombreux, à peine quelques centaines, et assez mal informés. À San Francisco, une marche similaire se déroula quelques heures plus tard. Ce n'était que le prélude à des manifestations autrement plus mobilisatrices. J'avais le sentiment enivrant d'être à l'avant-garde. Avec le Polaroid, Chris prit de moi quelques photographies où je brandissais, exaltée, une pancarte « *Stop US agression in Vietnam* ». Le surlendemain, il s'envola pour le Cambodge.

57

Greenwood, section 153

Mai 1964

Quand il était en reportage, Christopher me gratifiait de loin en loin d'un appel laconique pour donner de ses nouvelles. Depuis son départ en Asie, deux semaines auparavant, je n'avais eu droit qu'à un malheureux coup de fil passé à son arrivée à Phnom Penh. Depuis, plus rien.

Je passais de longues journées à me ronger les sangs. J'étais morose, irritable, fatiguée en permanence. J'étais aussi vaguement inquiète. Au fil des jours, de sombres pressentiments m'envahirent, qui m'empêchaient de me concentrer sur mes révisions pour les examens de fin d'année. Je me perdais en vaines conjectures. J'étais distraite, attachais de l'importance à des riens, me raccrochais à des signes ridicules. Une mouette blanche survolait la rue, une bonne nouvelle à venir, je croisais un chien noir sur un trottoir, une mauvaise nouvelle. Dans un sursaut de volonté, j'essayais de me concentrer sur des choses concrètes, la routine de la vie quotidienne, Nathan, mes révisions… Je retournais entre mes doigts mon talisman, la grosse graine brune en forme de cœur, le cadeau de Lizzie à Zihuatanejo. Arturo se moquait de moi : « On dirait une vieille *bruja* superstitieuse ! *Think positive !* » Positiver, je n'y arrivais pas.

*

À la fin de la deuxième semaine, cela vira à l'obsession. Il me fallait à tout prix un signe de vie. Mais je ne savais pas vers qui me tourner. Je ne connaissais pas les amis de Christopher et je n'avais pas été présentée à sa famille. Je finis par contacter la rédaction de *Life*. Je fus ballottée de bureau en bureau, pour un résultat nul : on n'avait pas de nouvelles de lui. Ce qui n'était pas surprenant car il ne faisait pas partie du personnel du magazine. Complètement à cran, j'attendis une semaine de plus et, n'y tenant plus, je me décidai à appeler chez ses parents. Une domestique me répondit d'un ton compassé que ni Madame ni Monsieur n'étaient présents, que je laisse mon numéro de téléphone, qu'on me rappellerait. Ce que ni Madame ni Monsieur ne firent.

Je me morfondis trois jours encore avant de rappeler. Le père de Christopher me répondit d'un ton froid et dépourvu de toute émotion que son fils était mort dans un accident au Laos, que son corps avait été rapatrié et qu'il avait été enterré une semaine auparavant, qu'il était en deuil, qu'on ne le dérange pas.

J'eus l'impression d'être soudain privée d'oxygène. Je me mis à haleter, cherchant désespérément mon souffle. À mesure que ces paroles faisaient leur chemin dans mon cerveau, je sentis le sang se retirer de mon corps pour se remettre à pulser furieusement dans mes veines. Ma cage thoracique se mit à brûler douloureusement. La terre s'ouvrit sous mes pieds et je plongeai dans le vide, ensevelie sous un bloc de béton. Je mis quelques secondes à réémerger. Un nœud bloquait ma gorge. Je couinai d'une voix que je ne reconnus pas :

— Ce n'est pas possible, je ne vous crois pas !

Un court silence. Je cherchai l'air.

— C'est pourtant la triste réalité, mademoiselle.

Un goût de sciure dans ma bouche. L'impression de couler à pic de nouveau.

Puis soudain un sanglot sec résonna dans le combiné. Le père de Christopher ne se maîtrisait plus et je sus que c'était vrai.

— Je suis…

Je vacillai. Qu'étais-je au juste ? Son amie ? Sa fiancée ? Sa maîtresse ? Ou moins que ça ? Et à l'imparfait ? Dans un éclair de lucidité foudroyant, je me rendis soudain compte que je m'étais sans doute raconté l'histoire à ma façon. Celle d'un grand amour là où Christopher n'avait probablement vu qu'une aventure.

— … une amie ? m'aida son père. Je suis désolé mademoiselle, nous n'avons pas pu prévenir tous ses amis, nous n'en avions pas la liste. Christopher connaissait beaucoup de monde, mais il était très discret sur sa vie privée. Il est enterré au cimetière de Greenwood, section 153. C'est là que vous le trouverez dorénavant.

— Je… suis… tellement… désolée. Je vous présente toutes mes condoléances, à vous et à sa maman, répondis-je mécaniquement.

Car c'est ce qu'on dit dans ces cas-là. Et je raccrochai en état de catatonie, les paroles fatales solidifiées en moi comme des pierres.

À moi, qui allait présenter des condoléances ?

58

Un stupide accident

Mai 1964

Christopher fut l'un des premiers Américains à mourir au Viêtnam. Au Laos plus exactement. Parti au début du mois de mai pour l'Asie, il voulait être un des premiers sur le terrain des opérations du pays qui s'embrasait.

Comme une malédiction, l'histoire se renouvelait : ce ne fut pas au cours d'un accrochage ou d'un attentat, mais dans un stupide accident de voiture qu'il trouva la mort. Il faisait route vers un village de jungle situé non loin de la piste Hô Chi Minh menacée de bombardement par les Américains qui voulaient couper l'approvisionnement du Sud-Viêtnam, quand son véhicule hors d'âge avait dérapé dans la boue d'une étroite piste pentue, heurté un arbre et dévalé en tonneaux un vertigineux ravin pour s'écraser contre un lit de roche avant d'exploser. Ni lui, ni les deux autres journalistes qui l'accompagnaient, ni leur guide ne s'en étaient sortis.

Il n'avait pas fêté ses trente ans. Mais ces détails-là, Ruth ne les apprendrait que bien plus tard.

Ce fut un séisme, un raz de marée. Leur histoire d'amour n'en était qu'à ses balbutiements. Elle avait duré moins de huit mois. C'était violent, dévastateur, injuste. On ne meurt pas à vingt-huit ans.

59

Le plan de la vie

Mai 1964

Après le coup de fil fatidique, je restai au lit pendant plusieurs jours, incapable de rien. Anéantie, mon élan vital scié, je n'avais plus aucune raison de mettre un pied devant l'autre. Chaque matin, après l'inconscience du sommeil, la douleur était au rendez-vous. Habitée par une envie permanente de pleurer, de hurler à l'injustice, de vomir, je n'avais plus faim, plus envie de voir qui que ce soit, plus envie de parler. Je ne supportais plus rien, ni les mines apitoyées de ma tante, ni l'odeur de la fumée des cigarettes d'Aaron, ni les pitreries de Nathan. Le chagrin se solidifiait en moi.

Je n'arrivais pas à sortir de mon apathie, à me relancer dans la vraie vie. Je passai des journées entières sous mes draps, sans me laver ni me coiffer, sans rien avaler, essayant de panser ma peine par des gestes mécaniques et dérisoires. Bien déterminée à repousser les assauts du monde extérieur, je m'efforçais de revivre chacun des moments passés avec Christopher, je revenais sur un regard, sur un geste, un sourire. L'instant suspendu de notre premier baiser à la sortie du restaurant chinois. La première fois où il m'avait si mal aimée. Je revoyais ses yeux vifs toujours en éveil, son front qui se plissait au fil de nos conversations, ses lèvres qui se retroussaient en un sourire moqueur. Je pensais aussi à ce temps qui avait filé entre mes doigts, aux mots que je n'avais pas osés, aux gestes que j'aurais dû. Je fermais les yeux, me concentrais et tentais de sentir le contact de sa peau, de ses doigts sur moi, de ses lèvres sur ma bouche. Il ne me restait rien de lui. Juste un roman d'Hemingway feuilleté jusqu'à l'usure, un recueil de poèmes de Benedetti, une photographie de lui ratée, prise au Brésil, quelques coupures de presse et mes malheureux Polaroid aux couleurs ternes que je regardais en pleurant. Incapable de reposer mon esprit en oubliant quelques instants, je ne cessais de ressasser. Quand, ivre de fatigue, je plongeais dans un sommeil chaotique, je me réveillais en sueur, hébétée, des images de véhicule en flammes devant les yeux.

De temps en temps, Nathan passait sa tête par l'entrebâillement de ma porte, un air sincèrement navré sur son visage d'enfant. Allongée sur mon lit, le cœur tordu de chagrin, grinçant de colère, je roulais sur le flanc et le regardais d'un œil mort avant de le chasser d'un mouvement impatient de la main, et il s'éclipsait sans demander son reste, les adultes sont parfois si étranges…

Arturo téléphona à plusieurs reprises, je refusai de prendre la communication. Myriam ne comprenait pas ce qui se passait et s'inquiétait. Quand elle montait dans ma chambre, je la congédiais et m'enfouissais sous l'abri de mon édredon. J'étais engluée dans les minutes qui passaient au compte-gouttes et rien ne me sortait de ma léthargie.

Derrière mon chagrin abyssal moutonnait un océan d'espoirs déçus, d'attentes insatisfaites et de frustrations. Une question me hantait : Christopher m'avait-il aimée ? Assortie de son corollaire : et moi, l'avais-je vraiment aimé ? Je faisais le bilan de nos huit mois. Je me questionnais sur la réciprocité de notre amour et je devais me rendre à l'évidence : rien ne m'avait jamais prouvé ses sentiments. Pas un mot, un signe, pas un je t'aime. Notre lien m'avait paru évident, mais peut-être que pour lui il n'en était rien. Ma certitude venait de nulle part, sécrétée par mes propres illusions. Je me rendais compte que je n'avais pas voulu voir les zones d'ombre de notre relation. Je ne connaissais de lui que ce qu'il avait bien voulu me laisser voir. Il avait compartimenté sa vie, je n'en avais été qu'une des facettes, et certainement pas la plus importante.

Le bonheur et l'amour étaient-ils si fugaces, si fragiles qu'ils pouvaient être anéantis en une fraction de seconde ? Ainsi je n'avais eu droit qu'à huit petits mois d'amour, et encore, pas à plein temps.

C'était donc ça le dessein de la vie pour moi ?

3e Partie

Les cœurs en jachère

« Il faut faire en sorte de pouvoir,
en toutes circonstances, choisir sa vie. »

Jean-Paul Sartre

« Choisir la vie, c'est toujours choisir l'avenir.
Sans cet élan qui nous porte en avant,
nous ne serions rien de plus
qu'une moisissure à la surface de la terre. »

Simone de Beauvoir, *Les Bouches inutiles*

1

Le taureau par les cornes

Juin 1964

— Rien de grave, rassurez-vous.

Je n'étais pas rassurée du tout.

Je me redressai et descendis précautionneusement de la table d'auscultation. Dans un réflexe, je recroquevillai mes orteils au contact du carrelage froid. Je me faufilai en vitesse derrière le paravent, gênée par ma nudité. Je me rhabillai sans un mot, le corps parcouru de frissons de mauvais augure.

Depuis que j'avais appris le décès de Christopher, je m'étais négligée. Et le mot était faible. Je m'étais fait porter pâle au *Times* et j'avais réduit ma fréquentation de l'université aux quelques derniers cours obligatoires. À la maison je n'étais plus qu'une ombre. Déprime macabre, pleurs intempestifs, crampes d'estomac fulgurantes, intense fatigue, j'avais ignoré tous les signaux envoyés par mon corps épuisé, préférant enfouir ma tête sous mon oreiller en espérant que passe le cyclone que la vie m'infligeait. Et de fait, l'onde de choc de la secousse sismique se diluait peu à peu en répliques de moins en moins fortes.

Mon humeur avait cependant déteint sur la maisonnée des Ginsberg qui avait perdu toute gaieté, malgré les efforts de Myriam à qui je refusais de me confier. Je ne pouvais me résoudre à prononcer les mots définitifs. Tant que je ne le disais pas, tant que cela ne franchissait pas mes lèvres, ce n'était pas vrai, Chris n'était pas mort. Ma tante respectait pudiquement mon chagrin qu'elle avait étiqueté « rupture amoureuse douloureuse ». Quand elle s'aventurait à m'en parler, elle disait qu'il me fallait juste un peu de temps.

Je n'avais pris le taureau par les cornes et ne m'étais décidée à consulter un médecin que sous la pression bienveillante d'Arturo. Il avait débarqué à Brooklyn trois jours plus tôt.

Après avoir frappé à ma porte pour la forme, il avait franchi d'un pas martial le seuil de ma chambre où je traînais sur mon lit en pyjama, des notes de cours éparpillées autour de moi. Quand Arturo se pencha vers moi et m'embrassa, je serrai les lèvres, je ne m'étais pas brossé les dents. Il me considéra d'un air navré. Je ne m'étais pas douchée non plus et mes tresses avaient au moins trois jours. Sur ma table de nuit, un livre gisait ouvert à l'envers. Arturo s'en saisit et prit le temps de lire le poème. C'était *La lluvia lenta*, que je lisais en boucle. Et ce n'était pas gai. Il tourna vers moi des yeux désolés et reposa le recueil de Gabriela Mistral comme s'il lui brûlait les doigts.

— Ça ne peut pas continuer comme ça, Ruthie. Il faut te reprendre en main. Si tu n'y arrives pas toute seule, il va falloir que tu voies un médecin.

J'avais cédé d'autant plus facilement que j'étais préoccupée.

Et voilà, j'étais dans le cabinet du docteur Apelbaum, le médecin de famille des Ginsberg, un homme replet et courtois, à l'épaisse chevelure blanche et au regard doux, attendant le verdict. Son bureau nous séparait. Assise au bord du fauteuil, je scrutais le visage bienveillant du docteur qui exprimait une bonhomie de père de famille légèrement préoccupé. Derrière ses petites lunettes cerclées d'acier, ses yeux bruns me considéraient avec circonspection. Sa moustache frémit. Son visage devint grave, il ouvrit la bouche et toussota pour s'éclaircir la voix.

Je l'écoutai sans piper mot.

La sentence me frappa comme un fouet. Les mots du docteur me crucifièrent. Je me mis à compter les veines du bois de son bureau, en état de sidération.

J'étais sonnée quand je sortis de l'immeuble.

*

C'était une magnifique journée de printemps. Un soleil éclatant avait finalement soumis la carapace de nuages qui avait plombé New York durant toute la semaine. L'air était plein des promesses de l'été, mais pour moi il n'y avait que des menaces brisant l'élan de ma vie. On sentait cette excitation particulière des premiers vrais beaux jours. Les tenues des filles étaient courtes et colorées, les gestes vifs, les allures allègres, les pas légers, les visages détendus. J'étais totalement indifférente à ces petits signes qui disaient que l'été serait bientôt là. Je ne cadrais pas dans le décor. J'étais mal fagotée avec un vieux pantalon de toile, ce cardigan de laine informe trop chaud pour la saison et mes chaussures plates. Je m'en fichais. Je dérivais vers les quais de l'Hudson, insensible aux cris stridents des mouettes qui d'habitude me déchiraient les tympans. Les paroles du médecin me vrillaient le crâne. Un coup de Klaxon coupa le fil de mes pensées lugubres.

De façon tout à fait inattendue, un nuage noir égaré dans le ciel bleu creva soudain. De grosses gouttes larges comme des pièces de 5 cents se mirent à marteler les carrosseries des voitures avec une telle colère qu'elles rebondissaient en l'air. Les piétons cherchèrent l'abri des boutiques ou des porches d'immeubles. Je me laissai tremper avec indifférence par la pluie grise, dans un sentiment de solitude absolu.

J'avais marché longtemps, très longtemps, au hasard des rues, dans mes vêtements humides. Je me sentais détachée de tout, flottant parmi les gens qui n'étaient que des ombres. Je ne prenais pas garde à mes pieds douloureux qui demandaient grâce, je ne sentais pas les passants que je bousculais, je n'entendais pas les Klaxon des voitures qui protestaient quand je traversais sans regarder, au risque de me faire renverser. Un homme me tira fermement en arrière en m'empoignant par le bras au moment où je m'engageais sur la chaussée en dehors du passage piéton. « Faites attention mademoiselle ! » Je lui lançai un regard hagard qui le déstabilisa en passant une main sur mon visage mouillé. Pluie ? Larmes ? « Vous allez bien ? » s'enquit-il, vaguement inquiet. Je hochai doucement la tête en guise de remerciement et m'éloignai d'un pas lourd, les épaules basses.

Pour finir j'atterris au Café Wha ?. Je demandai un jeton et passai un coup de téléphone dans la cabine du fond. Pour demander à Arturo de me rejoindre.

2

Les doigts sur la couture du pantalon

Juin 1964

Prostrée sur la banquette de Skaï, Ruth remuait machinalement sa cuillère dans le café dont elle n'avait pas bu la moindre goutte. Les yeux dans le vague, le geste mécanique, elle semblait absente d'elle-même, ne prêtant pas la moindre attention aux allées et venues incessantes dans la petite salle. De temps en temps, le regard préoccupé de Jane, la serveuse, se posait sur elle, mais Ruth ne le remarquait pas.

— Tout va bien ? lui demanda Jane, vaguement inquiète.

Ramenée un instant à la réalité, Ruth hocha imperceptiblement la tête sans répondre. Non, rien n'allait bien, sa vie venait de changer de manière irrévocable, mais qui s'en souciait…

Quand Arturo poussa la porte du Wha ?, cela faisait plus d'une heure et demie que Ruth était là, sans avoir bougé d'un iota, devant son mug de café froid.

À sa posture, dos rond, épaules voûtées, visage baissé, un signal d'alarme se déclencha dans la tête du jeune homme. Ils étaient si proches, il la connaissait par cœur. Quelque chose clochait. D'ailleurs, elle ne l'aurait pas convoqué ainsi, avec cette voix d'outre-tombe, sans préavis ni explication, si tout allait bien. Une onde d'angoisse diffuse comprima la poitrine d'Arturo. Qu'allait-elle lui annoncer ? Une mauvaise nouvelle en provenance de l'île ? Un drame familial ? Ruth avait-elle décidé de rentrer au pays ? Depuis sa rencontre avec Christopher, il y avait des zones d'ombre entre eux. Elle était devenue inaccessible, secrète, moins prévisible aussi. Et depuis le décès de Christopher, elle refusait de le voir.

Arturo se laissa tomber avec appréhension sur la banquette en face de Ruth, prêt à tout entendre, prêt à n'importe quelle pitrerie pour lui remonter le moral. Ruth ne sembla même pas le voir.

— Salut Ruthie ! J'ai été un peu long, mais avec ces embouteillages… Tu as eu une sacrée veine de me trouver à la maison. D'habitude à cette heure-là, je suis en cours ou en vadrouille.

Sans même lever la tête, Ruth marmonna quelque chose d'incompréhensible.

— Quoi ?

— Merci, c'est gentil d'être venu comme ça, au débotté, articula-t-elle, la voix grise.

Il sembla à Arturo que chaque mot lui demandait un effort surhumain. Gentil de ta part, elle ne parlait pas comme ça d'habitude ! D'habitude elle aurait plutôt dit « très chevaleresque, cher Arturo », ou quelque chose du même acabit.

— Tu me siffles et je rapplique, au pied levé, les doigts sur la couture du pantalon, tu le sais bien. Exactement comme tu le ferais pour moi. Enfin j'espère, ajouta-t-il avec ce qu'il espérait être une note de légèreté.

Ruth leva les yeux et eut un petit geste de la main qui pouvait passer pour un acquiescement. Arturo fut effaré. Elle s'était rongé les ongles jusqu'au sang, elle si fière de ses mains soignées. Il eut envie de prendre cette main abîmée, mais se retint. Dans son regard sombre, il lut de la tristesse, une sourde anxiété, du désarroi, de la peur aussi et ce qui pouvait être une étincelle de défi.

— Ruth, que se passe-t-il ?

Elle avala sa salive et soupira longuement. Arturo vit avec effarement ses lèvres se mettre à trembler et des larmes qu'elle s'efforçait de retenir perler au coin de ses yeux. Il tendit la main par-dessus la table et attrapa la sienne. Ses doigts étaient froids, sans vie.

— Ruthie ???

Sa voix était rauque, inquiète. Il eut une sorte de prémonition. Ruth planta ses yeux dans les siens et prit une grande inspiration. Elle avait l'impression d'avoir des cailloux plein la bouche.

— Je suis enceinte, lâcha-t-elle rapidement d'une voix sourde, comme on se jetterait à l'eau, tentant vaillamment de dissimuler la panique qui montait en elle au simple énoncé de cette réalité.

Car si elle ne pensait qu'à ça depuis des heures, se l'entendre dire à haute voix rendit la chose cruellement réelle. Elle serra les dents pour ne pas se mettre à pleurer. Cela n'échappa pas à Arturo dont le doux visage se contracta sous l'effet de la surprise. Il y eut un grand silence. Il ouvrit la bouche et la referma plusieurs fois sans qu'aucun mot ne s'en échappe et déglutit avec difficulté. Il s'attendait à bien des choses, avait envisagé bien des scénarios, mais de là à imaginer que… Il encaissa le choc. Puis ne trouva rien à dire que :

— Tu es sûre ?

Et se maudit aussitôt pour cette question idiote. Pour toute réponse, Ruth haussa les épaules. Arturo la dévisagea longuement, et ce qu'il lut sur son visage, c'était bien de la peur.

— De presque trois mois. Je suis allée chez le médecin, comme tu me l'avais conseillé, j'en sors, ajouta-t-elle d'une voix où sourdait une pointe de reproche.

Ses yeux clairs s'emplirent de larmes qui s'accrochèrent au bord des cils avant de dévaler ses joues en un flot continu qui disait tout son désarroi, sous le regard impuissant d'Arturo. Il resserra sa main sur la sienne, incapable de trouver les mots capables de la réconforter.

— Tu veux un mouchoir ? hasarda-t-il d'un air affligé en lui tendant le sien.

Ruth s'en empara pour se moucher. Un long moment passa.

— Christopher ? osa Arturo.

Ruth lui lança un regard assassin et haussa les épaules. Sa bouche frémit.

— Qui d'autre ? lâcha-t-elle presque hargneusement.

Une sorte de colère grondait dans sa voix. Comment Arturo pouvait-il poser une telle question ? Il s'en voulut aussitôt de sa maladresse et essaya de se rattraper.

— Qu'est-ce que tu comptes faire ? Quoi que tu décides, sache que je suis avec toi, inconditionnellement.

Ruth haussa les épaules sans répondre et balaya rageusement ses larmes d'un revers de la main.

— Ce bébé je n'en veux pas. Pas sans Chris. Je ne suis pas prête. Pas prête à abandonner mes études, pas prête à avoir un enfant seule, pas prête à allaiter, ni à changer des couches, ni à laver des fesses, ni à chanter des berceuses…

Arturo croisa ses mains et fit craquer ses doigts, un geste qui énervait Ruth à chaque fois.

— Je peux t'épouser si cela facilite les choses, lança-t-il d'une voix douce. Nous serons une famille. Je t'aime, tu sais, Ruthie, je n'ai jamais aimé personne autant que toi.

Ruth le dévisagea avec une sorte de colère teintée de mépris et éclata d'un rire mauvais et sans joie.

— Mon pauvre Arturo, tu dis vraiment n'importe quoi. Moi, je ne t'aime pas.

Arturo reçut la flèche en plein cœur et son regard vacilla. Ruth vit avec effarement l'effet de ses paroles. Elle souffrait et avait eu besoin de faire mal. Elle aurait voulu rattraper ses paroles.

— Excuse-moi Arturo, ce n'est pas ce que j'ai voulu dire. Tu sais très bien que tu es mon meilleur ami, je t'aime énormément, mais de là à t'épouser et à vivre avec toi…

Elle haussa les épaules avec découragement.

— Ruthie, j'ai dit ça sérieusement. Pour sauver les apparences, pour que tu ne sois pas seule, pour être une famille.

— Sauver les apparences, il s'agit bien de ça ! Et puis je ne suis pas seule, j'ai ma famille.

— Et comment vont-ils le prendre ?

— Tu es tellement petit-bourgeois dans ta tête.

— Tu es sous le choc, je comprends, mais tu n'as pas besoin d'être aussi méchante, se rebella Arturo.

À ces mots, les yeux de Ruth s'embuèrent de nouveau. Arturo avait raison, s'en prendre à lui était stupide, elle était gratuitement et inutilement agressive. Arturo avança la main et lui effleura le visage.

— La question n'est pas de sauver les apparences, reprit-elle plus doucement, la question est de savoir si je le garde.

— Et que vas-tu faire ?

Ruth baissa les yeux et déglutit. Quand elle répondit, sa voix tremblait.

— Je n'en sais rien. Je ne veux pas de ce bébé, mais il est bel et bien là. J'ai besoin de réfléchir. Je ne suis pas sûre d'avoir l'étoffe d'une mère.

— Quoi que tu décides, je suis avec toi, sans conditions, répéta Arturo. Si tu as besoin d'argent, ou de…

— Je n'ai besoin que de gentillesse pour le moment, j'imagine, et de courage.

Arturo régla leurs consommations et ils sortirent sous le soleil de printemps. Dehors, l'air était doux comme une caresse. Arturo passa un bras autour des épaules de Ruth et la raccompagna à Brooklyn. Ils marchèrent serrés l'un contre l'autre, sans un mot, tout au long du chemin. Une fois arrivée chez elle, Ruth prétexta une migraine et monta une collation dans sa chambre. Ils passèrent une partie de la soirée enlacés sur le lit de Ruth en silence. La présence d'Arturo lui faisait du bien. Sentant que quelque chose se tramait et vexé d'être laissé pour compte, Nathan passa la tête par l'embrasure de la porte en grimaçant un sourire suppliant. Ruth lui fit un signe de la main pour inviter le petit garçon à les rejoindre pour un câlin. Et cela la réconforta. Quand vers 23 heures Arturo la quitta, elle était plus calme. Ruth comprendrait plus tard que la vie fait parfois des choix à votre place et que ces quelques heures avaient suffi à forger sa décision.

3

Un sentiment d'impuissance

Juin 1964

— Allô ???

Je sifflai doucement dans le combiné.

C'était devenu notre code depuis qu'il m'avait dit « *Just whistle !* » quelques années avant sur le bateau qui nous amenait à New York.

— C'est moi…

Cachée sous mes couvertures, je chuchotais, les yeux grands ouverts dans le noir. J'avais tiré le fil du téléphone de l'étage jusque dans ma chambre et, le combiné collé à l'oreille, j'entamais ma conversation nocturne avec Arturo.

— Comment s'est passé ta journée, Ruthie ?

Exténuée par mes conversations avec Arturo, je finissais pourtant par tomber dans un sommeil sirupeux lourd comme de la mélasse, nourri d'angoisses et de cauchemars dans lesquels tout un conseil de famille était réuni pour me juger et m'infliger une pénitence.

Mon père me chapitrait, ma mère me désapprouvait en silence, ma grand-mère Esther, meurtrie par la honte de mon état, me confisquait mon collier, tandis que mon autre grand-mère, Hannah, levait les yeux au ciel et pinçait les lèvres de mépris.

*

Chaque matin, je me réveillais et m'étirais sous l'édredon. Une fraction de seconde de bien-être, puis la réalité se faufilait jusqu'à mon esprit encore brumeux et me frappait de plein fouet. J'étais enceinte.

Les mots d'Arturo, qui avait parodié le docteur Brulov, résonnaient dans mes oreilles : « Ma chère petite, il est inutile de se cogner la tête contre les réalités et de prétendre qu'elles n'existent pas. »

J'étais bel et bien enceinte.

Le soir venu, je me retournais dans mon lit sans parvenir à trouver le sommeil qui me fuyait avec constance. J'avais pris l'habitude de téléphoner à Arturo en pleine nuit. Je bavardais inlassablement avec lui. En fait c'était un monologue qu'il écoutait patiemment. Je m'apitoyais sur mon sort et lui faisais part de mes angoisses et de mes atermoiements. Évidemment, il n'était pas question de me débarrasser de l'enfant, d'ailleurs il était trop tard, mais d'accepter ce bébé que je n'avais pas voulu. Cette perspective me tétanisait. J'avais l'impression d'avancer sur un fil comme un funambule et de risquer la chute à chaque instant.

Arturo n'osait pas poser la question qui s'imposait : « Quand vas-tu l'annoncer à ta famille ? » Parfois il tentait un timide : « Tu ne pourras pas camoufler ton état très longtemps. » Il m'encourageait : « Tu dois trouver le courage de le dire... » Je continuais à me lamenter. Si seulement les choses s'étaient passées autrement.

Ce fut une période étrange faite de silence et de tristesse. Je ne pensais plus qu'à cet enfant qui, peu à peu, grandissait dans mon ventre. Je lisais et j'étais enceinte, je mangeais et j'étais enceinte, je marchais dans les rues et j'étais enceinte, je dormais et j'étais enceinte... Je prenais des résolutions, comme de tout avouer à ma famille, qui se lézardaient aussitôt avec les doutes qui m'envahissaient. Pourtant, je devais, envers et contre tout, apprivoiser la nouvelle réalité de ma vie et la faire mienne. J'étais enceinte et Christopher n'était plus là. Que m'avait-il laissé ? Dans le ventre un bébé et dans le cœur une plaie béante et un immense chagrin. Il m'avait laissé aussi dans la tête un héritage dont je ne soupçonnais pas l'existence et qui ne se manifesterait de façon diffuse qu'au fil des années. L'insoumission. L'indignation. Mais pour l'heure, je ne m'indignais que contre mon sort. J'avais parfois l'impression de m'enliser, ma mère me manquait soudain, ses bras, ses caresses, ses mots doux. Je regrettais de n'avoir pas de grand-mère bienveillante à qui me confier.

Et puis, un jour la tristesse desserra son étau. C'était un jour comme les autres, il n'y avait pas eu de signe avant-coureur. Simplement le nœud se relâcha. L'angoisse qui m'oppressait durant ces nuits sans sommeil céda peu à peu et mes coups de fil nocturnes cessèrent.

Je décidai que ce bébé, qui allait décider du reste de ma vie, n'était pas une erreur. Il ne devait pas être un sacrifice subi mais un nouvel élan. Pour autant, il n'était pas question que cet enfant régente mes choix et domine mon quotidien. Je refusais de me sentir prisonnière de ma vie, otage de ce qui grandissait en moi. J'allais reprendre mon existence en main. J'allais assumer ma grossesse. Je n'avais finalement pas eu à prendre de décision ; enjolivant un peu les choses, je me convainquis qu'elle s'était imposée à moi avec une absolue évidence.

Et l'oreille attentive d'Arturo n'y était pas pour rien.

4

Terriblement mièvre

Juin 1964

C'était juste un petit carnet de rien du tout. Je l'avais choisi avec soin dans une boutique Hallmark de Manhattan. J'avais hésité longtemps, avant de me décider pour un tout petit format pas très épais. Sur la couverture cartonnée, un petit hérisson en barboteuse rose reposait sur un oreiller joufflu, dans une corbeille d'osier suspendue à une liane de fleurs blanches. J'avais bien conscience que c'était terriblement mièvre et j'en avais presque honte. J'imaginais sans peine la tête de Lizzie si elle avait trouvé dans mon sac un objet aussi puéril et d'un goût aussi douteux. « Mon Dieu, Ruthie, je ne te savais pas aussi cul-cul ! » aurait-elle ricané, ajoutant « Je te pardonne », la main sur le cœur, un geste qu'elle affectait chaque fois qu'elle faisait une déclaration importante.

Qu'importe, puisque personne ne le verrait. C'était mon carnet secret, le compagnon discret de ma grossesse, et pour rien au monde je ne l'aurais montré à qui que ce soit. Un recueil de notes éparses, des réflexions, des questions sans aucune logique, et des mesures que je prenais à tout bout de champ avec soin. Car depuis quelques semaines je m'étais également équipée d'un centimètre ruban qui ne me quittait plus. J'avais guetté en vain nausées, vomissements, envies irrépressibles. Mais non, rien de tout cela. J'étais en grande forme. J'attendais impatiemment d'y noter la date à laquelle je révélerais enfin ma grossesse, un jour qui ne pouvait plus beaucoup tarder car il me semblait que j'enflais à vue d'œil. Mon ventre allait s'arrondir, mes seins durcir encore. Bientôt le bébé bougerait. Je ne savais à quoi m'attendre, une onde, une vibration, une petite bosse sur mon ventre… Bientôt je ne pourrais plus taire l'évidence, même en me dissimulant dans des vêtements amples.

Je pensais au père de mon enfant. J'y pensais souvent, je ne devais pas me mentir. Prétendre que j'avais été heureuse avec lui, c'était m'illusionner et je le savais. Je savais qu'Arturo avait raison.

5

Retraverser le monde

Juin 1964

Jérusalem, le 28 mai 1964

Ma très chère Ruthie,

Cette courte lettre pour t'annoncer que j'accompagne Eival à New York le mois prochain. Il est en déplacement officiel pour des réunions à l'ONU et je me suis enfin décidée à trouver le courage de retraverser le monde pour l'accompagner. Je crois bien que ta présence à New York n'y est pas pour rien. Tu ne peux pas imaginer à quel point je suis excitée à l'idée de te retrouver.

J'ai demandé à ta mère de me rejoindre. Elle ne m'a pas encore répondu mais je sais qu'elle va venir. Il ne peut en être autrement. J'attends son coup de fil d'un jour à l'autre.

Je suis ravie de vous retrouver toutes les deux et maintenant je compte les jours. J'aurai tout mon temps pour vous, car je n'ai pour toute obligation qu'un dîner officiel.

Nous serons logés à l'hôtel Warwick et j'aurai à ma disposition un chauffeur de la délégation. À nous la belle vie !
Dans quelques jours nous serons ensemble, j'ai tellement hâte.

Svenja

Comme à son habitude, Svenja ne s'encombrait pas de bonnes manières. Pas plus qu'elle ne s'épanchait. Ce n'était pas son style. Elle considérait comme acquis que ma mère se rendrait à son invitation de la rejoindre aux États-Unis. Je ne doutais pas une seconde qu'elle eût raison. Entre elles, les liens ne s'étaient jamais distendus malgré l'éloignement. Tout comme elle ne s'inquiétait pas le moins du monde de mon emploi du temps. Elle arrivait tambour battant et s'imposait avec l'impertinence et la désinvolture qui la caractérisaient. Sacrée Svenja ! On ne change pas les rayures d'un zèbre comme disait ma mère avec tendresse quand elle parlait de son amie.

Svenja se réinvitait donc dans ma vie. Et pas au meilleur moment. En d'autres circonstances, j'aurais été heureuse de revoir l'amie de cœur de ma mère, ma marraine qu'enfant j'avais vénérée. Mais avec les années, et malgré les quelques heures passées ensemble lors du mariage de Frederick, mes sentiments s'étaient émoussés. Il ne me restait plus d'elle que des souvenirs approximatifs, pas grand-chose, et rien de vraiment solide entre nous. Mais c'était peut-être le destin qui avait décidé de remettre Svenja sur ma route, précisément à ce moment-là.

6

Au bord de l'aveu

Juin 1964

Une semaine plus tard, à peine ses valises déposées au Warwick, Svenja s'annonça à Brooklyn.

Ruth aurait voulu soigner sa mise, mais plus rien ne lui allait. Elle s'était empâtée et avait l'impression d'exploser dans ses vêtements. Elle finit par opter pour un pantalon de toile large, une chemise en jean et des sandalettes plates, pas vraiment une tenue de fête.

Quand la sonnette retentit, Ruth jeta un dernier coup d'œil à sa silhouette peu flatteuse dans la psyché de l'entrée et rectifia sa coiffure, ramenant une mèche derrière son oreille. Elle ouvrit la porte et descendit précautionneusement l'escalier de la maison. Au pied des marches Svenja l'attendait, vêtue d'été, le teint cuivré, un immense sourire jusqu'aux oreilles illuminant son visage. Ruth se jeta dans ses bras et sa marraine l'embrassa à l'étouffer. Elles s'engouffrèrent à l'arrière de la limousine sans desserrer leur étreinte.

— *Mein Gott Ruthie, was bist du schön ! Du siehst gut aus*[1] *!*

Ce furent les premiers mots de Svenja et ils coulèrent comme du miel dans l'oreille de Ruth qui nicha sa tête au creux du cou de sa marraine, retrouvant un geste d'enfance, tandis que la limousine prenait la direction de Central Park.

*

Elles avaient toute une journée à elles, Almah ne devait arriver que le lendemain. Svenja lui avait offert le billet d'avion et avait réservé une chambre pour elles dans son hôtel. « Une grande chambre à deux lits, comme ça tu pourras rester avec ta mère. Ce sera plus pratique que de retourner Brooklyn, surtout si on sort le soir. On a si peu de temps à passer ensemble, il faut profiter de chaque minute ! » avait décidé Svenja.

C'était tout à fait elle, de prendre ainsi les rênes de la situation. Un peu dépitée de ne pas avoir été consultée, Myriam avait pourtant tenu à organiser un dîner le lendemain, le soir même de l'arrivée de sa belle-sœur. Elle brûlait de faire vraiment connaissance avec Svenja, dans des circonstances plus intimes qu'une fête de famille.

*

---

1. « Mon Dieu Ruthie, qu'est-ce que tu es belle ! Tu as l'air en pleine forme. »

— À part ma mauvaise réputation, que reste-t-il de moi à Sosúa ? demanda Svenja, une note d'émotion qui ne lui ressemblait pas dans la voix.

Elles cheminaient lentement bras dessus bras dessous dans les allées de Central Park. Leur tête-à-tête favorisait les confidences et elles avaient entamé le thème « Sosúa et souvenirs ».

— Oh ! Svenja, tout le monde se souvient de toi, s'écria Ruth joyeusement. D'ailleurs personne n'a oublié qui que ce soit à Sosúa, tu sais, c'est toujours comme une grande famille, avec plein de cousins éloignés maintenant, nuança-t-elle. Tu étais vraiment la meilleure de nos maîtresses et tous ceux de ma génération te vouent un véritable culte. Nous avons continué à organiser les Jeux olympiques de l'école et le concours de sculptures de sable !

C'étaient des créations de Svenja et elle se rengorgea.

— Je me souviens comme Frizzie mettait un point d'honneur à réaliser la plus grande et la plus belle statue…

— Hum, moi je devais courir en permanence entre la mer et son œuvre avec mon seau pour qu'il l'arrose, et c'est lui qui recueillait les lauriers !

— Vous faisiez une fameuse équipe avec Samy et Lizzie. Les quatre mousquetaires, soupira Svenja avec nostalgie… As-tu des nouvelles d'eux ?

— Samy et ses parents vivent à Chicago, ils y ont retrouvé de la famille, des cousins je crois. Il envoie toujours une carte de vœux pour la nouvelle année. Il fait des études pour devenir ingénieur, s'il ne l'est pas déjà. Quant à Lizzie, c'est une tout autre histoire.

Ruth raconta son expédition au Mexique et les errances de son amie d'enfance. Si Svenja en fut désolée pour elle, ça ne l'étonnait guère que Lizzie se fût affranchie de toutes les règles de vie en société. « … surtout avec la mère qu'elle avait, gentille mais tellement dépassée, et bornée avec ça. Pauvre Anneliese et pauvre Lizzie ! » conclut-elle en soupirant.

— Mais parle-moi plutôt de toi, Ruthie.

Il ne fallut pas longtemps à Svenja pour deviner que sa filleule lui cachait quelque chose. Elle n'était pas psychologue pour rien. Fine mouche, elle fut alertée par ses regards fuyants, ses sourires qui se dérobaient, ses réponses évasives quand elle l'interrogea sur sa vie privée. Ruth utilisait Arturo pour dissuader Svenja d'investiguer plus avant.

— Arturo par-ci, Arturo par-là, tu n'as que lui à la bouche. Serait-il ton petit copain ? finit-elle par demander.

— Oh non ! se récria Ruth. C'est juste mon ami, mon très cher ami. En fait, il… je soupçonne qu'il n'aime pas les femmes, enfin tu vois…

— Je vois, répliqua Svenja en balayant Arturo et ses hypothétiques préférences d'un petit geste négligent de la main. Alors dis-moi, où en es-tu, toi ? As-tu quelqu'un ?

Sans prévenir, les larmes jaillirent et roulèrent sur les joues de Ruth.

— Mon petit ami… J'avais un petit ami et… et…

Svenja se pencha vers elle, désarçonnée.

— Que s'est-il passé Ruthie ?

— Il est… mort ! Voilà, ce qui s'est passé, c'est fini, il n'est plus là. Il s'est tué dans un accident de voiture. Comme papa !

Les pleurs de Ruth redoublèrent.

— Oh ma pauvre chérie ! lâcha Svenja en serrant sa filleule dans ses bras.

*

Quand Svenja raccompagna Ruth à Brooklyn, celle-ci n'avait pas réussi à se livrer. Elle était restée au bord de l'aveu, les mots lui brûlant la langue à plusieurs reprises, mais elle n'avait pu franchir le pas décisif. Pourtant si quelqu'un pouvait la comprendre c'était bien Svenja, libre comme personne et affranchie d'une quelconque bienséance bourgeoise. C'était elle, encore plus que sa mère, qui lui avait appris dès son plus jeune âge à se moquer du jugement des autres et à tracer son propre sillon, coûte que coûte.

Avant de s'endormir dans le cocon rassurant de la maison de Brooklyn, Ruth se promit que le lendemain elle ouvrirait son cœur à sa marraine. Svenja serait de son côté. Elle devait s'en faire une alliée avant l'arrivée de sa mère qu'elles iraient chercher ensemble à l'aéroport.

7

Une gageure

Juin 1964

Ce serait au petit déjeuner. Le moment où jamais. Elle devait parler à Svenja.

Pendant la nuit, Ruth avait pris sa résolution. Elles étaient convenues de prendre leur petit déjeuner ensemble au Waldorf avant de filer à l'aéroport où l'avion d'Almah ne devait atterrir qu'en fin de matinée. Blottie à l'arrière de la limousine qui était venue la chercher à Brooklyn, Ruth fortifiait sa détermination, choisissait ses mots, polissait son entrée en matière, fignolait ses arguments.

Guettant Svenja au pied de l'ascenseur, elle s'encourageait : *Tu vas le lui dire, tu vas le faire.* Svenja fit son apparition. Elle portait un tailleur gris en lin, bien coupé et élégant, sur un chemisier de soie bleu à gros nœud lâche sous le cou. Mais elle avait l'air fatiguée. Elle lui planta un baiser sonore sur la joue.

— Salut ma Ruthie ! Hum, tu as mal dormi, tout comme moi !

Décidément, on ne pouvait rien lui cacher.

— Tu as le visage tout chiffonné, ma chérie. Quant à moi, je dois avoir une tête à faire peur et les yeux bouffis. Pas pu fermer l'œil de la nuit, l'excitation et le décalage horaire, terrible cocktail. Et puis j'ai beaucoup pensé à toi, ajouta-t-elle avec un regard qui déshabilla sa filleule.

Ruth se mordit la lèvre. Ça ne démarrait pas du tout comme elle l'avait prévu. Elles s'installèrent à une table isolée tandis qu'un serveur fondait sur elles pour prendre leur commande. Svenja ne prit même pas la peine de consulter la carte.

— Deux petits déjeuners, les plus complets que vous ayez ! Nous mourons de faim, n'est-ce pas Ruthie ? Vous mettrez ça sur ma note, ajouta-t-elle en brandissant sa clé.

Ruth rit sous cape. On ne changeait pas les rayures du zèbre ! Svenja planta ses deux coudes sur la nappe immaculée et cala son menton au creux de ses mains en coupe.

— Alors Ruthie ? Que se passe-t-il ? Tu sais qu'à moi tu peux tout dire.

Avait-elle deviné ? Ruth baissa les yeux et enfouit son nez dans sa tasse de café. Ça n'était pas si facile que ça. Elle redoutait le jugement de Svenja.

— Ma chérie, je crois que je sais ce qui te tourmente. Tu peux te confier sans crainte !

Ruth sentit qu'elle devenait rouge comme une fleur d'hibiscus. Elle ouvrit la bouche puis la referma. Svenja tendit une main en travers de la table pour se saisir de la sienne, qu'elle serra fort.

— Tu es enceinte, c'est ça ?

Ruth laissa échapper un petit hoquet puis un très long soupir qui semblait monter du fond de ses entrailles. Elle avait oublié le légendaire sixième sens de sa marraine. Essayer de lui cacher quelque chose était une gageure. Finalement, elle n'aurait rien d'autre à dire que « oui ». Elle hocha la tête.

— Comment as-tu deviné ?

— Oh ma petite, je ne suis pas un perdreau de l'année. N'oublie pas que je te connais depuis ta naissance et que je suis psychologue.

— Psychologue mais pas médium, quand même !

— Hum, il n'y a pas si loin de l'un à l'autre, figure-toi. J'ai bien senti tes réticences hier, tu as failli me le dire à plusieurs reprises et tu t'es ravisée. Alors dis-moi, Ruth, c'est ce petit ami qui est décédé…

Et Ruth se mit à parler.

Elle raconta tout. Sa panique des premiers jours, son désarroi et sa tristesse, le soutien d'Arturo ; elle raconta même sa maladroite proposition de mariage, ce qui fit rire Svenja. Elle dit enfin sa décision qui n'avait rien d'une résignation et enfin son sentiment que cet enfant à venir la rendrait meilleure. Svenja ne l'interrompit pas. Elle se contenta de la regarder au fond des yeux. Quand Ruth s'arrêta de parler, elle dit juste :

— C'est bien ma Ruthie, je suis heureuse pour toi. Tu me bluffes, tu es forte, très forte, et cette force, tu la tiens de tes parents, de ta mère. On peut dire qu'ils ont fait du bon travail ! J'admire la femme que tu es en train de devenir. Tu sais que je suis là pour toi, et que tu peux compter sur moi à n'importe quel moment.

Le dos calé dans son fauteuil, Ruth, allégée d'un grand poids, répondit au sourire que Svenja lui décocha au-dessus des restes de leur petit déjeuner. Elle n'avait jamais douté de son soutien, à aucun moment. Mais ses paroles lui faisaient chaud au cœur. D'un coup, elle sentit tout son corps, qu'elle avait jusque-là tenté de comprimer, se détendre et prendre de l'importance. Fini de se contraindre à prétendre qu'elle n'avait pas changé. Elle avait changé : elle était enceinte. Elle promena sa main sur son ventre à la recherche d'un coup de pied. C'était trop tôt pour ça et elle le savait, mais elle voulait recevoir un signe au-delà des mots officialisant sa grossesse. Svenja jeta un coup d'œil à son poignet.

— Il faut y aller, nous ne voudrions pas faire attendre ta mère, n'est-ce pas ?

Ruth finit sa dernière gorgée de café, tapota ses lèvres de sa serviette blanche qu'elle déposa sur la table et elle se leva avec un nouvel élan. Le chauffeur les attendait devant la porte tambour de l'hôtel.

8

Jamais le bon moment

Juin 1964

Une année comme une éternité.

Almah embrassa tendrement Ruth qui, enfouie dans ses bras qui lui avaient tant manqué, retrouvait son parfum familier. Après avoir embrassé Svenja à son tour, Almah examina sa fille avec attention.

— On dirait bien que New York te profite ma chérie, la cuisine de Myriam aussi !

Derrière son dos, Svenja adressa un clin d'œil à sa filleule qui ne put retenir un éclat de rire.

— Quoi ? demanda Almah. Qu'est-ce que j'ai dit de drôle ?

— Rien maman ! C'est juste que… Non, oublie… (Les mains de Ruth voletèrent avec insouciance devant son visage radieux.) Nous dînons ce soir chez Myriam et tu auras tout le loisir d'apprécier sa cuisine.

Le regard inquisiteur, Almah se tourna, perplexe, vers Svenja qui haussa les épaules avec son air « je ne sais pas ». Almah fronça les sourcils, faussement indignée.

— Mais qu'est-ce que vous me cachez toutes les deux ?

Sa question tomba dans le vide. Svenja empoigna la lourde valise de son amie et elles se dirigèrent vers la sortie de l'aéroport.

— Tu transportes un véritable déménagement ma parole ! Qu'est-ce que tu trafiques ?

— Nos seuls produits de luxe, des fruits tropicaux, des pains de cacao pour Myriam et des cigares pour Aaron, voilà ce que j'apporte.

Ruth se mit à trépigner et à battre des mains comme une enfant de cinq ans :

— Oh maman, tu as apporté des mangues ? et des papayes ? des chinolas ? des noix de coco ? Tu as pensé aux noix de coco ?

— Une cargaison, ma chérie, et aussi du rhum et des citrons verts pour le daïquiri.

Almah remarqua l'imperceptible crispation du sourire de Ruth qui aurait échappé à n'importe qui. Mais pas à elle qui avait des antennes greffées sur le cœur.

— Tu n'aimes plus le daïquiri ma puce ?

— Si, bien sûr que si, c'est juste que…

Il *fallait* qu'elle le dise à sa mère et Ruth se rendit compte que ce ne serait jamais le bon moment. Le chauffeur déposa la valise dans le coffre de la limousine et leur ouvrit la portière arrière. Ce serait pour plus tard.

*

Almah s'installa rapidement dans sa chambre. Elle n'était pas fatiguée du tout. Par où commençait-on ?

— Vous savez de quoi j'ai envie ?

Ses yeux pétillaient de bonheur.

— Un osso bucco et un bon vin italien ! Voilà ce qui me plairait.

— Ça me va, acquiesça Svenja.

Ruth prit la situation en main. Après tout c'était elle la New-Yorkaise. Elles se firent conduire à Little Italy et donnèrent congé au chauffeur avant de s'attabler à la terrasse d'une trattoria. L'air embaumait les odeurs de cuisine, ail et épices mélangés. Almah étudia longuement la carte avec ses airs de chatte gourmande, avant de passer la commande avec ce sourire radieux auquel personne ne résistait et qui donnait envie de la servir comme une reine.

— Qu'est-ce que ça fait du bien de retrouver la civilisation. Tu sais Svenja, les choses ne changent pas, c'est toujours le Far West chez nous.

— Tu dis ça, maman, mais après trois jours tu n'as qu'une envie, c'est de rentrer.

— C'est vrai, disons... (Almah eut une petite moue.) ... cinq jours. Au-delà, la nature me manque, la ferme, ma jument, les animaux, la mer, et les petites maintenant, ajouta-t-elle en exhibant une photographie des jumelles.

Elles bavardèrent à bâtons rompus durant tout le repas, se donnant des nouvelles des uns et des autres, abordant la politique, les études de Ruth... Celle-ci n'écoutait que d'une oreille et attendait le bon moment pour annoncer sa grossesse à sa mère ; elle avait décidé de le faire en présence de Svenja, qui serait son alliée. Elles en étaient au dessert et Ruth n'avait toujours rien dit. C'était maintenant. Le tiramisu prit un goût de coton dans sa bouche. Pendant qu'Almah s'extasiait sur sa cassatta, sa fille se jeta à l'eau, tête baissée. Inutile de réfléchir plus avant. Plonger, nager après.

— Maman j'ai quelque chose à te dire…

Almah releva le nez et planta un regard interrogateur dans les yeux de Ruth dont la gorge venait de se nouer.

— … et je préfère que tu sois assise pour l'entendre. Eh bien, voilà…

Ruth hésita et rassembla son courage comme si elle s'apprêtait à sauter d'un vertigineux plongeoir.

*

Almah réprima un mouvement de surprise et soudain un voile de larmes inonda ses prunelles.

— Mon Dieu, Ruthie ! Je ne suis pas taillée pour encaisser des émotions de cette ampleur sans broncher, s'excusa-t-elle en prenant les mains de Ruth et en les portant à ses lèvres.

Tandis qu'un sillon argenté se dessinait sur ses joues, elle poussa un profond soupir et eut un petit sourire victorieux.

— Ma toute petite… Je suis tellement heureuse !

Mère et fille se dévisageaient, les mains enlacées en travers de la table, incapables d'en dire plus. Svenja fit mine de se lever.

— Je vais vous laisser ensemble, on se retrouve plus tard.

— Non, Svenja, reste. Tu n'es jamais de trop entre nous, dit Almah sans lâcher sa fille des yeux.

La voix tremblante d'émotion, Ruth raconta tout à sa mère, tout ce sur quoi elle avait eu tant de mal à mettre des mots. C'était un flot de paroles ininterrompu, qu'Almah absorba comme une éponge, sans qu'à aucun moment le sourire ne déserte son visage.

— La vie ne se déroule jamais comme prévu, conclut-elle, il faut savoir se soumettre aux plans qu'elle a pour toi, ma chérie. Le bonheur, on doit le fabriquer de ses propres mains, je suis bien placée pour en témoigner. Nous allons nous offrir du champagne, des fûts de champagne, pour fêter dignement cette merveilleuse nouvelle.

*

Myriam tomba des nues quand Ruth annonça sa grossesse pendant le dîner. Complètement éberluée, Myriam se morigéna :

— Mais quelle idiote je suis ! Comment ai-je pu passer à côté de ça ? Je croyais… Oh, je m'en veux tellement, je suis tellement désolée. Almah, tu vas croire que je n'ai pas pris soin de ta fille !

— Rassure-toi ma chérie, je sais que tu t'en occupes à merveille, je n'ai aucun doute là-dessus.

— Tu n'as rien à te reprocher, Myriam, absolument rien, intervint Ruth. Si je n'ai rien voulu dire, c'est que j'attendais le bon moment. Et le bon moment, c'est maintenant, quand mes bonnes fées sont réunies autour de moi. Oui, vous êtes mes trois bonnes fées.

Elle balaya d'un regard triomphant les visages des femmes importantes de sa vie, sa mère, sa marraine et sa tante, en levant sa coupe de champagne. « La dernière que je m'autorise », ajouta-t-elle joyeusement avec un clin d'œil.

9

Une formalité

Juin 1964

Avouer ma grossesse à ma famille m'avait soulagée d'un énorme poids qui m'empêchait de vivre pleinement. Il n'y avait pas eu une seule fausse note, pas un seul reproche. En quelques semaines, comme si cet aveu m'avait libérée, mon corps s'était transformé, et il était maintenant évident aux yeux de tous que j'attendais un enfant. J'avais décidé que c'en était fini de me négliger. Certes j'étais enceinte, mais je serais belle. Enceinte et belle. Une fois décidé ce fut facile.

Svenja et ma mère avaient prolongé leur séjour de quelques jours et sur leurs conseils je me résignai à acheter plusieurs de ces horribles robes de grossesse. « Franchement Ruthie, tu seras plus à l'aise, m'exhortait ma mère. Et nous allons te trouver quelque chose de joli, tu vas voir. » « Plus joli en tout cas que tes vêtements d'obèse », pouffait Svenja. Nous avions écumé les magasins pour futures mamans. Je fis des essayages qui déclenchèrent moult fous rires et je finis par adopter avec fierté des tenues plus en adéquation avec ma nouvelle condition.

Cependant, qu'il était difficile à assumer, le regard des autres étudiants sur moi. Sans parler de celui des professeurs. Pourtant je n'avais d'autre choix que de les affronter, avec l'appui de Deborah, omniprésente. Elle m'avait aidée à terminer mes révisions sereinement et, grâce à son soutien, j'étais prête pour mes examens. Prête à décrocher mon diplôme.

Ce fut une formalité qui passa presque inaperçue, tant la nouvelle de ma grossesse avait révolutionné la maisonnée. Une fois de plus, j'étais devenue la personne la plus importante de la terre. Pour ma famille et ma mère du moins. Ma mère qui annonçait sa prochaine visite pour l'été.

J'avais envisagé puis repoussé l'idée de rencontrer les parents de Chris. Les mots avec lesquels son père m'avait annoncé son décès disaient assez que je n'avais pas de place dans leur vie. Je me dis qu'il serait bien temps, un jour, plus tard, quand tout serait apaisé. Et je me préparai sereinement pour les vacances.

10

Montauk

Août 1964

C'était invivable. La chaleur estivale était accablante, même pour Ruth, habituée à la touffeur des étés dominicains. Il fallait fuir New York à tout prix. Arturo était reparti au cap Cod ; c'était prévu de longue date. Les Ginsberg avaient loué une maison à Montauk, à l'extrême pointe de Long Island. L'air marin serait bénéfique à la future maman, Myriam et Nathan avaient envie de plage, et Aaron, accablé de projets, pourrait aisément faire des allers et retours entre New York et les Hamptons en fin de semaine. Quand Ruth proposa à Arturo qu'ils se voient, après tout ils n'étaient pas si loin l'un de l'autre, il s'embourba dans des explications qui tenaient du plaidoyer pour la convaincre que ce n'était pas possible. Elle fut déçue.

Almah vint les rejoindre. En République dominicaine, c'était la saison des pluies, terriblement chaude et humide, avec son corollaire, l'impitoyable recrudescence des moustiques. Elle passa trois semaines avec eux, heureuse d'échapper aux anophèles qui proliféraient, aux chemins transformés en bourbiers fangeux, aux ternes journées de pluies diluviennes. Contente de laisser Frederick et sa jeune épouse en famille, elle était surtout bien décidée à profiter de sa fille et à partager avec elle un peu de ce moment suspendu de son existence.

Ce furent de belles journées, calmes, sereines, rythmées par de longues promenades sur les plages, de gais pique-niques, des siestes indolentes, des couchers de soleil admirables, des soirées passées à jouer aux dames et à refaire le monde en musique. Même Nathan, d'ordinaire si turbulent, fut gagné par la langueur de cet été. Il était inscrit dans un club d'enfants où les multiples activités l'épuisaient trop pour qu'il pense à autre chose qu'à son lit, le soir venu. Quant à Aaron, il passait de longues heures à dessiner les plans des chaises Adirondack dont Almah était tombée amoureuse et qu'elle avait décidé de faire fabriquer à Sosúa pour la véranda de la ferme.

*

— J'enfile une robe bain de soleil et j'arrive !

— Maman, s'esclaffa Ruth, on ne dit plus robe bain de soleil depuis des lustres !

Elle riait mais elle aimait quand sa mère utilisait ces mots démodés qui n'appartenaient qu'à elle, des mots surannés au parfum d'autrefois. Son favori c'était calembredaine. Oui, calembredaine. Une image la visita une brève seconde : Frizzie, les mains sur les hanches, singeant leur mère en branlant du chef. « Sapristi, assez de calembredaines ! »

— Et comment dit-on alors ?

— Je ne sais pas, robe de plage, robe à bretelles, robe dos nu, robe tout court, tout mais pas « robe bain de soleil » ou tu passeras pour une mamie !

— Je suis une mamie ! souligna Almah en riant. Mais je n'ai pas encore l'âge de la résignation, je passe donc une robe... de plage et j'arrive.

Myriam les regardait avec envie. Elle aurait bien voulu être de la partie mais elle respectait trop l'intimité de sa nièce et de sa belle-sœur pour s'imposer. Et de toute façon, elle devait conduire Nathan au club Mickey.

Ruth regardait Almah, sa splendide mère. Elle la trouvait plus resplendissante que jamais. Son allure patricienne, sa silhouette longiligne, ses épaules droites, son port altier, ses soyeux cheveux blonds retenus par un bandeau, sa peau hâlée, ses yeux bleus qui n'avaient rien perdu de leur éclat. Ce n'était pas facile d'être la fille de cette femme magnifique et si forte, cette mère qu'elle admirait tant. À côté d'elle, elle se sentait si petite, si insignifiante. Une enfant. Avec la meilleure volonté du monde, malgré tous ses efforts, elle craignait de ne jamais lui arriver à la cheville. Et pourtant, elle avait déjà commencé à tracer son sillon, très différent de celui d'Almah.

Au cours de ces journées d'été, un lien plus subtil s'était tissé entre elles. La grossesse de Ruth leur autorisait une nouvelle complicité, celle de deux femmes ayant chacune perdu leur amour, dont l'une était déjà grand-mère et l'autre bientôt maman.

On les regardait sur la plage, on les reconnaissait et on les saluait. Deux femmes belles et si semblables malgré les années qui les séparaient, marchant à pas lents sur la grève, en se tenant parfois par la main. Le plus souvent, elles semblaient plongées dans une discussion passionnante, mais parfois elles savouraient en silence le simple plaisir d'être ensemble, sachant toutes deux que bientôt rien ne serait plus pareil.

11

Un été de confidences

Août 1964

Elles eurent de longues conversations. Elles utilisaient l'allemand entre elles et plus rarement l'espagnol. Ruth aimait désormais l'accent un peu râpeux de sa mère, trahie seulement par quelques intonations autrichiennes. Elle lui avoua qu'il lui avait parfois fait honte quand elle était enfant et pire encore l'accent de son père, qui, lui, ne faisait pas vraiment d'effort.

— J'ai toujours pensé en allemand et je ne pourrais jamais le remplacer par une autre langue, déclara Almah. C'est la langue de mon cœur, celle de mon enfance, de ma vie avec ton père. Mais je trouve l'espagnol beaucoup plus gai, plus musical aussi.

Sa grossesse avait fait naître chez Ruth des interrogations qu'elle ne taisait plus. Elle qui ne connaissait que l'essentiel de l'histoire de ses parents, avait soif d'en savoir plus sur sa famille. Elle demanda à sa mère de lui parler des temps d'avant son enfance à Sosúa. Il y avait tant de non-dits. Almah, réticente au début, resta un moment sur la réserve, comme toujours quand il s'agissait d'évoquer son passé autrichien, puis finit par déclarer :

— Tu as raison, Ruthie, on ne peut savoir qui on est qu'en connaissant ses racines.

Et peu à peu, elle se laissa aller à raconter des bribes d'autrefois. Elle paraissait avoir soldé ses comptes avec les fantômes, elle était en paix et semblait avoir retrouvé toute son appétence pour le bonheur. Pour Ruth, cependant, elle convoqua au rendez-vous de leurs promenades ses souvenirs heureux, et d'autres douloureux, afin de l'aider à écrire son propre roman familial.

Elles parlaient de Wilhelm, bien sûr – « Je suis pétrie de lui et je me suis installée dans son absence », disait Almah, et Ruth se rendait compte à quel point son père était encore présent dans l'âme de sa mère.

Au fil des confidences d'Almah, ses grands-mères, ses grands-pères jouaient des coudes et prenaient de la consistance.

Jacob, l'imprimeur rugueux au grand cœur, qui avait laissé ses enfants, Wilhelm et Myriam, embrasser leurs rêves si différents des siens, Esther, la grand-mère si douce, si maternelle, qui ne la verrait jamais porter son collier avec fierté.

Les parents d'Almah. Julius, l'éminent chirurgien esthète, Hannah, la lointaine impératrice à la beauté évanescente, cette grand-mère pianiste, une déesse, si belle que Klimt en avait fait le portrait.

Ce ne serait jamais le bon moment. Mais celui-ci était plutôt mieux choisi qu'un autre, décida Almah qui révéla à sa fille leur suicide aux heures noires de la montée du nazisme, alors qu'elle avait choisi jusque-là de le taire pudiquement. Sa blessure, expliqua-t-elle, ne se refermerait jamais, mais sa gratitude le disputait au chagrin car ils l'avaient libérée en choisissant cette issue. « Tu es faite de tous ceux-là », disait Almah en couvant sa fille du regard. Sa fille bientôt maman, qui ne serait plus son bébé. Almah devait apprendre à la considérer comme une adulte et accepter que dorénavant elle ne serait plus qu'un satellite de la vie de Ruth.

— Avec ton père, nous avions choisi de rester à la surface de notre histoire pour nous éviter à nous-mêmes un trop-plein de souffrance, et surtout pour vous protéger, ton frère et toi. Nous ne vous avons rien dit, ou si peu, non pas pour occulter ce passé, mais pour ne pas assombrir votre vie, nous ne voulions pas de dissonances ; pour vous, nous voulions une enfance merveilleuse malgré les circonstances.

— Et vous avez parfaitement réussi, affirma Ruth avec conviction. Je crois bien que nous étions les enfants les plus heureux de la terre.

Ce disant, Ruth repensa aux confidences de Lizzie dont les parents n'avaient pas eu la clairvoyance des siens. En réaction, son amie s'était forgé une âme de rebelle.

— Pourtant le passé est vivant à travers vous, reprit Almah, il a fait de vous ce que vous êtes, Frizzie et toi. Si je suis aujourd'hui la gardienne de notre histoire, peut-être un jour seras-tu celle qui trouvera un moyen de prendre le relais.

Ruth admirait la capacité de sa mère à se transformer, à muer, à affronter la vie avec une incroyable plasticité. Et elle se disait que oui, elle endosserait bien volontiers ce rôle-là, témoigner de leur histoire familiale. Pour son enfant à venir, pour les filles de Frizzie. Mais pas tout de suite. Pour l'instant, la chose la plus importante au monde c'était l'enfant qui grandissait dans son ventre.

*

Ce fut un été de confidences.

Ruth avoua à sa mère que, cachée dans l'embrasure d'une porte, elle l'épiait parfois quand elle dansait, enlacée avec son père, sur cette musique triste qui chaque fois lui donnait envie de pleurer. Almah se récria : c'était la *Zigeunerweisen* d'Igor Borganoff, la musique de son premier rendez-vous au Prater, une musique nostalgique, certes, mais pas triste du tout. Elle promit à sa fille de la lui faire écouter à Atravesada, elle conservait précieusement le disque de cire qui avait survécu à tous leurs voyages.

Ruth en profita pour remercier sa mère de lui avoir donné une éducation si libre et de l'avoir laissée faire ses propres choix.

— Nous parlons trois langues, ce n'est pas si fréquent, remarqua-t-elle.

— Ça l'était à Vienne. Ma mère en parlait cinq, figure-toi. Le français, l'allemand, l'anglais et aussi le russe, la langue de ses grands-parents, et bien sûr le yiddish, même si elle ne l'utilisait pas. Quant aux lectures, c'est ton père qu'il faut remercier, poursuivit Almah. Sans ses chers livres, il n'aurait été que la moitié de lui-même. Son ambition de journaliste a été sabotée par les nazis puis plus tard par les Américains. Il a toujours porté cette blessure intime, cette frustration, ne pas avoir continué sur sa lancée viennoise, ne pas avoir percé en tant que journaliste. *La Voix* n'a jamais été qu'un pis-aller, un cautère.

— Sans ton coup de pouce, dit Ruth en faisant allusion au « projet Eichmann », je n'aurais sans doute jamais osé me frotter au journalisme, tellement papa m'impressionnait.

Almah haussa les épaules.

— Je crois que c'était inscrit dans tes gènes, ton père était si fier de toi !

Ruth hocha la tête, secrètement flattée, puis sautant du coq à l'âne :

— Je me rappelle que c'est Svenja qui nous avait donné notre premier cours d'éducation sexuelle. La maîtresse était toute gênée.

— Svenja, c'est bien simple : pour elle, rien n'est jamais tabou !

Almah éclata de rire et enchaîna sur les frasques de jeunesse de son amie qui avait défrayé la chronique de Sosúa quelques décennies auparavant.

*

Unies par un pacte silencieux, elles ne parlaient pas de Christopher. Ce n'est qu'au bout de quelques jours que Ruth évoqua cet amour disparu avant d'avoir pu s'épanouir. La plaie était encore vive, mais Chris devenait peu à peu une sorte d'abstraction dont Ruth savait qu'elle devait se libérer.

— Est-ce qu'un coup de foudre est forcément la base d'un amour durable ? demanda Ruth.

— Parfois oui, et dans ce cas, je crois qu'on le sent au plus profond de soi. Ça a été mon cas avec ton père. Et parfois non. J'imagine qu'un coup de foudre peut aussi être juste un appel des sens, une attraction physique irrépressible.

— Chris et moi, nous avons passé si peu de temps ensemble. Mis bout à bout, ça ne ferait guère plus d'un mois. Nous n'avons pas eu le temps de savoir si nous aurions pu construire quelque chose de solide.

— C'est ainsi que se créent les mythes, souligna Almah d'une voix douce, songeant à sa propre aventure avec Daniel Soteras. Quand l'histoire se termine par la force des choses, avant que le temps ait pu faire son travail de consolidation ou de sape, il reste toujours un goût amer d'inachevé. Tu ne sauras jamais ce que serait devenu votre amour et tu le garderas toujours comme un joyau au fond de ton cœur. Mais cela ne doit pas t'empêcher de vivre pleinement. Surtout avec ce bébé qui arrive. Je ne te l'ai pas assez dit, Ruthie, mais je trouve ta décision très courageuse. Ce ne sera sans doute pas facile tous les jours. Une vie de maman célibataire n'est pas une sinécure dans la société, qu'elle soit américaine ou dominicaine. Mais, sois-en persuadée, être mère ce n'est pas tout sacrifier, loin de là.

— Je suis prête à tout affronter. Ce bébé qui grandit en moi me donne une force incroyable. Pour lui, je soulèverai des montagnes, affirma Ruth en redressant les épaules, une main posée sur le sommet de son ventre.

Le vent frais fouettait son visage, faisait voleter ses cheveux et paraissait l'encourager. Elle se sentait habitée d'un féroce appétit de vivre.

— Il faut que le cœur se brise ou se bronze, comme dit le vieux dicton, murmura Almah à mi-voix.

Une sentence comme une exhortation qu'elle adressait à sa fille autant qu'à elle-même. Tout de même, elle restait préoccupée par une question qu'elle aborda avec délicatesse.

— Je ne voudrais pas être indiscrète, Ruthie, mais vas-tu prévenir les parents de ce garçon ?

Ruth baissa la tête et pinça les lèvres. C'était tellement douloureux pour elle de revenir sur ce moment.

— Quand j'ai appelé son père et qu'il m'a appris le décès de Chris, j'ai compris à sa froideur, à son détachement, qu'ils ne savaient rien de moi. J'en ai été mortifiée. J'ai pris la décision de ne rien dire pour ne pas les confronter à une réalité qu'ils ne seraient pas prêts à accepter. Je ne veux pas avoir à argumenter, à justifier ce bébé, je ne veux pas essuyer de rebuffade, ni qu'ils puissent me blesser.

— J'imagine qu'il sera toujours temps de leur présenter ton enfant, soupira Almah.

— Oui, quand le moment sera venu, répliqua Ruth d'un air têtu.

— Tu es seule juge, ma chérie, approuva Almah en hochant la tête. Et tu sais que tu pourras compter sur moi en toutes circonstances, n'est-ce pas ? ajouta-t-elle en passant son bras autour des épaules de sa fille.

Pour toute réponse, Ruth lui planta un baiser sur la joue. Entre sa mère et Arturo, elle avait deux alliés inconditionnels.

*

Parfois, c'était simplement le silence. Elles partageaient ce vide que laissent les êtres aimés quand ils s'en vont. La mémoire diffuse de leur odeur, le souvenir du vêtement dans lequel on les a vus pour la dernière fois, le petit geste familier qu'ils ont fait en partant… Ruth plissait le front, elle essayait de se rappeler le dernier mot de Christopher. Au revoir ? À bientôt ? Je t'appelle ? Sa dernière expression, un sourire joyeux ? qui s'excusait ? un regard fiévreux, excité par ce qui l'attendait ? Elle se rendait compte qu'elle n'y parvenait pas. Elle avait oublié et la culpabilité venait lui ronger le ventre en petites notes acides. Que raconterait-elle plus tard à son enfant ? « Il faut savoir laisser partir les gens, lui avait dit Almah. Laisse-le partir comme j'ai laissé partir ton père. »

Un gouffre au fond des yeux, Ruth regardait alors Almah qui resserrait sa main autour de la sienne en silence. Elles continuaient à marcher sur la grève, leurs pieds s'enfonçaient dans le sable frais, les vaguelettes mourantes léchaient leurs chevilles.

— As-tu pensé à son prénom ? demanda Almah d'une voix douce. J'ai passé des heures, que dis-je, des jours à réfléchir à vos prénoms, à ton frère et à toi. Je les prononçais à voix haute, je les accolais à notre nom, je les faisais rouler sur ma langue comme des bonbons de chez Demel, dit-elle avec un petit sourire, le regard lointain. Un jour je te ferai connaître Demel, ma chérie, c'était le chocolatier de l'empereur… Alors, les prénoms ?

Almah avait ce don. Dès qu'elle sentait qu'une vague de tristesse menaçait de submerger sa fille, elle la ramenait vers des rivages joyeux d'une main ferme.

— Tu vas rire, j'ai étudié des heures durant les génériques de films américains et mexicains.

— Et ?

— Au début j'ai pensé aux prénoms de mes grands-parents. Je trouve Esther un peu vieillot. Hannah c'est joli, mais nous avons déjà une Ana dans la famille. Quant à Julius et Jacob, ce n'est pas possible !

— Les prénoms des grands-parents, c'est une tradition démodée, et je ne suis pas sûre que ça soit une bonne idée. Il lui faut un prénom tout neuf à ce bébé.

Alors Ruth sortait son ridicule carnet hérisson. Almah souriait avec indulgence tandis que sa fille tournait les pages et lui lisait ses listes.

*

Ruth prospérait dans cette aura de bienveillance. « J'enfle comme une baudruche, riait-elle. Bientôt je concurrencerai ces baleines qui viennent mettre bas sur nos côtes en hiver ! Comme elles, je vais revenir au pays pour élever mon baleineau ! »

Almah n'en disait rien, elle ne l'aurait reconnu pour rien au monde, mais elle sentait que cet enfant à naître lui serait bien plus cher que les jumelles de Frederick, adorables mais vampirisées par leur mère. Était-ce parce qu'il s'agissait de l'enfant de sa fille, ou parce que cet enfant n'avait plus de père ? Elle n'aurait su le dire mais elle savait avec une absolue certitude qu'entre le bébé de Ruth et elle ce serait différent.

Un soir qu'elles se prélassaient côte à côte dans la balancelle de la véranda, Almah reçut ce qu'elle considéra comme un signe, la confirmation de ce qu'elle ressentait au plus profond de son cœur. Elle avait posé sa main sur le ventre de sa fille. Un mouvement du bébé, c'était le premier, répondit à sa douce pression comme pour dire bonjour et marquer son entrée dans le cinquième mois. Dès lors, Almah fut persuadée qu'un lien très spécial l'unissait à l'enfant de Ruth qui souriait extatiquement.

*

La famille regagna Brooklyn aux derniers jours du mois d'août. Ruth avait pris deux kilos et arborait une poitrine de matrone et un teint de miel ambré. Ce fut pendant ces journées d'été d'une quiétude heureuse qu'elle retrouva le sourire dans la douceur de l'amour de ceux qui l'entouraient. Elle se réconcilia avec son histoire et accepta définitivement ce qu'elle avait longtemps considéré comme insurmontable. Une force neuve coulait en elle, un inflexible appétit de vivre, et elle se sentait plus vivante que jamais, vivante pour deux. Riche d'une vitalité nouvelle, elle avait relevé la tête et regardait l'avenir, droit devant elle.

12

Dr. Spock Talks With Mothers

Septembre 1964

Entièrement concentrée sur mon état, imperméable à toute autre émotion que celles de mon corps, je ne prêtais guère attention aux autres. Je m'autorisais à être égoïste et c'était très facile. Presque euphorisant. Même Arturo me paraissait moins digne d'intérêt que mon gros ventre. J'étais la personne la plus importante de la terre et, comme les autres, il devait se préoccuper exclusivement de moi, me dorloter, me gâter.

Arturo était rentré plus tôt que prévu de ses vacances d'été. À la mi-août, il était déjà à New York, alors que nous devions rester encore dix jours à Long Island. Il m'avait passé un bref coup de téléphone à Montauk pour prendre de mes nouvelles et me demander de l'appeler dès mon retour en ville.

Nous rentrâmes avec l'impression agréable d'avoir vécu une parenthèse enchantée. Avant de regagner Sosúa, ma mère s'attarda quelques jours à Brooklyn, pour faire du shopping – je me retrouvai accablée de quelques robes de grossesse – et m'abreuver de recommandations, la plus importante étant de la prévenir à la moindre alerte pour qu'elle puisse sauter dans le premier avion.

Arturo était anormalement discret, mais je ne m'en inquiétais pas. Je remettais sans cesse au lendemain le coup de fil que je devais lui passer. Mon ami avait changé durant cette dernière année. Il était à la fois plus affirmé et plus renfermé, un paradoxe que je mettais sur le compte de sa maturité. Après tout, il avait vingt et un ans. Moi-même j'étais devenue une autre personne. Je serais bientôt maman et cela me donnait le vertige. Je m'efforçais de vivre avec une assurance dont je devais me convaincre chaque matin.

J'avais laissé tomber le journal, j'étais en roue libre et ne me préoccupais plus que de l'arrivée de mon bébé et de notre retour à Sosúa, prévu après la naissance. Benjamin Spock, chef de file de l'éducation permissive et, ce qui me plaisait plus encore, opposant actif à la guerre au Viêtnam, était devenu mon auteur préféré, et la deuxième édition de son best-seller *The Common Sense Book of Baby and Child Care*[1] mon livre de chevet.

---

1. Best-seller mondial publié en 1946, traduit en trente-neuf langues, paru en France en 1952 sous le titre *Comment soigner et éduquer son enfant*.

*

Ce jour-là Arturo m'avait donné rendez-vous. Au ton de sa voix, une urgence mêlée de lassitude, j'aurais dû sentir que quelque chose n'allait pas, mais je n'y prêtai guère attention. Il m'attendait, tassé au fond d'un box de l'Empire. Le cheveu en bataille, pas rasé, il s'était habillé à la va-vite. Sa chemise, dont le col bâillait, était mal boutonnée et froissée, bref il avait un air négligé qui ne lui ressemblait pas. Il ne fit pas l'effort de se lever pour me prendre dans ses bras. Je me penchai et lui effleurai la joue d'un baiser rapide.

— Salut ! me lança-t-il l'air maussade.

— Cache ta joie de me revoir !

Il haussa les épaules avec un maigre sourire qui s'excusait. Décidément, ce n'était pas mon Arturo. À peine m'étais-je assise en face de lui qu'il poussa en travers de la table un paquet mal ficelé. Au format, je devinai que c'était un livre.

— Cadeau !

Ravie, je déchirai le papier. Je m'attendais à trouver un ouvrage sur le cap. Il y avait deux livres. *A Baby's First Year* et *Dr. Spock Talks With Mothers.*

— De quoi compléter ta bibliothèque. Tout ce qu'une maman doit savoir pour élever correctement son enfant. Avec ça, pas de risque d'erreur !

— C'est vraiment gentil, le remerciai-je en souriant, touchée de son attention. J'aurai bien besoin de tous ces conseils pour être une maman parfaite !

Mais lui ne souriait pas. Il avait l'air préoccupé, anxieux. À bien le regarder, je vis qu'il était surtout malheureux. Il posa la main sur *Dr. Spock Talks With Mothers* et je remarquai un signet coincé entre les pages du livre.

— Je ne serai pas un bon parrain… balbutia-t-il.

Je lui avais demandé avant l'été d'être le parrain de mon enfant. Il avait accepté avec une joie sincère. Je ne comprenais pas son revirement. J'ouvris le livre à l'endroit du marque-page et parcourus quelques lignes où il était question des conséquences d'une éducation trop laxiste sur la sexualité de l'enfant. Spock affirmait qu'un garçonnet pouvait devenir homosexuel si son père était trop permissif. Je levai les yeux, déroutée. En quoi cela me concernait-il puisque j'allais élever mon enfant sans père ? Soudain je compris et m'en voulus de mon égocentrisme. Je dévisageai Arturo avec attention et lus une grande détresse dans ses traits tirés.

13

Ce n'est pas tout

Septembre 1964

Arturo rougit et baissa les yeux. Quand il les releva, ils étaient brillants de larmes. Je tendis un bras et pris sa main à travers la table de formica. Ses doigts étaient inertes et froids. L'évidence de ce que j'avais deviné depuis longtemps venait de me frapper comme un coup de fouet.

— Je… je… je n'ai rien trouvé de mieux pour te le dire, Ruthie. Depuis le jour où tu m'as mis dans la confidence pour ta grossesse, je brûle chaque jour de te l'avouer. Un secret contre un secret.

Il n'osait pas prononcer le mot et moi non plus. Ses joues se marbrèrent de rouge. Celui de la honte ? De la frustration ? De la colère ? Je décidai que je devais l'aider.

— Tu… préfères les garçons ? Tu es… homosexuel ? C'est ça, n'est-ce pas ?

Arturo hocha la tête, les yeux ourlés de tristesse. Je serrai sa main.

— Je crois que je le sais depuis longtemps, Arturo. Ça ne change strictement rien entre nous et il n'y a aucune honte à avoir. Aucune ! insistai-je avec aplomb comme pour me convaincre moi-même.

Je le savais depuis longtemps. À de multiples signes. Sa longue liste d'amies féminines, moi en tête, avec qui il n'avait jamais tenté quoi que ce soit. Ses piètres aventures sans lendemain. Ses flirts non aboutis. Sans compter l'épisode oublié du dîner de ses dix-huit ans. J'avais toujours soupçonné quelque chose d'ambigu chez lui. Mais je n'avais jamais eu le courage de l'aider à crever l'abcès. Je m'étais comportée égoïstement, me confiant à lui, quémandant sa compassion, sa tendresse, sans lui offrir la même écoute en retour. Je m'en voulais terriblement. Arturo s'était contraint à vivre avec un lourd secret, qu'il avait tu pour ne pas risquer de s'exposer au mépris, aux moqueries, au dégoût… Quelle sorte d'amie étais-je donc ?

— Je suis un inverti, une pédale, une tantouse, une lopette… lâcha-t-il à voix basse.

Ses mots comme des lames de rasoir, froids, tranchants, me labourèrent le cœur.

— J'ai essayé de lutter contre ça, reprit-il, sa bouche tordue de mépris. Crois-moi, Ruth, j'ai vraiment essayé. Mais c'est plus fort que moi. Je me suis longtemps demandé ce qui m'arrivait. J'ai voulu croire, contre toute raison, que ça allait me passer. J'ai tellement honte parfois. Mais je ne pouvais plus le garder pour moi. C'est trop lourd. Il fallait que je te le dise.

Je resserrai mon emprise sur sa main que je n'avais pas lâchée.

— Arturo, je t'interdis de penser que c'est une maladie ou d'avoir honte de toi. Tu es… différent, et alors ?

— Alors ? Est-ce que tu imagines seulement ce que je vis ? Ne pas pouvoir être soi-même au risque de passer pour un malade, ou pire, pour un monstre. Se contraindre en permanence, ne pas être libre d'aimer ou d'être aimé… Non, je crois que tu n'en as aucune idée !

Il avait raison. Je n'avais aucune idée de tout ça. Nous vivions dans une des villes les plus modernes du monde et pourtant l'homosexualité restait un tabou. Je ne m'étais jamais posé de questions. Je mesurai à quel point mon ami devait être malheureux. Je balbutiai :

— Je t'aime, moi. Et rien ni quiconque n'y changera rien. Jamais, tu m'entends.

Car je n'avais rien d'autre à lui offrir que mon amour. Arturo me sourit, un petit sourire triste qui me brisa le cœur. Puis il se ressaisit.

— Je sais, dit-il simplement.

Il me raconta ensuite les allusions oiseuses et les persiflages dont il était souvent victime, même à la Juilliard où il avait pourtant cru repérer quelques garçons comme lui. Il avait décidé de les ignorer. Mais cette attitude pusillanime ne faisait qu'exciter leurs moqueries. Il se concentrait sur son travail et excellait dans ses résultats académiques, ce qui ne faisait que renforcer les railleries.

— Pourquoi as-tu attendu tout ce temps pour me le dire ? Je suis ta meilleure amie, non ?

Il lâcha un soupir résigné sans répondre.

— Arturo, tu es quelqu'un de bien et je ne te permettrai jamais d'en douter. Tu as vingt et un ans, beaucoup de talent et la vie devant toi pour être heureux.

Mon ami hocha la tête de droite à gauche, un air navré sur le visage.

— Être heureux ! J'y ai cru durant un court moment, mais je viens d'être sacrément douché. Et puis, comment être heureux dans la clandestinité, comment vivre la peur au ventre, dans le secret ?

À ses paroles, je soupçonnai une désillusion amoureuse, mais ne m'attardai pas dessus. Je voulais juste lui transmettre un peu de ma force nouvellement acquise.

— Je t'aiderai à te fabriquer une cuirasse. Moi aussi, je vais avoir besoin d'une bonne armure. À nous deux, on soulèvera des montagnes, je te le jure. On leur montrera qui on est !

J'avais réussi à lui arracher un pauvre sourire, mais Arturo se rembrunit aussitôt.

— Ce n'est pas tout, me jeta-t-il le regard trouble. J'ai autre chose à t'avouer. Puisque j'ai commencé autant aller jusqu'au bout…

Au bout de quoi ? Je me raidis. Que pouvait-il y avoir encore ? Quel autre aveu…

— Je n'ai pas été honnête avec toi…

Je l'interrogeai du regard. Il déglutit, pinça les lèvres. Manifestement c'était difficile.

— Allez, dis-moi, l'encourageai-je.

— Tu te souviens, l'été de Lake George il y a deux ans ?

Arturo serra ses mâchoires, je les vis distinctement saillir sous les muscles de ses joues, comme pour retenir ce qui menaçait de sortir de ses lèvres.

— Je n'étais pas au cap Cod, ni cet été ni l'été dernier…

— Quel rapport avec Lake George ?

— Le rapport, c'est Oliver Mac Kinney.

Je mis une seconde à réaliser. J'avais complètement effacé de ma mémoire Oliver, son sourire impeccable, sa raquette de tennis et son Sharpie. Tout sonna comme une évidence.

— Mon petit ami de Lake George ?

— Oui, eh bien c'était… mon petit ami ! C'est avec lui que j'étais ces deux derniers étés.

Il avait lâché sa bombe et j'ouvris de grands yeux.

Quelques secondes pour réaliser.

Maintenant tout s'éclairait, je m'expliquais mieux certaines choses, certaines attitudes, jusqu'aux regards fuyants d'Arturo cet été-là et son attitude fanfaronnante l'année dernière à son retour de vacances. Je n'avais rien vu, rien compris. C'était donc ça. Figé comme une statue de sel, Arturo attendait que je réagisse. Je ne lui tendrais pas la perche. À lui de se débrouiller avec son aveu.

— Je t'ai menti et je voudrais que tu me pardonnes.

J'étais estomaquée. Du coup, je lâchai sa main et resserrai les bras autour de mon ventre comme pour me protéger de la vague de tristesse que je sentais approcher.

— Non seulement tu m'as menti, mais en plus tu m'as prise pour une imbécile. Toi, et l'autre aussi, par la même occasion. Quoique lui je m'en fiche complètement, mais toi ! Moi qui te confiais mes émois, mes inquiétudes, qui te demandais des conseils.

— Je ne t'ai pas menti, je ne t'ai rien dit, corrigea Arturo en se tortillant sur son siège.

— Pas de sophisme avec moi ! Mensonge, mensonge par omission, ne joue pas les hypocrites en plus. Ainsi ça fait deux ans que tu me mens ! J'espère que vous avez pris du bon temps ensemble, en vous moquant de moi et de ma naïveté !

Mon ton était dur.

— Ruth, c'est la seule et unique fois où je t'ai menti depuis que nous nous connaissons, je te le jure ! C'est avec Oliver que j'ai pu enfin faire face à ce que je suis. Je suis tombé amoureux de lui et lui de moi. Nous avons eu cette relation, de loin en loin, et puis on se retrouvait l'été. Mais il a mis fin à notre histoire. Il vient de se fiancer et il va se marier. C'est pour ça que j'ai écourté mes vacances chez lui.

— Alors, il est… bisexuel, c'est ça ?

Arturo acquiesça et sa bouche se crispa.

— Grand bien lui fasse et je souhaite bonne chance à sa fiancée. Elle ne sait sans doute pas où elle met les pieds. Quel hypocrite !

— Ruth, ce n'est pas si simple… Il y a sa famille…

Je le coupai. J'étais passablement énervée.

— Ça, c'est le comble, il te plaque et tu lui trouves des excuses ! Tu ne vas pas le défendre en plus du reste ! Écoute, Arturo, que tu sois homo, je m'en fous, ça ne change absolument rien pour moi. Ce qui change quelque chose en revanche, c'est que je te faisais confiance et que tu m'as menti.

Je lui lançai un regard noir. Arturo baissa la tête sous la charge. La lumière au néon qui tombait du plafond creusait ses traits et ses longs cils projetaient une petite ombre dansante sur ses pommettes. Ses lèvres se mirent à trembler imperceptiblement. Quand il releva la tête, je vis une larme solitaire accrochée au coin de son œil.

— Je suppose que cela met fin à notre amitié. Tu ne pourras jamais plus me faire confiance après ça.

Je laissai un silence lourd tomber entre nous. Arturo murmura d'une petite voix d'enfant :

— Donne-moi une seconde chance. Tu m'as dit pas plus tard qu'il y a cinq minutes que tu m'aimais…

Il venait de réussir à m'arracher un demi-sourire. Je regardai mon ami. Au fond de ses yeux, je lus une immense tristesse. De la peur aussi. Et comme un appel au secours. Je sus alors que je l'aimais et que je l'aimerais toujours, au-delà des trahisons, des mensonges, des épreuves. Il était devenu une partie de moi, comme l'étaient Almah, Frizzie ou Nathan. Comme l'était ce qui s'agitait à l'instant même, caracolant dans mon ventre qui se bosselait sous l'assaut. Je souris et me glissai sur la banquette à côté d'Arturo. Je pris sa main et la pressai sur mon ventre distendu qu'une nouvelle ruade déforma.

— Ton filleul te dit bonjour, Arturo.

— Ce sera peut-être une filleule, me souffla-t-il d'une toute petite voix.

Arturo me prit dans ses bras et me serra longuement contre lui, sa tête nichée dans mon cou.

— Je t'aime Ruthie, murmura-t-il. Plus que n'importe qui au monde.

Je souris en pensant qu'on nous prenait à coup sûr pour deux futurs parents très amoureux.

Arturo avait fait de moi la dépositaire de son secret. Je le respecterais. Je savais que sa famille, embourbée dans sa moralité petite-bourgeoise, serait incapable d'affronter pareille révélation. La seule ligne de conduite à adopter serait de sauver la face, de faire bonne figure et de ne surtout rien dire.

Nous ne reparlâmes jamais d'Oliver Mac Kinney.

14

Beatlesmaniaque

Septembre-octobre 1964

— Tu ne devineras jamais !

Arturo affichait un air de triomphe comme je lui en avais rarement vu en agitant sous mon nez une grande enveloppe brune. Il avait débarqué à la maison à l'improviste, s'invitant à dîner. Nous étions le 17 septembre. Je tentai de saisir l'enveloppe mais Arturo me narguait. Il leva haut le bras et quand je me mis à sautiller pour l'attraper, il me gronda :

— Arrête ça immédiatement, mon filleul doit faire du trampoline dans ton ventre.

— Eh bien donne-la-moi, cette enveloppe, alors, au lieu de m'obliger à bondir comme un kangourou !

Le sourire d'Arturo s'accentua. C'était plus que du triomphe, de la jubilation. Il me tendit sa mystérieuse enveloppe avec une véritable exultation. Dévorée de curiosité, je l'ouvris fébrilement. Qu'avait-il encore concocté ? À l'intérieur, quatre billets pour un concert au Paramount Theatre. Quatre billets pour les Beatles !

Je me mis à glapir :

— Waouh Arturo ! Génial ! Incroyable ! Comment as-tu fait ?

J'agitai les sésames sous mes yeux, incrédule. Je savais qu'obtenir des billets pour le dernier concert à New York du groupe anglais tenait littéralement du miracle.

— J'ai intrigué auprès de mon cousin, je l'ai menacé de ne plus jamais lui adresser la parole, de m'immoler, de me pendre haut et court, s'il ne m'obtenait pas des entrées. Et voilà, c'est gagné ! C'est pour le 20. Tu en parles à Myriam, mais surtout, ne dis rien à Nathan, ce sera mon cadeau pour son anniversaire.

— Tu vas devenir son héros, il te remerciera jusqu'à la fin de ses jours.

Je regardais les billets, enchantée. Le diplomate les avait eus à prix d'or. Quatre places dans les premiers rangs, 100 dollars pièce. Un cadeau du ciel !

*

Comme plus de 70 millions d'Américains, nous étions restés hypnotisés devant le Ed Sullivan Show lors de l'inoubliable soirée du 9 février dernier, quand les Beatles avaient interprété en direct cinq de leurs chansons. Arturo adorait *I Want to Hold Your Hand*, moi, amoureuse de Christopher, je fredonnais *She Loves You* à tout bout de champ. Même Myriam aimait leur musique. Quant à Nathan, il était littéralement devenu Beatlesmaniaque, il adorait toutes leurs chansons dont il connaissait les paroles par cœur. Nous avions fait des pieds et des mains chacun de notre côté, Myriam parmi ses relations du monde des arts, Arturo à la Juilliard, moi à la rédaction du *Times*, rien à faire. Nous n'avions pas pu obtenir de billets pour l'un des deux concerts qui s'étaient joués à guichets fermés en février au Carnegie Hall. Ça avait été une cuisante déception. Nous nous étions consolés en lisant les critiques acerbes de la presse au lendemain des concerts, les Beatles n'avaient joué que trente minutes à peine, décevant leur public. Pour le consoler, Arturo avait offert à Nathan le single *Can't Buy Me Love* en pensant le combler. Ça n'avait fait qu'exacerber la passion de mon cousin pour le groupe anglais. Nous nous étions promis qu'à la prochaine occasion nous en serions.

*

Les Beatles étaient de retour aux États-Unis. Ils étaient revenus pour une tournée d'à peine un mois à travers le pays. Une tournée que le *Daily Mail,* parodiant le titre de leur troisième album, qualifiait de « *Hard Day's Month* », une tournée dont certains demandaient la suspension, à cause de l'hystérie des hordes de fans incontrôlables. La veille du concert, au cours de son dîner d'anniversaire, Arturo avait offert son billet à Nathan qui n'avait pu en fermer l'œil de la nuit.

Au milieu de la foule galvanisée, nous eûmes du mal à nous frayer un chemin jusqu'à nos sièges réservés dans la zone VIP. Ce fut grandiose. Le dernier concert de cette deuxième tournée américaine fut un immense triomphe. C'était un petit concert comparé aux autres, mais ce fut magique. Nous ne pouvions rester assis. Nathan, excité comme une puce, se démenait en rythme comme un beau diable ; il battait des mains, faisait des bonds et des gestes désordonnés. Nous ne valions guère mieux. Après *Can't Buy Me Love*, les Beatles entamèrent *Twist and Shout*, et ce fut une apothéose. Arturo se déhanchait, ses longs doigts de pianiste martelaient l'air, Myriam oscillait en rythme, tandis que je dandinais mon gros ventre et que Nathan se tortillait en hurlant, juste comme le lui intimait la chanson.

Ce fut une soirée à marquer d'une pierre blanche, inoubliable.

*

Quelques semaines plus tard, Jennifer, une des filles de la rubrique société, me passa un coup de fil du journal.

Martin Luther King venait d'obtenir le prix Nobel de la paix.

J'en eus les larmes aux yeux, moi, petite Blanche, née dans un pays métis où la population noire devait affronter quotidiennement le racisme ordinaire, moi qui devais en grande partie ma naissance dans cette île au massacre de quelque 30 000 Haïtiens. Je m'enfermai dans ma chambre et bûchai sur un article que j'envoyai le soir même à Markus par Télex, avec la mention « publication immédiate dans *La Voix de Sosúa* ». J'y évoquais la grande manifestation de l'année précédente, l'immense vague d'espoir et de solidarité qui avait fait vibrer à l'unisson des milliers de personnes ce jour-là, les luttes quotidiennes, je formulais le vœu que mon pays lui aussi entre dans cette nouvelle ère d'égalité et de justice…

Même moribond, notre petit journal restait ma meilleure tribune.

15

Une cicatrice intime

Janvier 1965

Ma mère était revenue à Brooklyn aux premiers jours de janvier après son premier Noël avec ses petites-filles. Aussi tendue que moi, elle trompait l'attente comme elle le pouvait. Elle s'était mis en tête de tricoter des chaussons ; « Au point mousse, c'est le plus facile », riait-elle en regardant ses œuvres, d'horribles petits sacs tout biscornus que je m'étais promis de ne jamais mettre à mon bébé.

Plus le terme approchait, plus j'étais anxieuse. Ma relation avec Christopher m'avait laissé une cicatrice intime, celle de penser que je n'étais pas à la hauteur. Je craignais de manquer de courage au moment d'affronter l'épreuve qui m'attendait. Je n'osais en parler à personne mais j'avais terriblement peur de souffrir. Pire, le spectre de la césarienne me hantait. La vision d'un hideux maillot couvrant me narguait tandis qu'au fil des jours s'éloignait la perspective du joli bikini. C'était infondé, le bébé se présentait bien, mais j'en avais une peur irraisonnée.

Et quelque part dans mon cerveau intranquille, me tourmentait le souvenir obsédant de ma petite sœur dont je sentais le fantôme rôder autour de moi. Et si mon bébé lui aussi ne vivait que cinq jours. À cette perspective, je me liquéfiais dans les affres d'une sourde angoisse.

*

Comme je ne savais plus dans quelle position dormir avec ce ventre encombrant qui n'en finissait pas de se boursoufler, je retardais le moment de me mettre au lit. Échouée sur mon fauteuil telle une monstrueuse baleine, les cuisses négligemment écartées à cause du poids de mon ventre, je brossais d'un geste mécanique mes cheveux qui n'avaient jamais été aussi brillants de santé devant la glace de ma coiffeuse. Mon visage était bouffi. Je ne me reconnaissais plus. Je regardais d'un œil navré mes jambes aux chevilles gonflées quand un grognement sourd monta de mes reins. La douleur irradia dans mon corps comme un incendie. Quelque chose céda entre mes jambes, une vague inonda le fauteuil.

Je paniquai.

Pas déjà.

Pas maintenant.

Je n'étais pas prête. C'était trop tôt.

Incapable de bouger, je portai mes deux mains à la base de mon ventre, le soutenant fermement comme pour empêcher que mon bébé ne s'en échappât. La vie avait donc cessé de grandir en moi. Mon bébé allait m'abandonner et c'en serait fini de cet être hybride unique que nous formions lui et moi. Non, je ne voulais pas qu'on m'ampute de lui, je voulais le garder pour moi. Encore un peu. Ne pas le partager. Je vécus quelques minutes de désespoir absolu, tandis que la pompe de mon cœur s'accélérait et que le sang tambourinait dans mes tempes.

La pression s'accentua sur mon bas-ventre, une nouvelle déflagration me déchira l'abdomen, me coupant le souffle. J'étais comme cisaillée. Je laissai échapper un grognement et sous l'effet de la douleur ma vue se brouilla. Je pris une profonde respiration, comme celle du plongeur avant le grand saut et, le thorax comprimé, j'appelai ma mère. Qui surgit aussitôt. À croire qu'elle était à l'affût. Elle donna immédiatement l'alerte.

J'avais si peur. Une petite voix me disait que l'humanité était faite de ça, toutes les femmes du monde étaient passées par là, mais j'avais quand même peur. Pour me donner du courage, je murmurai les prénoms de mon bébé, choisis en secret, la main en coupe sous mon ventre, indifférente aux autres qui s'affairaient autour de moi.

16

Atmosphère confinée

12 janvier 1965

— Vous me donnez le tournis, Arturo. Asseyez-vous s'il vous plaît !

La voix d'Almah résonna dans le couloir de l'hôpital qu'Arturo arpentait nerveusement, martyrisant une cigarette éteinte entre ses doigts. Ses chaussures crissaient désagréablement sur le linoléum vert pâle.

— Si vous continuez comme ça, mon cher, on finira par vous prendre pour le père ! ajouta Almah dans un sourire.

Cela le stoppa net. Il regarda Almah en rougissant, secouant légèrement la tête de gauche à droite en signe de dénégation, les yeux ronds. Celle-ci s'amusa de son émoi.

— Je plaisante. Venez vous asseoir, répéta-t-elle en tapotant le siège à côté d'elle.

Arturo s'exécuta avec raideur.

— Parlez-moi donc de vous, jeune homme. Je ne vous connais pas mais Ruthie ne tarit pas d'éloges à votre égard. Je sais que vous êtes très proches tous les deux.

Était-ce un piège ? Arturo ne savait pas exactement ce que Ruth avait dit à sa mère. Il était impressionné par cette femme impériale. Il avait le sentiment de voir une Ruth polie par les ans. Oui, Ruth serait ainsi plus tard, belle, apaisée et souveraine. Le peu qu'Arturo savait d'Almah, à travers les confidences de son amie, forçait son respect. Almah Rosenheck n'était pas une de ces femmes dociles, soumises et effacées, comme on en rencontrait tant dans les grandes familles dominicaines. Comme sa propre mère par exemple. Non, elle, elle était d'une autre trempe. Allait-elle essayer de lui tirer les vers du nez ? Almah planta ses yeux clairs dans les siens et scruta attentivement le jeune homme qui rougit de nouveau. Elle comprit son embarras.

— Rassurez-vous Arturo, Ruthie m'a confié tout ce qu'il y a à savoir. Enfin ce qu'elle jugeait bon que je sache. Je ne suis pas d'accord avec elle sur tout, mais c'est elle qui décide. C'est sa vie. Je suis là pour la soutenir, lui apporter tout l'amour dont elle a besoin, pas pour lui mettre des bâtons dans les roues. Elle fera comme elle voudra. Parlez-moi plutôt de vous, mon cher, l'attente risque d'être un peu longue si je me fie à mes souvenirs.

Arturo lâcha un grand soupir et sentit la tension s'envoler. Ses épaules se relâchèrent. Il s'affaissa sur le siège inconfortable recouvert de Skaï gris de la salle réservée aux visiteurs. Almah lui souriait d'un air si engageant qu'il décida de se laisser aller. Et il commença à se raconter. Sa fascination pour Mozart, l'enfant prodige qui composait avec trop de notes, ses premières leçons de piano, les petits concerts familiaux organisés par sa mère, la déception teintée de dédain de son père, la Juilliard qu'on ne lui avait concédée que parce que la relève était assurée par ses aînés, ses premières compositions, sa vénération pour Rachmaninov, son éblouissement devant Herbie Hancock qu'il avait découvert au Blue Note, son amour pour New York où il se sentait libre, ses doutes sur ses talents de compositeur, son ambition de devenir un grand concertiste, sa dévotion pour Ruth, son âme sœur, la meilleure amie qu'il ait jamais eue, leurs vacances dans les Adirondacks… Arturo, si secret d'habitude, était intarissable. À Almah, c'était facile de se confier. Elle l'écoutait avec attention. Ce garçon l'émouvait et elle comprenait qu'il lui avait manqué une oreille attentive dans sa jeunesse. Et ce fut dans la musique qu'ils se découvrirent une sorte de fraternité. Almah lui décrivit les fastes de l'opéra de Vienne, l'acoustique exceptionnelle de la grande salle du Musikverein, la plus belle salle de concerts du monde, selon elle. Arturo la regardait, rêveur. Il se promit en son for intérieur qu'un jour il irait ; mieux, il emmènerait avec lui Almah, Ruth et le bébé. Almah en tenait pour les Autrichiens, Brahms, Mozart, Strauss et Schubert, il lui répondait Bruckner et Berg. Quand ils en vinrent à confronter leurs avis sur la Orquesta Santa Cecilia, ils étaient au diapason.

Cet Arturo lui plaisait décidément beaucoup. Almah se dit que Ruth avait bien de la chance, elle avait mis le grappin sur une pépite. Dommage que ces deux-là…

Cela faisait plus de deux heures qu'ils étaient ensemble. Ils en étaient à leur troisième café et abordaient le sujet du dodécaphonisme quand une blouse blanche se matérialisa au bout du couloir. Almah se dressa, comme mue par un ressort.

— Alors docteur ?

— Tout se passe bien, très bien. Il ne devrait plus y en avoir pour très longtemps maintenant.

Almah se rassit, déçue. Elle s'absorba un instant dans la contemplation de la vitre sale. La nuit venait de tomber. Il était à peine 5 heures de l'après-midi. Tout était noir dehors et il faisait froid. Les néons agressaient ses yeux.

— Elle ne souffre pas trop ?

— Rassurez-vous, nous nous en occupons.

Almah hocha la tête, peu convaincue. Le souvenir de son premier accouchement dans la chambre de la maison de Hietzing sous les directives de son père assisté d'une infirmière vint lui broyer le cœur. Un claquement de talons dans le couloir. Myriam arrivait au grand galop.

— Alors ? Où en est-elle ? lança-t-elle tout en déroulant sa longue écharpe de laine.

— Il faut encore attendre, souffla Almah avec un petit sourire résigné.

Ce disant, elle enleva son sac à main de la banquette en Skaï, le déposa sur le sol et tapota le siège à côté d'elle.

— Ma pauvre chérie, tu es toute pâle, constata Myriam en s'asseyant. J'espère qu'elle ne déguste pas trop.

— Le docteur dit que non.

— J'ai fermé l'école et prévenu que je ne rentrerai que grande-tante ! Hello Arturo ! Je ne m'attendais pas à te trouver là.

— Arturo m'a tenu compagnie et de charmante façon, n'est-ce pas, mon ami ? lui lança Almah avec un sourire.

— Je tiens à être un des premiers à prendre ma filleule ou mon filleul dans mes bras !

Almah leva un sourcil étonné.

— Finalement, Ruthie ne m'a pas tout dit ! Ainsi c'est vous le parrain !

— Je crois bien que oui ! répondit Arturo en rougissant jusqu'à la racine des cheveux.

— Je vous apporte un café ? demanda Myriam.

— Non merci, déclinèrent d'une même voix Almah et Arturo, parfaitement synchronisés, en éclatant de rire, sous le regard étonné de Myriam.

Almah crut bon de préciser :

— C'est que, vois-tu, nous en sommes à notre…

— … quatrième, compléta Arturo. Excusez-moi, je vais prendre l'air, décida-t-il. Je n'en peux plus de cette atmosphère confinée.

— Profitez-en pour la griller, sourit Almah en désignant la cigarette qui pendait, toute molle, entre les doigts du jeune homme.

Il acquiesça en souriant et tourna les talons, son manteau sur les épaules.

17

Gaya

Janvier 1965

Je sais que j'enfonce une porte ouverte.

Mais ce fut instantané, foudroyant et définitif. J'en eus la certitude à l'instant même où la sage-femme déposa le petit paquet vagissant et gluant sur ma poitrine.

Ma toute petite fille.

À cet instant précis, tout mon univers bascula de manière incontrôlable et irréversible. Oubliée la douleur qui m'avait broyé les reins et déchirée comme une lime abrasive, oubliées les quelques secondes de désespoir absolu quand j'avais voulu garder mon bébé dans mon ventre, oubliés les cris, la honte d'être si vulnérable, si peu courageuse, oubliés les « plus jamais », les « je voudrais mourir », les « mon Dieu, aidez-moi »…

Jusqu'à ce moment-là, j'avais survolé la vie avec l'insouciance d'une enfant gâtée, mais désormais je n'en étais plus une. Mon être, mon identité même avaient changé. J'étais habitée de cette certitude enivrante : je n'étais plus seule, je ne serais plus jamais seule. Et je savais que désormais Christopher serait avec moi où que j'aille, dans un sourire de ma fille, un froncement de ses sourcils, une palpitation de ses narines. Je me sentis prête à tout affronter pour mon enfant, prête aux plus grands sacrifices, prête à la protéger de tout.

Prête à rentrer chez moi.

*

— Comment se prénomme cette merveille ? demanda Almah d'une voix tellement émue que j'eus du mal à reconnaître l'assurance légendaire de ma mère.

Je venais de regagner ma chambre, mon bébé reposait dans mes bras et je me faisais l'impression d'une impératrice régnant sur son peuple. Myriam, Almah et Arturo n'avaient d'yeux que pour elle et étaient suspendus à mes lèvres.

— Gaya, elle s'appelle Gaya.

J'avais renoncé depuis longtemps aux prénoms juifs, aux américains pourtant très à la mode dans l'île, aux dominicains. Je ne voulais pas étiqueter ma fille, je la voulais citoyenne du monde. J'avais choisi un prénom allégorique. Gaya, la Terre mythique.

*

Cinq jours plus tard, Gaya serrée contre mon cœur dans un porte-bébé de toile, je franchis triomphalement le seuil de la maison de Brooklyn sous bonne garde. On ne pouvait plus faire un pas dans ma chambre encombrée de cadeaux. Myriam avait ressorti le berceau de Nathan, une nacelle d'osier qui se balançait, idéale pour endormir un nourrisson ; en secret elle l'avait drapée de lin blanc et de dentelle et c'était très joli. Il y avait une table à langer et une nouvelle commode blanche remplie de vêtements de bébé. Ma tante et ma mère avaient concocté un repas de fête pour notre retour. Les flashs crépitèrent et le champagne coula à flots. Comme j'étais toujours à la diète puisque j'allaitais, je ne m'autorisai qu'une toute petite coupe, au milieu de ceux que j'aimais. J'eus une pensée tendre et émue pour ceux qui n'étaient pas là, Svenja, mon frère, Lizzie occupée à vagabonder je ne sais où, Markus, le confident de mes doutes. En brandissant ma coupe de champagne pour porter le premier toast en l'honneur de ma fille, je sentis peser sur moi le regard de ma mère. Je la regardai longuement et vis ses yeux s'embrumer. À cette seconde précise, avec une certitude absolue, je sus à qui elle pensait. Le fantôme de mon père plana un instant sur moi. Je serrai les dents, émue. Cétait lui le véritable absent, il me manquait au-delà des mots. Et comme un boomerang, la pensée de Christopher me visita. Je constatai avec un étonnement coupable que lui ne me manquait pas tant que ça. Qu'il n'était plus qu'une ombre déclinante au tableau de ma vie.

18

Une guerre larvée

Janvier 1965

— Avec tout ce qui se passe à Saint-Domingue, je serais plus tranquille si tu restais à New York.

Une ride soucieuse barra le front d'Almah qui jeta un regard d'adoration sur le berceau de Gaya. Ma mère, d'habitude si habile à cacher ses états d'âme, ne parvenait pas à faire bonne figure. Nous étions dans le grand salon de la maison de Brooklyn. Perchée sur un escabeau, elle récupérait les boules scintillantes, les angelots et les guirlandes du sapin de Noël. Elle me les tendait, je les emballais délicatement dans du papier de soie et les rangeais dans un carton soigneusement étiqueté « décorations de Noël » de la main appliquée de Myriam.

— Maman, je n'ai plus rien à faire ici, répliquai-je avec détermination. J'ai fait le tour de la question, vraiment. J'ai un vrai métier maintenant et j'ai envie de rentrer chez moi.

— Attends au moins jusqu'à ce que les choses se calment. Cela fait plus d'un an que nous vivons de grèves et de désordres, et pour l'instant il n'y a pas d'embellie en vue, loin de là. Je t'assure que le climat est bien loin d'être drôle.

— Ça tombe bien, je n'ai pas envie de rire.

Almah me dévisagea de toute sa hauteur, consternée par ma réplique, et secoua la tête de droite à gauche. Je la fixai d'un air de défi.

— Ruth, ce n'est pas un sujet de plaisanterie. Crois-moi, je ne dramatise pas la situation. Je ne dis pas ça pour…

Je remarquai ses tempes grisonnantes, les plis autour de sa bouche et cela m'attendrit.

— Excuse-moi, maman, je ne voulais pas être blessante. Je veux élever ma fille dans mon pays, c'est aussi simple que ça.

Almah jeta un coup d'œil préoccupé sur Gaya qui dormait à poings fermés, sa petite tête couverte d'un fin duvet noir émergeant à peine de la couverture.

— Justement, je ne crois pas que notre pays soit le meilleur endroit pour un bébé en ce moment.

— Et comment fait Ana Maria avec ses jumelles, hein ? Maman, je ne veux pas vivre aux États-Unis. J'ai pris ma décision, je rentre. Inutile d'en discuter.

*

J'avais planifié mon retour à Sosúa pour début février, le temps d'en finir avec toutes les formalités administratives et de liquider les scories de ma vie américaine. J'avais hâte de me retrouver chez moi et de prendre à bras-le-corps mon grand projet : le lifting de *La Voix de Sosúa* que Markus maintenait à flot avec plus de bonne volonté que de succès depuis des années.

— Il est grand temps de donner une seconde vie au journal de papa, avant qu'il ne sombre définitivement, tu ne crois pas ?

C'était un argument un peu traître, inviter le souvenir de mon père dans notre conversation en évoquant son journal, la marque tangible qu'il avait laissée de sa vie à Sosúa. Mais ma décision était prise. Il ne me restait plus qu'à convaincre ma mère que c'était la meilleure et je faisais feu de tout bois.

— Tu es loin, tu n'as pas conscience de ce qui se passe, ma chérie, insista-t-elle. C'est une guerre larvée. Depuis le coup d'État qui a renversé Bosch, la tension ne fait que croître entre les militaires et les mouvements de gauche. Tout le pays est en effervescence, sur le qui-vive. Les Américains ne laisseront pas les socialistes se réinstaller à la tête du pays, ils ont bien trop peur des communistes. Cuba leur suffit.

Une pensée fugace me ramena vers Christopher. La fameuse théorie des dominos… Je me mordis la lèvre inférieure au sang, puis chassai le souvenir d'un hochement de tête. Du plus profond de moi, montait une certitude puissante. Je n'aspirais qu'à une chose : rentrer au pays, retrouver les miens et élever ma petite fille dans mon cocon de Sosúa. Je voulais que, comme moi, elle grandisse au paradis des enfants.

— Sosúa a toujours été à l'abri des troubles. De toute façon, c'est inutile d'argumenter, je ne changerai pas d'avis.

— Mais tout ça va te manquer, la ville, la culture, les sorties, le cinéma, les magasins, le journal. Arturo ! jeta ma mère dans un ultime argument.

Tant qu'elle y était, elle pouvait ajouter le théâtre, les clubs de jazz, les musées, les *diners*… Bien sûr que tout cela allait me manquer, mais nous n'étions jamais qu'à quelques heures de vol de New York.

— Rien ni personne ne me manquera ici, affirmai-je avec assurance. Nathan, Myriam et Aaron viendront nous voir et nous continuerons à passer des vacances ensemble ici ou là. Quant à Arturo, entre nous c'est… inaltérable.

Ce n'était pas vrai. Je savais que mon ami allait cruellement me manquer, notre complicité, son oreille attentive et indulgente, ses confidences, ses blagues à 2 cents, nos séances de cinéma, nos dîners dans les petits restaurants du Village et nos ballades bras dessus bras dessous dans Central Park. Les facéties de Nathan et sa dévotion pour moi allaient aussi me manquer. En revanche, je ne serais pas mécontente de me soustraire à l'amour envahissant de Myriam qui, en quelques semaines, avait reporté sur Gaya toute l'attention un peu étouffante que Nathan ne requérait plus du haut de ses neuf ans. Mais j'étais désormais une maman. J'avais charge d'âme, il était grand temps de négocier ce nouveau tournant de ma vie et je savais par toutes les fibres de mon âme que nulle part au monde je ne serais aussi bien qu'à Sosúa, au milieu des miens.

19

Rubricage et plan de financement

Février 1965

Finalement Almah avait eu gain de cause.

Elle rentra seule à Sosúa.

Ruth avait accepté de retarder son départ de quelques mois. Cela laisserait à sa mère le temps de préparer la maison pour les accueillir. Il fallait aménager un espace confortable où Ruth et Gaya auraient leur propre intimité. Almah avait déjà des idées bien arrêtées sur la question et elle repartait avec des plans dessinés par Aaron.

Quant à Myriam, ravie de cette décision qui lui permettait de profiter encore du nouveau-né, elle pouponnait. Chaque jour Gaya grandissait, « une merveille de petite fille », s'extasiait sa grand-tante. Nathan jouait les grands frères, tenant des discours très élaborés à sa cousine. Il en avait fait le public privilégié, et très passif, de ses démonstrations de danse.

De son côté, Ruth pourrait prendre le temps de régler les formalités administratives, d'acheter une garde-robe complète pour sa fille, du matériel de puériculture, une panoplie de jeux éducatifs et de peluches, et toutes sortes de choses encore introuvables à Saint-Domingue.

Et surtout, elle pourrait à son aise réfléchir à un plan de sauvetage du journal. Car *La Voix de Sosúa* battait sérieusement de l'aile. C'était devenu un gouffre financier. Le plus sage aurait été de fermer boutique et de mettre la clé sous la porte. Mais, tout comme Almah et Markus, Ruth s'y refusait catégoriquement. Forte de ce qu'elle avait appris au *Times* et à l'université, elle s'était mis en tête de réformer le journal en profondeur et de lui donner une seconde vie.

Dans sa chambre, au-dessus de sa table de travail, elle avait punaisé une sentence de Gramsci qu'elle trouvait pleine de bon sens : « Il faut avoir une parfaite conscience de ses propres limites, surtout si on veut les élargir. » Elle devait partir de là, de ses propres limites, de ses capacités réduites, et les utiliser comme un tremplin.

Entre deux tétées, elle réfléchissait mise en pages (modernisée), rubricage (s'affranchir du régionalisme), diffusion (viser toute la province), publicité (vendre des annonces à toutes les entreprises de la région et de la capitale) et plan de financement. C'était d'ailleurs sur ce point que son projet achoppait : où trouver l'argent nécessaire au redéploiement du journal ? Frederick, endetté jusqu'au cou pour l'élevage, ne pouvait pas l'aider. Markus, qui n'avait jamais été un homme d'argent, avait loupé avec brio toutes les occasions de s'enrichir, et les banquiers dominicains, particulièrement frileux en cette époque troublée où le contrôle de la presse était à l'ordre du jour, lui refuseraient leur aide, aucun doute là-dessus.

Ruth ne pouvait qu'espérer une embellie politique qui ferait le lit d'une relance de l'économie dominicaine. En attendant, elle peaufinait ses projets.

20

Complètement à l'ouest

Mars 1965

The Haight, 12 mars 1965

Ma très chère Ruthie,

♥♥♥♥

Bienvenue à Gaya dans ce monde de dingues !!!!!

♥♥♥♥

Comme je suis heureuse de cette merveilleuse nouvelle. Ma mère m'a fait suivre le faire-part de naissance que tu lui as envoyé et j'en suis restée sciée. Mais joyeusement sciée, crois-le bien. Tu ne parles pas du papa ????? As-tu choisi de faire un bébé toute seule ???? Dans ce cas, je t'approuve sans réserve. Je suis contre le couple,

le mariage et toutes ces conneries. Je suis pour l'amour libre ! Rien ne vaut la liberté !
Je suis sûre que ta fille est très belle, surtout si elle te ressemble. J'ai du mal à t'imaginer en maman, mais c'est une des surprises de la vie. Après tout, nous vieillissons et nous sommes maintenant des adultes. Enfin toi. Parce que moi, je résiste !!!!!
Vas-tu rester à New York ou comptes-tu rentrer à Sosúa avec ta fille américaine ? Car Gaya est américaine n'est-ce pas ? Ça fait un sacré cocktail dans la famille !!!!
Je m'excuse de ne pas t'avoir donné de nouvelles depuis notre dernière rencontre, mais comme on dit, pas de nouvelles, bonnes nouvelles, pas vrai ????
Dès que je le pourrai (traduis dès que j'aurai assez d'argent), je ferai un saut à New York pour vous rendre visite. Promis, juré, croix de bois, croix de fer... !!! Mais motus et bouche cousue, tu ne devras le dire sous aucun prétexte à ma mère qui m'enchaînerait chez elle !
Parle de Tía Lizzie à Gaya afin qu'elle ne soit pas surprise quand elle me verra. Je suis sûre que les bébés comprennent beaucoup plus de choses qu'on croit.

♑ *Gaya est une Capricorne !!!!!*
Elle a des liens particuliers avec la Terre, pas étonnant avec son prénom !!!! Attends-toi à une personnalité, endurante, patiente, loyale, intelligente, persévérante et déterminée. Apprends

à gagner sa confiance car elle sera de nature méfiante. Et tu devras faire attention à son égoïsme, sa susceptibilité et son côté capricieux. Ne la gâte pas trop, conseil de Tante Lizzie.

Quelques nouvelles du front californien où le ☼ brille en permanence (ou presque, en tout cas plus qu'en Nouvelle-Angleterre !!!).
Je viens de quitter North Beach qui devenait chérot et surpeuplé pour emménager dans le quartier de Haight-Ashbury, un peu en retrait de l'océan. C'est un quartier populaire, assez mélangé, avec des ouvriers, des étudiants de la San Francisco State University, et de vieilles barbes russes très vieille Europe, ça me rappelle mes origines. J'aime bien ça.
Maintenant on y trouve aussi plein d'artistes underground, des musicos, des poètes et des peintres, qui se regroupent là. Nous avons trouvé une maison à louer pas trop cher. Une belle et immense maison victorienne, tu aimerais, avec deux étages et plein de chambres. Bon d'accord, elle est un peu délabrée, mais ça va. Il y a une chambre pour toi, comme à Zihuatanejo.

Mais tu fronces les sourcils, ma Ruthie, et tu te demandes : Qui est ce nous ? D'abord il y a Lonesome Girl, ça c'est moi, ta merveilleuse Lizzie, Nancy, ma copine canadienne très groovy, *Amanda,* una mejicana guapa, *il y a Gene et sa petite amie Honey (le seul couple), Flying George, Sleepy, Hungry Tom, Rob the Poter, Graffity,*

Sweet Elsie, Pearl et Cosmic Richie... Bref on est une bonne bande et on s'entend tous très bien (sauf quand il s'agit de faire un peu de ménage). À propos, je ne suis plus avec Jim, il est parti au Pérou et je n'ai pas voulu le suivre. Pour l'instant, je n'ai pas de petit ami fixe (traduis j'ai plein de petits amis de passage, eh oui) et c'est bien mieux comme ça. Je ne suis pas la femme d'un seul homme.

J'ai un job dans un restaurant du centre où je travaille de 11 heures à 16 heures, mais je vais laisser tomber parce que je ne supporte pas mon horrible uniforme marron et le tablier qui va avec, ni le badge avec mon nom que je suis obligée d'épingler dessus. Avec Nancy, nous fabriquons de jolis bijoux que nous vendons avec un certain succès. Donc je n'ai plus besoin de travailler au restaurant. CQFD !!!! Tout près de notre maison, il y a un grand parc, le Panhandle, qui te plaira beaucoup pour promener Gayita quand tu viendras me voir. Je t'emmènerai au Blue Unicorn, notre QG, où nous nous retrouvons pour manger, écouter de la musique et discuter à la lueur des bougies. J'ai fait de beaux dibujos *en peignant avec mes doigts sur les murs où chacun est libre de s'exprimer à sa façon. Ça fait une sacrée fresque, gigantesque, super délirante, psychédélique. Wahou ! Sais-tu que maintenant on nous appelle les hippies, hihihi...*
Je t'autorise à donner de mes nouvelles à meine Mutter *car je n'ai pas le courage de lui écrire.*

Je sais, ce n'est pas très gentil, mais franchement... elle m'agace et c'est peu dire. Je sais qu'elle désapprouve mon mode de vie, elle n'aime pas ce que je suis, ni ma façon de parler, ni comment je m'habille, sans parler des drogues (qui sont gratuites ici hihihi), sujet tabou, et je ne veux même pas en discuter avec elle. Toi, mein Liebe, *tu me comprends.*

Je viens d'assister à un petit concert des Jefferson Airplane, un nouveau groupe planant, je suis sûre qu'ils iront très loin... J'aimerais te fredonner un de leurs morceaux, mais par lettre, ça ne marche pas. C'est pour ça qu'il faut que tu ramènes ta fraise, ma Ruthie, et qu'on partage tout ça ensemble.

Envoie-moi une photo de toi et ta petite Gaya. Je la mettrai sur ma table de chevet ; ou plutôt par terre, près de mon lit, car je n'ai pas de chevet !

Ton amie à la vie à la mort

☮

Lonesome Girl, Lizzie

♥♥♥♥♥♥♥♥♥♥♥♥♥

*

Ruthie était heureuse. Jamais, au grand jamais, Lizzie ne lui avait écrit une aussi longue lettre. Elle saluait l'exploit qu'elle appréciait à sa juste valeur. Certes c'était un peu décousu, et pour tout dire très enfantin. Ruth se demandait la signification des graffitis et des signes cabalistiques dont Lizzie avait truffé sa lettre. À dire vrai, son amie paraissait par certains aspects un peu exaltée, un peu à côté de la plaque, même. Ruth ressentait un vague malaise, il y avait des dissonances imperceptibles dans ses propos, quelque chose la gênait sans qu'elle puisse mettre le doigt dessus. Lizzie était si déraisonnable (mais cela avait toujours été), quand elle-même devenait si raisonnable. Et elle se prenait de passion pour l'astrologie… Ruth se demanda si elle allait bien, si elle ne cachait pas une profonde détresse sous une exubérance de surface.

Les vagissements de Gaya la tirèrent de ses pensées. Après tout, Lizzie était majeure et vaccinée, une adulte qui menait sa barque comme elle l'entendait et qui n'avait certainement pas besoin des conseils d'une jeune mère qui allait rentrer dans le rang. Pourtant, une petite voix intérieure discordante continuait à susurrer à Ruth que quelque chose clochait. Le lendemain, quand elle lui montrerait la lettre, Arturo n'hésiterait pas à dire que Lizzie était complètement à l'ouest, la faute à la drogue, sans aucun doute.

Gaya réclamait son repas à grands cris. Ruth s'extirpa de son fauteuil et se dirigea vers le berceau. Pour l'instant la seule détermination de son bébé consistait à hurler avec persévérance quand elle avait faim. Persévérante et déterminée, Lizzie avait raison !

21

Le bateau coule

Avril 1965

Sosúa, le 3 avril 1965

Ma très chère Ruth,

J'espère que cette lettre vous trouvera en bonne forme, Gaya et toi.

Ce que j'ai à te dire, ce ne sont pas de bonnes nouvelles.
Le bateau coule. L'espoir que je mettais dans un investisseur dominicain de Puerto Plata pour notre journal a été douché. Il faut dire que la situation économique et politique est si critique que personne n'ose bouger un petit doigt. Nous devons aussi nous rendre à l'évidence : La Voix de Sosúa *n'intéresse plus grand monde. Les souscriptions des anciens se font de plus en plus rares.*

Pourtant la population de Sosúa se développe et je continue à croire à notre potentiel, sans doute sous une autre forme.
J'ai décidé de passer à une parution mensuelle car cela nous coûte trop d'argent.

Je sais que je vais te décevoir mais tout espoir n'est pas perdu. Avant de jeter définitivement l'éponge, je vais faire une dernière tentative auprès de quelques relations parmi ceux de la première génération. Bien sûr, tu seras la première informée du résultat de mes démarches.

Je suis d'accord avec ta mère : il est plus raisonnable que tu ne viennes pas à Sosúa, car outre l'instabilité politique, les grèves à répétition et les menaces de conflit, nous n'avons même pas de travail à te proposer, même si j'espère encore que les choses vont changer. Je sais que tu dois être déçue mais il faut être lucide. Rien ne sert de s'aveugler.

Je terminerai sur une note plus optimiste. Avec Almah, nous envisageons la commercialisation des fauteuils dont ton oncle a dessiné les plans. Nous avons trouvé un atelier de menuiserie et réalisé un prototype très prometteur. Ce projet enchante ta mère.

Je t'embrasse, ma chère Ruthie, et espère avoir bientôt de tes nouvelles.

Markus

Ruth était déconcertée. Si, comme le prétendait Markus, le bateau coulait, ses plans de rénovation pour *La Voix* tombaient à l'eau. Et Markus et sa mère qui s'amusaient avec des fauteuils en bois. Avaient-ils perdu la tête ? Se souciaient-ils si peu de l'héritage de son père ?

Ruth savait qu'elle était injuste. Elle ne pouvait pas incriminer Markus, ni Marisol, ni sa mère. Ils avaient certainement fait tout leur possible pour maintenir le journal à flot. Elle savait Markus attaché à l'héritage laissé par son ami, autant qu'Almah et elle-même. Mais les temps avaient changé. L'argent était le nerf de la guerre et le journal ne pouvait continuer à engloutir les maigres bénéfices de leurs *fincas* comme un gouffre sans fond. Elle ne pouvait rien y faire malgré toute sa science acquise à l'université et au *Times*. Un rire amer lui échappa. Ainsi c'en était donc fini du journal de son père. Et de son projet de vie à Sosúa par la même occasion. La vie s'amusait à ouvrir des portes et à les refermer sans préavis.

Cependant Ruth ne renonça pas. Pleine d'espoir, elle postula auprès de Danilo Guerrero, dont elle espérait la bienveillance. Le journaliste, ancien ami de son père, lui répondit par retour du courrier. *El Porvenir*, le journal de Puerto Plata, était lui aussi en difficulté et on ne pouvait rien lui proposer, à part de maigres piges et encore pas régulières. Il en était sincèrement désolé.

Ruth réduisit rageusement la lettre en miettes. Elle se dit qu'il fallait savoir interpréter les signes. C'était une période compliquée. Son pays était quasiment en guerre, les difficultés économiques rendaient le quotidien difficile à vivre, et elle avait désormais charge d'âme. Le plus simple était sans doute de rester aux États-Unis, mais elle en avait soupé de l'Amérique. Elle voulait autre chose pour elle et Gaya.

Peu à peu, une issue se dessina dans son esprit.

22

Rumeurs de guerre

Avril 1965

— Quel soulagement que Ruthie et Gaya soient loin d'ici, soupira Almah en repliant le journal. Franchement Markus, la situation est explosive. La corruption gangrène tous les rouages de ce pays, et avec ces grèves à répétition et ces flambées de violence, je me demande de quoi demain sera fait.

Almah aidait Markus à trier les factures. Il leva le nez de son livre de comptes doublement préoccupé. Les finances allaient mal, ce n'était rien de le dire, quant à la situation du pays, elle n'était pas brillante.

— C'est vrai, ça ne sent pas bon. Le gouvernement piétine les principes démocratiques pour camoufler son incapacité à résoudre la crise. Mais heureusement, ici nous sommes loin des troubles de la capitale et de Santiago.

— La dictature a laissé la place à un État policier. C'est peu ou prou la même chose. Tout ça a un petit air de déjà-vu, tu ne trouves pas ?

— Tu as raison, concéda Markus. Ça me rappelle nos discussions politiques d'autrefois avec Wil, Mirawek et Emil, ajouta-t-il avec un sourire ironique.

Almah soupira et parut s'évader un court instant.

— Moi ça me rappelle 1938 et les rumeurs de guerre, quand nous suivions les informations l'oreille collée à la radio et que nous ne voulions pas y croire.

— Tu exagères, nous n'en sommes tout de même pas là ! C'est difficile de trouver une stabilité entre la menace communiste, les militaires et les intérêts économiques.

— Les Américains brandissent Cuba comme un épouvantail… Qui sait comment les choses vont évoluer. La vie m'a appris qu'on pouvait s'attendre à tout. Vraiment à tout !

*

Almah avait senti le vent tourner.

Depuis trois ans, c'était une lutte constante pour le contrôle politique entre communistes et groupes de gauche d'un côté, et milieux conservateurs et chefs militaires de l'autre.

Le peuple s'insurgea pour de bon contre le gouvernement et la guerre civile éclata le 24 avril 1965. Deux blocs s'affrontaient : ceux de gauche, les constitutionnalistes, qui souhaitaient restaurer dans ses fonctions Juan Bosch, le président élu exilé à Porto Rico, et ceux qui soutenaient le dirigeant du moment, Donald Reid Cabral.

Dans la nuit du 23 au 24, des soldats et des officiers de l'armée de terre et de la police soutenant le président Bosch prirent position à Saint-Domingue. Le 24, la foule manifesta pour les soutenir dans les rues de la capitale, demandant le retour de Bosch.

Le dimanche 25 au matin, le palais présidentiel fut pris d'assaut et Reid Cabral destitué, tandis que Los Tigres, des groupes de communistes armés, envahissaient les rues de la capitale, débordant rapidement les forces de sécurité dominicaines soutenues par l'armée loyaliste. S'affrontaient donc les forces loyalistes dirigées par Wessin y Wessin regroupant l'armée de l'air et la marine et disposant de vingt-trois chars et de deux bataillons d'infanterie de mille sept cents hommes, et l'armée constitutionnaliste qui comptait des militaires de deux casernes et le soutien de deux à quatre mille civils armés.

Ce furent trois jours de violents combats, gagnés par les forces populaires. Il se dirait plus tard que la bataille pour le contrôle du pont Duarte avait été la plus meurtrière de l'histoire du pays et qu'elle avait fait à elle seule entre mille et mille cinq cents victimes. Au terme des combats, on parlait de deux mille morts et de quelque dix mille blessés.

Un bilan qui allait encore empirer.

Les nouvelles parvenaient à Sosúa à travers le filtre hasardeux des appels téléphoniques, de la radio et des journaux. Almah était en contact quotidien avec Irene Kriegerman, son amie allemande qui tenait pension dans le quartier colonial. C'était une informatrice de premier plan, qui avait l'oreille de la vieille ville. Quant à Markus, il gardait le contact avec Danilo, le journaliste du *Porvenir*.

Trois jours plus tard, le 28 avril, la guerre civile prit un autre visage. Les Américains envahirent le pays pour la seconde fois de son histoire.

23

Nom de code : Power Pack

Avril-septembre 1965

C'était joué d'avance et ce fut une guerre éclair.

Lyndon Johnson ordonna le débarquement des marines sous le double prétexte de protéger citoyens et biens américains et de stabiliser le pays. En réalité, il voulait l'empêcher de tomber sous le joug des communistes. L'opération portait le joli nom de Power Pack.

Les forces américaines déferlèrent sur Saint-Domingue par les airs et par la mer où se profilèrent bientôt les masses sombres des cuirassés de l'US Navy. Il fallait sécuriser les alentours du pont Duarte, non loin de la vieille ville, un point névralgique, l'unique passage entre l'est et l'ouest. Plus de six mille ressortissants américains furent embarqués à bord des navires de guerre ou évacués par voie aérienne.

Au bout d'une semaine de guérilla urbaine, les deux camps signèrent un fragile accord, qui ne mit pas fin pour autant aux violents combats de rue. Le 7 mai, le général Imbert, auréolé de son rôle dans l'assassinat de Trujillo, devint président du gouvernement de reconstruction nationale. Le 13 mai il lança l'opération Limpieza[1], réussissant à éliminer les poches de résistance des constitutionnalistes et à faire taire Radio Santo Domingo.

Le 21 mai, les Américains entamèrent la phase de stabilisation. Maintenir l'ordre et distribuer l'aide humanitaire aux membres des deux factions et à la population civile devint leur priorité. Les marines commencèrent progressivement à se retirer et, à partir du 7 juin, furent remplacés par l'Inter-American Peace Force. Pourtant, le 15, les rebelles repassèrent à l'offensive. Après deux jours de lourds combats, les dirigeants des deux factions dominicaines entamèrent de nouvelles négociations pour former un gouvernement intérimaire dans l'attente d'élections générales.

Ce qu'on appelait pudiquement « la crise » se solda le 31 août par la signature d'un accord de réconciliation. Le 3 septembre, Héctor García Godoy prit la tête d'un gouvernement provisoire soutenu par les Américains, sous les auspices de l'Organisation des États américains qui étouffèrent dans l'œuf une nouvelle tentative de coup d'État. Les villes, Saint-Domingue, Santiago, Barahona, théâtres de flambées de violence incontrôlables, restaient sous haute tension. Quant aux militaires rebelles, ils furent recasés à des

1. « Nettoyage ».

postes diplomatiques, qui comme consul général aux États-Unis, qui comme attaché militaire à Londres.

Quand on ferait les comptes, bien plus tard, il apparaîtrait que plus de quarante mille soldats américains dont environ huit mille marines et une quarantaine de cuirassés avaient participé à l'opération Power Pack.

24

La carte de la prudence

Mai-juin 1965

Si dans un premier temps les lettres d'Almah avaient donné le ton, son dernier coup de téléphone ne résonnait plus comme une prière mais bien comme un ordre.

Il était hors de question que Ruth quitte les États-Unis pour revenir à Sosúa.

À aucun prix.

Le pays était en guerre. Une véritable guerre civile avec une invasion étrangère, des factions ennemies, des batailles, des échauffourées, des cessez-le-feu non respectés, des blessés, des morts dont les cadavres jonchaient les rues de la capitale. Même sur place, on ne comprenait pas grand-chose à la situation.

Pour rejoindre Sosúa, il fallait traverser toute la capitale, La Vega, Santiago, Puerto Plata, bref toutes les grandes villes qui étaient à feu et à sang. Il n'existait pas d'autre route. C'était beaucoup trop risqué. Il était préférable d'attendre que les choses se tassent.

Ruth savait que sa mère ne s'alarmait pas pour rien. Frederick et Markus s'y étaient mis, ajoutant leurs voix à celle de sa mère. Tous l'exhortaient à rester patiemment aux États-Unis.

De loin, Arturo et Ruth essayaient de suivre l'enchaînement des événements, mais la situation était bien trop confuse. Une seule certitude, les Yankees avaient une fois de plus débarqué dans leur pays, se croyant autorisés à jouer aux gendarmes du monde. Ruth avait renoué avec la rédaction du *Times* pour essayer de glaner des informations fiables. Arturo harcelait son cousin diplomate qui restait pendu au téléphone, incertain de la position à adopter et du camp à soutenir.

Ruth s'était prise d'une vraie détestation pour les Yankees, comme beaucoup de Latino-Américains émigrés, estomaquée de l'ingérence des États-Unis dans les affaires intérieures de son pays. Elle avait vu à la télévision les images des jeunes Dominicains manifestant contre les Américains. On disait d'eux que c'étaient des gauchistes, pire, des communistes, mais elle n'en croyait rien. Ils étaient juste, comme elle, malades pour leur pays malmené, envahi, devenu un pion dans le jeu géopolitique international. Elle se faisait la réflexion que Christopher, s'il avait encore été de ce monde, serait à coup sûr parti en République dominicaine.

— Cette guerre n'est pas la leur. Ces sales Yankees, pestait-elle, toujours à se croire les maîtres du monde et à se mêler des affaires des autres. Le Viêtnam ne leur suffit pas.

— C'est heureux que tu sois restée, constatait Myriam. Tu t'imagines là-bas avec Gaya, alors que ça tiraille de partout ?

— Non, je devrais y être. Le pays va être mis sous tutelle ; je suis dégoûtée par les Américains qui se croient chez eux partout et prennent la planète entière pour leur terrain de jeu.

— Nous sommes américains, lui rappelait gentiment Myriam, qui ne savait plus sur quel pied danser.

*

Si Ruth se rongeait les sangs, elle était obligée de reconnaître que sa mère avait eu raison : elle n'aurait pas pu choisir un plus mauvais moment pour rentrer au pays. À Atravesada, le téléphone sonnait sans arrêt. Almah les rassurait et tentait de dresser un tableau réaliste de la situation. Ils n'étaient pas en danger. La tribu vivait repliée à Sosúa, épargnée par les affrontements armés, mais la situation était explosive dans toutes les villes. Frederick essayait de mener à bien le travail quotidien. Sur ses épaules reposaient l'avenir de la *finca* et celui de la CILCA. Bref, ils faisaient tous le gros dos en attendant que la situation s'apaise.

Malgré l'envie qu'elle avait de rentrer dans son île, malgré la vacuité de ses journées à New York, Ruth dut s'y résoudre, elle n'avait d'autre choix que de se ranger à l'avis de sa famille et de repousser son départ.

Pourtant elle enrageait. En jouant la carte de la prudence, en restant à New York, elle était en train de rater une page importante de l'histoire de son pays.

25

Une chose et son contraire

Avril 1965

C'était là.

Toujours.

Ce perpétuel tiraillement à l'intérieur d'elle. Qui ne la laissait jamais en paix. Qui l'empêchait de vivre pleinement le moment présent. Ruth en arrivait à avoir des maux de tête.

Elle se morigéna : *Ma pauvre Ruth, tu ne sais pas ce que tu veux. Une chose et son contraire !*

Une brillante carrière de journaliste en prise directe avec les événements au sein d'un grand journal américain et le sauvetage de *La Voix.*

L'exaltation de l'aventure et la paix de Sosúa.

La liberté d'agir à sa guise et la douceur de l'abandon à un homme.

Sehnsucht, mélancolie, spleen… Elle se résolut à mettre un nom sur son mal-être : immaturité. Et ça ne lui plut pas. Car elle avait vingt-cinq ans et était mère désormais. Pourtant en elle les incertitudes rageuses et immobilisantes de l'adolescence ne s'étaient pas calmées.

Elle devait arrêter de rêver sa vie une fois pour toutes et être réaliste. Faire un choix. Et s'y tenir. Une fois pour toutes. Cela impliquait des sacrifices bien sûr. Et c'était bien ce à quoi elle avait le plus de mal à se résoudre. Réduire le champ des possibles en prenant une voie. Se défaire du poids des remords et des regrets, en sachant que toute blessure cicatrise avec le temps.

26

Un autre signe

Juin 1965

Un nouveau signe apparut un beau matin dans le ciel troublé de Ruth, sous la forme d'une fine enveloppe frangée de bleu et de rouge en provenance d'Israël.

C'était une courte lettre de Svenja, accompagnée d'une coupure de presse en anglais et d'une photographie.

L'article du *Haaretz* était daté du 11 mai et racontait, à coup de grandes phrases laudatives, l'inauguration en grande pompe du Musée national d'Israël à Jérusalem.

Sur la photographie, Svenja, en robe fleurie, était encadrée d'Eival, un bras passé sur son épaule, et de Mirawek. Ils se tenaient devant la façade du nouveau musée. Leurs ombres se découpaient avec une netteté chirurgicale sur le parvis ensoleillé. Ils semblaient tous les trois très fiers d'être là et formidablement heureux. Un grand sourire triomphant illuminait leurs visages.

Dans sa lettre, Svenja décrivait avec enthousiasme les merveilles du musée, « la riche collection d'archéologie, la collection d'art surréaliste qui à coup sûr aurait enchanté ton père, et la section photographie que je te ferai découvrir avec plaisir lors de ton prochain voyage », qui allaient, à l'en croire, « faire l'orgueil de tout un pays ». Surtout, elle s'extasiait sur les rouleaux de la mer Morte, « si fragiles qu'ils ne peuvent être exposés au tout-venant au risque d'être endommagés par la lumière ».

Ruth demeura longtemps pensive, troublée, la photographie en main. Au dîner, elle resta imperméable aux pitreries de Nathan, au grand désespoir du petit garçon qui s'évertua en vain à la faire rire et ne récolta pour sa peine qu'un sourire forcé. Du bout de sa fourchette, elle jouait avec sa nourriture, laissant vagabonder ses pensées. Ce soir-là, après avoir bordé Gaya dans son berceau, elle se coucha en proie à des émotions sans queue ni tête, une sourde nostalgie du passé et de l'avenir, « un mal très viennois », aurait remarqué Markus, et à de vifs questionnements.

*

C'est alors qu'elle prit sa décision. Elle allait défier la vie avec audace et flamboyance. Elle avait trouvé la meilleure façon de consommer une véritable coupure avec sa vie new-yorkaise et sans doute d'oublier Christopher. Car rester loin de la République dominicaine ne signifiait pas forcément rester aux

États-Unis. Galvanisée par le nouveau défi qu'elle s'imposait, Ruth se sentit pleine d'une nouvelle ferveur.

Après tout, elle ne se jetait pas tout à fait dans l'inconnu.

27

Une représentation privée

Juin 1965

Il cabriolait comme un petit lutin agité de gracieux soubresauts. Il était un chef indien, il avait essayé vainement de fuir et d'échapper aux cruels Espagnols et il était en train de mourir. Son visage pâle et délicat, encadré de la masse de boucles brunes que sa mère refusait de sacrifier, avait la gravité dramatique de celui d'un héros qui abdique. Après un dernier sursaut, il tomba sur le sol comme une poupée de chiffon et expira.

Nathan se releva et me salua d'une élégante flexion des genoux accompagnée d'un geste arrondi du bras.

— Bravo Nathan !

J'applaudis des deux mains avec enthousiasme. Mon cousin venait de me donner une représentation privée de sa dernière création dans ma chambre. C'était mon « cadeau d'au revoir ».

Derrière moi retentirent d'autres applaudissements. Fascinée par ses figures tourbillonnantes, je n'avais pas vu Myriam qui s'était discrètement postée dans l'embrasure de la porte, appuyée contre le chambranle. Un doux sourire plein de tendresse et de fierté flottait sur ses lèvres. Regarder son fils danser était toujours pour elle un pur plaisir, comme une réminiscence délicate de sa propre enfance. Ça lui rappelait ses ballets domestiques, quand Wilhelm était son unique spectateur, patient et indulgent, parfois moqueur. Sa voix creva la bulle magique dans laquelle s'était enfermé son fils :

— Bravo mon chéri ! Tu es époustouflant !

Le visage de l'Indien héroïque s'assombrit. Les poings sur les hanches, il lança un regard noir à sa mère.

— Tu n'as pas le droit d'être là. C'est une représentation privée, que pour Ruthie. C'est son ballet.

— Je suis désolée, mon chéri, s'excusa Myriam déconfite, je ne savais pas. J'ai entendu la musique et…

— La prochaine fois, tu demandes la permission, s'entêta Nathan, bougon.

— Mais tu dansais, mon cœur, je n'allais pas t'interrompre pour…

Myriam secoua la tête devant l'absurdité de la situation.

— … je vous laisse. En tout cas, c'était très beau.

Nathan se retourna vers Ruth et laissa échapper un petit sourire victorieux.

— De toute façon, elle connaît pas le nom du ballet. Y a que toi et moi !

— C'est vrai Nathan, que toi et moi, répondis-je en le serrant dans mes bras.

— Ton ballet s'appelle Anacaona, souffla-t-il avec une immense fierté.

Je posai ma joue sur le sommet de sa tête. Il avait chaud. Ses cheveux de soie collés à son crâne sentaient le shampoing à la vanille et une odeur de sueur sucrée. Il allait me manquer.

28

Une maison amie

Juillet 1965

Si elle avait été tentée de faire machine arrière, ce n'était désormais plus possible. Trop de personnes s'étaient mobilisées pour elle. Dès que Ruth les avait informés de son projet, Svenja et Eival s'étaient mis en quatre pour aplanir les tracasseries administratives. Et tout fut résolu en quelques jours. Il faut dire qu'Eival avait le bras long.

À partir de là, les choses allèrent très vite. Ruth préférait, cela lui évitait de réfléchir et de risquer de regretter sa décision, sans doute trop impulsive. Elle se concentra sur les préparatifs du voyage. Faire le tri de ses affaires, donner, jeter, emballer, descendre ses cartons à la cave. Faire ses valises, ne rien oublier, surtout pas ses talismans, graines et plumes aux vertus apotropaïques, écrire ses dernières lettres pour prévenir tout le monde, faire ses adieux. Quand elle se retourna sur la chambre vide de la maison de Brooklyn qui avait été son domaine pendant presque quatre années, elle sut qu'une page se tournait.

*

Ruth arriva avec les premières grosses chaleurs de l'été proche-oriental. Un sourire conquérant aux lèvres, elle retrouva Shaar-Haamakim comme on revient dans une maison amie où l'on a déjà ses habitudes. Le kibboutz s'était développé, quelque quatre cent cinquante personnes y vivaient désormais, mais elle reprit vite ses marques. Elle connaissait déjà beaucoup de monde et fut chaleureusement accueillie. On s'extasia sur Gaya, une merveille, on félicita la maman. Ruth ne faisait plus partie du programme des bénévoles. Finis les balbutiements des premiers temps, finis le dortoir, les cabanes, les tentes, elle eut droit à une chambre individuelle. C'était spartiate, lit, chaise, armoire, petit bureau, mais cela lui garantissait un minimum d'intimité. Elle reçut sa dotation de vêtements et de linge, son affectation, le verger, et n'eut pas le temps de souffler avant de se mettre au travail.

Elle renoua avec un certain soulagement avec la routine militaire de la vie au kibboutz : horaires parfaitement réglés, apprentissages, activités collectives, réunions. Cet emploi du temps millimétré lui évitait de trop penser. On décidait pour elle, elle n'avait qu'à se couler dans le moule. Le plus dur, comme elle s'y attendait, fut de confier Gaya aux puéricultrices de la garderie. Elle avait pesé le pour et le contre avant de prendre sa décision, elle s'y était préparée, mais, les premiers jours, ce fut comme une lame chauffée à blanc enfoncée dans son cœur de jeune maman. Elle avait beau se raisonner, se dire que cela aurait été pareil si elle avait travaillé à New York, que Gaya avait besoin de se « socialiser » (on adorait ce terme ici), le manque et la frustration furent terribles, surtout la nuit quand elle imaginait sa toute petite fille dans un berceau au milieu des autres bébés. Les premières semaines, sa journée n'était qu'attente, toute entière tournée vers les trop courtes heures accordées le soir aux parents auprès de leurs enfants. Petit à petit, constatant que Gaya s'épanouissait dans son nouvel environnement, Ruth s'apaisa et dompta sa frustration. Sans qu'elle veuille se l'avouer, cela lui évitait de se poser la question de savoir si elle était ou non une bonne mère. Elle devint une abeille ouvrière disciplinée dans la ruche bourdonnante du kibboutz. Elle retrouva les mains couvertes d'ampoules, les épaules douloureuses, le dos éreinté, les jambes sciées de fatigue, avec une joie mêlée de reconnaissance. Très vite, elle se fit remarquer par son attitude combative et constructive et gagna le respect de ses pairs.

L'enthousiasme de ses compagnons était contagieux. Elle aimait le travail ensemble, la vie communautaire, les discussions politiques, les soirées culturelles. Parfois une chanson nostalgique sur un amour mort prenait un sens très personnel et elle se sentait submergée par une déferlante de tristesse. Elle se heurtait à l'envie de ressusciter Christopher et à son impossibilité. Puis cela passait.

Il ne lui fallut que quelques semaines pour se dire qu'elle avait fait le bon choix.

29

La maison des enfants

Juillet 1965

Almah avait reçu la première lettre de Ruth avec un mélange de soulagement, de nostalgie et de quelque chose qui ressemblait, sans qu'elle veuille l'admettre, à de la jalousie. Elle imaginait sa fille au milieu des jeunes de son âge dans l'ambiance joyeuse et stimulante du kibboutz. Elle avait connu la vie communautaire, elle aussi, autrefois, aux premiers jours de Sosúa. Ils étaient jeunes alors et leur vie restait à reconstruire. Quelle énergie, quelle détermination, quelle solidarité ils avaient déployées tous ensemble.

Elle se demandait s'il n'était pas trop tard pour elle. Elle savait les portes d'Israël ouvertes à tous les Juifs d'où qu'ils viennent. Elle pouvait encore choisir de partir. Mais non, c'était impossible. Elle ne pouvait pas s'éloigner de Wil et de Sofie qui reposaient dans le petit cimetière de la colline, encore moins de ses petites-filles qu'elle adorait. Sa vie était ici.

Almah reprit sa lecture et aux mots de Ruth qui racontait la maison des enfants, elle repartit dans sa rêverie. À l'époque, ça avait été le premier d'une longue série d'épisodes où elle s'était opposée aux responsables du projet, celui qui l'avait désignée comme une forte tête. Elle revit la scène. Elle avait pris la parole face à Joseph Rosen en séance plénière sans la moindre hésitation.

— Nous avons élevé nos enfants nous-mêmes jusqu'à présent et je ne vois pas pour quelles raisons cela changerait.

Par solidarité féminine, ou parce que c'était sa conviction, Hilda Pinsker, qui n'avait pas sa langue dans sa poche, avait cru bon de faire une mise au point.

— Je rappelle à toutes fins utiles que nous ne sommes pas là pour créer un kibboutz, mais pour échapper aux persécutions des nazis.

Almah avait été surprise de son soutien car Hilda n'avait pas d'enfants. Elle avait pincé le bras de Wil en chuchotant : « Elle a du cran. Je la trouve presque sympathique. » Et, parce que c'était sa relation avec son fils qui se jouait là, Almah avait enfoncé le clou :

— C'est vrai, nous n'avons pas choisi de venir ici. Et je compte bien continuer à élever moi-même mon fils comme je l'entends.

Wilhelm avait tiqué. Almah allait se faire remarquer. Et pas en bien. Elle lui avait jeté un regard triomphant quand Rosen avait décidé d'ajourner le débat. On n'y était jamais revenu.

Et voilà que, vingt-cinq ans plus tard, Gaya serait élevée dans une maison d'enfants. Les féministes avaient-elles gagné un combat ? Manifestement Ruth s'en accommodait fort bien, une preuve, s'il en était besoin, de sa grande capacité d'adaptation. Sa fille était certainement bien plus moderne qu'elle ne l'avait jamais été.

Almah se sentit vieille tout à coup.

Pour faire passer ce goût de poussière dans sa bouche, elle décida de partir se promener à cheval. Une bonne galopade avec sa vieille Polka, rien de tel pour chasser ses états d'âme.

30

Rebelote

Juillet 1965

Shaar-Haamakim, le 20 juillet 1965

Cher Arturo,

Comme tu me l'as demandé à mon départ, j'ouvre le feu avec cette première lettre en espérant que tu me répondras vite. J'entame ce qui risque d'être une longue correspondance, car nous n'avons droit au téléphone que très occasionnellement et pour les urgences.
Ici, les choses n'ont pas vraiment changé depuis deux ans, si ce n'est que nous sommes plus nombreux et que le kibboutz est devenu économiquement viable.

Les premiers jours ont été un peu rudes, beaucoup de travail et à peine le temps de souffler, et

surtout j'ai dû confier Gaya à des éducatrices et je ne vis pas avec elle. Mais je m'y suis faite et c'est pour le mieux. Ma petite fille s'accommode parfaitement de ce mode de vie, elle est toujours gaie et pousse comme une plante vigoureuse.
Rebelote, j'ai été affectée au ramassage des fruits, mais je ne compte pas me laisser enfermer dans ce travail basique et peu épanouissant.

Je me suis fixé des objectifs précis et je compte bien les atteindre.
Dans l'ordre :
1 – apprendre l'hébreu, une nécessité ;
2 – évoluer dans la structure du kibboutz, une ambition ;
3 – connaître l'histoire de la Palestine, une prétention ;
4 – lire des auteurs israéliens, un appétit.

Comme tu le constateras sur la photo jointe, je me suis coupé les cheveux, une coupe aux épaules, la juste longueur pour pouvoir les attacher et les relever. Une longue chevelure est ici une coquetterie difficile à entretenir et inutile. Comme les ongles d'ailleurs, que je porte ras désormais. Dans un kibboutz, on se retrouve nu dans sa réalité, il n'y a pas de faux-semblants, les masques tombent, et cela à tous points de vue. C'est un huis clos où les caractères se révèlent.
Ce qui occupe principalement les gens ici, bien avant la politique, ce sont les intrigues amoureuses. Je te jure, c'est un véritable capharnaüm

et les mœurs sont assez relâchées. Il faut dire que les célibataires de moins de trente ans sont nombreux.

Tu te demandes sans doute si j'ai un soupirant. Eh bien oui, et même plusieurs figure-toi. Mais je ne suis pas du tout prête à me lancer dans une quelconque relation amoureuse. Chris est encore bien trop présent dans mes pensées. Résultat des courses, on me prend pour une mijaurée, une fille froide, hautaine et inaccessible et, ce qui est paradoxal, cela renforce mon attractivité. J'imagine sans peine ce qu'on dit de moi derrière mon dos. C'est fou comme on peut cancaner dans une microsociété comme celle-ci, mais j'essaie de me tenir à l'écart des commérages et des potins.

Pour parler de choses moins superficielles, sache que je me sens très bien ici. L'exubérance de la vie new-yorkaise ne me manque pas. Cela me semble un lointain mirage, comme un rêve évanoui. L'important est ici et maintenant. Je rêve parfois d'un bain chaud et parfumé, d'un café au Wha ? ou d'un dîner aux chandelles dans une petite trattoria, et puis ça passe.
J'ai l'impression d'être à ma place, ici je ressemble à tous les autres. La question de l'appartenance ou de la différence ne se pose pas, on m'accepte sans réserve. La plupart, comme moi, sont des enfants d'exilés de la guerre, nous sommes la génération d'après la Shoah et cela

nous cimente. Chacun a bien sûr sa propre histoire, mais ce qui nous unit est plus fort que nos différences. C'est un sentiment assez enivrant.

Ruth s'interrompit, son stylo en suspens. C'était vrai, elle se sentait à sa place à Shaar-Haamakim. Cette vie frugale lui convenait, elle pouvait donner le meilleur d'elle-même. C'était vrai aussi qu'elle se sentait faire partie d'un groupe, il n'y avait aucune de ces différences sociales, aucune question liée à ses origines. À Shaar-Haamakim, il n'y avait pas de Wasp, pas de ségrégation, une Juive dominicaine n'était pas différente d'une Juive polonaise ou italienne. Elle regarda son réveil, bientôt la cloche allait carillonner. Elle devait se dépêcher de mettre un point final à sa lettre si elle voulait qu'elle parte au courrier du lendemain.

Et puis il y a cette satisfaction de savoir que notre existence a un sens profond, que nous contribuons, à notre échelle, à la construction du pays. Nous menons une vie singulièrement étriquée, entièrement tournée vers notre production, et paradoxalement très riche. Le système fonctionne grâce à notre responsabilité mutuelle et à la très forte cohésion de la communauté.

Je me demande si la vie ici ne ressemble pas d'une certaine façon à une de ces communautés hippies dont on parle de plus en plus. Dans ce cas, je me rapproche du mode de vie de Lizzie, les drogues en moins, la conscience politique en plus !

Sur ce, mon très cher ami, je te laisse.
La cloche vient de sonner. Je file en réunion de comité.

Donne-moi vite de tes nouvelles.

Je t'embrasse très fort,
Ta Ruthie

31

Voix au chapitre

Août 1965

— C'est trop risqué, maman. Je préfère y aller seul avec Markus et te savoir en sécurité ici.

Almah haussa un sourcil à la Vivien Leigh, une expression qui, chez elle, préfigurait une remarque cinglante.

— Avec les vieillards, les femmes et les enfants, c'est ça que tu veux dire ?

— On n'a pas la moindre idée de ce qui se passe vraiment. Ça pourrait être dangereux.

Almah haussa les épaules en fusillant son fils du regard.

— Je ne vois vraiment pas pourquoi il y aurait du danger pour moi et pas pour vous ! Je ne suis pas en sucre que je sache. Tu me prends pour une enfant ma parole, ou pire, pour une mamie !

— Maman, j'aurais l'esprit plus tranquille si…

— J'en ai affronté bien d'autres et ce ne sont pas quelques uniformes militaires qui vont m'effrayer, le coupa Almah abruptement.

Un souvenir jaillit comme un éclair dans son esprit. Le lendemain de la Nuit de cristal. En dépit des mises en garde de ses parents, malgré le danger, malgré les réserves de Wilhelm, abandonnant Frederick à la bonne, elle avait tenu à sortir dans les rues de Vienne pour prendre la mesure de la catastrophe. Alors non, ce n'étaient sûrement pas quelques soldats américains qui allaient lui faire peur.

Frederick se tourna vers Markus pour quémander un appui. Celui-ci secoua la tête et haussa les épaules avec résignation. Il connaissait Almah depuis trop longtemps, sa force de caractère, son intransigeance, son obstination, pour savoir qu'il ne pourrait pas la faire fléchir. Elle n'en faisait jamais qu'à sa tête. La seule façon de l'empêcher de les accompagner aurait été d'annuler leurs rendez-vous. Mais il fallait absolument qu'ils rencontrent cette entreprise de machines agricoles et surtout qu'ils obtiennent ce prêt du banquier, une gageure dans la situation actuelle où l'économie patinait. C'était la condition de la survie de leurs activités.

Un silence tendu tomba. Markus se remit à couper sa viande tandis qu'Almah boudait en torturant sa nourriture du bout de sa fourchette.

— Quelqu'un reprend des plantains ? demanda Ana Maria, dans une vaine tentative de détendre l'atmosphère.

Almah releva le nez de son assiette. Il y avait du défi dans le regard qu'elle planta dans celui de son fils. Elle plissa les yeux pour asséner son dernier argument :

— Je te rappelle, mon chéri, que je suis toujours actionnaire de la *finca* comme du journal, au même titre que toi, et que toi aussi, Markus, même si j'ai très peu d'actions. J'ai donc voix au chapitre et je mène les batailles avec vous. Donc, on y va tous les trois ou on n'y va pas... On prend le café sur la terrasse ? ajouta-t-elle sur un ton enjôleur qui les désarma.

Puis elle se leva de table sans plus de manières et disparut sur la véranda, laissant son fils résigné. Non, décidément, on n'allait pas contre la volonté d'Almah.

*

Le lendemain, ils prirent la route aux premières lueurs du jour, espérant, si tout se passait bien, atteindre la capitale en fin de journée. Ils avaient prévu de passer deux nuits à Saint-Domingue et avaient réservé des chambres dans la pension des Kriegerman, une famille de Juifs allemands établis dans le pays depuis 1937. C'était dans ce modeste établissement qu'Almah et Wilhelm avaient passé leur première nuit en République dominicaine près de vingt-cinq ans plus tôt, et Almah avait une tendresse particulière pour Irene Kriegerman, une femme à poigne. De plus, ils pensaient être mieux à l'abri d'éventuelles échauffourées dans le quartier tranquille de la vieille ville qu'au Jaragua, le plus grand hôtel de la capitale sur le front de mer, où ils avaient eu leurs habitudes, mais qui n'était, à vrai dire, plus tout à fait dans leurs moyens.

Sur ce point, ils se trompaient.

*

Installée à l'arrière de la voiture, Almah ne pipait mot, savourant sa victoire. Étendue sur la banquette, son sac sous la tête, elle regardait défiler la cime des cocotiers qui bordaient la route et se découpaient dans le ciel pâle de l'aube. La chaleur qui montait doucement et le ronronnement du moteur finirent par avoir raison d'elle. Elle s'assoupit.

Les premières difficultés se présentèrent lors de la traversée de Santiago. Il y avait des barrages militaires et des check-points sur les avenues principales de la ville. Ils furent stoppés par des soldats en armes. Des étudiants avaient organisé une manifestation antiaméricaine. Frederick s'insurgea quand on lui interdit de poursuivre dans le centre et de rejoindre la grande route du Sud. Il allait se résigner à rebrousser chemin pour chercher un autre itinéraire à travers le *campo*, quand Almah pointa son nez par la vitre. Très digne, elle sortit de la voiture avec une lenteur étudiée, souveraine. Elle prit le temps de défroisser sa robe en la lissant du plat de la main et de redonner du gonflant à sa coiffure du bout des doigts, avant de s'adresser aux militaires. Elle parlementa longuement, allant jusqu'à rire avec eux, et finit par obtenir gain de cause. Frederick engagea la voiture dans une traversée de la ville. La calle del Sol, l'artère vive de la capitale du Nord, d'ordinaire débordante de vie, était déserte. Les boutiques avaient baissé leurs rideaux de fer. Il n'y avait que quelques véhicules esseulés garés le long des trottoirs. On sentait une tension presque palpable dans l'air.

— Ils sont courageux, ces étudiants, de manifester contre les envahisseurs, remarqua Markus.

Frederick bougonna. Il voulait sortir de la ville au plus vite.

— On ne peut pas dire que nous nous sommes beaucoup impliqués dans la politique à Sosúa, ajouta Markus.

Almah prit appui de ses deux coudes sur le dossier de la banquette avant et se tourna vers lui.

— Pff ! On ne s'est jamais mouillés, tu veux dire, ni maintenant ni jamais, ni contre les nazis, ni contre Trujillo, ni contre les Américains. Les rois de la compromission ! À croire que c'est une tradition : les Juifs ne se mêlent pas des affaires politiques des princes qui les gouvernent.

— Ma parole, je croirais entendre Mirawek, sourit Markus. Il disait toujours ça !

— Tu m'avais raconté que papa... intervint Frederick en haussant la tête pour tenter de capter le regard de sa mère dans le rétroviseur.

— C'est vrai, Wil avait refusé de défiler sur le Malecón pour l'anniversaire de Trujillo et il mettait un point d'honneur à n'assister à aucune des célébrations en son honneur, reconnut Markus, une émotion très perceptible dans la voix.

— J'espère seulement qu'il n'y aura pas de représailles contre les étudiants et que les Américains les laisseront exprimer leur désaccord, soupira Almah en se rencognant contre le dossier du siège arrière. Frizzie, tu pourras t'arrêter à la prochaine *parada* s'il te plaît, j'ai envie d'un café !

32

Yankis fuera

Août 1965

Ils entrèrent dans les faubourgs de Saint-Domingue entre chien et loup.

La capitale semblait calme. Trop calme. C'était comme un couvre-feu. À se demander où étaient passés les quelque six cent vingt mille habitants de la capitale. Au fur et à mesure qu'ils gagnaient le centre-ville, les contrôles militaires, les blindés, les véhicules tout-terrain arborant de petits drapeaux étoilés se multipliaient, leur rappelant que le pays était occupé par une armée étrangère. Ils entraient dans une ville sur le qui-vive, rongée par la guerre, en état de siège, où régnait une atmosphère tendue.

En observant ce panorama déprimant, Almah se prit à regretter d'avoir tant insisté. Ça aurait été beaucoup plus sage d'annuler cette expédition qui de toute façon ne donnerait rien, et de rester tranquillement à Sosúa qui lui apparaissait soudain comme un havre de paix.

Sur le Malecón, rares étaient les voitures particulières. En revanche, ils croisèrent des camions blindés, des Jeep en maraude, des patrouilles à pied, et durent passer les chicanes de plusieurs contrôles de sécurité.

Pour Almah, qui n'avait pas vu un tel spectacle depuis l'arrivée des troupes allemandes en Autriche en 1938, c'était comme revivre cet épisode qui avait fait basculer sa vie tout entière, une douloureuse impression de déja-vu. Markus restait silencieux. Elle était sûre qu'il y pensait lui aussi.

Ils furent contrôlés et leur voiture fouillée de fond en comble à deux reprises, et ils mirent plus d'une heure à parvenir au cœur de la ville coloniale. Almah ne reconnaissait plus la ville gouailleuse dans cette cité blessée, balafrée par les batailles de rue qui l'avaient mise à feu et à sang. Le quartier colonial, où l'on comptait nombre d'intellectuels et de vieilles familles, était sous haute surveillance. La vie l'avait déserté. Aucune chaise ne se balançait sur les trottoirs, les rares passants se hâtaient, les *colmados* avaient baissé leurs grilles ; quant aux petits vendeurs de rue, ils s'étaient évaporés.

Irene Kriegerman les reçut avec un visage de plomb.

— Ah mes amis, on ne peut pas dire que vous ayez choisi le meilleur moment pour vos rendez-vous d'affaires.

Elle envoya Frederick et Markus garer la voiture dans le jardin d'un voisin, il n'était pas prudent de la laisser dehors par les temps qui couraient. Le dîner fut expédié rapidement dans une ambiance tendue, malgré les louables efforts de Frederick pour détendre l'atmosphère. Irene ne l'entendait pas de cette oreille et elle leur raconta avec force détails les combats de rue et les flambées de violence des mois précédents.

Almah voulut prendre le pouls de la ville ; elle partit sans demander l'avis ni la permission de personne vers le café Conde où avaient l'habitude de se retrouver intellectuels et étudiants. En chemin, elle remarqua les blessures de guerre des murs de pierre corallienne, éraflés d'impacts de balles. En arrivant sur la place, elle ne fut pas déçue du voyage. La terrasse qui se déployait habituellement en face de la cathédrale avait disparu. Mais il fallait jouer des coudes pour entrer dans la salle du café qui était pleine à craquer. Il y était question d'une manifestation organisée pour le lendemain. On avait décidé de défiler tout le long de l'artère historique du Conde, entre la cathédrale et jusqu'au parc de l'Indépendance vers lequel divers cortèges, venus d'autres quartiers, devaient converger. Le départ était prévu pour 10 heures le lendemain matin.

En rentrant de son escapade, Almah avait prit sa décision. Par deux fois son pays avait été envahi. La première fois, à Vienne en 1938, ils n'avaient rien dit, rien fait. Une petite voix intérieure lui soufflait que ce n'était pas la meilleure idée, mais elle se dit que, là où il était, Wilhelm serait fier d'elle et elle décida qu'elle irait. Elle n'en dit rien à Markus ni à Frederick. Inutile de les braquer et de se disputer avec eux. Elle ferait ce qu'elle avait à faire. Inutile de leur demander leur bénédiction.

*

Le lendemain matin, Frederick partit de bonne heure avec Markus. Ils avaient rendez-vous avec un importateur de machines agricoles dans le nord de la ville. Almah avait prévu de les retrouver pour le rendez-vous de l'après-midi à la banque. Elle avait sa matinée libre.

Elle enfila un pantalon de toile et des chaussures plates confortables et rejoignit le café Conde. Une exaltation effrontée bouillonnait dans ses veines. Sur la place de la cathédrale, il y avait quelque quatre cents personnes. Une foule cosmopolite. Beaucoup de jeunes, des vieux, des femmes, des hommes, des gens du peuple, des intellectuels. Certains étaient armés de mégaphones antédiluviens. Des banderoles et des pancartes de carton montées sur des manches en bois proclamaient un unique mot d'ordre : « *Yankis fuera* ». Le ciel était limpide. La journée s'annonçait chaude, à tous points de vue.

À 10 heures précises, obéissant à une discipline peu commune chez eux, les Dominicains se mirent en marche en se tenant les coudes. Eux d'habitude si exubérants, si indisciplinés avançaient lentement, visages graves et fermés. Almah donnait un bras à une jeune femme qu'elle ne connaissait pas cinq minutes auparavant. De l'autre, elle brandissait la pancarte « *Yankis fuera* » qui lui était échue. Elle se fit la réflexion que c'était un symbole assez savoureux que de dénoncer l'occupation américaine en partant de la statue du premier envahisseur de l'île, Christophe Colomb, et de marcher en direction du parc de l'Indépendance.

Les manifestants avançaient lentement dans l'étroit boyau rectiligne du Conde, en direction de la vieille arche de pierre du parc de l'Indépendance. Tous les rideaux de fer des boutiques étaient baissés. La chaleur montait au fur et à mesure de leur progression. On sentait la pression transpirer des rues adjacentes, barrées par des cordons de soldats en armes, uniformes américains et dominicains mêlés. Ils furent plusieurs milliers à converger vers le parc sous haute surveillance. Dans l'air chauffé à blanc par le soleil et la tension diffuse, s'élevaient les vociférations du cortège qui clamait des slogans antiaméricains, « *Independencia* », « *Yankis go home* », « *No al imperialismo yanki* », scandés par la foule, une masse compacte, houleuse et en colère, unie par un même mot d'ordre : ils ne voulaient pas des Américains chez eux. Une odeur de violence larvée planait. Peu à peu les esprits s'échauffèrent, l'air devint électrique. Tout pouvait déraper à la moindre anicroche. Et ce fut exactement ce qui arriva.

*

Des étudiants exaltés défiaient dangereusement les militaires. Pire, ils les provoquaient. Une insulte en appela une autre, une menace fut suivie d'une autre menace et, naturellement, les premiers coups partirent. Des coups de poing, de matraque, de crosse de fusil. Il y eut une grande confusion, un tumulte cacophonique, on craignait les balles réelles, il y avait déjà eu tant de morts. La foule reflua immédiatement, resserrant ses rangs au centre de l'esplanade, en un mouvement de panique incontrôlable. Chaos, bousculades, chutes, corps piétinés, fuites en avant, cris… Ce fut bientôt une panique généralisée, un magma indescriptible dont chacun essayait de s'extraire.

Almah se débattait et jouait des coudes. Elle voulait rejoindre la lisière de la place pour gagner une rue parallèle au Conde et regagner la pension, non loin de là. Mais elle était au gros de la foule et ne réussit qu'à se faire ballotter, bousculer, écraser. Les manifestants tentaient de se disperser en courant dans les petites rues qui cernaient le parc, certains cherchaient refuge dans les portes d'entrée des maisons qui s'ouvraient subrepticement pour les soustraire à la colère des militaires. D'autres enjambaient les clôtures des cours, sautaient par-dessus les murets…

Dans la bousculade, Almah fut prise dans un échange musclé entre militaires et étudiants. Elle reçut un coup de matraque sur l'épaule qui la déstabilisa et elle tomba lourdement sur le pavé, sa jambe ripa sur l'arête du trottoir. Un jeune homme roula sur elle, puis un autre, et bientôt il n'y eut plus qu'un amas de membres enchevêtrés et malmenés. Les coups pleuvaient et les étudiants désarmés et mal protégés tentaient de riposter. Almah sentit soudain une douleur fulgurante lui cisailler la jambe. Son genou venait-il de céder, sa jambe de se briser ?

Elle n'eut pas le temps de se poser la question.

Elle s'évanouit.

33

Salement blessée

Août 1965

Almah ouvrit un œil torve sur les visages penchés sur elle. La douleur insidieuse l'envahit toute entière. Des élancements partaient de sa jambe gauche, qui irradiaient tout son corps. Elle comprit qu'on l'avait transportée chez les Kriegerman en reconnaissant Irene, mais elle était absolument incapable de savoir comment elle était arrivée jusque-là.

— Qu'est-ce qui s'est passé ? murmura-t-elle en grimaçant.

— Ces deux jeunes gens t'ont portée jusqu'ici, répondit Irene d'un air préoccupé en lui désignant les deux hommes debout au pied du sofa. Tu leur dois une fière chandelle, Almah, crois-moi !

— Mais comment…

Almah s'interrompit en grimaçant. Prononcer le moindre mot, bouger sa mâchoire lui faisait atrocement mal. Le plus âgé des deux garçons, passablement choqué, prit la parole :

— Vous avez été sauvagement piétinée et vous avez perdu connaissance. Nous vous avons évacuée de la place, les soldats nous ont laissés passer en voyant que vous étiez salement blessée. Vous avez ouvert un œil et vous nous avez donné cette adresse. Heureusement que ce n'était pas très loin.

Salement blessée.

Almah essaya de se redresser sur son séant mais un cri de douleur lui échappa. Elle jeta un œil sur sa jambe et le détourna aussitôt, effrayée. Son pantalon était taché de sang à la hauteur du genou et sa jambe faisait un angle curieux. Elle ferma les yeux.

— Je crois que je vais m'évanouir, murmura-t-elle en dodelinant de la tête.

Irene approcha un verre d'eau de ses lèvres tout en soutenant sa tête d'une main. Almah but avec difficulté. Irene reprit ses lamentations.

— Et Markus et ton fils qui ne rentrent pas ! À coup sûr, ils sont bloqués dans le nord de la ville. Je vais appeler le docteur. Il faut qu'il vienne, il n'y a pas le choix.

Prenant les choses en main, Irene passa un coup de téléphone, s'entretint à mots rapides avec son interlocuteur puis revint au chevet d'Almah. Elle s'agenouilla près d'elle, lui prit la main et la tapota dans une vaine tentative pour la soulager.

— Le docteur Adames arrive. C'est mon médecin personnel, tu peux avoir confiance. C'est un Cubain. Il va bien s'occuper de toi.

Gênés, les deux étudiants dansaient d'un pied sur l'autre. Irene eut un petit geste de la main.

— Merci les garçons, vous pouvez y aller.

— Merci de m'avoir tirée de là, murmura Almah dans un souffle, un voile de douleur passant dans son regard. Irene, va dans ma chambre. Tu trouveras mon porte-monnaie dans mon sac. Je voudrais vous dédommager pour la peine, expliqua-t-elle à l'attention des deux garçons.

— Pas question ! s'insurgea le plus jeune. Nous devons y aller. Prenez soin de vous.

Ils disparurent du champ de vision d'Almah.

Plus tard, elle se demanderait qui étaient ces jeunes gens à qui elle devait son salut. Elle ne les reverrait jamais, elle s'en voulait de ne pas les avoir suffisamment remerciés.

Quelques minutes plus tard, le docteur Adames sonna à la porte de la pension. Son diagnostic ne fut pas bon.

34

Condamnée

Août 1965

Outre une fracture ouverte, Almah avait une distorsion des ligaments du genou et un ménisque en piteux état. Sans opération, sa jambe ne pourrait plus la porter. Quand elle entendit les paroles du médecin, prononcées d'un ton professionnel, un soudain accablement s'abattit sur elle, qui endigua un temps ses souffrances. L'espace d'une poignée de secondes, elle se vit condamnée à la chaise roulante et le désespoir l'engloutit, bientôt chassé par un nouvel élancement.

— Le plus urgent, conclut Adames, c'est de la transporter à l'hôpital pour réduire la fracture et soulager la douleur. Ensuite il faudra faire une radio du genou et opérer. Il n'y a pas de temps à perdre.

Les calmants administrés par le médecin étaient en train de faire effet et Almah sentait la douleur desserrer son étau. Adames était au téléphone, cherchant une voiture parmi ses amis, la sienne étant hors d'usage, à cause d'une pièce défaillante introuvable dans le pays.

Frederick et Markus rentrèrent opportunément à ce moment-là. Ils avaient mis un temps fou à rejoindre la vieille ville et avaient dû faire de gros détours, mais ils étaient porteurs d'une bonne nouvelle, l'achat à un taux de crédit fort avantageux d'une trayeuse mécanique. Ils n'eurent pas le temps de l'annoncer. En découvrant Almah, le visage contusionné, le pantalon découpé sur une jambe en sang, ils s'affolèrent. Que s'était-il passé ? Irene les mit au courant en quelques mots.

Frederick s'emporta, atterré par la légèreté de sa mère :

— Bon sang, mais quelle mouche t'a piquée d'aller jouer les héroïnes ? C'est totalement irresponsable !

Almah le défia d'un air crâne, ses prunelles bleues lançant des éclairs. Elle détestait se disputer avec lui, mais elle ne supportait pas d'être rabrouée. Elle sortit de ses gonds.

— Nom d'une pipe, je fais ce que je veux, ce que je crois juste. Et je te rappelle que je suis ta mère !

Elle regretta aussitôt ses paroles et se radoucit, adressant un sourire pitoyable à son fils.

— J'ai manqué de jugeotte, c'est vrai !

— Il ne fallait pas être grand clerc pour deviner ce qui allait se passer, observa Markus en hochant la tête d'un air navré. Il n'y a pas pire sourde que celle qui ne veut pas entendre !

Dans son regard se lisait une grande inquiétude.

— Maintenant tu vas devoir t'occuper de moi, mon chéri, reprit Almah en s'adressant à son fils d'une voix douce.

Un soupir de résignation échappa à Frederick.

— Allons-y. Quel est l'hôpital le plus proche ? Vous venez avec nous, docteur ! décida Markus, toujours pragmatique malgré son inquiétude.

Il prit la tête des opérations sous les directives du Cubain. Transporter Almah jusqu'à la voiture, l'installer à l'arrière, sa tête sur les genoux de Frederick qui ne décolérait pas, se frayer un chemin à grands coups de Klaxon dans les rues étroites et encombrées. Penché hors de la voiture, Adames aidait Markus de son mieux en vociférant des ordres et en agitant le bras de façon désordonnée par la vitre baissée. Ils mirent longtemps à arriver à l'hôpital.

C'était le chaos. Les blessés de la manifestation affluaient. Tous les lits étaient déjà occupés. Les médecins et les infirmiers, mal ravitaillés par l'aide américaine, à cours du plus banal médicament, étaient complètement débordés. Une radio, une opération, il ne fallait même pas y penser. Impossible d'opérer Almah, ou même de la plâtrer avant plusieurs heures.

Markus passa un coup de téléphone à Puerto Plata, et, avec Frederick, ils prirent la seule décision qui s'imposait : rapatrier Almah et la faire soigner dans le Nord épargné par les troubles de la capitale. De retour à la pension, Adames désinfecta soigneusement les plaies, les pansa, il confia à Markus des calmants prélevés sur ses réserves personnelles, et ils reprirent la route.

Markus et Frederick se relayèrent sans trêve au volant. Almah gisait sur la banquette arrière. Elle dormait d'un sommeil chimique et poisseux, agité de gémissements et de râles. Par intervalles, elle se réveillait. Frederick lui donnait un cachet qu'elle avalait avec une gorgée d'eau. La sensation d'une brume épaisse obscurcissait ses pensées. Ils arrivèrent dans Puerto Plata, endormie, à 3 heures du matin.

Almah fut opérée du genou et sa fracture réduite dès le lendemain matin. Le chirurgien fit au mieux. Depuis des mois, on manquait de toutes sortes de fournitures et de médicaments. Elle n'eut droit à aucun traitement de faveur et ressortit de l'hôpital six jours plus tard, une plaque de fer dans sa jambe immobilisée dans une gouttière.

Elle était condamnée au fauteuil roulant pour une durée indéterminée.

35

50 000 hystériques

Septembre 1965

New York, le 18 août 1965

Ma chère Ruthie,

J'ai écourté mes vacances d'été pour rentrer à New York. J'avais une très bonne raison.
Je faisais partie des cinquante mille hystériques qui se pressaient il y a trois jours au Shea Stadium pour tenter d'écouter les Beatles. Je dis bien tenter. J'étais avec des amis, mais Nathan et toi vous m'avez manqué. Je me rappelais notre concert de l'année dernière et j'aurais bien aimé partager celui-ci avec vous.
Le stade était plein, c'était vraiment impressionnant, cette foule en délire. L'ambiance était électrique, il y avait des policiers partout. Nous étions confinés derrière des grillages loin de la

scène et nous n'avons pas pu voir ni entendre grand-chose, malgré les haut-parleurs fixés tout autour du stade.
Les Beatles sont arrivés en hélicoptère, veste militaire beige et pantalon noir. Il était impossible de les entendre clairement tant la foule était bruyante. Lennon s'est montré particulièrement démonstratif, il s'agitait sur scène comme un pantin, il a même joué du clavier avec ses coudes, mais il fallait une super bonne vue pour le voir. Alors tu penses, moi avec mes lunettes...
Franchement ce n'était pas aussi bien que l'année dernière. Mais je pourrai dire que j'en étais !
Pour être honnête, mieux vaut acheter le disque, et c'est ce que j'ai fait. Je te le garde au chaud jusqu'à ton retour.
Donne-moi des nouvelles, tu me manques.

Tu amigo para siempre, *Arturo*

36

All the best

Septembre 1965

Quelques semaines après son arrivée en Israël, Ruth reçut aussi une lettre de Bernie.

> *J'ai appris que tu étais retournée à Shaar-Haamakim par Samuel, avec qui je suis resté en contact.*

Samuel était le secrétaire du kibboutz, autant dire le numéro deux dans la hiérarchie du village. Par ses fonctions, il était au courant du moindre épisode, et il avait une forte propension à cancanner.

> *J'applaudis des deux mains ta décision. C'est courageux, surtout avec un enfant. Te connaissant, Ruth, je sais que tu vas en tirer grand profit. As-tu l'intention de t'installer définitivement en Israël ?*

Ruth aurait été bien en peine de répondre à cette question. C'était vraiment prématuré.

À la fin de l'année précédente, lui était parvenu un faire-part de mariage. Ainsi, malgré ses positions progressistes, Bernie restait attaché aux traditions. Au dos du carton, il avait griffonné un petit mot manuscrit :

> *J'ai obtenu mon diplôme et je me suis installé dans le Vermont, bien loin de l'agitation des grandes villes. C'est une terre pleine de ressources. C'est aussi un État très progressiste. Pour l'instant, j'ai trouvé un emploi de charpentier et je me confronte aux réalités de l'existence.*

Aujourd'hui, il ajoutait qu'il avait laissé tomber scie et marteau pour reprendre la plume. Il était désormais journaliste, « bien déterminé à faire fructifier les enseignements académiques et pratiques que j'ai accumulés ». Il avait signé « *All the best* ».

Ruth n'entendrait plus parler de Bernie pendant de longues années, avant de le retrouver, bien plus tard, dans la rubrique politique des journaux internationaux.

37

Un vrai danseur

Septembre 1965

Ruth reconnut instantanément les « a » de Nathan sur l'enveloppe au liseré bleu et rouge. Il les formait à l'envers, pour avoir sa propre écriture, comme il le lui avait longuement expliqué lorsqu'elle l'avait surpris s'exerçant à tracer des pages entières de la voyelle. D'un ongle impatient, elle ouvrit la lettre.

Brooklyn, le 25 septembre 1965

Ma chère Ruthie,

Je t'écris en réponse à ta lettre et pour te donner des nouvelles d'ici. La maison est trop triste et je m'ennuie vraiment sans toi. Tu me manques, surtout tes histoires du soir, et Gaya aussi.
J'ai une grande nouvelle qui va t'épater.
Tu ne devineras jamais.

Je suis des cours de danse à la School of American Ballet. *C'est beaucoup plus moderne et sérieux que l'école de maman, mais ne le lui dis pas, elle serait trop vexée. Bien sûr je continue à travailler avec elle presque tous les jours, mais là, grâce à de grands professeurs, je compte bien devenir un vrai danseur.*

En avril, juste avant le départ de Ruth, ils avaient assisté en famille à l'une des toutes premières représentations du New York City Ballet dans son nouveau théâtre du Lincoln Center. Nathan était ressorti ébloui par la chorégraphie de Balanchine et les performances de ses danseurs masculins. Il avait aussitôt décrété qu'il voulait apprendre et danser dans cette compagnie-là et aucune autre. Connaissant son entêtement et sa détermination, Ruth savait qu'il n'avait dû cesser de harceler sa mère depuis, jusqu'à obtenir gain de cause. Ainsi donc, Myriam avait cédé et elle passait la main…

Il y a quelques garçons et beaucoup de filles. Je suis l'un des plus jeunes mais pas le plus mauvais, crois-moi !

Ruth sourit. Nathan avait une assurance qu'elle n'avait jamais eue enfant. Comme Lizzie, pensa-t-elle. Il n'avait jamais froid aux yeux et ne doutait de rien, surtout pas de lui-même. Elle se demandait où cela le conduirait. Très loin sans doute.

Papa va me faire un studio exprès pour moi au sous-sol de la maison, avec des grands miroirs et des barres et aussi un système de musique avec haut-parleurs. Tu comprends, la barre de ma chambre n'est plus suffisante maintenant.

Dieu que cet enfant était présomptueux ! Pourtant Ruth ne pouvait se défendre d'un affectueux attendrissement.

Quand vous reviendrez, je vous ferai un spectacle rien que pour vous. Je suis en train d'inventer un ballet que j'ai appelé Gaya. Je serai le danseur étoile et ce sera très beau. Je compte demander à Arturo de m'aider pour la musique. Je veux qu'il me compose une mélodie spéciale avec beaucoup de notes qui feront comme des vagues.

Pourquoi pas ! Et bien fait pour Arturo. Il était enrôlé maintenant, il n'avait qu'à pas encenser Nathan en permanence. À lui de composer cette musique qui fasse comme des vagues… Un vrai défi !

J'espère que vous allez bien toutes les deux. Maman dit qu'il fait très chaud là où tu es et que tu travailles dur. Pas trop quand même j'espère. Tu n'as pas envoyé beaucoup de photos et j'en aimerais d'autres pour les mettre sur mon nouveau cadre avec des aimants que maman m'a acheté.

Je vous embrasse très très fort, et fais un gros câlin à petite Gaya pour moi,

Nathan Ginsberg

Ruth sourit en voyant les a de son prénom parfaitement dessinés à l'envers. Sûr que Nathan s'était longuement entraîné !

38

Shaar-Haamakim

Octobre 1965

Entre mon travail, Gaya et les multiples activités et réunions, je n'avais que très peu de temps à moi. J'en profitais pour rédiger mon courrier – j'entretenais une correspondance suivie avec Arturo –, et surtout je lisais. Shaar-Haamakim avait une bibliothèque bien fournie, avec quelques rares éditions en anglais, mais malheureusement pour moi, la plupart des livres étaient en hébreu. Je n'avais pas le niveau pour les lire et c'était une motivation supplémentaire pour apprendre cette langue, qui se révélait difficile.

Il y avait beaucoup de romans sur la Shoah. Je les délaissai, non que le sujet ne m'intéressât pas, mais je voulais regarder résolument vers l'avenir et non vers le passé. *Face à la cage de verre*, de Haim Gouri, un écho douloureux au procès dont je m'étais faite le témoin par correspondance, m'avait hypnotisée. Je dévorais les romans d'Isaac Bashevis Singer dont Svenja m'avait procuré une traduction anglaise. J'admirais la verve de l'auteur, ses personnages si vivants, ses intrigues au cordeau. Je m'étais régalée de la saga *Di Mischpoche Moschkat*[1] qui retraçait l'histoire d'une riche famille de Varsovie, d'abord unie sous l'autorité de son patriarche, puis dont l'harmonie volait en éclats. Un passage de *Shotns baym Hodson*[2], l'histoire d'un journaliste raté dans une communauté new-yorkaise de Polonais rescapés de la Shoah en 1947, me rappela l'épisode du *chiddoukh* avorté imposé par ma tante, et je touchais du doigt ce à quoi nous avions sans doute échappé en devenant dominicains. Ce roman qui avait d'abord été publié en feuilleton dans *The Forward* me ramenait aux débuts de feuilletoniste de mon père que Krista m'avait racontés lors d'un de nos déjeuners à Greenwich.

J'avais aussi entamé la lecture de Martin Buber, une véritable icône dans le pays, qui venait de s'éteindre à Jérusalem. Ses écrits étaient ardus. Pourtant je m'acharnais sur son traité philosophique *Je et tu* que Bernie m'avait chaudement recommandé des mois auparavant. Ses récits hassidiques, *Die Erzählungen der Chassidim*, étaient plus à ma portée. Au fil de mes lectures, je m'appropriais des fragments de ce pays que j'apprenais à aimer pas à pas et de cette culture qui m'était si étrangère.

Je me sentais en sécurité dans la routine rassurante du kibboutz. Nous étions comme dans une bulle, à l'écart du monde, une sensation apaisante, que j'avais

1. « La famille Moskat ».
2. « Ombres sur l'Hudson ».

bien connue à Sosúa et que je retrouvais. J'étais protégée, je n'avais pas de décision à prendre. Mes journées coulaient douces et tranquilles malgré le rude labeur. J'apprenais comment un corps fourbu peut se révéler une arme puissante contre les souvenirs, comment une vie en communauté s'érige en rempart réconfortant contre les accès de nostalgie. Était-ce ça que mes parents avaient vécu dans leurs premiers mois d'installation à Sosúa ? Plus je m'interrogeais, plus j'avais l'impression de remettre, à ma façon, mes pas dans les leurs, et cela m'était d'un infini réconfort.

39

Une malédiction

Octobre 1965

New York, le 4 octobre 1965

Ma très chère Ruthie,

On dirait bien que tu m'as oubliée, car j'ai beau guetter le facteur, pas de lettre de toi. Ou alors tu es si occupée par ta nouvelle vie que tu en oublies ta vieille Debbie ?
J'aimerais savoir comment va ta vie, si tu t'adaptes, quel est ton regard sur ce nouveau monde, comment va Gaya, etc., etc.

De mon côté, grande nouvelle !
Tadadam ! Jouez hérauts, sonnez trompettes !
Je viens d'être embauchée par NBC comme assistante de l'assistante de Grace Reynolds pour son émission « Talk along with Grace ». C'est un

magazine de société, reportages et interviews, qui est diffusé le jeudi soir. Nous avons du grain à moudre avec le pays en pleine ébullition. Les campus sont entrés en effervescence, il y a un climat de désordre, de désobéissance et de chaos qui est stimulant. C'est du pain bénit pour des reportages et je me sens pousser des ailes.
C'est exaltant de découvrir les arcanes de la télévision mais c'est éreintant pour les nerfs. Grace Reynolds n'est pas particulièrement avenante et c'est un euphémisme. Ce qu'elle ne sait pas c'est qu'un jour je serai à sa place. En attendant, je ronge mon frein et j'apprends.
Comme c'est un job à mi-temps, je continue à suivre des cours de sociologie à l'université. Columbia est le théâtre de réunions impromptues et de discussions enflammées, et nous vivons dans un état de qui-vive permanent.
Tu le vois, ma vie à New York devient absolument passionnante.

Tu me manques, Ruthie. Ensemble nous pourrions faire des étincelles. Mais j'imagine que tu es bien là où tu es. Raconte-moi tout.
J'attends avec impatience une prochaine missive et des photos de Gaya et toi.

Je t'embrasse tendrement, Debbie

Je repliai la lettre de Deborah avec un soupir. J'étais contente pour mon amie, elle était en train de suivre exactement la voie qu'elle s'était tracée, elle allait devenir la journaliste exigente que j'avais pressentie en elle lors de notre reportage dans l'Iowa.

Je m'en voulais de l'avoir délaissée. Je lui devais beaucoup, à commencer par mes deux livres de chevet, *The Great Gatsby* et *The Catcher in the Rye*, et, plus largement, la découverte de la littérature américaine contemporaine. Bien sûr Debbie avait ses défauts, mais elle était franche, directe, jamais langue de bois et toujours prête à reconnaître ses erreurs. C'était un esprit noble et surtout c'était une amie tendre, tellement attentionnée qu'elle en était touchante. Lizzie ne m'avait pas habituée à ce genre de douceur.

Non, je n'avais pas d'excuse. Ni le travail ni ma fille ne justifiaient que je perde une amie aussi fidèle, aussi précieuse. Je m'interrogeai. Pourquoi l'avais-je négligée ? Parce que nos chemins étaient devenus si différents ? Parce que je n'étais pas si fière que ça de mon parcours ? Parce que je ne débordais pas d'enthousiasme au kibboutz ? Parce que j'étais toujours en proie à des vagues de spleen qui me submergeaient parfois sans préavis ? Parce que je n'avais pas, comme elle, l'ambition chevillée à l'âme ? Parce que ma vie ne supportait pas la comparaison ? Parce qu'une fois de plus je ne me sentais pas à la hauteur ? Je recommençais à ruminer et c'était comme une malédiction dont il fallait que je me délivre, à tout prix.

Je pris un stylo et commençai une lettre pour Deborah.

40

Pas du genre cavaleur

Novembre 1965

Ariel ralentit le pas, s'arrêta et leva la tête vers le ciel qui scintillait de milliers de points lumineux.

— La lune est pleine, elle est vraiment magnifique, dit-il doucement.

Dans le silence de la nuit, sa voix chaude prenait toute la place.

— Je crois qu'il n'y a pas beaucoup d'endroits au monde où on peut voir une lune aussi splendide et autant d'étoiles.

— Chez moi…

Ruth se mordit la lèvre. C'était vraiment maladroit de se poser en étrangère. Et d'ailleurs, à bien y réfléchir, c'était où chez elle ?

— Dans les Caraïbes, se reprit-elle, quand le ciel est dégagé, et c'est presque toujours le cas, on voit autant d'étoiles qu'ici et la lune est aussi souveraine. Mais tu as raison, cette nuit, elle est particulièrement belle.

Ariel s'amusa de ses fautes d'hébreu qu'il corrigea avec patience. Ils reprirent leur marche silencieuse dans les allées du kibboutz désert, se dirigeant lentement vers les entrepôts de fruits. C'était la troisième fois consécutive que Ruth était affectée à la ronde de surveillance nocturne avec Ariel. En règle générale, les équipes tournaient, pour éviter les habitudes nuisibles à la vigilance. Ce ne pouvait donc pas être une simple coïncidence. Ariel avait dû manœuvrer auprès de Hayim, le responsable de la sécurité, pour faire cette patrouille avec elle. Depuis quelque temps, comme par hasard, elle se retrouvait assise à côté de lui au réfectoire et dans les réunions, et, elle en était sûre maintenant, il la lorgnait en douce dans les soirées. Au début, elle n'y avait pas pris garde, mais son petit manège devenait trop flagrant pour qu'elle ne le remarquât pas.

Elle l'observa à la dérobée en tournant imperceptiblement la tête pour qu'il ne devine pas qu'elle le regardait. Dans la pâle lueur de la nuit, elle vit la cicatrice qui barrait son sourcil gauche. Cela la ramena à une autre cicatrice, à un menton, un visage, mais elle chassa l'image de Christopher. Une tranquille assurance émanait d'Ariel. Il la dominait de sa grande taille et son profil d'oiseau de proie qui se découpait dans l'ombre ne manquait pas de charme, pas plus que sa tignasse bouclée. Un profil de monnaie grecque, pensa Ruth. Il baissa les yeux sur elle dans la pénombre et elle vit sa mine indécise. Ariel n'avait pas cet air bravache et conquérant de la plupart des garçons du kibboutz, sûrs d'eux et de leur légitimité à aligner les conquêtes jusqu'à trouver, peut-être, une compagne. Il y avait plus d'histoires de sexe que de cœur ici.

Mais d'après ce qu'elle avait pu voir, Ariel n'était pas du genre cavaleur. Pas du genre grande gueule non plus. Pas comme Noah qui profitait sans vergogne de son physique avantageux et de son charme indéniable pour draguer les filles et les laisser tomber une fois qu'elles avaient succombé à ses avances. Ruth s'était sagement tenue à l'écart de son petit jeu et avait découragé toutes les tentatives de ce don juan de pacotille.

Elle savourait le plaisir de cheminer au côté d'Ariel, et surtout d'être désirée, car elle sentait bien que c'était de cela qu'il s'agissait. Ruth savait ce qui allait arriver. Attentive, elle guettait le regard, le geste de la main, le frôlement d'épaule qui libérerait la tension érotique entre eux, nourrie de la chaleur et des odeurs si sensuelles. Ils reprirent leur conversation à mi-voix. Leurs paroles feutrées résonnaient avec intimité dans le calme de la nuit. Il parlait de lui, de ses origines roumaines, de ses engagements et de ses objectifs, et il la questionna sur ses propres projets. Ruth préféra rester évasive car, à bien y réfléchir, concernant son avenir elle était toujours dans le flou.

Ils avaient dépassé les hangars agricoles et se dirigeaient maintenant vers l'usine de chauffe-eau, à la périphérie de la zone d'habitation. Ils contournèrent l'entrepôt de pièces détachées et Ariel s'arrêta. Il connaissait bien les lieux, il était technicien à l'usine. Le bâtiment les isolait du reste du kibboutz.

Ses yeux agrippèrent ceux de Ruth dans l'obscurité. Quand il la prit dans ses bras, une douceur cotonneuse l'envahit tandis qu'une vague de chaleur déferlait dans son ventre. Elle s'abandonna contre lui, pourtant sa tête résistait. Ruth se raidit une fraction de seconde.

Ariel resserra son étreinte autour de son corps et l'onde chaude la submergea. Irrésistiblement. *Ne te punis pas, si tu le désires, ne t'en défends pas*, pensa-t-elle. Elle se laissa embrasser dans un état second puis reprit vie et répondit avidement au baiser d'Ariel. En un bref éclair elle pensa à Chris, puis une langue de feu embrasa son corps et elle n'y pensa plus, se laissant emporter par le désir. Ariel respirait fort, de façon saccadée, son cœur à elle battait vite. Il ouvrit la porte de l'entrepôt et la poussa à l'intérieur. Ils firent l'amour maladroitement, à la va-vite, dans le noir, au milieu des pièces métalliques, avec une urgence au goût d'interdit. Une odeur de métal chaud flottait dans l'air. C'était loin d'être aussi romantique que le ciel de pleine lune, mais il fallait être discret car ils étaient en train d'enfreindre le règlement. Ils durent étouffer leurs gémissements. Ils se rajustaient, encore chancelants, quand ils firent tomber une caisse d'outils qui se répandirent sur le sol avec fracas. Ruth ne put retenir un éclat de rire. Ils se figèrent et attendirent un moment avant de se faufiler dehors pour reprendre leur maraude. Comme c'était savoureux de déroger aux règles du kibboutz, se dit Ruth, tandis qu'Ariel lui prenait la main, entrelaçant étroitement ses doigts aux siens. Ils reprirent leur tour de garde sans un mot, main dans la main. L'air était sec, la nuit sentait bon, un parfum mélange de fruits mûrs et de sable du désert montait de la terre. Une cigale esseulée stridulait et finit par se taire, vaincue par la nuit. Ruth prit une grande inspiration comme un nageur reprend son souffle après une longue apnée. À cet instant, elle pensa au bonheur d'être en vie, au plaisir qu'elle venait de prendre, à ce garçon qui lui tenait la main, à sa petite fille qui dormait paisiblement, et une sorte de sérénité l'envahit. Elle était bien.

De loin, ils aperçurent deux silhouettes qui déambulaient sous la voûte étoilée. C'était une autre patrouille. Instinctivement, ils rectifièrent leur posture, se lâchant la main et s'écartant l'un de l'autre. Lorsqu'ils se croisèrent, ils s'apostrophèrent joyeusement. « Rien à signaler. » Quand un quart d'heure plus tard ils se présentèrent au poste de sécurité devant l'équipe qui prenait leur relève, Ruth dut se pincer les lèvres pour ne pas rire. Elle venait de remarquer qu'Ariel avait reboutonné sa chemise de travers. À ce détail près, personne n'aurait pu soupçonner ce qui venait de se passer. Ruth regagna sa chambre avec un sentiment mêlé de plénitude et de perte.

*

Le lendemain, quand elle croisa Ariel au réfectoire, il fit comme si de rien n'était. Elle se sentit déçue jusqu'à ce qu'il lui adresse un clin d'œil discret qui la laissa perplexe. Comment l'interpréter ? Avait-elle seulement été la conquête d'une nuit de ronde ? Elle fut distraite toute la journée, ne pouvant s'empêcher de retourner ces questions dans sa tête, et elle se coucha avec un sentiment de frustration. Elle plongeait dans le sommeil quand elle entendit un grattement discret à sa porte. Elle l'ouvrit et s'abandonna dans les bras d'Ariel avec ivresse.

Ce fut ainsi que, dépassant la tristesse et le vide laissés par la mort de Christopher, Ruth décida d'accepter ce cadeau de l'existence. Elle se lança dans l'aventure sans réfléchir, autorisa son corps à aimer de nouveau et entama une liaison prudente avec ce garçon discret qu'était Ariel. Il était honnête, travailleur et très attentionné. Elle découvrait avec lui que tous les hommes n'étaient pas aussi compliqués que Chris. Ariel l'avait convaincue qu'elle pouvait encore éprouver des sentiments et que le chagrin n'avait pas tué sa soif de vivre. Ruth ressentait pour lui une affection instinctive, une sorte de tendre amitié. Céder au désir qu'il lui inspirait l'aidait à dépasser les vagues de tristesse qui l'assaillaient parfois au souvenir de Christopher.

Se retrouver discrètement pour de courts moments d'intimité devint pour eux un jeu savoureux et diablement excitant. Aucun des deux ne souhaitait donner prise aux commérages omniprésents dans la communauté, mais ils savaient qu'il était quasiment impossible de protéger leur vie privée dans ce vase clos où chacun espionnait l'autre et que leur secret ne le resterait pas longtemps. En effet, rumeurs et ragots allaient bon train dans le village.

41

Pas un franc succès

Novembre 1965

Elle le payait cher, son élan patriotique.

Almah faisait la planche dans l'eau transparente de la baie, la tête tournée vers le rivage où elle savait qu'Ana Maria, assise sur la grève, la surveillait. Comme si elle était une enfant, ou pire, une handicapée, comme si elle avait besoin d'une nounou ou d'une garde-malade. Elle pensa avec dépit que sa belle-fille aurait mieux fait de lire au lieu de garder les yeux fixés sur elle. Puis elle se morigéna d'être aussi dure avec sa bru. Almah s'abandonna avec plaisir à la caresse de l'eau sur son corps, puis se mit à faire des ciseaux, les jambes tendues, pour s'éloigner vers le large. Elle serra les dents, c'était douloureux.

L'opération n'avait pas été un franc succès. Le pronostic du chirurgien était réservé : sa jambe ne se remettrait probablement jamais totalement. Almah garderait un léger déséquilibre qui la ferait boitiller. Elle refusait de l'admettre. Pour l'instant, elle devait s'aider de béquilles ou d'une canne et utiliser une chaise roulante à la ferme pour ne pas trop solliciter sa jambe. Mais elle ne s'avouait pas vaincue. Elle allait prendre sa rééducation en main. Natation, équitation, marche, quitte à supporter la présence d'Ana Maria qui avait endossé son nouveau rôle comme un apostolat.

Le pire dans tout ça, c'était la sollicitude de ses proches. Toujours après elle pour prévenir ses gestes, lui éviter la moindre tâche, le moindre effort. Almah tentait de contenir sa mauvaise humeur et de garder pour elle ses remarques acides quand on l'aidait.

Frizzie continuait à lui faire des reproches, le plus souvent muets, mais ses expressions le trahissaient. « Il faut qu'elle fasse tout à sa façon et rien comme les autres », grommelait-il le visage fermé quand elle partait à cheval. Manque de chance, c'était la gauche, sa jambe d'appui pour se hisser en selle, qui était défaillante. Désormais Jacobo était obligé de lui faire la courte échelle et c'était humiliant. Était-ce cela, vieillir ?

*

Elle avait endossé l'entière responsabilité de ses actes, dédouanant complètement Frederick à qui elle avait fait promettre de ne surtout rien dire à Ruth. Inutile de l'inquiéter en lui révélant son état. De toute façon, de là où elle était, Ruth ne pourrait rien faire.

— Et tu n'as pas à prendre soin de moi, je n'ai pas besoin d'une mère poule !

— Peut-être bien que si, bougonnait Frederick en poussant la chaise roulante dans laquelle Almah avait été clouée les premières semaines. Avec l'âge, les rôles s'inversent, pas vrai ?

— Nom d'une pipe, je ne suis pas si vieille. Je vais faire ma rééducation et je serai vite sur pied, voilà tout. Bientôt je serai en selle, l'avait-elle défié avec un regard impertinent de gamine désobéissante.

Almah le savait, elle forçait un peu son optimisme, mais pour rien au monde elle n'aurait reconnu l'angoisse que lui causait sa situation. Infirme, rien que le mot la faisait frissonner d'horreur.

— C'est sûr que d'ici là, ce sera moins pratique pour danser le merengue ! avait-elle fanfaronné avec un clin d'œil, affectant une grande légèreté.

*

Almah décida qu'elle ne pouvait pas vivre en s'excusant. Elle assumerait toutes les conséquences de ses actes. Crânement. Il était hors de question qu'elle abandonne ses chevauchées solitaires, ou la conduite, ou quoi que ce soit, quelque douleur qu'il lui en coûtât.

L'échine raide, les muscles crispés, elle regagna le rivage en battant des pieds.

Sans s'aider de ses bras.

42

Maudites prothèses

Novembre 1965

Markus franchit la porte du bureau, une maigre récolte sous le bras. Au courrier de ce matin-là, qu'il rapportait de leur boîte postale de Puerto Plata, il y avait une lettre de Ruth qui avait bien dû mettre un mois pour traverser la moitié du monde, et un numéro vieux de deux semaines du *Times*, auquel Almah s'était abonnée quand sa fille y était entrée en stage. C'était un exploit, on pouvait s'estimer heureux quand le courrier des États-Unis mettait moins de quinze jours à arriver. Almah clopina jusqu'à son bureau et se laissa tomber sur sa chaise face à Markus en grimaçant.

— Toujours tes douleurs ?

— Ce n'est pas tant la douleur qui me préoccupe que la question de savoir si je vais un jour remarcher normalement, sans ces maudites prothèses, soupira-t-elle en jetant un œil noir sur ses béquilles qu'elle commençait tout juste à apprivoiser.

— Tu y arriveras, là-dessus je n'ai aucun doute. Rien ne te résiste.

— Pas question que je reste handicapée, grommela-t-elle d'une voix sourde avec un sourire grincheux.

Almah secoua la tête, cela ne servait à rien de s'appesantir sur ce qu'on ne pouvait changer. Elle s'absorba dans la lecture du quotidien new-yorkais qu'elle épluchait consciencieusement depuis l'invasion américaine, chaque fois qu'il arrivait. Refermant le journal, elle soupira à grand bruit. Markus lui jeta un regard interrogateur.

— Les Américains viennent de faciliter l'accès à leur nationalité en accordant cent soixante-dix mille visas par an ! lâcha-t-elle sur un ton acerbe.

Markus la regarda dans les yeux avec attention. Il pensait la même chose qu'elle : si seulement les Yankees avaient eu cette générosité trente ans plus tôt !

— Mieux vaut tard que jamais, décréta Almah. De toute façon nous sommes bien ici, pas vrai ? Qu'ils restent chez eux, c'est tout ce qu'on leur demande.

Elle tourna entre ses doigts la lettre de sa fille qu'elle brûlait d'envie de lire. Mais elle se réservait cet instant de bonheur pour plus tard. Elle allait la déguster comme une gourmandise quand elle serait chez elle, alanguie dans son nouveau fauteuil Adirondack. C'était devenu un rituel.

*

Il n'y avait pas grand-chose dans la lettre de Ruth. Rien que des petites nouvelles du quotidien dont la plus importante était que Gaya avait fait ses premiers pas.

Sa fille avait glissé deux photographies dans l'enveloppe. Gaya en barboteuse, un fichu noué en triangle sur la tête, debout dans une piscine gonflable, de l'eau au genou, riait de toutes ses gencives édentées. Elle avait grandi, elle était potelée, on le voyait aux plis de ses cuisses et de ses poignets. Des petits éclats d'émail pointaient entre ses lèvres. Elle était adorable et Almah sentit une épine lui déchirer le cœur. Sa petite-fille, la fille de sa Ruthie, était en train de grandir loin d'elle.

Elle chassa la pensée coupable qui lui traversa l'esprit.

Ruth devait vivre sa vie, même si ça devait être loin d'elle. Elle ne devait à aucun prix l'envahir, quoi que cela puisse lui coûter.

Almah examina le second cliché, un groupe de jeunes gens rigolards en short et chemisette de toile beige, chaussés de sandales de cuir. Elle eut un flash et crut revoir une de ces photographies que lui envoyait Svenja autrefois.

À une extrémité du groupe, Ruth souriait à l'objectif. Elle paraissait heureuse et pleinement épanouie. Elle avait coupé ses cheveux aux épaules et un autre souvenir étreignit Almah. En Suisse, dans ce camp de réfugiés, elle aussi s'était coupé les cheveux. Elle se rappela le chagrin sincère de Wil qui les aimait tant, et l'épaisse boucle dorée nouée d'un ruban bleu qu'elle lui avait offerte. Almah secoua la tête et chassa les images du passé.

Un détail la chiffonnait. Elle ajusta ses lunettes et ausculta le cliché avec attention. Non, elle ne rêvait pas. Ce qui dépassait de la taille de Ruth, c'était bien une main. Celle du jeune homme à côté d'elle qui, à bien y regarder, avait la tête légèrement penchée vers celle de sa fille. Ruth avait un nouvel ami. Almah étudia l'élu et décida qu'il était beau garçon. C'était inévitable. Sa Ruthie était bien trop belle, trop gentille, trop attirante pour rester seule. Une bouffée acide rongea le ventre d'Almah. Si Ruth avait un ami, elle allait rester là-bas. Sa lettre n'en disait rien, mais c'était sûr, elle ne reviendrait pas.

Ce fut précisément à ce moment-là que naquit dans le cœur d'Almah le désir absolu de revoir le plus vite possible sa fille et sa petite-fille. Elles lui manquaient trop. Elle allait prendre le premier avion… Mais elle ne pouvait pas traverser le monde avec une patte folle. À sa demande, Frederick et Markus n'avaient rien dit à Ruth qui ignorait donc ce qui lui était arrivé. Ça aurait eu l'air de quoi, s'être comportée avec autant de légèreté alors qu'elle avait interdit à sa fille de rentrer en République dominicaine à cause des dangers de la guerre ?

Almah se jura de gagner la bataille avec sa jambe pour pouvoir partir au plus vite.

43

Pire que Trujillo

Mars 1966

New York, 20 mars 1966

Ma très chère Ruthie,

J'espère que cette lettre vous trouvera, Gaya et toi, en pleine forme.
As-tu eu vent de cette nouvelle désastreuse ? J'ai appris que la République dominicaine vient d'être inscrite par Amnesty International sur la liste des pays violant les droits de l'homme[1].
Je suis sous le choc. J'ai l'impression désagréable d'être stigmatisé, que ma nationalité est inscrite sur mon front et que l'opprobre est permanent. Autant te dire que je ne suis pas fier d'être dominicain

1. La République dominicaine resta inscrite sur cette liste jusqu'en 1978.

ces jours-ci. J'en suis à me demander si je rentrerai un jour.
Toi et moi sommes loin de tout ce qui se trame dans le pays et c'est pour le mieux.
J'ai tellement honte d'être assimilé à mon diplomate de cousin qui retourne sa veste à chaque soubresaut sans grands états d'âme, que j'ai décidé de prendre un logement indépendant. Mon train de vie va s'en ressentir, c'est sûr, mais si je veux assumer mes opinions et ma manière de vivre (que toi seule connais), si je veux pouvoir me regarder dans une glace, je n'ai pas d'autre choix.
J'ai trouvé un studio dans Greenwich. C'est une grande pièce avec une cuisine-bar, une alcôve pour dormir et une petite salle de bains vieillotte à la tuyauterie hors d'âge. Il y a un beau parquet de bois qui craque sous les pieds. Tu aimerais. J'espère t'y recevoir un jour prochain.
Je dîne régulièrement chez les Ginsberg, toujours le mercredi, mais sans toi ce n'est plus pareil. Nathan entame sa crise d'adolescence avant l'heure et devient assez tyrannique. Sous ses dehors angéliques se cache un véritable petit démon qui donne bien du fil à retordre à Myriam. Tu ne le reconnaîtrais pas.
Le dimanche, je chine des petits meubles et des objets dans les brocantes, et tu me manques.
À quand ton retour ? Donne-moi de vos nouvelles. Tes lettres sont trop rares.

Tu amigo, *Arturo*

Ruth replia lentement la lettre d'Arturo. Elle était préoccupée. Sa mère avait beau se montrer rassurante, répéter que la situation allait se stabiliser, que les aspirations du peuple étaient légitimes et que rien ne pourrait arrêter la démocratie en marche, ce n'était pas vrai. En République dominicaine, la situation ne s'améliorait pas. Ruth tentait de se raisonner mais elle ne pouvait se départir d'un sentiment de culpabilité à l'idée qu'elle avait laissé son frère et sa mère dans un pays en plein chaos. Bien sûr sa présence n'aurait rien changé, mais ne pas être à leurs côtés, solidaire pour affronter les difficultés, la rongeait.

44

Ama

Mai 1966

Allongée sur son lit, les bras croisés sous sa nuque, le corps baigné de sueur malgré le ventilateur fixé au plafond, Ruth se retournait sur son lit sans parvenir à trouver le repos.

C'était l'heure la plus chaude de la journée, celle de la courte sieste imposée avant la reprise des activités. Avec cette touffeur, impossible de travailler aux champs ou sous les toits de tôle des ateliers.

Depuis quelques jours déjà, des ruminations l'empêchaient de s'endormir. Les doutes refaisaient surface, des questions revenaient la mordre qui ne la laissaient pas tranquille. Elle repensait à la scène de la veille au soir qui l'avait bouleversée, une scène banale comme elle en vivait tous les soirs avec Gaya. Sauf qu'hier soir sa petite fille avait prononcé son premier mot en la regardant triomphalement. *Ama*. En hébreu. Appris d'une puéricultrice. Cela avait agi comme un détonateur, un électrochoc dans le cœur de Ruth.

Ruth remettait en cause la justesse de ses choix. Avait-elle eu raison de venir dans ce bout d'Amérique si froid et si loin de son enfance, puis maintenant dans cette terre de Palestine où tout lui était étranger ? Elle parlait désormais quatre langues et ne savait pas quel était son pays, ni où étaient ses racines.

Cela faisait maintenant onze mois qu'elle vivait au kibboutz. Les événements du monde extérieur lui parvenaient comme amortis par une couche protectrice et ne la concernaient plus vraiment. Les gigantesques manifestations contre la guerre au Viêtnam auxquelles participait Arturo et les soubresauts de la politique dominicaine s'effaçaient devant les problèmes politiques israéliens qui prenaient toute la place ; et même ceux-ci ne l'atteignaient pas vraiment.

Elle s'était lassée de l'illusion de vivre ce que ses parents avaient vécu aux premiers temps de Sosúa et la nostalgie d'un passé qui n'était pas le sien s'était diluée. Entre le climat de mélancolie transmis par les anciens et la formidable énergie de la jeune génération, il y avait l'implacable réalité du kibboutz. Cette vie en vase clos, singulièrement étriquée et paradoxalement si riche, était dure, régie par l'omniprésence du travail. Et cette vie-là commençait à l'asphyxier. Si elle était honnête avec elle-même, Ruth devait reconnaître que tout lui pesait. L'embrigadement, les blagues nulles du réfectoire, la ferveur des militants, le zèle des sionistes, les suggestions farfelues comme celle d'apprendre l'espéranto, le manque d'intimité, la séparation d'avec sa fille… À vrai dire tout lui pesait depuis le début, mais elle avait voulu se persuader que cela passerait.

Certes, elle avait appris beaucoup de choses, elle s'était forgé une conscience politique plus sûrement que durant ses longs mois au *Times*, et elle avait créé de solides camaraderies.

Mais il y avait aussi les inévitables jalousies, les mesquineries et les rivalités. Sa liaison avec Ariel n'avait pas pu rester secrète bien longtemps. Dina, une fille qui travaillait au secrétariat du kibboutz, avait des vues sur lui et ne perdait pas une occasion de la dénigrer. Et surtout il y avait la portion congrue des heures passées avec Gaya, Gaya qui parlait maintenant l'hébreu, une langue qu'elle-même maîtrisait mal. Ce changement d'univers avait cependant eu le mérite de tisser un voile opaque sur Chris qui s'éloignait imperceptiblement.

Ruth se dit que le moment était venu de faire un choix. Pas un de ces choix éphémères comme elle les avait superposés jusqu'à présent. Non. Un choix définitif.

Elle se demandait qui elle était vraiment et quelle direction donner à sa vie ? Rester en Israël, servir dans l'armée et y faire sa vie ? Retourner aux États-Unis, devenir américaine, intégrer un journal, se débattre dans ce milieu si rude qu'elle avait déjà affronté ? Rentrer dans son île natale et retrouver à Sosúa le rassurant cocon familial ?

Elle pensait à ceux de son âge. Tous ceux qu'elle aimait avaient trouvé leur place dans le monde.

Frederick était devenu éleveur, il avait une famille, deux adorables fillettes.

Arturo était un artiste. La musique était toute sa vie, il composait, participait à des concours d'interprétation et commençait à se produire en concert. Et ses courriers en témoignaient, s'il ne l'affichait pas, il commençait à assumer son homosexualité, même si le chemin était encore long.

Deborah travaillait à la télévision. « Pour l'instant je suis leur souffre-douleur et je fais profil bas, mais bientôt j'aurai mon propre talk-show, crois-moi », avait-elle promis à Ruth dans une lettre.

Quant à Nathan sa voie était toute tracée : il ne jurait que par la danse ; la prédiction d'Arturo, « de la graine d'étoile », était en passe de se réaliser.

Bernie s'était marié. Journaliste, il poursuivait ses combats politiques avec détermination. Et il y avait fort à parier que ce n'était qu'un début. On entendrait parler de lui, Ruth en était sûre.

Même Lizzie avait fait un choix de vie, certes transgressif et marginal, mais elle l'assumait et semblait heureuse.

Quant à sa mère, elle semblait apaisée, ayant trouvé le juste équilibre entre sa vie de famille et son indépendance.

Ruth était la seule à naviguer sans savoir à quoi elle se destinait. Pas de cap, seulement une vie en zigzag, qui pour l'instant ne la menait nulle part.

Ici, elle s'ennuyait, engluée dans un mode de vie qui la déresponsabilisait. Elle ne pouvait pas continuer à trier des fruits. Certes, elle avait pris du galon dans la coopérative, elle était maintenant affectée au contrôle de qualité et supervisait l'emballage, un travail moins pénible que le ramassage, mais était-ce vraiment ce à quoi elle aspirait ? Quel avenir voulait-elle pour sa fille ? Gaya grandissait vite et elle ne pouvait continuer à la ballotter d'un endroit à l'autre. Il leur fallait trouver un équilibre définitif.

Ruth pensa à Ariel. Une pensée coupable. Il l'aimait. Elle pouvait bâtir une vie ici avec lui. Mais elle, l'aimait-elle suffisamment pour envisager cela ? Il la pressait d'officialiser leur relation qu'il voulait vivre au grand jour. Elle n'arrêtait pas de se dérober lâchement. Le fait même qu'elle se posât la question n'était-il pas une réponse en soi ?

Elle pourrait être très heureuse en Israël. Elle y avait de la famille ou presque, Svenja et Eival, Mirawek. Ici ils étaient tous des étrangers, tous des pièces rapportées, et ils formaient un peuple formidablement solidaire. Elle partageait peu ou prou le même lourd héritage que de nombreuses personnes de sa génération. Elle était de ce pays aussi légitimement que les sabras ; elle y avait toute sa place. Il lui serait facile de se faire des amis. Elle en avait déjà. Plus elle y pensait, plus elle se disait que oui, ce serait un bon choix. Eival ou Mirawek feraient jouer leurs relations et elle trouverait facilement du travail dans un journal de Jérusalem ou de Tel-Aviv. Bien sûr, il y avait l'insécurité et les menaces de guerre. Mais elle se disait que c'était une fatalité. La République dominicaine était occupée, les États-Unis empêtrés dans le conflit du Viêtnam et les frontières d'Israël menacées. Cela ne cesserait jamais où qu'elle tourne les yeux. Quant à l'Autriche, ce pays qu'elle ne connaissait pas était un tabou absolu.

Elle repensa à ses projets de sauvetage du journal moribond de son père et de Markus. Était-il trop tard ? Elle n'avait qu'une seule certitude, elle aimait le journalisme.

Ruth se débattait dans cet écheveau de questions qui demeuraient sans réponses. C'était vertigineux et terriblement angoissant, comme de tomber dans un gouffre sans fond sans rien trouver pour se rattraper. Elle n'avait personne à qui s'ouvrir de ses incertitudes, personne pour lui suggérer une voie. Elle ne voulait pas alarmer sa mère. Frizzie n'était plus son confident, Arturo bien loin de ses préoccupations. Quant à Lizzie, inutile de compter sur un avis raisonnable de sa part.

Il n'y avait que Svenja. Elle aussi était passée par le kibboutz. Elle y avait même rencontré l'homme de sa vie. Et puis elle était psychologue. En plus de son travail auprès d'enfants dans un hôpital, elle aidait des personnes à se relever des traumatismes de la Shoah et d'autres, qui avaient récemment fait leur alyah, à trouver leurs marques dans leur nouveau pays. Svenja pouvait la comprendre et l'aider.

*

La cloche sonna la fin de la sieste.

Retour à la réalité.

Deux heures de travail supplémentaires puis ce serait les réunions de comité du mercredi où l'on voterait de petits ajustements du quotidien ; ensuite il y aurait le cours d'hébreu, puis une heure de jeu avec Gaya, le repas au réfectoire, le coucher des enfants et la soirée culturelle hebdomadaire. Ce soir, c'était une pièce que le groupe de théâtre répétait depuis un mois.

Ruth se leva et se regarda dans le miroir. Elle brossa ses cheveux et fixa ses mèches par une pince métallique de chaque côté de son crâne au-dessus de ses oreilles. Elle n'aurait pas dû couper ses belles tresses. Elle ne ressemblait plus à rien. Non, elle n'était pas belle malgré ce que lui murmurait Ariel quand ils se retrouvaient la nuit.

En fermant la porte derrière elle, elle avait pris une décision.

45

Caution démocratique

1er juin 1966

C'était un dimanche gris de ciel bas. Ils étaient tous regroupés autour du poste de radio de la ferme d'Atravesada.

En vain.

Les résultats du scrutin pour l'élection présidentielle ne seraient pas connus avant le lendemain.

— De toute façon ça ne sert à rien d'attendre, c'est plié d'avance, grommela Almah. Les Américains ne permettront pas que Bosch revienne au pouvoir. Pas après cette guerre, ils perdraient la face et ils nous auraient alors envahis pour rien. Au besoin, ils truqueront les résultats, si tant est que le scrutin n'ait pas déjà été truqué.

— C'est tellement facile dans ce pays d'acheter des voix, laissa tomber Markus sur un ton fataliste qui ne lui ressemblait pas. Un matelas par-ci, deux casseroles par-là, c'est comme ça qu'on convainc les électeurs.

Le peuple est naïf et n'a pas de conscience politique, ou si peu.

— De toute façon, il ne faut pas se faire d'illusions, la plupart des habitants sont des paysans illettrés et je te fiche mon billet qu'ils n'iront même pas voter, renchérit Frederick.

— Il reste quand même les étudiants, les intellectuels et tous ceux qui ont combattu dans les rangs des constitutionnalistes, risqua Marisol.

Almah la regarda en secouant la tête de droite à gauche d'un air navré.

— Les Américains veillent au grain, crois-moi. La démocratie, ça n'est pas au programme du jour.

— Je crains fort que tu n'aies malheureusement raison, acquiesça Markus. N'est-ce pas ce Français, notre vainqueur en 1918, qui disait qu'une dictature est un pays dans lequel on n'a pas besoin de passer toute une nuit devant son poste pour apprendre le résultat des élections[1] ?

— Qui que ce soit, il a parfaitement raison, conclut Almah avec un haussement d'épaules résigné.

La sonnerie du téléphone interrompit leur conversation. C'était un appel international en PCV. Ruth venait aux nouvelles.

*

Ils avaient été 1,3 million à voter.

Comme Almah l'avait prévu, Joaquín Balaguer remporta les élections haut la main, avec cinquante-sept

1. Clemenceau.

pour cent des voix. Le socialiste Juan Bosch ne réunit que quarante pour cent des suffrages.

— Les États-Unis ont gagné la guerre civile dominicaine, conclut simplement Almah avec amertume.

Ces élections avaient toutefois un air de respectabilité qui rassura tout le monde.

*

Deux mois plus tard, les forces de paix internationales mirent un terme aux opérations de « stabilisation » et tous les soldats étrangers quittèrent l'île.

Balaguer allait devenir la caution démocratique d'un pays qui restait sous haute surveillance.

On ne le savait pas encore, mais il inaugurait une longue période d'un règne sans partage, de ce qui ressemblerait fort à une nouvelle dictature et que d'aucuns baptiseraient « *la Era de Balaguer* », comme il y avait eu auparavant « *la Era de Trujillo* ».

Le nouveau président avait été à bonne école. Très vite, il se révélerait presque pire que son mentor, un dictateur *bis* déguisé sous les oripeaux d'un président démocrate.

Le verdict d'Almah serait sans concession : « Au moins, on pouvait se moquer du bouc qui était grotesque. Sous ses airs de gentil papy, celui-là est tout aussi monstrueux et cruel, la mégalomanie en moins », constaterait-elle quelques mois plus tard.

Almah conserva sa carte du PRD dont elle devint un membre militant, au grand dam de son entourage.

46

Un nouveau signe

Juin 1966

Quinze mille, vingt mille kilomètres ? se demanda Ruth.

La carte postale qui représentait une colombe stylisée, d'assez mauvais goût, jugea Ruth, avait fait un long, un très long voyage. Elle portait un timbre canadien et l'adresse de la boîte postale de Sosúa.

Almah l'avait réexpédiée dans une enveloppe adressée à Ruth Rosenheck, kibboutz de Shaar-Haamakim, Israël.

En tâtant l'enveloppe d'origine, Ruth avait d'abord cru à une carte d'anniversaire ou quelque chose dans ce genre-là. Puis elle avait vu le timbre canadien, l'écriture de Lizzie et sa nouvelle signature, un cercle rayé de traits noirs, le symbole de la paix. Au dos de la carte, Lizzie avait griffonné quelques vers d'un poème.

Et si tu ne peux mener ta vie comme tu le désires,
essaye au moins ceci, autant
qu'il te sera possible : ne l'avilis pas
dans un trop grand commerce avec le monde,
dans tout ce mouvement, tous ces discours.

Ne l'avilis pas, en l'exposant –
en la traînant ainsi et la compromettant –
à la sottise quotidienne
des relations et des fréquentations,
jusqu'à en faire une étrangère fastidieuse.

Voilà, c'était là noir sur blanc, et c'était tout. Le message de Lizzie. C'était signé Constantin Cavafy, un nom que Ruth ne connaissait pas.

Rien de plus.

C'était un nouveau signe.

Évidemment.

Rien n'arrivait par hasard.

Ruth rédigea une courte lettre à l'adresse de Svenja pour lui demander de lui procurer un recueil des poésies de Cavafy.

47

Permission accordée

Juin 1966

C'était comme des vacances. Ruth avait demandé une permission pour passer un week-end en dehors du kibboutz. Permission accordée et, cerise sur le gâteau, elle emmenait Gaya qu'elle soustrayait aux activités enfantines. Elle préférait ne pas penser au regard lourd de tristesse qu'Ariel lui avait décoché en apprenant la nouvelle.

Jérusalem était trop loin de Shaar-Haamakim. Svenja avait réservé deux chambres au Teltsch Hotel, perché sur les hauteurs du mont Carmel.

— Ça va te plaire, Ruthie, lui avait-elle dit au téléphone, et, à coup sûr, ça plairait à ton oncle Aaron. C'est un bel hôtel moderniste et figure-toi que sa fondatrice, Mathilde Teltsch, était une sioniste d'origine viennoise. Elle a fait dessiner les plans de l'hôtel en 1932 par Leopold Krakauer, un architecte autrichien émigré lui aussi en Palestine. Il y a une jolie piscine, un excellent restaurant et une vue magnifique sur tout Haïfa et la mer au loin.

Ruth se moquait bien de la piscine, de la vue spectaculaire et des racines autrichiennes de l'hôtel. Elle avait d'autres préoccupations en tête. Elle avait décidé d'ouvrir son cœur à Svenja et de lui faire part de son désarroi grandissant.

— Je passerai vous prendre en voiture, annonça Svenja. Tenez-vous prêtes, je serai là vers 11 heures.

— Nous pouvons très bien aller à Haïfa en autobus ou avec le transport du kibboutz, ce n'est pas si loin.

— Mais non, Ruthie, je viendrai vous chercher. Ce sera bien plus confortable. Shaar-Haamakim est presque sur la route, ça ne fait qu'un tout petit crochet de rien du tout.

— Entendu, avait cédé Ruth, pas mécontente de voyager confortablement.

— Et n'oubliez pas les maillots de bain ! avait ajouté Svenja dans un petit rire joyeux avant de raccrocher.

*

Svenja, c'était toujours un rayon de soleil. Les années qui passaient n'avaient pas de prise sur elle. Toujours un rire au coin des yeux, une blague au bord des lèvres et cette insatiable vitalité. Aux portes du kibboutz, elle entraîna Ruth et Gaya dans une petite danse tribale avant de les embarquer dans sa voiture. Le toit coulissant était ouvert. Svenja tourna le bouton de la radio et régla la musique à plein volume. Sur la route elles se mirent à chanter à tue-tête, tandis que Gaya les considérait d'un air ahuri, les yeux ronds comme des billes. Elles arrivèrent à l'hôtel au plus chaud de la journée et se précipitèrent à la piscine.

*

— Alors Ruthie, dis-moi tout.

Gaya était couchée. Elles dînaient sur la terrasse de l'hôtel dans la douceur de la nuit méditerranéenne. Ruth considéra avec attention le fond de son verre avant de lever les yeux sur Svenja. Des yeux dans lesquels sa marraine lut une profonde détresse.

— Ce n'est pas que je n'aime pas le kibboutz… commença-t-elle en hésitant. J'y apprends tant de choses…

— Je sais, ma chérie, le kibboutz est une cage dorée dont les barreaux sont bien trop épais. Et puis il y a ce dogmatisme à tous crins… Rien n'est laissé au hasard.

Ruth redressa les épaules. Après tout Svenja connaissait bien ça.

— On te fait croire que tu as voix au chapitre, mais en fait ce n'est pas vrai. On t'inflige des litanies d'ordres et d'obligations. Par exemple pour les enfants…

Ruth laissa sa phrase en suspens tandis que le spectre de la maison des enfants revenait la visiter. Le kibboutz lui avait offert une cuirasse qui lui permettrait d'évoluer tranquillement, mais Svenja avait raison, elle était enfermée dans une cage dorée dont les barreaux lui pesaient chaque jour davantage. Svenja secoua la tête et avança un bras à travers la table pour poser sa main sur celle de Ruth.

— Tu me rappelles ta mère. De nous tous, elle était sans doute celle qui supportait la vie communautaire avec le plus de résignation, sourit Svenja avec mélancolie. Moi aussi, j'ai appris beaucoup de choses au kibboutz, et c'était bien plus difficile à mon époque, crois-moi. Mais cette expérience m'a dessillé les yeux et je n'ai jamais regretté d'avoir replongé dans la vie réelle.

— J'ai un ami…

Svenja arqua les sourcils de surprise et plissa le front.

— C'est du sérieux ? Ou un simple béguin ?

Un pincement vint mordre le cœur de Ruth.

— Ce n'est pas LA grande histoire d'amour, si c'est ça ta question. C'est plutôt…

— Une amourette ?

Elle revit les reproches silencieux contenus dans le regard de chien battu d'Ariel. Reléguer leur histoire au rang d'une amourette, était-ce une trahison ou de la simple honnêteté ? Ruth hocha la tête. Oui. Puis se rattrapa d'une toute petite voix :

— Il s'appelle Ariel, il est honnête, travailleur et vraiment gentil…

En prononçant ces paroles sans conviction, Ruth se mordit la lèvre, comprenant ce qu'elles impliquaient.

— Oh Ruthie, tu ne l'aimes pas, sinon tu n'en parlerais pas ainsi.

Sans prévenir, une brume envahit les yeux de Ruth. Svenja tapota sa main avec douceur.

— Ce n'est rien, ma chérie. Tu n'as pas à te sentir coupable de quoi que ce soit.

La digue se rompit et des larmes se mirent à dévaler les joues de Ruth. Une boule de feu incendia son ventre, enfla, brûla son estomac, remonta dans sa gorge pour mourir sur ses lèvres. Entre deux sanglots, elle murmura : « Je veux rentrer chez moi. » C'était sorti tout seul, sans crier gare, elle n'avait pas eu besoin d'ouvrir son cœur à Svenja.

— *Mami*[1], tu as le mal du pays tout simplement !

En un éclair, Ruth comprit ce dont elle souffrait. Le manque. Des bruits, des odeurs, des sensations. L'odeur de la terre grasse mêlée à celle de la mer, le parfum des belles-de-nuit, le concert puissant des grillons, le souffle du vent dans les palmes, le sourire invincible de sa mère, les éclats de rire de Frizzie, la saveur sucrée et douceâtre du jus de mangue dans sa bouche, le goût du sel sur ses lèvres, les peaux mates, les accords criards du merengue, les *piropos*, la musique du parler *campesino*, la générosité de la nature, les paysages si beaux qu'ils en paraissent irréels. Même les braiements matinaux des mulets, les cris des coqs, la piqûre des moustiques sur sa peau… Son île comme un rêve.

C'était son pays, c'était là qu'elle était née, qu'elle avait passé son enfance et, d'un seul coup, il lui parut impossible d'envisager une vie entière loin de ces racines. Elle ne voulait pas de cette fatalité qui avait fait choisir aux siens un pays différent de celui où ils étaient nés. Il fallait qu'elle rentre chez elle. L'injonction lui venait du plus profond d'elle-même. *Rentre à la maison.*

1. « Ma chérie », en hébreu.

Ruth essuya ses joues d'un revers de la main. Quand elle releva la tête, son visage était plein d'une résolution nouvelle.

— Je crois que je ne peux pas vivre loin de cette terre. C'est comme si un lien instinctif m'attachait à mon île, je l'ai dans le sang. Et en même temps je suis triste et tellement angoissée par l'avenir.

— Markus dirait *Sehnsucht*, dit Svenja avec douceur, une nostalgie intangible et ambiguë du passé et de l'avenir qui transperce l'âme et mêle manque et désir. Il faut croire que ça aussi, Ruthie, tu l'as dans le sang.

En faisant allusion à Markus, c'était toute la tribu dominicaine que Svenja convoquait à leur table et les larmes de Ruth redoublèrent sans prévenir.

Elle en était sûre maintenant, elle n'avait d'autre choix que de rentrer.

48

Le cœur léger

Septembre 1966

Shaar-Haamakim, le 10 septembre 1966

Mon très cher Arturo,

Ceci est ma dernière lettre d'Israël. J'ai eu besoin de cette merveilleuse parenthèse pour comprendre où est ma véritable place. Je vais mettre un point final à mes errances. Je rentre en République dominicaine.

Je ferai escale à New York où je dois changer d'avion, mais je ne m'arrêterai pas aux États-Unis. Je rentre directement.

Les États-Unis comme Israël m'ont donné tout ce qu'ils avaient à me donner et je reviens sans aucun regret, et bien plus forte que je ne l'étais

quand je suis partie. L'Amérique m'a fait deux merveilleux cadeaux, Gaya et toi ; quant à Israël, j'y ai pansé mes chagrins et forgé ma détermination. Je ne suis plus la petite jeune fille timide et peu sûre d'elle que tu as rencontrée sur le steamer il y a cinq ans. Je suis désormais une maman et je sais où je vais même si le chemin risque d'être rude.
Je veux élever ma fille dans mon pays qui a besoin de moi comme j'ai besoin de lui. C'est un pays meurtri que beaucoup ont abandonné. Je veux y construire quelque chose comme mes parents avant moi. Je rentre le cœur léger, pleine d'espoir et de projets pour l'avenir.

Arturo, je ne peux que t'encourager à suivre ton propre chemin. Tu vas terriblement me manquer mais nous ne serons pas si loin l'un de l'autre, en tout cas bien moins loin que nous ne l'avons été durant cette dernière année. Je suis certaine que nous allons nous revoir bientôt.

Je t'embrasse de tout mon cœur, Gaya aussi,
Ruthie

Épilogue

There is no place like home

25 septembre 1966

À mesure que l'avion de la Pan Am progressait vers le sud, les cinq dernières années de ma vie perdaient de leur substance, jusqu'à devenir la matière douce et intangible dont sont faits les songes.

Un tourbillon d'images confuses, des ateliers d'artistes, des salles de spectacle bondées, des patineurs sur un étang gelé, des buildings hauts à en crever le ciel, des cafés enfumés, un réfectoire communautaire, des grappes de piétons englués au bord des passages cloutés, un dortoir d'enfants, des rangées d'appartements comme de petites cages, des champs d'agrumes, s'enroulaient dans un puissant maelström, aspirées vers le néant dans le gouffre de ma mémoire. Seules surnageaient quelques images heureuses d'Arturo, Nathan, Myriam, Ariel et bien sûr Chris que, dans un sursaut de détermination, je chassais de mon écran mental chaque fois qu'il s'y invitait.

*

Nous avions survolé les côtes des deux Caroline, ponctuées d'une multitude d'îlots. C'était magnifique et j'avais regretté de ne pas avoir pris le temps de visiter cette région. Ensuite ça avait été la vision absolument féerique d'un semis d'îlots sablonneux posés sur l'eau où rivalisaient tous les bleus d'une palette impressionniste. Les Bahamas. Je m'étais promis d'aller y faire un tour, un jour, avec mon amoureux. Si j'en rencontrais un…

Puis ce fut toute l'île espagnole. Du nord au sud. Comment opère la magie d'un paysage ? Quel détail harponne l'esprit pour créer une émotion ? À mesure que les montagnes grossissaient, je sentais mon cœur battre de plus en plus fort.

Gaya dormait, petit paquet tassé sur mes genoux. Ses minuscules poings fermés, sa joue écrasée contre ma poitrine, sa bouche en cœur entrouverte sur de minuscules éclats d'émail. J'effleurai de mes lèvres le fin duvet châtain de son crâne. Il était doux et chaud. Je me retins de caresser ma fille pour ne pas la réveiller. Le nez collé au hublot, je regardai la terre en bas. Un puzzle miniature dans lequel j'avais reconnu avec une émotion indicible Puerto Plata et Sosúa, les plages blondes adossées aux collines, les champs, les pâturages, les rizières et la cordillère montagneuse du centre, les longues saignées des pistes de terre rouge, les petits hameaux de cases aux toits de tôle. Ce n'était pas la première fois que je survolais l'île, mais ce survol-là avait une saveur particulière. Je rentrais.

L'avion atterrit à l'heure, un peu avant midi.

La voix suave d'une hôtesse avait annoncé notre atterrissage imminent à l'aéroport de Punta Caucedo. L'unique aéroport international du pays avait retrouvé son nom d'origine. Trujillo avait été totalement effacé, sinon des mémoires, au moins du panorama urbain, comme je le constaterais plus tard. Une rumeur montait de l'arrière de l'avion, qui enfla à mesure que le sol se rapprochait. Quand l'avion rebondit sur la piste, les voyageurs surexcités scandèrent d'une seule voix « *Re-pú-bli-ca Do-mi-ni-ca-na* » en applaudissant à tour de bras. Je faillis me joindre à eux mais, en jetant un coup d'œil à mes voisins à l'air pincé, je me retins. Ces démonstrations populaires ne pouvaient qu'être le fait de la classe économique, or je voyageais en première, un cadeau de ma mère. Pourtant dans mon cœur une voix chantait à l'unisson avec ceux du fond « *Re-pú-bli-ca Do-mi-ni-ca-na* ».

Au sortir de la carlingue, je plongeai dans un bain de vapeur tropical. Comme je posais le pied sur le tarmac, mon cœur se dilata. L'air avait quelque chose de magique et de pur malgré les effluves des rotors qui haletaient. Le soleil m'étourdit un bref instant.

Ma mère et mon frère m'attendaient, un comité d'accueil restreint. Ma mère se jeta sur moi, m'embrassa et me délesta avec empressement de ma fille. Frizzie avait changé. Il avait forci. Il avait l'air d'un vrai homme désormais, plus mûr, plus sûr de lui. Il portait les cheveux coupés très court et son teint cuivré trahissait une vie passée au grand air. Il me serra contre lui avec effusion et s'extasia devant Gaya qui, aveuglée par la lumière crue et assommée par la chaleur, ne faisait que cligner des yeux qu'elle frottait de ses petits poings fermés, la bouche ouverte.

Nous nous dirigeâmes vers le parking. Je ne remarquai pas tout de suite que ma mère boitillait. Quand je m'en inquiétai et la questionnai, elle évoqua un banal accident qu'elle balaya d'un mouvement négligent de la main. Je n'apprendrais la vérité sur son « accident » que quelques jours plus tard.

*

Il nous fallait remonter dans le Nord, huit heures de route au bas mot. Une épreuve, et, en même temps, j'étais heureuse à l'idée de réapprivoiser mon pays au cours de ce lent voyage. En traversant la capitale, je me fis la réflexion que la ville aussi avait changé. Il n'y avait guère de traces de la guerre qui s'était jouée là un an auparavant, il y avait plus d'immeubles que dans mon souvenir, plus de véhicules aussi. Frederick se frayait un chemin à grands coups de Klaxon dans la circulation brouillonne. Les *chatarras*, ces voitures-épaves qui ne tenaient que grâce à un bout de fil de fer et quatre boulons, s'étaient multipliées, disant assez l'économie encore exsangue. Nous en doublâmes une au tableau de bord décoré de bimbeloterie et de breloques religieuses. À l'axe du rétroviseur pendait un chapelet, et je souris intérieurement : vu l'état du véhicule, la protection de la Vierge de los Remedios n'était pas superflue.

Les faubourgs avaient grignoté la campagne et nous mîmes longtemps à traverser ce hideux panorama de bicoques insalubres. Cinq ans que j'étais partie. Des années qui comptaient double ou même triple pour un pays en voie de développement. J'allais devoir me réapproprier ma propre terre. Tant de choses avaient changé.

Bientôt ce fut la campagne. Une euphorie sereine montait en moi au fur et à mesure que les courbes gracieuses du paysage aux contours nets et naïfs défilaient devant mes yeux éblouis. J'avais oublié à quel point mon île était belle. Je retrouvais la lumière étincelante et sans concession, le ciel floqué de nuages légers et vaporeux comme des fleurs de coton, l'exubérance tropicale des collines moutonnantes, les arbres aux ramures immenses, les cimes effilées des cocotiers griffant l'azur, le vert étincelant des rizières, la densité sauvage des champs de canne à sucre, la langueur des hameaux de cases colorées, l'insouciance des enfants jouant au bord de la route... Il y avait tant de magie dans ces images. De loin en loin, un panache de fumée noire se découpait dans le bleu du ciel, signalant une raffinerie. Ça sentait le caramel brûlé, la terre rouge, l'herbe, le bétail. Je plissais les yeux, les éclats du soleil de la mi-journée m'éblouissaient. Je m'assoupis.

La voiture s'arrêta et je sortis de ma torpeur. Nous étions garés sur l'esplanade de terre d'une petite *parada*. Un fumet de viande grillée chatouillait agréablement mes narines, luttant contre l'odeur qui flottait autour de ma fille. Gaya avait besoin d'être changée.

— Je m'en occupe, décréta ma mère tandis que je m'extirpais de la voiture.

Elle allongea Gaya sur la banquette arrière et se pencha sur elle. Elle retrouvait les gestes maternels avec une facilité déconcertante, comme s'ils avaient été inscrits dans son intimité, tandis que je salivais devant le grill sur lequel fumaient des cuisses de poulet badigeonnées d'épices. Venus de la case, les accents entraînants d'un vieux merengue s'échappaient d'une radio. *El manisero*. Déjà à l'époque, Lizzie le trouvait démodé. Sans réfléchir, je me mis à fredonner : « *El manisero se va...* »

Ce fut un repas simple, du poulet grillé, des *tostones*[1], de la yuca bouillie, des galettes de *casabe*[2], des bières fraîches, mais c'était mon repas le plus délicieux depuis une éternité. Je léchais mes doigts sans retenue quand je surpris le regard amusé de ma mère :

— Bien meilleur que tous les sandwichs au pastrami de Brooklyn, pas vrai ?

Je hochai la tête. Oui, sans discussion. Puis je clignai de l'œil en regardant Gaya grignoter gloutonnement les rondelles de plantain frites qu'elle avait chipées dans mon assiette.

— Voilà une demoiselle qui apprécie la gastronomie dominicaine.

---

1. Rondelles de plantain frites.
2. Pain de manioc.

— Gastronomie, tu y vas peut-être fort, fit remarquer Frederick en riant. Mais c'est sûr, rien n'égale les *tostones* ! Et bientôt elle dansera le merengue.

Je lançai un regard ému à mon frère et lui souris. La nourriture rustique, la musique joyeuse qui m'avaient tant manqué. Comme c'était bon d'être de retour.

*

Nous reprîmes la route et je ne tardai pas à m'assoupir de nouveau. Je me réveillai entre deux hauts murs verts de canneraies, après Puerto Plata. Mon cœur se mit à battre inconfortablement, une danse folle dans ma cage thoracique.

Par la vitre ouverte, je respirai à pleins poumons les odeurs de terre mouillée, de bétail, de fruits mûrs. Un léger goût d'iode vint chatouiller mes lèvres. Nous dépassâmes Los Charamicos. La piste surplombait la baie. C'était une vision époustouflante. La mer turquoise virait au bleu profond, formant une fracture d'horizon nette avec le ciel azur. À contempler ce spectacle parfait, je compris à quel point il m'avait manqué. À lui seul, il me disait que ma vie était ici.

En traversant le Batey, je vis qu'à Sosúa rien n'avait changé, ou si peu de chose. Le soleil était en train de se coucher. Bientôt il ferait nuit. Frizzie rétrograda, la voiture emprunta la piste qui montait à la *finca*. Mon cœur battait maintenant à tout rompre. Nous passâmes sous le portique dessiné par Aaron, qui indiquait simplement « Finca Polka ». Les deux rangées de cocotiers avaient poussé, cela faisait une haie d'honneur qui donnait un air très patricien à la propriété.

Frizzie arrêta la voiture dans un fin nuage de poussière. Sur la pelouse, ils étaient tous là : Carmela, Jacobo, Rosita et leurs enfants, Markus et Marisol, Ana Maria et les jumelles qui piaffaient d'énervement. Elles brandissaient une banderole de carton décorée de papier crépon qui disait « *Bienvenidas Ruthie y Gaya* » en sautillant sur leurs petites jambes. Épuisée par le voyage, ramollie par l'émotion, je me laissais étreindre comme une poupée de chiffon pendant que Gaya passait de bras en bras. Elle agitait ses jambes potelées et gazouillait, très à l'aise au milieu de ses admirateurs. Une chose était sûre, ma fille n'allait pas manquer d'affection.

Je fus bêtement émue en voyant Chiquito, l'héritier d'une longue lignée de perruches, me fixer de ses billes noires et exécuter une petite chorégraphie sur son perchoir en ébouriffant ses plumes vertes. « C'est une danse de bienvenue », expliqua Frizzie qui m'observait affectueusement. En entrant dans la maison, je caressai la vieille mezouzah encastrée dans le chambranle de la porte que mon père avait fixée le jour de notre emménagement. Tiède sous la paume de ma main, fidèle au poste, elle avait survécu à toutes les modernisations. Du haut de son étagère, l'assemblée grimaçante des figurines de notre panthéon taïno exhumées de la terre qui me faisaient si peur enfant, me souriait. Je réprimai un sanglot. Je n'avais pas prévu d'être bouleversée à ce point. J'étais étourdie du bonheur de me retrouver dans cette maison dont chaque recoin m'était familier.

La moindre babiole, les photographies exposées sur les étagères, le cabinet de curiosités précolombiennes, faisaient partie de ma vie. Cette maison tout entière, avec ses odeurs, ses bruits, ses courants d'air chauds, avait quelque chose d'infiniment intime et rassurant.

J'avais voulu déposer mes valises dans ma vieille chambre au lit étroit. Mais une surprise m'attendait. Les jumelles occupaient désormais nos anciennes chambres d'enfants. Aidés des plans d'Aaron, Almah et Frederick avaient fait construire un nouveau bungalow pour Gaya et moi. Deux chambres, une salle de bains et une belle véranda où un hamac pendait entre deux fauteuils Adirondack flambant neufs, des créations maison. Dans ses aménagements, Aaron avait conservé l'esprit créole, avec les pilastres de la rambarde de bois de la terrasse et la frise qui courait le long de l'avant-toit. C'était simplement magnifique. Almah avait, quant à elle, abandonné sa chambre à Frizzie et Ana Maria, et elle avait investi l'ancien bungalow des amis. C'était son nouveau domaine. La ferme avait désormais des allures de petit *resort*.

Bien plus tard dans la soirée, après les confidences, les rires et les embrassades, après que tout le monde fut couché, je me déchaussai et descendis les marches de bois de la galerie. Elles étaient encore tièdes du soleil de la journée. D'un pas d'abord hésitant, je foulai l'herbe fraîche de la pelouse de mes pieds nus, puis je m'avançai au milieu de l'esplanade. Je respirai intensément, à pleins poumons, les yeux levés vers le ciel sombre où dansait une nuée d'étoiles, où la lune souriait. Je retrouvais cette exhalaison grasse et entêtante de terre mouillée mêlée aux parfums capiteux des mangues mûres, des belles-de-nuit, l'odeur verte des palmes fraîchement coupées, et les senteurs de la mer qui avaient bercé mon enfance. Les cimes des cocotiers froufroutaient sous la brise légère. Les criquets stridulaient. L'air chaud et moite m'enveloppait telle une caresse amoureuse. Mes narines palpitaient, mes pores se dilataient, mes oreilles s'ouvraient, tout mon corps se réjouissait. Je sentis mon cœur se gonfler et une sérénité infiniment bienfaisante m'envahir.

Un bref instant, je revis New York, la ville gris graphite, la palpitation permanente, l'énergie vitale, le sourd grondement permanent, la lumière crue des néons, le cri des Klaxon, les voix aux accents nasillards, les odeurs d'essence et de gaz d'échappement. Puis Shaar-Haamakim, les plantations d'arbres fruitiers, les fêtes collectives, le bâtiment austère de l'usine de chauffe-eau, le dortoir des enfants, la silhouette d'Ariel, la poussière soulevée par le vent du désert si proche.

Puis les images et les sons s'étaient dissous.

Un relâchement de mes épaules.

Tout ce que j'aimais vraiment était ici.

Je me mis à tourner lentement sur moi-même, les bras écartés. Tel un goéland planant au-dessus de la mer. Une danse primitive.

J'eus une pensée fugitive pour Arturo.

Alors, comme Dorothy Gale dans *Le Magicien d'Oz*, je fermai les yeux et claquai trois fois mes talons nus contre la terre chaude en murmurant : « *There is no place like home.* »

Je faisais partie de l'opulence des flamboyants, des manguiers cathédrale, des plumets des cocotiers, des hibiscus rouge sang, des collines vert tendre qui ondulaient à perte de vue. Je faisais partie des vagues qui murmuraient. Je faisais partie des ténèbres moites de la nuit tropicale. Quelque part dans le ciel, brillait mon étoile, l'étoile de Ruthie, à côté des étoiles jumelles de mes parents, Almah et Wilhelm, qui veillaient sur moi.

Une sensation de bien-être absolu m'envahit.

Une paix magnifique m'habitait.

J'étais rentrée.

J'étais chez moi.

Remerciements

De très nombreuses personnes m'ont encouragée, soutenue et aidée dans l'écriture de ce roman.

Un immense merci à toutes et tous et spécialement à :

Sylvie Murelli et Marie Martin, fidèles et indéfectibles soutiens, encore et toujours.

Olivia Black qui corrige soigneusement mes fautes d'espagnol.

Édouard Brasey pour ses conseils avisés.

Toute l'équipe des Escales : Anne Charlotte Sangam, mon éditrice, qui a veillé à l'éclosion de ce roman avec une infinie patience ; Marguerite Mignon-Quibel, Héloïse Vincent et Caroline de Maublanc qui m'accompagnent de salon en salon et de librairie en librairie depuis près d'un an ; Sarah Rigaud, toujours présente et bienveillante.

Tous mes porte-paroles sur les routes de France et les nombreux libraires qui m'ont accueillie pour mon premier roman.

Caroline Laurent pour m'avoir ouvert la porte de cette aventure éditoriale initiée avec *Les Déracinés*.

Tous mes amis lecteurs, en particulier Dominique Ginouves, Laurence et Jean Luc Thorel, Denis Llyd, Bernard Petit, le colonel Bah, Alain Bailly, Béatrice Martin, Jocelyne Blouet, Astrid Chauvin, Patricia Drai, pour leur enthousiasme contagieux. Et plus largement toutes les lectrices et les lecteurs, les bloggeuses et les bloggeurs qui ont aimé *Les Déracinés*.

Pour me contacter :
lesderacines@yahoo.com

Composition et mise en pages
Nord Compo à Villeneuve-d'Ascq

Imprimé en Espagne par
Liberdúplex
à Sant Llorenç d'Hortons (Barcelone)
en décembre 2020

POCKET - 92, avenue de France - 75013 Paris

S30045/05